樂府學

第九辑

吴相洲 主编

国家一级学会『乐府学会』会刊
教育部人文社会科学重点研究基地
首都师范大学中国诗歌研究中心 主办

社会科学文献出版社
SOCIAL SCIENCES ACADEMIC PRESS (CHINA)

樂府學會

中石題

欧阳中石题赠乐府学会

乐府学会揭牌仪式（左 1：首都师范大学党委书记张雪教授 左 2：中国唐代文学学会名誉会长傅璇琮先生 右 1：台湾杰出人才讲座教授曾永义先生 右 2：日本广岛大学副校长佐藤利行教授）

社会各界祝贺乐府学会成立

"乐府学会成立大会暨第四届乐府歌诗国际学术研讨会"合影

编委会

目　录

乐府学会成立专题

文献研究

音乐研究

文学研究

新书评介

学会纪事

Research on Yuefu

Contents

乐府学会成立专题

嘉宾致辞

■ 张　雪（首都师范大学党委书记）

尊敬的各位专家，老师们，同学们：

大家上午好。今天，我们在这里举行乐府学会成立仪式，我谨代表首都师范大学对各位专家的到来表示诚挚的欢迎和衷心的感谢！对乐府学会的成立表示衷心的祝贺！

首都师范大学是北京市政府于新中国成立初期创建的第一所高等院校，也是北京市重点投入建设的市属重点大学。建校 59 年来，学校为社会培养了各类高级人才 12 万余名，是为北京市基础教育输送合格师资和培养其他现代化建设所需人才的重要基地。特别是"十一五"以来，保持了更好的发展态势，在学科建设、人才培养、科学研究、高层次人才队伍建设等方面，实现了学校 23 项历史性突破。目前具有一级学科博士授权点 17 个，位列全国高校前六十位；国家重点学科 4 个，国家重点培育学科 1 个，位列全国高校前八十位。2012 年教育部重点学科评估中，学校有 7 个学科进入全国高校重点学科前 20%，位列全国地方大学前列。学校的综合实力、核心竞争力、社会贡献力显著增强。

中文专业是我校最早开办的专业。经过多年发展，文学院已经汇集了一批特色鲜明、优势明显的学科，在人才培养、科学研究方面取得了显著成绩。现有一个国家重点学科，一个北京市一级重点学科，三个国家社科基金重大项目，一个新闻出版总署重大项目，一个教育部人文社会科学重点研究基地——中国诗歌研究中心。拥有长江学者一人，这也是我校在文科方面自主培养的第一个长江学者。乐府学是我校中国古代文学学科和中国诗歌研究中心具有鲜明特色的研究方向。

乐府诗作为宫廷礼乐文化的重要组成部分，在诗歌史中具有标志性的作用。乐府诗所对应的由汉至唐的时期，是中国诗歌史上最为辉煌的时期，深入认识这些乐府诗对于更加清晰地描述汉唐诗歌史无疑有着重要的意义。目前，我国正在实践着中华民族伟大复兴的伟业，汉唐是历史上的辉煌时期，其所孕育的文化是宝贵的民族精神财富，而与音乐相结合的乐府诗是那个时代最为灵动的记忆，对弘扬民族文化精神，激发国人民族认同感和自豪感，向世界传播优秀文化成果，增进世界对中国的了解，都具有重要意义。

自 1998 年以来，赵敏俐教授、吴相洲教授一直倡导乐府歌诗研究，承担着一批高水平的科研项目，出版了一系列学术著作，举办了五届国际学术研讨会，培养了一批专门人才。他们指导的博士或博士后有两人获得全国百篇优秀博士论文提名奖，有六人获得国家社科基金项目，有两人获得教育部项目。乐府学研究已成为中国古代文学研究最具活力的学术增长点，其学术研究的特殊性也需要多位专家学者的智慧共同参与。成立乐府学会始于吴相洲教授创立的乐府学构想。成立乐府学会，得到傅璇琮先生热情鼓励和数十位著名学者的积极响应、大力支持。乐府学会成立必将为乐府学研究搭建新的更广阔的平台，期待更多学者同仁集中攻关重大课题，在科学规划研究项目、组建培养人才队伍、加强国内外学术交流等方面发挥重大作用；也必将推动乐府学研究进程，带动中国古代文学学科发展，真正实现成立一个学会带动一个学科的目标。首都师范大学将一如既往地支持乐府学研究工作，为乐府学会开展工作提供良好的条件，同时也衷心地祝愿乐府学研究取得更多更高水平的成果，为弘扬民族文化、推动文化创新贡献力量。

■ 傅璇琮（中国唐代文学学会名誉会长）

非常高兴参加乐府学会成立大会。乐府学会能够得到民政部批准真的很不容易。我们古代文学学会有以朝代划分、有按作者划分，也有按文体划分的，民政部批准得非常少。比较著名的，比如宋代文学学会、明代文学学会，到现在为止还没有得到批准。所以我们乐府学会确实很不容易。我觉得我们这次能很快得到批复有两个原因：一个是首都师范大学文学院、诗歌中心做了很多工作，有很多成果，这是得到批复的一个很重要的原因。另一个是乐府学会本身也很有成果，特别是很有特色。乐府诗在秦代已有，真正得到发展是在汉朝。一个是跟音乐结合，一个是和舞蹈有关，这在古代诗歌中是很少见的。跟音乐和舞蹈结合，而且乐府诗创作面很广，从朝廷一直到社会各个阶层都有。所以我觉得这个乐府作为我国古代诗歌来说很有特色。唐代李白有古题乐府，到中唐元白有新题乐府，所以我觉得乐府诗在中国古代也是很有特色的。

乐府学会成立对我们乐府学研究有很大的拓进和开展。在此我提两个建议：一个我觉得我们是不是可以以乐府学会、首都师范大学为主搞一个乐府学史。这方面从秦代开始，以前以为到唐代为止，现在知道到宋代以后还会有。湖北襄阳有个学者叫王辉斌，他作了一本《唐后乐府诗史》。所以我觉得乐府创作的时间跨度还是比较长的，我们可以从乐府学史层面加以研究，包括20世纪以来到现在乐府学成果。另外一个是吴相洲先生提出整理《乐府诗集》。我觉得《乐府诗集》是从秦到唐，之后也可以搞一个《乐府诗集》续编、《乐府诗集》补编。唐代以后有关乐府著作也可以搜集一下，我们把从宋元明清以来所有乐府诗创作和乐府诗的议论、评论都放在一起，搞一搞续编、补编，从文献学角度来做一做这方面工作。我今天借此机会，对乐府学研究提出两个建议：一个搞乐府学史，一个搞《乐府诗集》续编、补编。

■ 葛晓音（中国唐代文学学会副会长）

各位嘉宾，各位先生：

非常感谢乐府学会邀请我来参加这次学术大会。我想乐府有广义和狭义之分，狭义就是大家所知道的汉魏六朝隋唐乐府。广义讲词曲都可以涵盖在内。乐府学会成立很有意义，因为它是一个跨学科的学会。乐府除了文学属性外，它和音乐关系比较密切，还有舞蹈。戏曲的起源，词的起源，都跟唐代乐府有很密切的联系。这样一个跨学科的学科分支，涉及面非常广，包括民俗、历史、文化等各个方面，研究空间非常之大。我在20世纪90年代中期曾涉足唐代乐府研究，想谈谈自己一些想法。

我在上世纪90年代中期申请了一个国家社科基金项目“唐代乐府研

究”。后来有机会到日本东京大学任教，看到日本有一大批音乐资料，注意到日本唐乐是从唐代传到日本的。这在我面前打开一个完全新的世界。所以我把以前只打算研究唐代乐府的计划全部推翻。因为唐代乐府有很多问题还没有搞清楚，尤其是乐府文学背景问题。假如我们只看这些歌辞，不看其文学背景，很多问题都只能停留在表层认识。那时候我和东京大学户仓英美教授合作研究日本雅乐和隋唐乐舞关系。在这个过程中，我有这样一个体会，国内乐府诗研究基本资料建设十分急迫。我们拥有的就是一些乐书、《乐府诗集》这样一些非常有限的资料。如果你看到海外资料，你就会知道这些资料实在太简略了，太不够用了。连日本一些古乐书我们这边还没有看到。我们只知道林谦三的《隋唐燕乐调研究》，其实他还有很多很多论文，我们都还没有读过，更何况还有很多前辈学者的研究成果。所以我觉得这个基本资料库的建立，是目前特别迫切的一个任务。还有韩国的资料。韩国保留宋代音乐资料比较多一些，其中也有一些唐乐遗存。所以基本资料整理，除了国内资料整理以外，还要搜集海外相关资料。海外学术成果非常之重要。很多海外学者已经做了大量考订工作，尤其是日本成果。有些是用古日语写的。当然以讹传讹的东西也很多。把这些东西整理出来，供我们进一步研究之用，是一个非常迫切的任务。

第二个体会就是方法要更新。仅仅停留在一个文本研究是不够的。像乐府背景研究，除了文献层面资料，还有许多实物资料、活的资料。日本就有大量乐府假面。还有大量考古发掘成果，很多东西都可以供我们使用。所有这些活的资料，应该都充分利用起来。

第三个体会是研究视野要大大开拓，要特别关注国际成果。前一阵子在作词乐研究时，我发现这是一个国际显学，相当一批学者，特别是以英国、日本为中心形成两个比较重要的研究中心，他们对于亚细亚音乐和词也就是长短句关系研究做了很多工作。虽然他们意见不太一致，但是他们确实做了很多工作。但是我发现我们国内学者几乎都没有接触过这些成果。要了解这些成果的话，我觉得国内学者弱项就是外语不行。我希望年轻学者一定要攻克这一难关。除了英、日这些基本语言之外，德语、法语等也要掌握。记得我们在研究过程中也接触到了德语和法语的资料，一点办法也没有，只好请东京大学德语教授、法语教授给我们翻译成日语，然后再看。所以说这些功夫也是非常大的。要把视野开阔到国际上，看看国际学者研究到了一个什么样程度，他们的方法是怎么样的，反过来促进我们国内乐府学的研究。乐府学会成立以后，可以集合更多力量，特别是年轻人，视野比较开阔，国际交往也比较多，希望能够做得比现在更好。希望以后研究更加精细，更能够融入到国际学术潮流中去。

■ 詹福瑞（中国文心雕龙学会会长）

各位来宾，各位领导，各位同道：

乐府学会经过专家不断呼吁，经过首都师范大学几年努力，今天终于成立了，我谨代表《文心雕龙》学会向乐府学会成立表示热烈祝贺！

乐府是中国礼乐制度的产物，乐府诗是古代文学一个重要组成部分。研究中国古代文学包括中国古代艺术，都离不开乐府制度和乐府作品。老一辈学者在这方面做了大量的工作。比如说萧涤非先生、任半塘先生，还有王运熙先生等等。应该说，他们在这些方面做了许多开拓性的工作。近20 年来，乐府歌诗也成了古代文学研究的一个热点。有一批学者在从事乐府诗研究，并取得了很丰富的成果，乐府学已经成为古代文学研究的一个新的增长点，也是最为活跃的一个增长点。所以说乐府学会适应了这种研究的需要应时而生，这是值得我们庆贺的一个事情。我想一个学会是民间的一个学术组织，组织学术研究，促进学术交流，扩大学术进步，这应该是我们学会的一个宗旨。一个学会要能办好，发展得好，最重要的还是要在学会内部能够崇尚鼓励独立学术研究精神，鼓励学会民主，在学会内部确实能达到百花齐放、百家争鸣，这样才能促进学术进步。

我相信乐府学会在乐府学会理事会、几位会长的领导下，在学术研究方面有更大进步，促使古代文学研究有一个更新的气象，取得更新的成果。

■ 陈尚君（中国唐代文学学会会长）

各位先生，各位学者，上午好！

我非常荣幸受吴相洲先生和乐府学会邀请来参加这次成立大会，也很高兴代表中国唐代文学学会对乐府学会的成立表示祝贺，也希望在今后学会研究方面，两个学会有更多交际、交流，共同促进中国古代文学学科的发展。

乐府学会的成立，刚刚许多学者已讲到，吴相洲先生对此付出了很多的努力，首都师范大学的各位领导和老师也做了很多的努力。在这个过程中，有许多情况我们也是知道的。吴相洲先生在最近七八年间，多次主持乐府学的学术研讨会，和海内外学者保持着广泛的联系，编撰乐府学的刊物，如果我没有记错的话，到现在为止已经出到第八辑了。这非常不容易，为学会成立做了很可贵的努力。至少我所知道的王运熙先生对这个刊物是非常重视的。我记得三年前上海书展期间，王先生突然说我要去书展看一下，去买这套刊物，我说书展里不一定有，我可以和吴相洲联系，看能不能请他送你一套，王先生对这套书是非常重视的。近期王先生缠绵病榻，我来前没有和他交换意见，我想他对学会的成立一定是非常高兴的。刚刚葛晓音先生讲到乐府学研究的广义和狭义的范围。所以我仔细地想，乐府学会是以汉代一个官署名字命名一个学会。这个官署历史悠久，级别很高，至少是部级的，而且这个官署承担着制礼作乐的重大使命。乐府学会广义上讲是与音乐有关的一切文学活动，都可以包括其间的。对于我们这个时代来说，是有很大社会责任的。从学术研究上来看，是与乐府有关的一切文学作品，从上古到近代都是可以包含进去的。今后这个乐府学会的发展，我觉得是任重道远的。可能我们比较狭义地觉得乐府诗歌就是汉魏六朝唐宋期间的清商乐府，这些作品范围可能还是稍微小了一点。所以我在这里感觉到乐府文学是中国文学百花园中非常重要的一部分，乐府研究从狭义和广义来说承担着非常重要的学术文化的社会责任。所以我想乐府学会成立对中国文学、中国音乐学的研究甚至社会文化的建设都有很重要的意义。

我能够参加这个会议，躬逢其盛，也是感到非常荣幸的事情。最后我希望乐府学会在许多方面取得更多成就。

■ 朝戈金（中国民俗学会会长）

各位先生，大家上午好！

首先，我代表中国民俗学会对乐府学会成立表示热烈祝贺！

各位都是圈内人，我在相当程度上说是圈外人。不过民俗学和乐府歌诗传统还是有这样那样联系的。所以我就从一个圈外人角度把我们跟乐府歌诗传统有关业务上的关注点在这里简单地讲一下。

乐府歌诗传统跟民间口头艺术有很深的关联。这些年来，民俗学在关注人类口头文化传承，关注口语世界和书面世界的关系，特别是关注口头艺术规则方面都有些什么样发展，可以通过比如说哈佛大学古典系所做工作来了解。乐府学长期以来都是中国古代文学一个研究领域，哈佛大学古典系代表着欧美一个成就很高的部门和领域。他们这些年来有一个很大的转向。西方古典学以前是用语文学的方法来研究经典，现在他们研究荷马史诗已经把人类学、民族志以及当代一些活形态传承纳入他们视野当中。不久前我的同事刚翻译了哈佛大学古典系主任格雷戈里·纳吉先生的《荷马诸问题》。他是美国希腊中心的主任，是北美最有影响的古典学者，他在晚近著作中，大量地运用当代印度活形态传承方式，用以今证古方式看待古代典范。在那些传承信息已经丢失的情况下，用当代材料重新解释和解读。它取得了很高成就，这是应该关注的。

另一个应该关注的，大约在上世纪60年代，西方古典学、语文学、传播学、信息技术方方面面，都重新关注到了口头文化。所以在重新讨论人类这个物种，在知识传承中口语世界、声音世界和文字传承互相之间是什么样关系，产生了一大批非常重要的成果。像古典学者杰克·布迪，像社会人类学家、结构人类学家列维·施特劳斯这都很有名，都在讨论这个问题。在这个基础上，到80年代，在北美就有人呼吁口头诗学，这个口头诗学是基于口头诗歌传承来总结美学规律的。现在虽然还是一个发展得不太充分的方向，但是它特别有冲击力。它已经跳出了从书院文学来总结规则、来看待口头诗歌的这样一个旧套式，产生了一些非常有冲击力的影响。而且这个东西延及到今天歌诗传统。在北美咖啡馆里有一部分人奉行诗是要歌颂的，他们拒绝把他们的作品印刷成文字符号，这个运动现在在维基百科中能查到有关的简要说明。特别是在纽约、费城一些大城市。这是一个很新兴的运动，他们重新说诗歌的声音属性是诗歌的本质属性之一，所以这套实验就非常有意思。跟这个有关的，比如说对声音范型的讨论，对在传播过程中那些不经过文字，让声音在空中线性传播这一问题的传播和接受的讨论，现在都发展得非常好。现在有大量优秀成果，在北美80年代中期创办的刊物叫《口头传统》，主要研究世界各地以口头和声音方式传播各种艺术的那些规则。到90年代中后期，有美国学者还编了口头传统教程，里面介绍了北美大学中有多少个专业和领域开设跟歌诗、跟声音有关的人文的课程。那些工作让我们看了叹为观止，非常了不得。

我们少数民族当代文学研究也可以作为研究乐府歌诗传统的一个很好参照。比如说彝族的毕摩，祭司们是识字的，但是他们在学习诗歌、学习韵文时，必须要花很长时间来学习口头表达技巧和艺术。这个在苗族、在其他民族中也能见到，而且他们有他们的术语。比如把那些长期反复使用的，乐府里像“孔雀东南飞，五里一徘徊”，西方学者说法是歌骨，还有些叫歌花，对这些东西的研究，可能反观今天已经看不到演出语境的传统。对那样一些东西的研究，能作为一个可资借鉴的，至少可以关注一些学术方法。另外，北美学者对于苏州评弹、扬州评话的研究也发展得比较好，对于音乐研究，对于韵律、旋律的研究，也都有一些有趣的成果。

这些东西改变了学术面貌。比如说民俗学从20世纪80、90年代开始就在讲，眼下古典学也在讲。古典学已从研究古代经典转移到研究口头传承，考古学、历史学也都有这样的转向。这个转向给我们打开了一个新窗口。等于反思说人类社会的知识传承，从图书馆制度化的教育、私塾、藏书楼这样一些体系又回到了民众口耳相传的东西。因为在许多国家，有许多族群绝大多数是文盲，文人的传承只不过是那个民族中的一小部分。所以现在联合国教科文组织正在重新考虑说这是非物质文化遗产。知识传承有物质的，有语言文字的，有其他的，但是还有一个叫非物质文化遗产的传承。这套传承是民间口碑的，而且历史极其悠久，有内在的规律。所以如果我们从民俗学的角度来看，乐府研究那还有大量的新领域有待充分讨论。从这个角度说乐府学前景真的是一片光明，因为它在不同领域都有不同的表现。前几天我们看了一下景颇族的颂歌。那就是英雄叙事，大型叙事、舞蹈、音乐结合在一起的。这个是在中国南方看到的一些活生生的艺术门类，还没有充分分开的传统。这些传统对于我们解读经典也有一些参照意义。

最后，祝愿乐府学会队伍更加壮大，希望能吸引更多有志于做这方面研究的年轻人能在成果产出上、学术影响上，特别是对相邻学科的影响上获得长足进步！

薛天纬（中国李白学会会长）

尊敬的东道主，尊敬的各位嘉宾，各位同道：

非常荣幸受到邀请，下面我宣读中国李白研究会的贺信：

欣闻“乐府学会”经国家民政部批准成立，“乐府学会成立大会暨第四届乐府歌诗国际学术研讨会”在北京隆重举行，中国李白研究会作为较早成立的全国性兄弟学术社团，谨向大会表示热烈祝贺！向这些年为乐府学研究及乐府学建设作出开拓性贡献的首都师大中国诗歌研究中心、文学院中国古代文学学科以及吴相洲、赵敏俐二位教授所代表的各位学者表示崇高敬意！

乐府作为中国古代诗歌的一个重要概念和重要门类，虽然肇始于汉代，但原始意义上的乐府诗，即合乐歌唱的“饥者歌其食，劳者歌其事”的民间歌谣，却是远古时代就产生了。从这个意义上说，中华民族诗歌的源头即乐府歌诗。因此，研究源远流长的中国古代诗歌，必须从乐府诗这个根本、这个源头入手。如果将乐府研究称作“乐府学”，那么，这个专门学科以北宋时代《乐府诗集》的编集为标志，已经具有千年历史。但是，我们也得承认，乐府学始终是一个有其实而无其名的学科，而“名不正则言不顺”，研究事业也难以获得应有的地位、得到应有的重视。晚近以来，虽然在乐府研究方面有许多论著问世，但总体格局仍呈零散状态。直到首都师大中国诗歌研究中心及中国古代文学学科这些年从学术发展战略高度提出“乐府学”的学科名称，展开有规划、全方位、多层次的乐府诗研究，连续出版《乐府学》集刊，多次举办“乐府学”学术研讨会，乐府研究才进入了堪称史无前例的新时期，开创了新局面。今天“乐府学会”宣告成立，水到渠成，实至名归，顺应了学术发展的需要，也一定会将乐府学研究推向新水平。

唐代大诗人李白，是唐代乐府诗创作首屈一指的大家。李白存留的古题乐府诗近 150 首，传世宋蜀本《李太白文集》及咸淳本《李翰林集》，均设有“乐府”卷。明代诗论家胡震亨曰：“太白于乐府最深，古题无一弗拟，或用其本意，或翻案另出新意，合而若离，离而实合，曲尽拟古之妙。”（《唐音癸签·评汇五》）李白以拟古求创新，在唐代的历史条件下开辟了乐府诗创作的新道路，赋予了乐府诗新生命。举凡《战城南》《北风行》《蜀道难》《梁甫吟》《行路难》《将进酒》《长相思》《远别离》

《猛虎行》等以古题写成的乐府名篇，都可列于李白的代表作中。更何况李白还创造性地继承了古乐府“歌辞性诗题”的命题方式，创作了大量歌行名篇，这些诗篇实际上是由乐府诗演进而来，与乐府有割不断的血脉传承关系。除了乐府诗创作的实践，李白对乐府诗的写作还进行过理论探讨，人们熟知的中唐文学家权德舆在《右谏议大夫韦君（渠牟）集序》中说的那段话：“初，君年十一，尝赋《铜雀台》绝句，右拾遗李白见而大骇，因授以古乐府之学”，足以证明李白做过“古乐府之学”的研究，并且十分重视这门学问的教习与传播。根据这段话，甚至可以得出“乐府学”滥觞于李白的结论，尽管李白的“乐府学”理论成果未能流传下来。

我们衷心期望李白研究与乐府研究互相借鉴，互相推动，共同促进中国古代文学研究的发展与繁荣。预祝这次学术盛会圆满成功！

方　铭（中国屈原学会会长）

各位领导，各位同道：

非常荣幸受邀参加乐府学会成立大会，在此我代表中国屈原学会热烈祝贺乐府学会成立，并向乐府学会会长吴相洲教授等负责人表示诚挚的祝贺！

乐府既是管理文化艺术的行政机构，又是与礼乐文化相关的诗歌门类，自汉至唐，乐府诗一直都是中国诗歌的重要形式，承载了中国文化的基本价值观，是屈原楚辞文化的直接继承者。中国屈原学会成立30年来，一直致力于研究屈原，弘扬屈原精神，中国屈原学会今后一定虚心向乐府学会学习，愿与乐府学会一道推进中国文化研究的进一步深入。

党圣元（中国马列文论学会会长）

尊敬的首都师范大学东道主，尊敬的各位嘉宾：

上午好！很荣幸参加乐府学会成立大会，热烈地祝贺乐府学会的成立！

首都师范大学文学院多年来在学科建设、学术研究方面总有惊人之笔。当年的中国诗歌研究中心，后来的国家重点学科古代文学学科，以及其他学术研究、学科建设方面的成就，都是非常突出的。那么今天乐府学会的成立，又是一个很了不起的惊人之笔。这个学会的成立，首都师范大学以赵敏俐教授和吴相洲教授为代表的各位学者发挥重要作用，他们在国内多年来为组织和推动乐府学研究方面所做的事情确实是功莫大焉。从这个意义上来讲，经过六年的辛苦努力终于成立了，可以说是水到渠成，修成正果，祝贺你们！

乐府学会的成立，我觉得是在当下学术研究的语境中间衡量判断，或者在整个当下文化建设方面来判断，其意义确实非常重大。乐府涉及古代文化、古代制度、古代文学艺术。这样一个研究对象，其本身具有很强的综合性，对其进行研究时，要带有一种整体性眼光。我个人觉得包括傅璇琮先生讲的乐府学史研究，确实有建设性意义，我听了也受益匪浅。中国现在学会非常多，乐府学会的成立也是在古代文学研究方面引人注目的事，在今后的研究中要保持着这种整体视野和眼光，加强与方方面面学者、学会的交流和沟通。非常期盼和祝愿乐府学会成立以后，在今后学术活动和学术研究的推动过程中多做一些工作。

乐府学会工作报告

吴相洲（首都师范大学中国诗歌研究中心，100089）

首先感谢海内外各位学者与我们共同见证乐府学会成立这一历史时刻！大家的到来使我们深受感动和鼓舞。下面我汇报一下几年来乐府学会筹备、申请和成立过程。

乐府学是与诗经学、楚辞学、词学、曲学并列的古代文学专门之学。乐府自从其产生时候起就受到了人们的关注。秦代记录乐府活动文献留存不多，暂且不论。自汉代开始，就有人有意识记述乐府活动、收录乐府歌辞、研究乐府理论。《史记》《汉书》中都记录了乐府活动和研究情况。唐代大诗人李白曾向人传授“古乐府学”，到宋代更出现了乐府学集大成著作《乐府诗集》。宋代以后，乐府在诗歌史上的标志性作用被词曲取代，但乐府学一直没有中断。20 世纪中国传统学术受到西学遮蔽，乐府学趋于衰亡。在古代文学研究现代化过程中，诗经学、楚辞学、词学、曲学都有了长足发展，唯独乐府学远远落在了后面。据统计 2003 年乐府学论文发表数量只有词学论文数量的十分之一。汉唐乐府活动最为兴盛，也是中国诗歌发展最为辉煌的时期，其代表性诗歌样式如此被忽略，是极不应该的。

上世纪末赵敏俐教授开启了歌诗研究，我参与其中，后来开始关注乐府。2006 年我提出了建构现代乐府学的初步构想。2007 年 8 月第一届乐府歌诗研讨会于北京召开，傅璇琮先生提议成立乐府学会。会议向学术界发出《关于筹建中国乐府学会的倡议》，得到了海内外学术界同仁积极响应，40 多位著名学者签名表示支持。2009 年 8 月第二届乐府歌诗研讨会召开，选出了学会筹备机构，由我负责具体申请工作。在学校支持下，2010 年成立申请得到市教委批复，2011 年得到教育部批复，2013 年初经国务院办公会议通过，2013 年 3 月 28 日民政部下发同意成立乐府学会通知。按照民政部规定，自批复之日起须六个月内召开成立大会。昨天我们召开了全体会员大会，选出了44位理事。在昨晚举行的理事会上，又选出了常务理事、会长、副会长、秘书长、副秘书长、法人代表。乐府学会的成立，将为改变乐府学研究落后局面增加强大助力。

回顾过去六年历程，我们真诚感谢学界的支持。傅璇琮先生在第一届乐府歌诗国际学术研讨会上提议成立学会，在第二届乐府歌诗国际学术会议上鼓励我们将整理《乐府诗集》项目纳入国家2010～2020年重点出版规划，今年年初又为此事给有关领导写信。袁行霈、罗宗强等学者对发起成立学会予以充分鼓励和肯定，他们的支持构成了成立学会的民意基础。包括在座各位与会代表在内的众多学者，以实际成绩为申请工作提供了强有力的支撑。教育部、民政部在审查申请时，曾收集研究动态，大家的论文、著作、辑刊和每两年召开一次国际学术会议，使他们实实在在地感受到，乐府学是一项有许多人参与的有价值的事业，这是学会获得批准的学术基础。

我们真诚感谢首都师范大学作为发起单位所提供的各种条件，感谢北京市教委、教育部、民政部、文化部，以及国务院在审查过程中，有关同志对乐府学事业的深刻理解和给予的宝贵支持。据说民政部每年准许登记注册的国家级社团（包括校友会、基金会）寥寥无几，把这样的机会给一个人们并不熟知的领域，其困难可想而知。如何使各级政府部门了解乐府，是一件很有挑战性的工作。人们可能知道《孔雀东南飞》《木兰诗》《春江花月夜》《蜀道难》等诗作，但不知道这些就是乐府。我们每到一个部门首先解释什么是乐府，研究乐府有什么价值，强调为广大乐府学研究者搭建一个交流平台的愿望。没想到各级政府部门具体负责同志都表现出良好的学习精神和认真负责的态度。尤其是教育部和民政部的同志，在认真阅读我们提供各种背景资料以外，还通过网络等其他渠道了解乐府学情况。正因为有了这种认真的态度才有了对乐府学的深刻理解，才有了最终的宝贵支持。教育部办公室郑处长曾感叹说："现今社会，还能有学者单纯为了学术研究而做出如此努力，并取得这么多成果，应该大力支持。"为了申请能顺利通过，他们帮助我们一起修改申请材料。我自认为是个认真的人，对于这样的申请材料更是不敢马虎，但是他们看过以后总是有所修改和完善。在一些时间关节点上，他们总是及时提出建议。他们都不是中文专业毕业的，对乐府学有如此深刻理解并给予宝贵支持，关键时候一同想办法，一同跟着着急，其情景令人感动。

学会申请成功，虽云人事，实由天命。所谓“天命”就是乐府学复兴遇到了一个历史机遇。孔子云：“兴于诗、立于礼、成于乐。”礼乐文化是中华文化的特色，乐府是礼乐文化核心组成部分。深入研究这些文化精品，对于激发国人民族认同感，向世界传播优秀文化，增进世人对中国了解和理解，都有着重要意义。相关部门正是认识到乐府所承载的巨大文化价值，在民族文化复兴中有着巨大意义，才同意注册的。

乐府学是中国古代文学研究中新的学术增长点。经过10多年研究，我们越来越清楚地感受到乐府学所蕴藏的巨大创新空间。我指导博士毕业生到今年共有14人，在高校工作的有7人，其中共6人独立申请到了国家社科基金项目，题目都是乐府学。我们古代文学学科共有3名博士的论文获全国百篇优秀博士论文提名奖，其中有两名是赵敏俐老师和我的学生，论文题目也是乐府学。这或多或少可以说明，乐府学是易于出新的研究领域。10年来，赵老师主持了“历代乐府制度与诗歌关系研究”，我主持了“乐府诗分类研究”“乐府诗断代研究”“乐府诗要素研究”，共出版著作4个系列21部，但我们感到乐府学研究才刚刚开始。乐府学是多少代人开采不完的富矿，需要更多学人加入到这一领域。像“《乐府诗集》整理”“《乐府诗集》续编”“多卷本乐府文学史”写作、“多卷本乐府学史”写作、“乐府学全书”编纂，等等，都是很有价值的大课题。

我们已经有了新的理念，新的方法，新的平台，我们坚信，乐府学研究就像会标所示，如太阳喷薄欲出，必将迎来辉煌的一天。谢谢各位！

“乐府学会成立大会暨第四届乐府歌诗国际学术研讨会”会议综述

向　回（石家庄，河北省社会科学院，050051）

2013 年 8 月 23 ~ 26 日，“乐府学会成立大会暨第四届乐府歌诗国际学术研讨会”在北京隆重召开。由首都师范大学作为发起单位、吴相洲教授具体负责申请的国家一级学会——乐府学会正式成立。来自海峡两岸以及日本、韩国的 110 余名学者与媒体代表共同见证了这一历史性时刻。

8 月 24 日上午 9 点，在首都师范大学中国诗歌研究中心主任赵敏俐教授的主持下，乐府学会成立大会正式开幕。首都师范大学党委书记张雪教授、中国唐代文学学会名誉会长傅璇琮先生、台湾国家讲座教授曾永义先生、日本广岛大学副校长佐藤利行教授共同举行了揭牌仪式。中国唐代文学学会名誉会长傅璇琮先生、会长陈尚君先生、副会长葛晓音先生及中国文心雕龙学会会长詹福瑞先生、中国民俗学会会长朝戈金先生、中国李白学会会长薛天纬先生、中国屈原学会会长方铭先生、副会长黄震云先生、中国马列文论学会会长党圣元先生、中国宗教学会原副会长兼秘书长王志远先生、中国王维学会副会长毕宝魁先生等兄弟学会会长及境外嘉宾曾永义先生、佐藤利行先生为大会致辞、献诗，著名书法家欧阳中石先生为学会题辞，对乐府学会的成立表示热烈祝贺。乐府学会首届会议选举了境内、境外理事共 44 人组成理事会。理事会按照章程规定，推选吴相洲教授为学会会长，赵敏俐教授、姚小鸥教授、李昌集教授为学会副会长，张煜副教授为学会秘书长、曾智安教授为学会副秘书长。

本次会议共收到学术论文 63 篇，研究对象远涉先秦，近及当代，囊括了中国本土各个区域以及日本、韩国等地的乐府歌诗艺术，研究领域涉及音乐学、文学、文献学、考古学、民俗学等多个学科。此次研讨会延续上几届会议的总体态势，仍以乐府歌诗文学、文献学、音乐学层面研究等问题为关注点，在乐府文献、礼乐制度、音乐形态、名家名作、乐府歌诗的创作与时代关系、海内外相关学术研究动态等方面取得了丰硕成果。

乐府歌诗文学研究以名家名作探讨为主要内容，包括以下四个方面。

首先，对经典作品的解读探讨和重要作家的整体分析。张树国《论〈安世房中歌〉与汉初宗庙祭乐的创制》认为，《安世房中歌》包括“房中燕乐”和“房中祠乐”两部分，“房中燕乐”即周汉以来通称的“房中乐”，包括“大海荡荡”等四首杂言体的楚声作品，为唐山夫人所作；其他十三首“房中祠乐”是四言体的雅诗作品，为叔孙通所作之宗庙乐章。《安世房中歌》组诗本为祭祀高庙而作，吸收了高祖唐山夫人的四首楚声作品，在缅怀高祖文治武功的同时，施教申申，强调孝德，对参与祭祀的公卿、宗室、受封诸侯们施以教训。刘刚《汉铙歌十八曲解诂》一文本于训诂原理，从秦汉古词古义训诂入手，兼顾秦汉时文惯用的通假风习和乐府歌诗依韵句读的特点，对存世的《朱鹭》《思悲翁》《艾如张》等汉铙歌十八曲重新进行释读训诂。曾智安《汉鼓吹曲〈战城南〉新释——以考古发现材料为证》一文利用考古发现材料，从其中的关键难句“梁筑室，何以南，梁何北”入手，指出其主要与汉代人对阴间世界的想象以及他们所信奉的生死有别、阴阳异路观念有关，在为《战城南》提供新解释的同时，也对《战城南》的主题、音乐形态及施用场合提出了新的看法，并对《汉鼓吹铙歌十八曲》的军乐性质进行质疑。许云和、陈丹媚《〈子夜四时歌〉七十五首发覆》认为，《子夜四时歌》实际上是由七十五首诗组成的一首歌曲，它有一个上下统一的情节结构，写的是一女子在春夏秋冬四季对情人的相思之情。杜兴梅《为白居易〈骠国乐〉诗辨正》通过查阅大量有关《骠国乐》舞的史料与歌赋，追寻该乐舞进入大唐的历史踪迹，并通过对《骠国乐》的深入解读，首肯了该诗的史料学价值，探讨了“闲独语”背后诗人忧国忧民的真情独白。吴振华、戴玉佩《论柳宗元创作唐雅的现实意义及其艺术特点》认为柳宗元铙歌、平淮夷雅等雅诗歌曲的创作不仅具有补苴罅漏的意义和重建礼乐秩序的价值，还有脱自己于政治泥淖的干谒意图。刘亮《论白玉蟾的乐府诗创作》从思想内容和艺术成就两个角度探讨了南宋道士白玉蟾的乐府诗。张煜《元好问新乐府研究》则首次探讨了元好问的乐府思想和新乐府创作。

其次，对乐府文学史上重要现象的探讨。刘航《民俗文化与乐府诗主旨的形成和变异》认为，民俗文化对乐府诗主旨的形成、传承、变异具有举足轻重的影响。本事非止一端且存在矛盾时，主人公的身份、故事情节等方面与民俗文化契合度高的本事，往往成为大多数诗人创作之依据。既无本事亦无古辞的乐府诗，在其中起凝聚作用的，往往是与乐曲来历有关的民俗文化。因题命辞的创作方式，使得诗人常常会从曲名所蕴涵或能够涉及的民俗内涵里衍生出新的主旨。与乐府诗演唱关系密切的民俗活动也有可能导致乐府诗主旨的变异。向回《论本事对乐府诗传播的影响》认为，乐府诗本事承载着作品的本义、主题、题材等自身传统，故而既是受众了解该作品最有效的一个切入点，也是表演者与欣赏者之间、诗人与诗人之间情感传递的重要载体，在乐府诗传播过程中起着重要作用。

再次，从社会政治、礼乐文化以及音乐制度等社会背景来研究某一时期的乐府歌诗创作。龙文玲《西汉社会转型视野下的元平时期乐府研究》认为，受社会政治文化变化的影响，元平时期（西汉元帝至平帝统治的时期）乐府采诗活动得到延续，为保存民间歌谣起到重要作用；郊庙表演活动颇受郊议、庙议影响，郊庙歌诗创作亦显消沉；乐府活动由宣帝时期偏向维护皇权独尊和政治稳定，向偏重服务统治者的娱乐享受转化，推动了整个社会的乐舞享乐风气。此期民歌民谣对社会政治问题多有批判，杂言与五言歌谣在句式运用、意象使用和抒情表达模式上为后世五、七言诗积累了经验。刘德杰《东汉皇族与东汉歌诗发展》认为，东汉天子用于祭祀燕飨的雅乐基本继承了西周以来的雅乐传统；东汉民间歌诗的采集整理、歌唱演奏及流传，在一定程度上受益于光武帝建立的“观纳风谣”的政治文化制度，以及由此产生的注重风谣的人物品评风尚；东汉《诗经》的传播与皇族的积极倡导密切相关；明章二帝一直致力于礼乐改革，这个阶段的文人雅乐歌诗创作在整个东汉时期都是最活跃的。王长顺《从音乐文化看西汉前期歌诗生产及消费性质的嬗变》认为，汉代歌诗的生产及其消费状况随着音乐文化的发展变化而发生着嬗变，西汉前期歌诗的生产性质有一个由民间个体自觉生产到官方组织社会性生产的嬗变，其消费性质则有一个由娱乐消费到政治消费的嬗变。雷乔英《论盛唐郊庙歌辞与盛唐之音》探讨了盛唐郊庙歌辞与盛唐诗歌的内在联系，认为盛唐郊庙歌辞在内容和气质上所表现出的从容与自信，与盛唐诗歌的精神有着内在的一致。而盛唐郊庙歌辞创制对齐梁以来新体诗实践技巧的吸纳，则在一定程度上促进了近体诗的发展与成熟。柏俊才《汉武帝时期的乐府制度及对乐府诗歌创作的影响》对汉武帝时期乐府制度以及乐府歌诗创作情况作了较为全面的论述。左汉林《唐代的大酺及其与文学的关系》在全面考察唐代大酺活动的基础上认为，大酺活动与唐代诗歌创作关系密切，诗人不仅为大酺活动中的音乐创作歌词，在大酺活动中以诗歌应制或唱和，他们还在此活动中为朝廷献诗。

最后，从特定主题出发来研究某一乐府诗类型。蔡丹君《道教影响下的〈江南上云乐〉及其乐舞源流——兼论与〈老胡文康辞〉的主题关系》认为，《江南上云乐》十四曲和《老胡文康辞》以及之后对它们进行仿写的作品，都与道教文化语境中形成的游仙与长生主题相关。《江南弄》七曲所涉及的女性形象具有道教神女的特征，《上云乐》通过地名轮换来讲述飞升变化，而《老胡文康辞》歌颂长生，其献寿歌舞中老胡形象的出现，和当时十分流行的《老子化胡经》给人们带来西域道教传播之想象有一定的关系。廖美玉《春天之歌——张若虚〈春江花月夜〉的生成及其诗学意义》一文，从《诗经》中与自然物候相呼应的水岸情歌谈起，通过对由汉乐府《白头吟》蜕变而来的刘希夷《代悲白头翁》、南朝江南水岸情歌《西洲曲》等的创作变化，探讨了张若虚《春江花月夜》的生成及其诗学意义，梳理出记忆青春的水岸情歌如何由欢唱、失落到重现的发展历程。李乃龙《梦想的程式——乐府游仙诗模型描写》以《乐府诗集》收录的 24 题 40 首游仙乐府为研究对象，认为乐府游仙诗以仙人的生命特征、生理特征和生活特征为内容模型，以具体形象全面展示了源于道家、方仙道、外丹道、内丹道的四种成仙途径。袁绣柏的《论隋唐“涉辽”乐府诗的主题特征》，在明确隋唐乐府中涉辽诗题目及数量的基础上，论述了隋唐“涉辽”乐府诗的四大主题，并阐述涉辽诗以战争为中心的主题特点，对其中个别诗题进行了发掘。张梅的《傅玄鼓吹曲辞的继承与新变兼论西晋鼓吹曲的雅化》，探讨了傅玄鼓吹曲对汉魏以来鼓吹曲的继承与新变，认为其对鼓吹曲的雅化具有推动作用。

文献学研究可分为三个方面。

其一，传统的文献校勘与考论。李骜《〈歌录〉佚文的辑校及有关问题》通过对《文选》李善注所存《歌录》18 条佚文的逐一分析认为，《歌录》所谓“某曲古辞”具有特殊含义，它指的不是某曲曲辞乃古辞，而是某曲曲调起自古辞。《歌录》所载《王昭君》一曲的避讳字表明它不是晋人、也不是刘宋人所作。《歌录》所载“吟叹四曲”皆在张永《元嘉正声技录》“古有八曲”之内而其中三曲亦在张《录》“吟叹四曲”之内，表明其所载“吟叹四曲”为张《录》“古有八曲”的来源之一。《歌录》多载《齐瑟行》歌辞，表明它当为十六国时期南燕人所撰，记载的当是南燕宫廷之乐。亓娟莉《〈乐府杂录〉校勘二则——兼及梨园、教坊分和之沿革》在校勘《乐府杂录》“俗乐”及“古乐工”两段文字的基础上，重新解读唐梨园、教坊的沿革，肯定“梨园新院”与“梨园别教院”为同一音乐机构的观点。“梨园新院”即“梨园别教院”主掌宫廷俗乐，兼习供奉新曲以及法曲乐章，开元前隶属太常寺太乐署，开元二年别置左右教坊，梨园新院主掌之俗乐及乐工“于此旋抽入教坊”。卫亚浩《宋代太常卿（或判太常寺）设置与任职情况考》对宋代太常寺人员设置、任职条件及其具体职责都有着详尽的考述。

其二，研究新材料和以新材料研究老问题。姚小鸥、李文慧《〈周公之琴舞〉诸篇释名》以新近发布的清华大学 2008 年收藏的战国竹简中的《周公之琴舞》为研究对象，认为周公与成王所作“琴舞九絉（卒）”的“各启”相当于今本《诗经》诸篇，并按照颂诗取首句或句中重点词语为篇名的惯例为之命名。姚小鸥、孟祥笑《试论清华简〈周公之琴舞〉的文本性质》认为,《周公之琴舞》中的乐舞术语源于古代乐官系统，它是诗家之诗未将乐家之诗的标记全部剥离的情况下产生的，其文本性质属于诗家之诗，但尚带有乐家之诗的痕迹。黄震云《武威雷台“马踏飞燕”的名称、造型和汉武帝〈天马歌〉的写作年代》认为，中国旅游标志、甘肃武威出土的世界名器“马踏飞燕”青铜马造型，取意于汉武帝赞美天马出世的《天马歌》，天马脚下的鸟为朱鸟而非燕子，象征着南方，表示西北将军对南方疆域安全的关注，这是汉末艺术家将诗情表现为画意的经典之作，也是诗画同源的早期见证。

其三，关注音乐文学史上的特殊现象。曹胜高《由聘礼仪程论季札观乐之性质》通过对季札观乐细节的考察分析，认为今本《诗经》的次序乃鲁乐工演出之顺序，亦为乐官之外天子卿大夫士所观赏诗乐之次序。在乐工眼中，此类乐曲有古今隆杀之别，教习演奏之分，故乐工论乐、礼书所载，不同于今本次序。王克家《武帝“乃立乐府”与汉代乐府的性质》认为,《汉书》在记述职官或机构的初始设置时一般使用“初置”这一术语，“乃立乐府”并非始立乐府之意。武帝时期乐府机构除乐器监造和贮藏等职能之外，还包括管理内廷的仪式用乐和娱乐用乐，是国家礼乐制度的实施者。杨晓霭《北宋太宗朝的“乐府声诗并著”》以北宋太宗朝为中心，全面考察了宋太宗及其臣僚“乐府声诗并著”的创作情况，认为这些创作是宋初礼乐文化建设中歌曲风格多样、“雅”“俗”共赏的典型表现。

本次会议在乐府诗音乐学层面的研究，关注重心可以分作五个方面。

第一，宏观层的总论性研究。如杜运通《音乐文学视野中的汉乐府诗本体特征》、卢盛江《永明声律探求中的乐府诗创作》，探讨音乐文化背景下的乐府歌诗创作及其特征；曾永义《论说“歌乐之关系”》从创作与呈现两个层面探讨歌乐关系，并以具体实例探讨语言旋律与音乐旋律相得益彰之时中国韵文学所体现出来的特色美；刘凤泉、孙爱玲《声辞关系视野下的歌诗嬗变》探讨音乐影响下歌诗创作体式、风格等的相应变化；韩宁《〈七德〉〈九功〉与初唐郊庙乐的离合演变》对初唐时期两部著名的宫廷大型乐舞《七德》《九功》的使用情况及其离合演变进行了全面考述。

第二，音乐形态研究。如何江波《〈前溪曲〉音乐形态研究》、郭丽《论〈渭城曲〉的音乐形态》，研究具体作品的音乐形态。黄震云《敦煌莫高窟安西榆林窟新疆柏孜克里克壁画的音乐形态与思想》结合中国古代的音乐理论与音乐思想来谈壁画中的音乐表现，是我国古代音乐形态研究的一个全新视角。

第三，音乐术语考论与重要音乐学概念辨析。如何涛《“乱”为乐奏考》、王福利《“行”体乐府论析》、史文《曹植“篇”题乐府诗研究》等，对乐府诗中常见的“乱”“行”“篇”等音乐术语进行了研究。柯利刚《丝竹更相和执节者歌》对相和歌具体表演中的“丝竹”“节”的概念及“丝竹更相和”的具体含义予以考述。

第四，诗人诗作音乐背景或音律研究。如王德华《南宫翼为天乐府与〈远游〉的音乐书写》认为，屈原《远游》的空间书写有着五官星空区划的天文背景。南宫翼为天乐府职能形成的天文背景与人文映射，构成《远游》南宫音乐书写的知识背景。《咸池》等天乐作为阴阳调和的正风与正乐的象征，反映了诗人对音乐之道的通晓，也与现实中“楚之衰也，作为巫音”构成了反比寓意，表现了诗人对楚国现实的关注。耿志坚《李白“乐府诗”押韵的音律之研究》通过对《全唐诗稿本》卷163～167所录李白乐府诗用韵情况的分析，认为李白为数不多的七言诗和杜甫的音律非常近似，这说明七言乐府诗在李、杜时期已经存在一个音乐性的“律”。李白的五言乐府有四声的转换、韵律的节奏，并且和七言诗相同。

第五，具体作品传唱史探究。如游素凰《王维〈送元二使安西〉歌乐传唱探讨》梳理了王维《送元二使安西》自唐朝迄今一千余年由诗入歌再由歌入曲的流传与演变过程及《阳关三迭》的各种不同迭法，并探讨了《渭城曲》入歌乐过程中语言旋律、用韵设计、歌乐呈现以及意境表达等相关问题。

除上述三大主要研究层面之外，相比于前几届会议，本次会议的乐府与歌诗研究呈现出一些新特点。

第一，海外乐府诗及海外的乐府诗研究动态受到关注。随着乐府学自身影响力与海外学者群体的逐步扩大，海外乐府诗及海外的乐府诗研究动态逐步受到关注。金昌庆《韩国乐府诗的演变与特征》对韩国乐府诗创作的总体情况作了描述，在对韩国乐府诗创作情况进行历史梳理的基础上，分析了韩国乐府诗创作的主要类型。赵敏俐《20 世纪国外和港台的两汉诗歌研究》对 20 世纪国外和港台的两汉诗歌研究状况作了全面考述。佐藤利行、李均洋《日本乐府研究著述目录》对日本乐府诗研究著述目录作了全面搜集。

第二，乐府学史进入研究视野。学科学术史的梳理是学科形成与发展过程中一项有意义的工作。考察乐府学纵向发展进程与横向扩展过程，辨认其发展轨迹，为后人研究提供借鉴，无疑可以更好地促进乐府学这一学科的健康成长。前述赵敏俐《20 世纪国外和港台的两汉诗歌研究》与佐藤利行、李均洋《日本乐府研究著述目录》，以及柏红秀《新世纪艺术与唐代文学关系研究问题综述》，这种研究状况梳理型论述，是乐府学史研究的一个方面。长谷部刚《围绕林谦三〈隋唐燕乐调研究〉》对重要乐府学论著的研究，是乐府学史研究的另一个方面。而苗菁《论“乐府”一词在历代各时期的概念指向及其变化》对学科核心概念指向的梳理，陈丽平、钟志强《刘向刘歆父子音乐文献整理工作及其思想》对学科史上重要学人工作及思想的考论，吴相洲《唐代乐府学概述》对学科某一时段学术史的概述，赵乐《试论新乐府运动》对学科史上重要现象的研究，都是乐府学史研究的主要内容，也必将成为学科未来发展的重要方向。

第三，对琴曲的关注。本次会议出现了两篇专门研究琴曲的长文。李健正《琴歌——歌诗的一个重要领域》，对琴歌的概念、起源、作品来源、存在状况以及表演形式和内容都有详细介绍，并结合自身实践对中华古乐的体系、琴谱“琴乐”的特点和中国古琴“七线谱”及其对古琴音乐实践的意义作了论述。沈冬《儒士琴的流浪——隋代文中子王通家族之琴》通过对王通家世生平、王通有关乐的议论观念、王通个人及家族的琴学实践等的全面考察，认为南北朝以迄隋唐之交，王通家族之琴代表了“士族琴”及“儒士琴”的末流余绪。

第四，关注古代艺术的当下传承。格日勒图《试论呼麦和口哨与古代长啸的关系——关于一个千古乐史之谜的思考》在对呼麦与口哨各自特点比较的基础上，认为古籍记载中的“啸”有的指的很可能是口哨，但有的是指吼叫或哭号，有的很可能指的就是呼麦。范子烨《自然的亲证——关于中国古代长啸艺术的音乐学阐释及其现代遗存的田野调查》从乾隆诗中的“长啸”意象出发，结合广泛的田野调查和丰富的历史文献，分别对传统的“啸即口哨”论和处于假说状态的“啸即浩林·潮尔”论进行了深入研究，并从《啸赋》的“互文性”建构和长啸与浩林·潮尔在音乐形态、发声方法、宗教功能、命名、配器上的同一性，以及啸者与闻啸者的民族属性等七个方面证明了后一假说的正确性。文章强调，口哨与浩林·潮尔都属于啸史的有机组成部分，但前者一直处于民间状态，是非主流的，而后者则由草原游牧民族传入中原，渗透于魏晋士林的高知识阶层，实现了由“原生态”向“次生态”的革命性转化，实现了对儒释道的多元文化的兼容，并升华为中国古典文学特有的音乐意象。高人雄《乐府歌乐文化在河陇民间的遗存与变化》在对河陇曲子、曲子戏、宝卷、贤孝（又称河州弹唱或河州唱书）、民歌、舞蹈等各种民间演唱活动全面考述的基础上，认为唐大曲、唐宋词牌、诸宫调、元散曲及明清以后的曲艺、戏曲等歌乐，都是在汉魏以来乐府文化的基础上发展变化而来的，这些歌乐文化流传至今，已渗入地方乐舞民俗文化之中。

另外，杜贵晨《读乐府诗札记》以文学史上的《焦仲卿妻》《饮马长城窟行》《上山采蘼芜》《陌上桑》等经典乐府诗为例，探讨了我国古代女子的教育问题。张红星《诗词“重章迭唱”教法散论》根据自己的切身体会，针对中国古代诗歌中“重章迭唱”句式因重复文字过多而导致主旨湮没无闻的问题，介绍了自己在多年教学实践中总结出来的“多行合一”法。这些也都是本次会议的新动向。

整体而言，本届会议是乐府学学科发展史上具有标志性意义的一次大会。乐府歌诗研究范围的逐步扩大与研究方法的多元取向，研究视角逐步细化与问题意识渐次突出，与会代表对海外乐府歌诗及其研究动态、乐府歌诗艺术的延续性和当代传承、乐府学史上重要现象与问题以及乐府学史本身的关注，都是乐府学学科发展趋向成熟的重要标志。而作为本届会议的一项重要议程，乐府学会的成立无疑为乐府学研究搭建了一个新的更广阔的平台，必将吸引更多学界同仁投身于乐府学研究，从而带动乐府学学科的健康快速发展。

大会闭幕式上，吴相洲会长在其总结发言中以“水平高、范围广、角度新”来概括本次会议提交的63篇学术论文，认为这届会议所呈现出来的许多趋向，是代表乐府学研究走向深入的重要指标。姚小鸥副会长在闭幕辞中表示，这次会议选举了乐府学会的组织机构——理事会，推选了一位很好的领导，会集了各方面的专家和一批新成长起来的中青年学者，并表示学会以及它所从事的事业拥有无限广阔的前景和较为开阔的领域。李昌集副会长再次强调，宋人把词称为新乐府，元人把散曲称为新乐府，在元代曲学的讨论中，有乐府与民歌的区别之称，我们应该把乐府学研究进一步推进到其影响研究这一层面。会议在友好、热烈的氛围中圆满结束。

文献研究

围绕林谦三《隋唐燕乐调研究》*

长谷部刚（日本，关西大学文学系）

摘　要： 日本著名音乐学家林谦三（Hayashi Kenzo，1899～1976年）的《隋唐燕乐调研究》只有中文版，而没有日文原著。所以在日本很少人认识它的学术价值。由笔者组织的“隋唐乐府文学研究小组”调查林谦三旧宅发现未公开的手稿《唐乐调的渊源》，得知林谦三在1936年出版了《隋唐燕乐调研究》后又重新用日文撰写了有关内容。

关键词： 林谦三　《隋唐燕乐调研究》

作者简介： 长谷部刚，男，1970年生，日本东京人。1996年于日本早稻田大学获文学硕士学位，师从松浦友久教授。2000年于早稻田大学读完博士课程。现为日本关西大学文学系教授、硕士导师、关西大学亚洲文化研究中心研究员，专业方面为唐代诗歌研究。主要论文有《从“连章组诗”的视点看钱谦益对杜甫〈秋兴八首〉的接受与展开》（载《杜甫研究学刊》1999年第二期）、《简论〈宋本杜工部集〉中的几个问题——附关于〈钱注杜诗〉和吴若本》（载《杜甫研究学刊》1999年第四期）、《初盛唐至中唐间“古乐府”概念衍变刍论》（载《唐代文学研究》第十四辑）等。

一

林谦三（Hayashi Kenzo，1899～1976年）是日本著名的音乐学家、雕刻家，其1936年所著《隋唐燕乐调研究》一书，经过郭沫若的翻译在上海出

* 本文系日本学术振兴会科学研究费补助金基盘研究（B）《隋唐乐府文学的综合性研究》（研究代表者：长谷部刚，课题号码：24320070）的阶段性成果。

版（详情后述）。此后在第二次世界大战时期开始解读研究《敦煌琵琶谱》以及《（日本）阳明文库藏〈五弦谱〉》。战后，进行正仓院藏乐器调查，1950 年因“东洋古代乐器研究及正仓院乐器复元”获得了“朝日奖”，并被奈良教育大学聘为教授。1957 年在中国出版《敦煌琵琶谱的研究》（潘怀素译，上海音乐出版社），1962 年，在中国出版《东亚乐器考》（音乐出版社），1964 年在日本出版《正仓院乐器研究》（风间书房），1969 年出版《雅乐——古乐谱的解读》（音乐之友社），1973 年出版《东亚乐器考》日文版（河合乐谱）。通过《隋唐燕乐调研究》《敦煌琵琶谱的研究》《东亚乐器考》三部著作，林谦三在中国的声誉远远高于在日本的知名度。距《东亚乐器考》日文版出版 11 年前已有中文版，这足以说明以上事实。

二

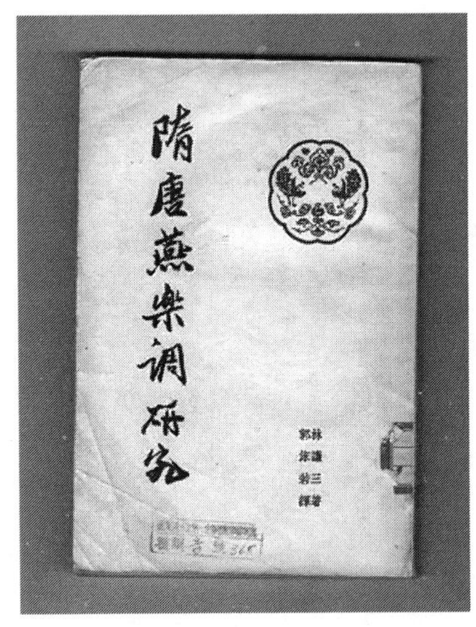

1928 年林谦三在东京的东洋文库认识郭沫若。[①] 郭沫若因被国民党通缉，从中国亡命到日本，为了搜集有关甲骨文与金石文的研究资料经常去东洋文库。当时，林谦三也在东洋文库搜集研究资料，专心研究东洋古典音乐，过了一段时间后，林谦三的工作大部分已经完成，但那时候他还只是一个默默无闻的年轻学者，无法发表有关东洋古典音乐的研究成果。郭沫若听到林谦三的悲叹，劝说他在中国发表自己的研究成果，帮助他找中国的出版社，主动承担将林谦三的日文草稿翻译成中文。这就是 1936 年由上海商务印书馆出版的《隋唐燕乐调研究》。按照林谦三的回忆[②]，郭沫若为了完成这本书的翻译工作，暂时中断了中国古代社会研究。1951 年 8 月发表的《海涛》[③] 里，郭沫若描

① 《林谦三先生年谱 · 业绩目录》（《东洋音乐研究》第 24 ~ 25 号，东洋音乐学会，1968 年 3 ~ 4 月）。

② 林谦三：《郭沫若》，《文艺春秋》1955 年 4 月号。

③ 日文版《亡命十年》，冈崎俊夫译，筑摩书房，1953。

写了日本滞留期间的许多事情，但是有关与林谦三的交流，以及《隋唐燕乐调研究》的翻译工作，连一句话也没有言及。

《隋唐燕乐调研究》这本书，原来虽是用日文写的，但从来没有在日本出版过。在中国受到专家们的重视，有 1955 年重印版，1986 年 7 月收录于《燕乐三书》（黑龙江人民出版社），仍然保持着它的学术价值。

刘崇德、徐文武在《燕乐声乐化与词体的产生》中引用过林谦三的研究：

> 敦煌琵琶谱是我国仅见的唐代乐谱，其中记录乐曲节拍的符号有两种："□"与"、"。日本学者林谦三根据对日本所存我国唐乐古谱记载的拍号考证，认为"□"是太鼓拍子，意即演奏乐曲时击打太鼓之处所用的符号。[①]

以上引用林谦三的研究观点出自"（日）林谦三：《隋唐燕乐调研究》，郭沫若译，商务印书馆，1936 年"。但是这个注解其实不对，应该是"（日）林谦三：《敦煌琵琶谱的解读研究》第 51 页，潘怀素译，上海音乐出版社，1957 年"。刘、徐的这篇论文引用《敦煌琵琶谱的解读研究》却误以为是《隋唐燕乐调研究》，也许是因为中国专家一提到"林谦三"首先想到的是《隋唐燕乐调研究》这个书名。

与中国相反，在日本林谦三凭借《正仓院乐器研究》《雅乐—古乐谱的解读》《东亚乐器考》三部著作而出名，而中文版的《隋唐燕乐调研究》反而默默无闻。目前笔者获得日本学术振兴会科学研究费补助金·基盘研究（B）（2012 ~ 2014 年），组织"隋唐乐府文学研究小组"对于隋唐燕乐与乐府文学之间的关系进行研究。在推动这项研究的过程当中，我们研究小组屡次参考《隋唐燕乐调研究》，再次发现这部著作的重要性，对于因没有日文版而在日本不为人知，不禁感到遗憾。2010 年 12 月，在林谦三遗族的同意之下，查看他的书房的时候，发现了大量的草稿。据其遗族的解释，第二次世界大战之前的草稿以及藏书等，遭到美军的空袭而化成灰烬。所以由此可知：这部分草稿是战后重写的。这些草稿大部分未出版，但笔者仔细考察后，认为每一篇都有各自的学术价值。其中有：

1. 《唐乐调的渊源》

---

① 赵敏俐主编《中国诗歌与音乐关系研究》，学苑出版社，2005。

2. 《隋唐代乐调的调性问题》
3. 《关于南诏奉诏乐》
4. 《唐代雅乐概说》
5. 《唐代歌词的问题》
6. 《唐立坐二部伎的乐曲》
7. 《贞观四部乐》
8. 《异性调的移调》
9. 《异调同曲的移调》
10. 《唐代破阵乐考》

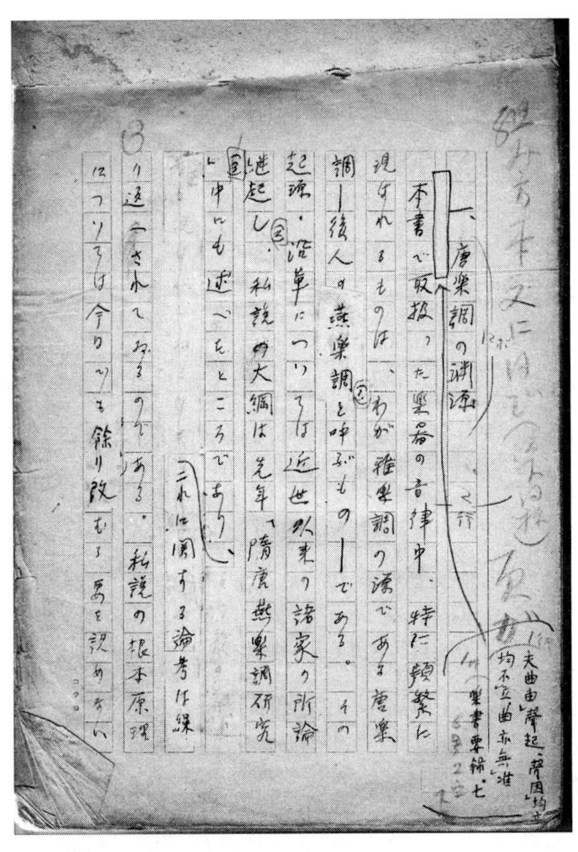
一、唐楽調の淵源
本書で取扱った楽器の音律中、特に頻繁に
現はれるものは、わが雅楽調の源である唐楽
調——後人の燕楽調と呼ぶもの——である。その
起源・沿革については近世以来の諸家の所論
逓起し、私説の大綱は先年「隋唐燕楽調研究」
中にも述べたところであり、
これに関する論考は繰
り返えされてあるのである。私説の根本原理
につりては今日も餘り改むる所を認めない
夫曲由聲起，聲因均立，均不立曲亦無准
楽書要録・七

上列第一的《唐乐调的渊源》，从内容上来看，同《隋唐燕乐调研究》大体上一致，原稿第一页上写着：“东亚乐器考附录富山房”。可知林谦三1936年出版中文版《隋唐燕乐调研究》以后，以《唐乐调的渊源》的题目重新写出《隋唐燕乐调研究》的核心内容，计划由富山房出版《东亚乐

器考》，并且将《唐乐调的渊源》作为附录。按照《林谦三先生年谱·业绩目录》，1945 年林谦三不得不放弃出版《东亚乐器考》的计划。1973 年《东亚乐器考》终于由河合乐谱出版，但是 1973 年版的《东亚乐器考》并没有附上《唐乐调的渊源》。实际上谁也不知道《隋唐燕乐调研究》日文版的存在，直到我们研究小组在林谦三旧宅里发现《唐乐调的渊源》。

三

1956 年 4 月 14 日，林谦三在日本广播协会（NHK）录制题为《郭沫若先生与我的〈隋唐燕乐调研究〉》的节目，16 日由日本国际广播电台向中国大陆播送，17 日播送汉语版。他说道：

> 此书（引用者注：《隋唐燕乐调研究》）是 1936 年 11 月发行出版的。通过此书，我在日本学术界迈出第一步，而且遇上中国与其他国家的知己。此书是二十年前的著作，有不少地方需要修改。但是对我来说，也是第一个充满雄心之作，还有很多地方源自郭沫若先生的协力，可以说是一本难忘的，使人怀念的书。

节目中，林谦三认为《隋唐燕乐调研究》有不少地方需要修改，但是既然战后并没有《隋唐燕乐调研究》的日文修订版，我们也只好通过未公开的《唐乐调的渊源》去探究林谦三更改自己的论点的过程。下面（四）举个例子来讨论这个问题。

四

王溥《唐会要》卷三十三《诸乐》：

> 天宝十三载七月十日，太乐署供奉曲名，及改诸乐名。
>
> 太蔟宫时号沙陀调：《龟兹佛曲》改为《金华洞真》，……以下省略……
>
> 太蔟商，时号大食调：《破阵乐》，《大定乐》，《英雄乐》，…以下省略……
>
> 太蔟羽，时号般涉调：《太和万寿乐》，《天统九胜乐》，……以下

省略……

太蔟角：《大同乐》，《六合来庭》，《安平乐》，《戎服来宾》，《安公子》，《红蓝花》。

林钟宫，时号道调：《道曲》，《垂拱乐》，《万国欢》，……以下省略……

林钟商，时号小食调：《天地大宝》，《迎天欢心乐》，《太平乐》，《破阵乐》，《五更转》，《圣明乐》，《卷白云》，《凌波神》，《九成乐》，《泛龙舟》，…以下省略……

林钟羽，时号平调：《火凤》，《真火凤》，《急火凤舞》，…以下省略……

林钟角调：《红蓝花》，《绿沉杯》，《赤白桃李花》，《大白纻》，《堂堂》，《十二时》，《天下兵》改为《荷来苏》。

黄钟宫：《封山乐》。

黄钟商：时号越调：《破阵乐》，《天授乐》，《无为》，《倾杯乐》，……以下省略……

黄钟羽：时号黄钟调：《火凤》，《急火凤》，《春杨柳》……以下省略……

中吕商：时号双调：《破阵乐》，《太平乐》，《倾杯乐》…以下省略……

南吕商：时号水调：《破阵乐》，《九野欢》，《泛金波》……以下省略……

就此，林谦三《隋唐燕乐调研究》附录五《述〈唐会要〉天宝乐曲》写道：

对于《唐会要》所载天宝十三年改名乐曲加以一瞥时，其中有胡部新声，有立坐部伎，有道调、法曲，诸乐均使用着渊源于龟兹乐调的俗乐调，足见唐代中的胡乐之压倒胜利。

林谦三还关注《唐会要》所载的乐曲之中的一两首与日本所传的唐乐曲同名，并进一步研究指出：

四、清乐

《堂堂》：林钟角。《羯鼓录》以《堂堂》为太簇商。《泛龙舟》：

《会要》列于小食调，日本所传乃水调，盖后来之误变。

《万岁乐》（大）在清乐中，日本所传入于平调。

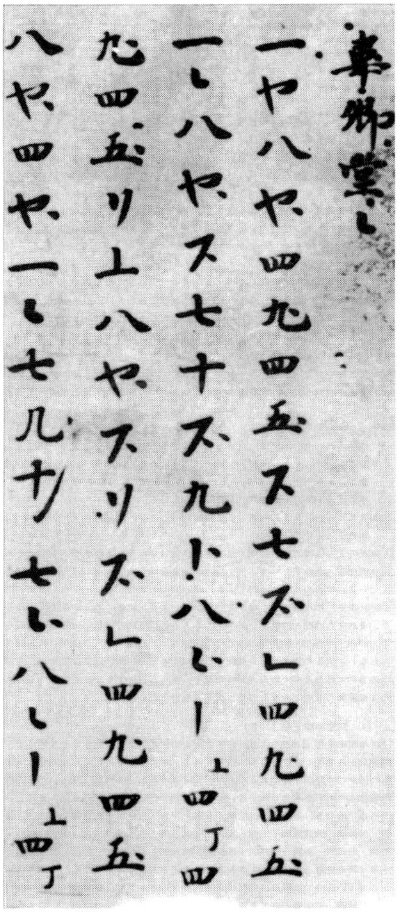

日本所传《玉树后庭花》（越）亦清乐曲名，但《会要》未见。

清乐在盛唐时代甚为衰微，《通典》云："合于管弦者，唯《明君》《杨叛》《骁壶》《春歌》《秋歌》《白雪》《堂堂》《春江花月夜》等八曲。……开元中，有歌工李郎子……自郎子亡后，清乐之歌阙焉。又闻清乐，唯雅歌一曲，辞典而音雅。……"疑其乐曲中有移入于胡乐调而残存者，《会要》所载诸曲其传至日本者，大率即此类。若然，则清乐亦不能不说是已经舍弃了它的固有之律，而与法曲、道调等同用了俗乐调的。

关于清乐调之移入，当成为问题的是选择的乐调之种类。清乐本来是南朝旧乐，受胡乐之影响比较地少。因而中国古来之宫调应该是于清乐最有关系的，但其实际的情形不明。后人或以清商三调（平调、清调、瑟调）① 拟诸晋荀勖之三调（正声、下徵、清角）。② 此三调之调首为宫，即是宫调。但北朝所传，平调、瑟调虽以宫为主，清调则以商为主。③ 又据郑译所言，隋初清乐黄钟宫以仲吕为变徵而不

① 原注：《通典》一四五云："平调、清调、瑟调皆用周房中遗声也。汉代谓之三调。"

② 原注：荀勖三调见本论第六章。《燕乐考源》云："唐之俗乐有二：一曰清乐，即魏晋以来之清商三调也。三调者清调也，平调也，侧调也。龟兹乐入中国以前，梁陈之俗乐如此。……荀勖之正声、下徵、清角，亦祗三调也。"

③ 原注《魏书》一〇九《乐志》：神龟二年陈仲儒所言云："……又依琴五调调声之法，以均乐器。其瑟调以宫为主，清调以商为主，平调以角五调各以一声为主，然后错采众声以文饰之，方如锦绣。"

以蕤宾。[①] 然则清商黄钟宫以黄钟为调首时，则为仲吕均之徵调，又当时雅乐同样以林钟为调首时，则为仲吕均之商调。清乐曲中《泛龙舟》为龟兹乐工白明达所造，则隋代清乐已自由使用龟兹调亦未可知。

清乐曲是否在隋朝已经受到龟兹调的影响？林谦三在这里只提出其可能性，没有断言。

到了未公开的草稿《唐乐调的渊源》，他的见解更加鲜明了。其中，《苏祇婆七调与印度乐调之关系》里写道：

通过苏祇婆调在隋初引起乐议的七调理论，随着胡乐流行，与其先后，为俗乐带来了相当大的影响。依靠唐代所传的，或日本所传的六朝末期以及隋朝时期的乐曲，我们可以窥见一斑。例如：《玉树后庭花》《堂堂》《泛龙舟》等。这三首乐曲虽然称为"南朝系清乐"，但是有可能受到龟兹乐调的影响。

林谦三还加以注解阐明了以上的见解：

日本所传《玉树后庭花》列于"一越调"，《泛龙舟》列于"水调"，《唐会要》将《堂堂》列于"林钟角"，日本《五弦谱》所载的《韦卿堂堂》属于"黄钟角"。这种乐调不能认为是原来的清乐之调。

与 1936 年的《隋唐燕乐调研究》相比，林谦三在《唐乐调的渊源》上以更加肯定的态度主张清乐中的几首乐曲已经属于龟兹调。这是有依据的。

1937 年 7 月 25 日，郭沫若为了参加抗日战争回到中国。此后林谦三开始单独着手解读日本《五弦谱》以及《敦煌琵琶谱》，花了十年多的时间解读完两种弦乐器谱，其最终成果见于 1969 年出版的《雅乐——古乐谱的解读》，还有 1965 年发表的密纹唱片《天平[②]·平安时代的音乐——根据古乐谱的解读》（日本哥伦比亚唱片）。例如，《唐乐调的渊源》涉及日本《五弦谱》所载的《韦卿堂堂》，这是因为林谦三在完成《唐乐调的渊源》之前，已经开始研究《五弦谱》所载的《韦卿堂堂》。

---

① 原注《隋书音乐志》云："译与夔具云：'按今乐府黄钟，乃以林钟为调首，失君臣之义，清乐黄钟宫，以小吕为变徵，乖相生之道。今请雅乐黄钟宫，以黄钟为调首，清乐去小吕，还用蕤宾为变徵。'"

② 天平：日本·奈良时代的年号，公元 729 ~ 749 年。

在 1965 年的《天平·平安时代的音乐——根据古乐谱的解读》，林谦三将《韦卿堂堂》翻为五线谱，并且试图为李贺的《堂堂》[1] 配乐。

林谦三在唱片附录的《解说》中指出：

1. 《韦卿堂堂》的“韦卿”可能是像初唐的太常少卿“韦万石”那样的人物。

2. 《韦卿堂堂》属于“黄钟角”调。

3. 《韦卿堂堂》一共有六帖，每一帖的乐曲旋律都相似（上一页的为第一帖）。

4. 《韦卿堂堂》可以作为四拍，也可以作为八拍演奏。八拍的乐曲适合配八句诗，例如李贺的《堂堂》。那时候，七言句末有一拍的休止。

通过林谦三的解读及复原工作，我们可以了解：南朝以来的“清乐”到了隋唐时期受到胡乐（龟兹乐）的影响，出现了十分复杂的演变。同时发现他未公开的草稿《唐乐调的渊源》的学术价值。

五

因为林谦三《隋唐燕乐调研究》没有日文版，所以这部书在日本不为

① 《乐府诗集》第 79 卷，中华书局，1979，第 1117 页。

人知。我们“隋唐乐府文学研究小组”正在进行相关的翻译工作，准备将来在日本出版，届时还会附上《唐乐调的渊源》等未公开的草稿。

同时，我们研究小组相信：《唐乐调的渊源》等未公开的草稿，以及《雅乐——古乐谱的解读》《正仓院乐器研究》等还没翻译成中文的著作也一定会为中国乐府学界做出巨大贡献。

《歌录》佚文的辑校及有关问题

李　鹜（襄樊，湖北文理学院文学院，441053）

摘　要：从《文选》李善注所存《歌录》18条佚文可以看出，《歌录》所谓“某曲古辞（也）”具有特殊的含义，它指的不是某曲曲辞乃古辞，而是某曲曲调起自古辞。这是李善注一再阐明的。从《歌录》所载《王昭君》一曲的避讳字，可推断《歌录》不是晋人，也不是刘宋人所作。又从其所载“吟叹四曲”皆在张永《元嘉正声技录》“古有八曲”之内而其中三曲亦在张《录》“吟叹四曲”之内，可推断它所载“吟叹四曲”为张《录》“古有八曲”的来源之一，再联系《歌录》多载《齐瑟行》歌辞，进一步推断它当为十六国时期南燕人所撰，记载的当是南燕宫廷之乐。

关键词：歌录　佚文　古辞　文选李善注

作者简介：李鹜，男，文学博士，现为湖北文理学院文学院讲师，专业方向为乐府歌诗、中国古代诗歌和屈宋研究。主要著作有《两宋鼓吹歌曲考述》和《清商三调歌诗考论》。

《歌录》是一部重要的中古乐录文献。清人王谟《汉魏遗书钞》曾经做过初步的辑佚，并下按语说：“按隋、唐《志》、《御览》俱无此书目，不知作者姓名，诸类书亦未见称引。今仅从《文选注》钞出十四条。”① 另一清代学者文廷式据《歌录》所载石崇《楚妃叹》歌辞，考订此书乃晋人所著。② 喻意志《歌录考》辑录佚文18条，并考订此书乃西晋到刘宋时期人所撰。③

① （清）王谟：《汉魏遗书钞》，嘉庆三年刻本，经翼二集。

② （清）文廷式撰《补晋书艺文志》，《二十五史补编》第1册，上海开明书店，民国25年，第3710页。

③ 喻意志：《歌录考》，《天津音乐学院学报》2004年第2期。

但此书的问题仍远未解决：一是王、喻皆据一书辑录，没有据不同版本进行校勘，也没有精心分判《歌录》原文和李善补注，所以都存在误将李善补注当做《歌录》原文的情况；二是文、喻对其成书时代的考订都没有注意到其中的避讳字问题，所以其结论是不可靠的；三是没有注意到李善注对《歌录》"某曲古辞（也）"义例的阐发，从而错误地认为此书多录古辞。故本文将在辑校《歌录》佚文的基础上，揭示《歌录》所谓"某曲古辞（也）"的特殊含义，重新考订其成书年代和地域。

《文选》版本众多，在辑校时没有必要尽列其异同，故本文于李善注系统选取清胡克家重刻宋淳熙本、于李善五臣注系统择取涵芬楼藏宋刊建州本《六臣注文选》、于五臣李善注系统挑取日本足利学校藏宋刊明州本《六臣注文选》、于唐钞集注系统检取《唐钞文选集注汇存》，而以中华书局 1977 年影印胡刻本为底本、与其他各本对校，择善而从。另外，为了更好地区分《歌录》原文和李善补注，本文将同条注文中的《歌录》原文与李善补注一并抄出，并在按语中说明分判原文和李善补注的理由。

一 《歌录》佚文的辑校

1.《歌录》曰："古相和歌十八曲：《气出》一，《精列》二……"《魏武帝集》有《气出》、《精列》二古曲。（《文选》卷十八马融《长笛赋》"吹笛为《气出》《精列》相和"注）

按：宋吴聿《观林诗话》引李善云："歌录曰古相和歌十八曲气出一蜻蛚二古曲。"① 在"蜻蛚二"和"古曲"之间存在明显的因同字而脱字的情况。李善引《歌录》"古相和歌十八曲"只节录二曲，《歌录》原文必全录十八曲之名，且无必要特别说明《魏武帝集》有《气出》《精列》二古曲。实际上，《魏武帝集》不仅有此二曲，尚有《蒿里行》《对酒》《陌上桑》等古曲，故后句当为李善的补充，之所以仅列举"二古曲"，其用意正如只节引《歌录》二曲一样，都是为了照应马融《长笛赋》序中提到的两支曲子。

2.《歌录》曰："《空侯谣俗行》，盖亦古曲，未详本末。"（《文选》卷十八嵇康《琴赋》"下逮谣俗，蔡氏五曲"注）

---

① 丁福保辑《历代诗话续编》，中华书局，1983，第 129 页。

按："盖"字，疑词，"未详本末"四字紧承之，故此四字也应该是《歌录》中语。

3.《歌录》曰："石崇《楚妃叹》歌辞曰：'《楚妃叹》，莫知其所由。楚之贤妃，能立德著勋，垂名于后，唯樊姬焉，故令叹咏声永世不绝。'"（《文选》卷十八嵇康《琴赋》"王昭楚妃，千里别鹤"注）

《歌录》曰："石崇《楚妃叹》曰：'歌辞《楚妃叹》，莫知其所由。楚之贤妃，能立德著勋，垂名于后，唯樊姬焉，故令叹咏声永世不绝。疑必尔也。'"（《文选》卷二十八陆机《吴趋行》"楚妃且勿叹"注）

按："令叹咏声"，明州本作"今咏叹之声"，于义较胜。合此二处注文，则此条佚文当做：《歌录》曰："石崇《楚妃叹》歌辞［序］曰：'《楚妃叹》，莫知其所由。楚之贤妃，能立德著勋，垂名于后，唯樊姬焉，故今叹咏之声永世不绝。疑必尔也。'"

4.《歌录》曰："吟叹四曲：《王昭君》、《楚妃叹》、《楚王吟》、《王子乔》，皆古辞。"《荆王》、《子乔》，其辞犹存。（《文选》卷十八潘岳《笙赋》"子乔轻举，明君怀归。荆王喟其长吟，楚妃叹而增悲"注）

按：潘岳《笙赋》曰"荆王喟其长吟"，而《歌录》曰"楚王吟"，荆、楚虽一事，然可见"荆王子乔其辞犹存"乃李善所加补注，以在字面上呼应潘赋之文。

5.《歌录》："《步出夏门行》，古辞。歌曰：'凤凰鸣啾啾，一母从九雏。'"（《文选》卷十八潘岳《笙赋》"含啁嘽谐，雍雍喈喈，若群雏之从母也"注）

按：李善注引《歌录》语的目的，是为了说明潘岳《笙赋》"含啁嘽谐，雍雍喈喈，若群雏之从母也"演奏的是什么曲调，以及为何是该曲调，故"凤凰鸣啾啾一母从九雏"句也应该是《歌录》的内容。

6.《歌录》有《美人篇》，《齐瑟行》。（《文选》卷十八潘岳《笙赋》"况齐瑟与秦筝"注）

按：建州本、明州本此条皆作："《歌录》曰：'《美人篇》，《齐瑟行》。'" 考之李善注所引其他各条，也都以"歌录曰"领起。为求其义例之统一，此条佚文当从建州本、明州本。

> 7.《歌录》曰："《怨歌行》，古辞。"然言古者有此曲，而班婕好拟之。（《文选》卷二十七班婕妤《怨歌行》题下注）

按："然言古者有此曲，而班婕好拟之"云云，乃李善对《歌录》行文之义例的阐发，说明《怨歌行》曲调起自古辞，非起自班婕妤辞。从李善补注还可以看出，《歌录》所撰录者乃班婕妤辞，古辞当时实已不存。

> 8.《歌录》曰："《苦寒行》，古辞。"（《文选》卷二十七魏武帝《苦寒行》题下注）
>
> 9.《歌录》曰："燕，地名，犹楚、宛之类。"此不言古辞，起自此也。他皆类此。（《文选》卷二十七魏文帝《燕歌行》题下注）

按："此不言古辞，起自此也"云云，也是李善注对《歌录》行文之义例的阐发。上第7条"然言古者有此曲"，从正面阐释"言古辞"是何意；此条则从反面解说"不言古辞"是何意。"他皆类此"云云，既自正反两面阐幽发微，又推而广之。元刘履《风雅翼》卷二曹丕《燕歌行》解题曰："《歌录》云：'燕，地名，犹楚、宛之类。'按《伎录》，此相和歌词之平调曲也。"① 正确地区分了《歌录》原文和李善补注。

> 10.《歌录》曰："《善哉行》，古词也。"古《［步］出夏门行》曰："善哉殊复善，弦歌乐我情。"然善哉，叹美之辞也。（《文选》卷二十七魏文帝《善哉行》题下注）

按：建州本此篇次序在《燕歌行》上。此为魏文帝《善哉行》题下注，故《歌录》引文仅"善哉行古词也"一句，即足以解释《善哉行》曲调来源。又"善哉殊复善，弦歌乐我情"，出自魏明帝《步出夏门行》，曲名前冠以"古"字，在李善时代则可，在《歌录》时代则未必然，故知自"古出夏门行"以下，皆当为李善语，以补充解说"善哉"之意。另外，据《歌录》遣词习惯，此处"古词"当做"古辞"。

---

①（元）刘履撰《风雅翼》第2卷，影印文渊阁《四库全书》本第1370册，台湾商务印书馆，1986，第23页。

11.《歌录》曰："《美女篇》，《齐瑟行》也。"（《文选》卷二十七曹植《美女篇》题下注，又卷二十四曹植《赠丁廙》"齐瑟扬东讴"注："《歌录》曰：'《美女篇》，《齐瑟行》。'"）

12.《歌录》曰："《白马篇》，《齐瑟行》也。"（《文选》卷二十七曹植《白马篇》题下注）

13.《歌录》曰："《名都篇》，《齐瑟行》也。"（《文选》卷二十七曹植《名都篇》题下注）

按：建州本此三篇次序为《名都篇》《美女篇》《白马篇》。《乐府诗集》卷六十三《齐瑟行》解题引《歌录》曰："《名都》、《美女》、《白马》，并《齐瑟行》也。"乃合李善注三处引文而错综言之。

14.《歌录》曰："《悲哉行》，魏明帝造。"（《文选》卷二十八陆机《悲哉行》题下注）

按：明州本无此条，建州本此篇次序在《塘上行》后。《乐府诗集》卷六十二陆机《悲哉行》解题引同。此亦"不言古辞，起自此也"，正合李善所言"他皆类此"之例。

15.《歌录》曰："《塘上行》，古辞。"或云甄皇后造，或云魏文帝，或云武帝。歌曰："蒲生我池中，叶何一离离。"（《文选》卷二十八陆机《塘上行》题下注）

按：此为陆机《塘上行》题下注，《歌录》引文仅"塘上行古辞"一句，即可说明曲调来源。又按《歌录》"某曲古辞（也）"的义例（详见下文），乃谓其曲调起自古辞，故"或云甄皇后造"以下皆当为李善语，《歌录》既曰"塘上行古辞"，决不会自乱体例，再添"或云甄皇后造"等语之蛇足。实际上，"或云"者，正谓他书有云，恰可证其非《歌录》之言。而《塘上行·蒲生我池中》作者互舛，正是唐人对先唐文献记载不一的概括，非惟李善如此，吴兢亦然；《乐府古题要解》于《塘上行》曰："右前志云晋乐奏魏武帝《蒲生我池中》，而诸集录皆言其词魏文帝甄后所作，叹以谗诉见弃，犹幸得新好不遗故恶焉。"[①] 吴兢所说"前志"即

① （唐）吴兢撰《乐府古题要解》，丁福保辑《历代诗话续编》，中华书局，1983，第29页。

《宋书·乐志》，《乐志》卷三于魏武帝辞《塘上行》题下正撰录《蒲生我池中》一曲。郭茂倩《乐府诗集》卷三十五《塘上行》解题，依次引《邺都故事》《歌录》《乐府解题》语，其引《歌录》曰：“《塘上行》，古辞。或云甄皇后造”[①]，误将李善之言阑入《歌录》，正是郭氏不明《歌录》“某曲古辞（也）”义例的表现。

16.《歌录》曰：“《日出东门行》，古辞也。”（《文选》卷二十八鲍照《东门行》注）

按：清人胡克家《文选考异》已看出此句的问题：“案‘日’字不当有，各本皆衍。”胡氏未见唐钞《文选集注》，纯以理校而发此论，实属难能可贵。上海古籍出版社 2000 年影印《唐钞文选集注汇存》卷五十六鲍照《东门行》题下注文正作：“李善曰歌录曰出东门行古辞也。”[②]然唐钞“曰”“日”无别，“歌录”后面的字是作“曰”字还是作“日”字，尚需稍作辨析。依李善注引《歌录》原文之义例，“歌录”后皆带“曰”字，是知《汇存》此字亦当做“曰”，李善注引文当点断为：“《歌录》曰：‘《出东门行》，古辞也’。”《出东门行》即《东门行》，二者繁简略异，皆以古辞首句“出东门不顾返”而名之，与《日出行》《日出东南隅行》皆由《艳歌罗敷行》首句“日出东南隅”而得名是同样的道理。

17.《歌录》曰：“《孤子生行》，古辞曰《放歌行》。”（《文选》卷二十八鲍照《放歌行》题下注）

按：明州本无此条，但有日人手书：“歌录云。孤子行。一曰放歌行。亦相和歌词之瑟调曲也。”系抄自元刘履《风雅翼》卷七《放歌行》解题，一字未易。此处引文于义虽非不可解，但自乱《歌录》行文义例。《唐钞文选集注汇存》李善注引《歌录》曰：“《孤子生行》，古辞。古《放歌行》。”[③] 于义例较胜，当从之。《乐府诗集》卷三十八《孤儿行》古

---

① 《乐府诗集》第 35 卷，中华书局，1979，第 521 ~ 522 页。

② 佚名编选《唐钞文选集注汇存》，上海古籍出版社，2000，第 382 页。

③ 佚名编选《唐钞文选集注汇存》，上海古籍出版社，2000，第 403 页。

辞解题引《歌录》曰："《孤子生行》，亦曰《放歌行》。"① 元刘履《风雅翼》卷七《放歌行》解题引《歌录》云："《孤子行》，一曰《放歌行》。"② 皆当源出于此，而稍微损益其辞。

18.《歌录》曰："《雁门太守行》曰：外行猛政，内怀慈仁。文武备具，课民不贫。移恶子姓，偏著里端。"（《文选》卷五十九沈约《齐故安陆昭王碑文》"无假里端之籍，而恶子咸诛"注）

按：宋叶廷珪《海录碎事》卷二十一《政事·礼仪部·刑法门》"里端之籍"条引《歌录》："《雁门太守行》云：'外行猛政，内怀慈仁。移恶子姓，偏著里端。'"③ 与此条同。

二　《歌录》所谓"某曲古辞（也）"的特殊含义

上述18条注文中，在征引《歌录》语之后，李善或加一二句补充，或一言不发。在那些加了补充说明的注文中，自然需要辨别哪些是《歌录》中的话，哪些是李善自己的话。由于这些加了补充说明的注文中绝大部分都含有"某曲古辞（也）"一语，所以辨别的关键，首先要弄清《歌录》所谓"某曲古辞（也）"的特殊含义。

在李善所可能看到的古代文献中，诸如《宋书·乐志》《南齐书·乐志》《昭明文选》《玉台新咏》和《古今乐录》中，"古辞"一语皆用来指两汉无名氏乐府歌辞。例如《文选》卷二十七《乐府四首古辞》题下，李善注曰："言古（诗）［辞］，不知作者姓名。他皆类此。"吕延济注曰："汉武帝定郊祀，乃立乐府，散采齐楚赵魏之声，以入乐府也。名字磨灭，不知其作者，故称古辞。"说的都是这种意思。

但《歌录》"某曲古辞（也）"，其所谓"古辞"，却不是这个意思。李善极为敏锐地注意到了这一点，并且一再下按语提醒我们。例如卷二十七班婕妤《怨歌行》题下的注文："《歌录》曰：'《怨歌行》，古辞。'然言古者有此曲，而班婕妤拟之。""然言古者有此曲"云云，意即在班婕妤

① 《乐府诗集》第38卷，中华书局，1979，第567页。

② （元）刘履撰《风雅翼》第7卷，影印文渊阁《四库全书》本第1370册，台湾商务印书馆，1986，第151页。

③ （宋）叶廷珪撰《海录碎事》，上海辞书出版社，1989，第557页。

《怨歌行》曲辞之前，已经有古辞了，《怨歌行》这一曲调的名称是来自古辞，而不是来自班婕妤辞。再如同卷魏文帝《燕歌行》题下的注文："《歌录》曰：'燕，地名，犹楚、苑之类。'此不言古辞，起自此也。他皆类此。""此不言古辞，起自此也"云云，意即此曲调的名称起自该首曲辞，该曲辞即该曲调最早之辞，原本就没有古辞，所以"不言古辞"。反过来讲，如果"言古辞"，则其含义即不是"起自此也"，而是起自古辞了。"他皆类此"云云，意即这种用法不止这两处，而是普遍存在的。综合这两处注文可知，《歌录》所谓"某曲古辞（也）"，不是说某曲的曲辞是古辞，而是说某曲的曲调是起自古辞。这是李善注一再强调的、《歌录》所谓"某曲古辞（也）"的一个特殊用法。

然而，由于这一用法，与上述《宋书·乐志》《南齐书·乐志》《昭明文选》《玉台新咏》《古今乐录》等现存先唐文献中"古辞"的含义不一致，我们必须谨慎对待：《歌录》原书早亡，遗文无多，李善注一再强调的这一义例是李善的过度阐释呢，还是《歌录》行文中的真实存在？

所幸今存《歌录》佚文虽仅寥寥18则，但仍能自证其义例（此处只选3、4两则）：

> 3.《歌录》曰："石崇《楚妃叹》歌辞曰：'《楚妃叹》，莫知其所由。楚之贤妃，能立德著勋，垂名于后，唯樊姬焉，故令叹咏声永世不绝。'"
>
> 4.《歌录》曰："吟叹四曲：《王昭君》、《楚妃叹》、《楚王吟》、《王子乔》，皆古辞。"

《歌录》既引石崇《楚妃叹》歌辞曰："《楚妃叹》，莫知其所由。"则《歌录》所录《楚妃叹》歌辞乃石崇之作，而非古辞可知也。又曰："吟叹四曲：《王昭君》、《楚妃叹》、《楚王吟》、《王子乔》，皆古辞。"则于《楚妃叹》一曲，其言"古辞"自不能意指古代无名氏之歌辞，而只能理解为其曲调起自古辞了。有此一内证，足见李善注反复言之的《歌录》"某曲古辞（也）"这一义例不是厚诬古人，实乃烛洞幽微、善体古人文心之证。

厘清这一点，不仅是正确划分注文中《歌录》之语和李善之言的关键，而且对于准确判断《歌录》的成书年代也不无意义。论者每谓《歌录》多录古辞，故其成书年代当在张永《元嘉正声技录》之前。此一观点虽然正确，但论据却是错误的。因为正如李善注所揭示的，《歌录》中

“某曲古辞（也）”的义例，非谓所录是古辞，乃言其曲调起自古辞。试与《宋书·乐志》所录“荀勗撰旧词施用者”之“清商三调歌诗”相比，《苦寒行》晋乐奏武帝词《北上》、明帝词《悠悠》，《步出夏门行》晋乐奏武帝词《碣石》、明帝词《夏门》，《塘上行》晋乐奏武帝词《蒲生》，而撰录石崇《楚妃叹》歌辞故其成书必晚于石崇时代的《歌录》一书，则于此三曲皆曰“古辞”。设若《歌录》“某曲古辞（也）”即谓所录乃古辞，则西晋初早已淘汰古辞而改奏魏武帝魏明帝词的这三支曲调，岂能在其后的《歌录》时代又大批量地改奏古辞并为《歌录》所撰录呢！

三 《歌录》的成书年代和地域

既然《歌录》所谓“某曲古辞（也）”不能作为判断其成书年代的依据，那么，《歌录》一书究竟成书于何种年代与地域呢？

首先，我们来比较一下《歌录》和刘宋张永《元嘉正声技录》对“吟叹曲”的不同记载：

《文选》卷十八潘岳《笙赋》注：

> 《歌录》曰：“吟叹四曲：《王昭君》、《楚妃叹》、《楚王吟》、《王子乔》，皆古辞。”《荆王》、《子乔》，其辞犹存。①

《乐府诗集》卷二十九“吟叹曲”乐类解题：

> 《古今乐录》曰：“张永《元嘉技录》有吟叹四曲：‘一曰《大雅吟》，二曰《王明君》，三曰《楚妃叹》，四曰《王子乔》。《大雅吟》、《王明君》、《楚妃叹》，并石崇辞；《王子乔》，古辞。’《王明君》一曲，今有歌；《大雅吟》、《楚妃叹》二曲，今无能歌者。‘古有八曲，其《小雅吟》、《蜀琴头》、《楚王吟》、《东武吟》四曲阙。’”②

从中可以看出，《歌录》所载“吟叹四曲”皆在张永《元嘉技录》所载“古有八曲”之内，又其中，《王昭君》《楚妃叹》《王子乔》在张《录》所载元嘉四曲之内，只是《王昭君》改名曰《王明君》。也就是说，《歌

① （梁）萧统编、（唐）李善注《文选》第18卷，上海古籍出版社，1986，第859页。

② 《乐府诗集》第29卷，中华书局，1979，第424页。

录》所载“吟叹四曲”乃张《录》“古有八曲”的来源之一，且四曲中的《楚王吟》一曲到张《录》时代已经“阙”而不歌了。这就说明《歌录》时代必定早于张《录》时代。又联系《歌录》引及石崇《楚妃叹》歌辞，则可以推断《歌录》的成书年代乃在石崇之后、元嘉之前。

但问题并非如此简单。有一处同曲异名的地方值得我们重视：《歌录》曰“王昭君”，张《录》则曰“王明君”。按汉曲《王昭君》，晋人避文帝司马昭名讳改曰《王明君》，张《录》曰“王明君”显系承两晋之旧称。由此一避讳字可以看出，《歌录》成书时代虽晚于石崇，早于元嘉，但必不是晋人所撰，甚至也不是刘宋人所撰。

现存18则《歌录》佚文，有4则论及“齐瑟行”，且撰录曹植《美人篇》《美女篇》《名都篇》《白马篇》等曲辞。按《齐瑟行》乃齐地歌谣，曹植长期辗转于齐地出任临淄侯、东阿王等，创作了大量的《齐瑟行》歌辞。“齐人进奇乐，歌者出西秦”（《侍太子坐》）、“秦筝发西气，齐瑟扬东讴”（《赠丁廙》）、“秦筝何慷慨，齐瑟和且柔”（《箜篌引》）据曹植《鼙舞歌序》：“不敢充之黄门，近以成下国之陋乐。”则曹植在藩属是备有“下国之陋乐”的。这些《齐瑟行》曲辞，魏氏三祖所无，显然是曹植就近借取齐地歌谣而填的新歌辞，其藩属“下国之陋乐”演唱这些歌辞乃是顺理成章的事情。今人往往相信刘勰《文心雕龙·乐府》所说：“子建、士衡，咸有佳篇，并无诏伶人，故事谢丝管。”而不细辨刘勰全篇所言乃是“乐府”，是宫廷之乐。显然，入乐府与入乐乃二事。我们可以说入乐府则一定入乐，但不能说不入乐府则一定不入乐；反过来说，入乐则不一定入乐府，不入乐则一定不入乐府。刘勰所说曹植、陆机乐府诗“并无诏伶人，故事谢丝管”，只是说其乐府诗未入当时的宫廷乐府，并未否定这些诗歌可以入曹陆家伎之乐；实际上，刘勰肯定了这些诗歌曾经入乐，所以他紧接着批评说“俗称乖调，盖未思也”，“乖调”与否只能针对入乐之辞而言之，不入乐之辞无从谈乖调不乖调，这句话是刘勰肯定曹陆“佳篇”曾经入乐的明证。再证以曹植《鼙舞歌序》之夫子自道，则其《齐瑟行》诸曲虽然未曾“充之黄门”，但适足以“成下国之陋乐”。可以设想，曹植所填《白马篇》《名都篇》《美女篇》等歌辞，不仅在其藩属“下国之陋乐”演唱，甚且会流传到民间，较长时间地在民间传唱。而《歌录》撰录有这三篇《齐瑟行》，可以设想它很可能出自齐地。而在与东晋对峙的十六国政权中，符合这一条件的就是慕容氏建立的南燕。

据《晋书》记载，慕容德于晋安帝隆安四年（400）僭即皇帝位，史称南燕，定都广固，即今山东省青州市。晋安帝隆安元年（397）后燕慕容垂败于北魏，其太乐诸伎南奔慕容德。[①] 义熙五年，东晋太尉刘裕攻破广固，俘获大量生口，南燕音乐部分归于东晋。至于晋安帝义熙三年（407），南燕慕容超献于长安之姚兴后秦的太乐伎[②]，也随着义熙十三年（417）刘裕定关中而复归东晋。[③] 这就可以圆满地解释《歌录》所载“吟叹四曲”为何全在张永《元嘉技录》所载“古有八曲”之内。辅以这一历史事实的佐证，基本上可以确定：《歌录》一书，乃十六国时期南燕人所撰，记载的应该就是南燕的宫廷伎乐。此推断除了满足《歌录》成书年代必晚于石崇而早于元嘉之外，还可以比较完美地解释以下三个问题：

（1）《歌录》所载“吟叹四曲”为何全在张永《元嘉技录》所载“古有八曲”之内？

（2）《歌录》所载为何是《王昭君》而张永《元嘉技录》所载是《王明君》？

（3）《歌录》为何多载《齐瑟行》曲辞？

综上所述，《歌录》一书当是五胡十六国时期南燕人所撰，记载的是南燕的宫廷伎乐。故其吟叹曲可以不避晋文帝司马昭名讳，而曰《王昭君》。南燕之乐，并非仅包括辗转容受而来的西晋旧乐，尚应包括其从齐地采集来的“新乐”，例如《齐瑟行》。后来，由于刘裕北伐南燕和后秦，这些乐曲作为胜利的果实被带到南方。此书佚文虽然无多，但却透露出了一个重要信息：在永嘉之乱后，西晋旧乐虽辗转迁播于各地割据政权，但它不仅没有萎缩，而且在得到较好保存的基础上，尚不断吸纳各地割据政权新采集而来的“新乐”，而得到了充实。这是张永《元嘉正声技录》和王僧虔《大明三年宴乐技录》所载刘宋宫廷音乐曲调远超《宋书·乐志》所载西晋宫廷音乐的根本原因。

---

① 《隋书·音乐志下》：“垂息为魏所败，其钟律令李佛等，将太乐细伎，奔慕容德于邺。”《隋书》第 15 卷，中华书局，1973，第 350 页。

② 《隋书·音乐志下》：“其母先没姚兴，超以太乐伎一百二十人诣兴赎母。”《隋书》第 15 卷，中华书局，1973，第 350 页。

③ 《隋书·音乐志下》：“清乐……宋武平关中，因而入南，不复存于内地。”《隋书》第 15 卷，中华书局，1973，第 377 页。

《乐府杂录》校勘二则

——兼及梨园、教坊分和之沿革*

亓娟莉（咸阳　咸阳师范学院文学与传播学院　712000）

摘　要： 在校勘《乐府杂录》"俗乐"及"古乐工"两段文字的基础上，重新解读唐梨园、教坊的沿革。肯定"梨园新院"与"梨园别教院"为同一音乐机构的观点。"梨园新院"即"梨园别教院"主掌宫廷俗乐，兼习供奉新曲以及法曲乐章，开元前隶属太常寺太乐署，开元二年别置左右教坊，梨园新院主掌之俗乐及乐工"于此旋抽入教坊"。

关键词： 乐府杂录　梨园新院　梨园别教院　左右教坊

作者简介： 亓娟莉（1970～），女，陕西咸阳人，文学博士，咸阳师范学院文学与传播学院副教授，硕士生导师。主要从事唐代乐府文学与文献研究。

《乐府杂录》（文中亦简称"段录"）一卷，唐段安节撰。《崇文总目》《新唐书·艺文志》《郡斋读书志》等皆有载。其内容大致如《郡斋读书志》所言"记唐开国以来雅、郑之乐并其始（末）"①，此书传本较多，文字亦互有出入，清道光间钱熙祚曾对该书详加校勘，并收入《守山阁丛书》，今中华书局、上海古籍出版社等所出通行本皆据此印行。正如钱氏在该书跋文中所言："兹订正其可知者，而姑阙所疑焉。"今传本中仍有许多错谬之处。任半塘先生亦认为，此书虽业经校订整理，仍然支离破碎，甚至"此书

* 基金项目：国家社会科学基金项目《唐人乐府论著辑考与研究》（13BZW063）［教育部哲学社会科学研究后期资助项目"《乐府杂录》校注"（11JHQ050），咸阳师范学院科研基金项目"中国古代乐府文献及其流传"（10XSYK106）。

① （宋）晁公武撰，孙猛校证《郡斋读书志校证》，上海古籍出版社，1990，第91页。

传本乃一堆残文错简，本无从追讨其原有之章次”。[①] 但因“唐时乐制绝无传者，存此尚足略见一斑”，[②] 因而仍是研究唐代乐舞之重要资料。

《乐府杂录》“俗乐”及“古乐工”两节文字，因其资料的独特性和唯一性被学界广为征引，但笔者研读认为，这两节文字存在文字讹误和断句错误。

一　文本校勘

（一）“俗乐”一节文字

雅乐部分最后一节《熊罴部》正文末有：

> 俗乐部（古都）属乐园新院[③]，院在太常寺内之西北也。开元中始别署左右教坊，上都在延政里，东都在明义里，以内官掌之。至元和中，只署一所。又于上都广化里、太平里兼各署乐官院一所。[④]

1. “乐园新院”之“乐”为“梨”字之讹

此段言“乐园新院”，下文有“梨园新院”，两者仅一字之差，到底是怎样一种关系呢？“乐园新院”之“乐”字，文渊阁《四库全书》本、《五朝小说大观》本皆作“梨”。又《乐府杂录》成书于唐末，北宋陈旸《乐书》撰时去唐末未远，所引此段“乐园新院”亦作“梨园新院”。[⑤] 故“乐园新院”之“乐”当为“梨”字之讹，“乐（樂）”、“梨”二字属形近而误。

2. “乐官院”之“官”字为衍文

判断“官”字为衍文，主要基于以下两重证据：

就史实而言，唐开、天时期是乐舞发展的鼎盛期，太常寺、梨园、教坊等乐舞机构拥有大批技艺精湛的乐舞艺人。“唐之盛时，凡乐人、音声人、太常杂户子弟隶太常及鼓吹署，皆番上，总号音声人，至数万人”。[⑥] 而自安

---

① 任半塘：《唐戏弄》，上海古籍出版社，2006，第 196～198 页。

② （清）钱熙祚辑《守山阁丛书》，民国 11 年（1922）上海博古斋影印清钱氏刻本。

③ 此句“古都”二字为“部”字之讹，参见拙文《〈乐府杂录·熊罴部〉考辨》，《文献》2010 年第 1 期。

④ （唐）段安节：《乐府杂录》，载《中国戏曲论著集成》，上海古籍出版社，1988，第 44 页。

⑤ （宋）陈旸《乐书》，中华再造善本据中国国家图书馆藏元至正七年福州路儒学刻明修本影印，北京图书馆出版社，2004。

⑥ 《新唐书·礼乐志》，中华书局，1975，第 477 页。

史乱后，朝中多事，国运渐衰，教坊等乐舞机构也随之不断衰减，其人数、规模皆不可与盛唐同日而语。以宪宗时期为例，宪宗即位当年，即元和元年（公元806年）九月，“罢教坊乐人授正员官之职”，元和六年（公元811年）六月，“减教坊乐人衣粮”。元和十四年（公元819年）正月，“诏徙仗内教坊于布政里”。宪宗在位十五年，教坊人事一直处于削减、裁撤状态。不仅如此，元和间还曾因战争实行过禁乐措施。《唐会要》卷三十四“杂录”：“元和五年二月，宰臣奏，请不禁公私乐，从之。”[①] 虽然宪宗元和间亦曾出现选良家士女为乐伎之事，但这并不能改变其间教坊人数、规模被削减以及教坊发展日渐衰颓的主要趋势。《杜阳杂编》载：“四方进歌舞妓乐，上（宪宗——笔者注）皆不纳。则谓左右曰：‘六宫之内嫔御已多，一旬之中资费盈万，岂可剥肤搥髓强娱耳目焉！’”[②] 无论正史还是笔记杂著皆显示宪宗元和时期歌舞娱乐活动一直处于被抑制和削减状态。且段录明确记载，开元中所置左右教坊，“至元和中只署一所”，既然元和中教坊已缩减为一，何用专置两所乐官院？

文献方面，《乐书》引此段“乐官院”正为“乐院”。综合《乐书》文字及元和间史实，本文以为，“乐官院”之“官”字为衍文。

（二）“古乐工”一段文字

乐器部分最后一节《拍板》正文末有：

> 古乐工都计五千余人，内一千五百人俗乐，系梨园新院于此，旋抽入教坊。计司每月清料，于乐寺给散。太乐署在寺院之东，令一，丞一。鼓吹署在寺门之西，令一，丞一。[③]

1. “古乐工”几字当有讹脱

岸边成雄以为“古”字“当系指玄宗之前之年次”，迟乃鹏有类似观点：“之所以又均用‘古’字，则是由于段安节为晚唐人，对他来说，初盛唐发生之事，自应是古事。”[④] 尽管段录成书去盛唐已有一百多年，但以

---

① （宋）王溥撰《唐会要》，中华书局，1955，第631页。

② （唐）苏鹗撰《杜阳杂编》，见《唐五代笔记小说大观》，上海古籍出版社，2000，第1382页。

③ 《乐府杂录》，第44页。

④ （日）岸边成雄著《唐代音乐史的研究》，梁在平、黄志炯译，中华书局，1973，第351页。迟乃鹏：《唐“梨园”考辨》，《四川师范学院学报》1997年第4期，第34页。

“古”字指称本朝似过于牵强。“古乐工”之“古”字，与上下文无所勾连，当是此处有讹脱，或者，“古”字亦为衍文。

2. “于此”几句断句有误

“于此”二句，今传本多以“于此”上属为句，笔者以为此种断句不妥。“于此”二字当下属为句。

“古乐工”二句述乐工人数，首言“都计”五千余人，次言内中一千五百人俗乐。此“都计”当指太常寺乐工总数，“内”则指“梨园新院”乐工人数，即其中从事俗乐人数。新志多处采用《教坊记》《乐府杂录》等唐人笔记小说资料，此已是学界共识。《新唐书·礼乐志》：“大中初，太常乐工五千余人，俗乐一千五百余人。”① 新志此条与上引段录文字极为相似，疑即出自《乐府杂录》。其中所载“太常乐工五千余人”与段录“古乐工都计五千余人”“俗乐一千五百余人”与段录“内一千五百人俗乐”，皆相一致。

上引第一节段录文字中有“俗乐部（古都）属梨（乐）园新院”，此节文字中又有“（俗乐）系梨园新院”，二句句意相同，皆言梨园新院主掌俗乐。俗乐本由太常寺之梨园新院负责，开元中别置左右教坊，“于此”二字当指开元二年另设左右教坊事，教坊成立后，将原属太常寺梨园新院的俗乐职能及一千五百乐工均抽入教坊，此即“于此旋抽入教坊”。故“于此”当下属为句。

综上所述，将此节重新标点为：

> 古乐工都计五千余人，内一千五百人俗乐，系梨园新院，于此旋抽入教坊。②

二　梨园新院与教坊的关系

（一）“梨园新院”即“梨园别教院”

从文献方面确定“乐园新院”“梨园新院”的关系后，接下来的问题就是“梨园新院”是什么机构？检索两唐书、《唐会要》《通典》《资治通鉴》《册府元龟》等唐史文献，皆不载“梨园新院”，亦无“乐园新院”，

① 《新唐书·礼乐志》，第478页。

② 此处亦可作如下标点：“古乐工都计五千余人，内一千五百人，俗乐系梨园新院，于此旋抽入教坊。”文意亦通。

甚至整个史部都无相关记载。也就是说《乐府杂录》是唯一记载“梨园新院”的唐代文献，这也是这段资料经常被征引的重要原因。正因如此，才更有必要对这段文字作详细考察。

按段录记载，梨园新院是隶属太常寺的音乐机构，约有一千五百名乐工，主要从事俗乐事宜。这些特征与唐史所载“梨园别教院”非常相近。在查阅相关研究成果时，笔者发现学界对此有不同观点：一是认为“梨园别教院”和“梨园新院”分属两京太常寺。学者木斋以为：“西京还有一个太常梨园别教院，归属于长安太常寺，此外，还有一个梨园新院，在洛阳，属于东京洛阳太常寺。”李西林等认为：“梨园有三处：一为宫内梨园；二为宫外分属两京太常寺的梨园，即长安‘梨园别教院’和洛阳‘梨园新院’。”①

另有一些学者认为“梨园新院”就是“太常梨园别教院”。岸边成雄：“此从事俗乐之梨园新院，位于太常寺内，当系指太常梨园别教院，或系继别教院之后所新设者。”② 迟乃鹏：“《乐府杂录》所云之‘梨园新院’即应为《唐会要》所云之‘梨园别教院’。”左汉林持论与岸边氏基本相同：“梨园别教院。又称梨园新院，是梨园本院派在太常寺的分支机构。”③以上仅是学界关于二者关系的主要观点，尚有一些不同看法，因篇幅所限，此不一一赘述。

以上两种观点中，笔者更倾向于后一种，但同时也发现，一些学者在提出观点时，并未提供充分的材料依据，故本文在学人研究的基础上，结合个人研读体会，就判断“梨园新院”与“梨园别教院”为同一音乐机构的依据做一补充说明。

第一，二者皆隶属太常寺。

《旧唐书·音乐志》载：“太常又有别教院。”《新唐书·百官志》太常寺“太乐署”条末注文有：“有别教院。”④ 则别教院隶属于太常寺之太乐署无疑。但《乐府杂录》载梨园新院在太常寺之西北，而太乐署在寺院

---

① 木斋：《论唐代乐舞制度变革与曲词起源》，《文学评论》2011 年第 5 期，第 54 页。左汉林：《关于唐代梨园的几个问题考论》，《东方论坛》2007 年第 2 期，第 93 页。李西林：《唐代宫廷音乐管理机构制度述考》，《交响—西安音乐学院学报》2012 年第 4 期，第 52 页。王海英：《隋唐时代的乐舞机构》，《华南师范大学学报》2001 年第 4 期，第 135 页。

② 岸边成雄：《唐代音乐史的研究》，第 351 页。

③ 左汉林：《关于唐代梨园的几个问题考论》，《东方论坛》2007 年第 2 期，第 93 页。

④ 《新唐书·百官志》，第 1244 页。

之东，方位相差甚远。笔者以为，可能存在这样的情况：梨园别教院即梨园新院行政上隶属太常寺太乐署管辖，具体院址则不在太乐署内，而在太常寺内的西北方位。

第二，人员数量相近。

段录载梨园新院"内一千五百人"，新志言"俗乐一千五百余人"，旧志载"别教院廪食常千人"[①]，二者从业人数相当。

第三，职能相近。

《唐会要》卷三三"诸乐"条："太常梨园别教院，教法曲乐章等。"[②]法曲是玄宗开、天时期的重要音乐样式，以前代清商乐为基础，融合了佛、道以及若干外族乐，换言之，法曲包含了雅乐、俗乐和胡乐三种成分。[③] 胡乐从传统分类来讲亦属与雅乐相对的俗乐，故法曲的重要组成部分仍然是俗乐。《乐府杂录》载梨园新院主要演奏俗乐。岸边氏以为此俗乐"为玄宗以后，融合胡俗两乐之'俗乐'。狭义言之，包含法曲。广义言之，则与法曲相近"。旧志又载"太常又有别教院，教供奉新曲"[④]。《唐会要》卷三三"诸乐"条载天宝十三载，"太乐署供奉曲名，及改诸乐名"。[⑤] 梨园别教院教习供奉新曲，又隶属太常寺太乐署，那么《唐会要》所载"太乐署供奉曲名"应该就是梨园别教院教习内容。这组供奉曲以胡乐、俗乐为主，亦说明别教院兼习俗乐、胡乐。

综合而言，别教院所教习法曲、供奉曲中，皆包含俗乐成分，此与段录所载梨园新院主要从事俗乐演习基本一致。迟乃鹏认为："之所以称'梨园新院'为'梨园别教院'，则是因为梨园这一机构所习为俗乐而非雅乐，故以'别教'以区别于雅乐之'正教'。"[⑥] 至于唐史中为何没有"梨园新院"的记载，笔者以为，或许与《乐府杂录》撰者段安节有关。段安节序中言自己"以闻见数多，稍能记忆"，"以耳目所接，编成《乐府杂

---

① 《旧唐书·音乐志》，中华书局，1975，第1052页。

② 《唐会要》，第614页。

③ 木斋：《论唐代乐舞制度变革与曲词起源》，《文学评论》2011年第5期。李建荣：《从〈霓裳羽衣曲〉浅析唐代法曲的特征》，《民族音乐》2010年第1期。左汉林：《唐代梨园法曲性质考论》，《中央音乐学院学报》2007年第3期。袁绣柏：《论唐法曲的历史演变》，《理论界》2007年第8期。

④ 《旧唐书·音乐志》，第1052页。

⑤ 《唐会要》，第615页。

⑥ 迟乃鹏：《唐"梨园"考辨》，《四川师范学院学报》1997年第4期，第34页。

录》一卷”，虽或自谦之辞，抑或确属实情，因为段安节仅是“粗晓宫商”的文士，故有可能采用类似时人俗语的民间叫法。“梨园新院”或为民间俗称，而“梨园别教院”则为官方正式名称。

（二）梨园新院与教坊之沿革

若仔细比对上引两段文字就会发现二者皆与俗乐、梨园、教坊紧密相关，文字间有明显的内在逻辑关系，其中包含了几点重要信息，形成了关于梨园、教坊沿革分和之记载，兹根据重校文字，作如是解读：

第一，唐开元以前，俗乐属“梨园新院”即“梨园别教院”管理，这一音乐机构隶属于太常寺太乐署，院址在太常寺之西北。一般认为，唐之梨园本院在禁苑光化门北。[①] 所谓“新院”“别教院”皆与位于禁苑之梨园本院相对而言。

第二，开元二年，朝廷别立左、右二教坊，并以宦官掌管教坊事务，故此原梨园新院的职能由教坊接管，乐工亦“于此旋抽入教坊”。

第三，元和年间，左右教坊削减至一所。如前所述，自安史乱，中唐教坊基本处于被削减、衰败状态，宪宗元和十四年，诏徙仗内教坊于延政里。原来的左右教坊裁并为一，盛唐开、天之间教坊盛况不再。

---

① 迟乃鹏：《唐“梨园”考辨》，《四川师范学院学报》1997 年第 4 期。陈四海、马欢：《“梨园”考》，《宁夏大学学报》2005 年第 6 期。

汲古阁刻印本《乐府诗集》一百卷经眼录

彭　令（北京，中国收藏家协会书报刊收藏委员会古籍研究中心，100025）

摘　要： 明代汲古阁刻印本《乐府诗集》一百卷由明末汲古阁刊刻，版刻清晰，当为初印本。三百年前，它曾经为黄砚旅珍藏，十册书上均有沈尹默行书题写的“乐府诗集”书名。

关键词： 汲古阁　《乐府诗集》　初印本　沈尹默　黄砚旅

作者简介： 彭令，男，字光耀。祖籍山西太原。1970 年生于湖南。2003 年被正式聘任为毛泽东文学院“毛泽东研究文库”特约收集整理员，2005 年被吸收为中国收藏家协会会员。2009 年，公布发现目前所知，古代名人记载钓鱼岛是中国固有领土的孤本（流传至今的唯一一件）墨迹，被海内外广为关注与热议。2011 年 8 月被中国人民大学特聘为国际关系学院中国对外战略研究中心荣誉研究员，2012 年 3 月被中国太平洋学会特聘为学术研究工作委员会委员、特约研究员；同年 10 月中旬，被中国收藏家协会书报刊收藏委员会聘任为首席古籍鉴定委员。2013 年 4 月下旬，彭令被全国政协中国政协文史馆特聘为文史资料研究员。

明代汲古阁刻印本《乐府诗集》一百卷，原装 10 册。此书为明末清初“海内第一藏书家”毛晋汲古阁刻本。书半叶 11 行，每行 21 字，版心黑口、单鱼尾，左右双边。此书开本阔大，宽 17.5 厘米，高 28 厘米。全书缮写精良，精刻精印。取民国间著名藏书家张元济涵芬楼影印本四部丛刊集部《乐府诗集》一百卷，与此部书比较，可以发现，涵芬楼所用同种汲古阁底本，栏线断裂处比此部多，且不及此书清晰。由此，似可以推断，此部书刷印在涵芬楼底本之前，当为初印本。

此部书，很可能是毛子晋最初印成赠亲朋挚友之“礼品书”，故该书首任收藏者颇有可能与子晋熟稔。该书流传有绪，钤印累累，计有“黄光又藏书”“砚旅藏本”“沈尹默印”“沈尹默”“上海图书馆藏书”与“上海图书馆退还图书章”等数十处，且每册扉页上都粘贴有上海图书馆藏书编码标签。旧制楠木盒装，盒上刻印有“乐府诗集”“戊子秋日”与“尹默”（并印章）三行。该书原藏者似乎刻意突出沈尹默，却忽略了“黄光又藏书”“砚旅藏本”旧印章。

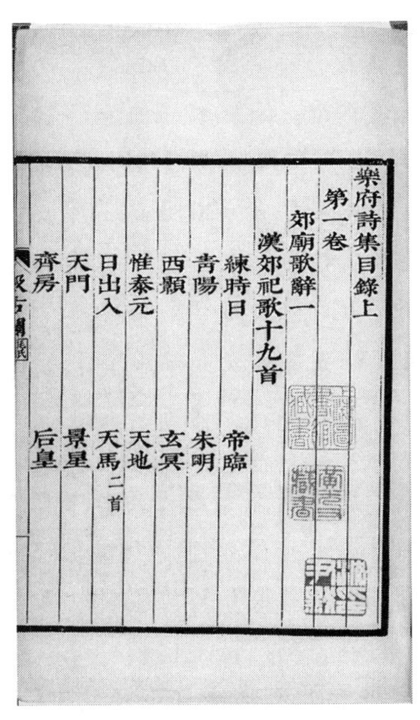
樂府詩集目錄上
第一卷
郊廟歌辭一
漢郊祀歌十九首
練時日 帝臨
青陽 朱明
西顥 玄冥
惟泰元 天地
日出入 天馬二首
天門 景星
齊房 后皇

黄砚旅为何许人呢？据《歙潭渡黄氏先德录》记载：

> 砚旅公讳又，字燕思，籍江都，客赵州知州，足迹几遍天下。著《自疏草》，印斋公称为大父行相与倡和诗甚多。有云：荆扬寤寐廿年期，风雅吾宗望轨仪。又曰：藉咸次日同为客，桓孟高风独让君。盖同族而久客于外者。砚旅公诗，于大涤子僧石涛题画中，见其二十四首。有《舟次九龙滩》、《惠州》、《六如亭》、《衡永道中》、《客海南》……诸作，石涛尝录其诗，以题于画，纸本计二十四册。《笔啸轩书画录》。《自榕城之莆田册》，今人余行箧中，不但石涛之画可珍也。①

由“著《自疏草》，印斋公称为大父行相与倡和诗甚多”可知，黄砚旅是诗人，复由“石涛尝录其诗，以题于画，纸本计二十四册”可知，黄氏与石涛交往甚密，互为知己。

20 世纪 70 年代，香港出版有《老涛写黄砚旅诗意册》（何氏至乐楼珍藏）画册，刘海粟也曾仿石涛作《黄砚旅诗意图》。又据《（八大山人）人物年表》所记，清康熙三十七年（1698 年）戊寅，（八大山人）73 岁，夏，黄砚旅收到八大山人所作《山水册》，“展玩之际，心怡目眩，不识天壤间更有何乐能胜此也”。可知他与八大山人也有密切的交往和深厚的友谊。不过，根据此部明代汲古阁本《乐府诗集》上的“黄光又藏书”“砚旅藏本”旧印章，可以补充一点，黄砚旅全名似应该是“黄光又”。

《乐府诗集》每册都有沈尹默②行书题写的书名，仔细鉴赏此 10 册书上用行书分别题写的“乐府诗集”书名，各有不同的结构、体态与美感，无一雷同。首册之上，还题有沈尹默的一篇简短跋文，云：

> 乐府诗集一百卷，宋人郭茂倩撰收汉唐乐府诗为十二卷，征引浩博，所据精审。宋元椠本凤毛麟角，子晋刻本颇雅，故藏之。戊子秋日尹默

并钤“沈尹默”印章。关于“沈尹默题跋”中的“戊子”，当系公元 1948 年。据《沈尹默生平年表》可知，该年沈先生另跋有《杞湖阚东白草书寺书帖册子》《再跋褚大字阴符经》与《跋南昌夏善昌州所得率更九

① 《歙潭渡黄氏先德录》，载《黄宾虹文集杂著》，上海书画出版社，1999，第 452 ~ 453 页。

② 沈尹默（1883 ~ 1971），中国现代著名书法家、诗人。浙江吴兴（今湖州）人。曾任北京大学文学系教授，北平大学校长。新中国成立后任中央文史馆副馆长、上海中国画院画师等。

成宫醴泉铭》三册。据传世墨迹可知，沈尹默先生题跋的碑帖与法书册页等书法墨迹尚属多见，其题跋的诗文集则世间甚罕见。故此款为沈尹默先生跋《乐府诗集》一百卷，仅据题名和跋文判断此为沈尹默真迹，稍欠稳妥，然而其用笔挥洒自如，如行云流水，自然流畅。笔墨跌宕起伏，浓淡相间，有欧阳修之神韵，含赵孟頫之骨肌，精妙无俦。若能找得史料，进一步确证为沈氏真迹，则诚可谓珍罕至极。

二〇一一年十月三十日记于京华

二〇一三年八月八日于北京增改

二〇一四年二月九日于平遥删改

音乐研究

音乐文学视野中的汉乐府诗本体特征

杜运通（潮州，广东韩山师范学院中文系，521041）

摘　要： 汉乐府诗是我国古代音乐文学的翘楚之作，具有诗歌文本和演唱文本的双重属性，处于歌唱、舞蹈状态的诗歌表演才是汉乐府诗的最终完成态。在现今的文学史和相关研究成果中，主要着眼于它的思想价值和文学艺术的表现，而漠视了它的乐舞文化的主体性。本文从音乐文学的视野，深入探讨了汉乐府文本载体的多元性、叙事描写的再现性、浪漫传奇的多变性、传播方式的演唱性和语言通俗的普适性等本体特征，这对于正确认识我国古代诗歌的本真面貌和丰富诗学理论的内涵都有着重要意义。

关键词： 汉乐府诗　音乐文学　文本多元　叙事再现　浪漫传奇　演唱传播　通俗普适

作者简介： 杜运通，男，河南洛阳人，现为广东韩山师范学院中文系教授、硕士生导师。

汉乐府诗是汉代诗歌的菁华，是我国诗歌发展史上继《诗经》、楚辞之后的第三块里程碑。也是我国古代音乐文学的翘楚之作，具有音乐与文学的双重属性，是我国古代诗歌中诗学和音乐学相交融的一种新范本。从两汉人文背景的实际状况来看，汉乐府诗原初喜闻乐见的音乐演唱的愉悦功能要远远高于它的思想教化的文学功能，其诗歌的语言要素是为歌舞艺术的表演服务的，因此，才有“乐府重声不重辞”之说。或者换句话说，汉乐府诗的本真面目就是一种演唱艺术的语言载体。但在现今的文学史和相关的研究成果中，主要着眼于它的思想价值和文学艺术的表现，而漠视了它的乐舞文化的主体性，给受众以舍本逐末、以偏赅全之嫌。本文拟从音乐文学视野探讨汉乐府诗的本体特征，这对于正确认识我国古代诗歌的本来面貌和丰富诗学理论的内涵都有着重要意义。

一　文本载体的多元性

汉乐府诗与现代诗不同，现代诗主要是具有文学审美的功能，并通过这种功能达到宣泄情感、以美育人的作用。而汉乐府诗的突出特征，是诗、歌、舞、器相结合的一种综合艺术。它不仅具有文学的教化功能，而且还具有乐主娱宾的愉悦功能。其娱乐的功能要重于政治教化的功能，这是汉乐府诗的美学特征之一。正如有的研究者所说，汉乐府是配合乐舞演唱的诗歌。一语道出了汉乐府诗文本载体的多元性特质。

（一）诗言志

诗是汉乐府文本最基本的语言载体。《毛诗序》曰："诗者，志之所之也，在心为志，发言为诗。情动于中而形于言，言之不足故嗟叹之，嗟叹之不足故永歌之，永歌之不足，不知手之舞之，足之蹈之也。"说明我国古代诗歌、音乐和舞蹈是同源同流的综合艺术。乐府诗亦然。刘勰《文心雕龙·乐府》说："乐辞曰诗"，"诗为乐心"。意思是说，汉乐府的歌辞就是诗，诗是汉乐府的核心和灵魂。汉乐府诗意蕴丰赡，情真辞警。或写宴游欢乐之景，或抒爱恋忧愁之情，或叙生离死别之怀，或诉苛政兵役之苦，或叹人生短暂艰辛，或慕神仙逍遥自在，这些都是诗人心态的流露，情思的喷发，是汉乐府诗文本言志抒情的具体体现。

人的思想情感不同，言志抒情的汉乐府诗形式也不同。汉乐府诗大体分为四种：第一种《诗经》形式。以四言为主，分为二音步，语言质朴，词约义丰。如《公无渡河》《牢石歌》《岑君歌》等。第二种楚辞中的"骚体"形式。每句七至八字，语助词"兮"位于句子中间，风格悲壮激切。如项羽的《垓下歌》、刘邦的《大风歌》、刘彻的《秋风辞》等。第三种五、七言形式。五言形式以三音步为主，如《枯鱼过河泣》《江南》《长歌行》等；七言形式以四音步为主，如司马相如的《琴歌二首》等。尤以五言形式居多，风格整饬庄重。第四种杂言形式，句式长短不一，风格自由活泼。如《战城南》《妇病行》《孤儿行》等。乐府诗大都篇幅简短，语言畅达，音韵优美，使诗、歌、舞达到了高度的和谐统一，这些诗形式的多样性为抒情言志打开了方便之门，使读者看到了两汉时期的社会写真和不同阶层人的喜怒哀乐。

（二）歌永声

“歌”是汉乐府的音乐载体。“永”即咏，是按照一定的腔调演唱；“声”即乐谱。汉乐府诗原来皆有辞有声，声辞合写，或先声后辞，或先辞后声，志尽于诗，音尽于曲。但后来随着时间的流逝，乐曲绝大部分亡佚，只剩下无声的乐辞，即我们今天看到的诗。

汉乐府诗所用的声调大概有四种：(1）雅声。即周代之遗音。这种声调影响很小，据有的研究者说，在现存作品中，无一首出于雅声。(2）楚声。汉高祖刘邦为楚人，素喜楚声。因此，楚声在汉乐府诗中出现最早，地位最高，影响也最大。楚在战国时是南方的大国，后人说的“南音”即指“楚声”。音韵学家认为，楚声属于去声，具有迂缓悠长、哀婉凄清、音节顿挫、激情淋漓的感情色彩，特别能引起受众的共鸣。(3）秦声。自春秋以来，秦楚并雄。汉取代秦后，定都长安，长安原为秦地，秦声自然占有天时地利之便。不仅如此，秦声与楚声风格迥异，具有北方那种悲凉、雄壮、急促、豪迈和粗犷的情调，与楚声各具浓郁的地方音乐色彩，从而形成两大声调系统。(4）新声。即北狄与西域之声。汉初始输入，武帝时受到青睐，融入汉乐府诗中，中外交融后，形成一种“新声”，现存的《铙歌十八曲》皆出于新声。汉乐府诗合乐一般有三种途径：一是采用“赵、代之讴”“秦、楚之风”的曲调为新辞协律；二是李延年等音乐家为司马相如等文人创作的诗辞配置乐谱；三是民间的乐工、艺人改编或自创新谱新辞。刘勰《文心雕龙·乐府》篇曰：“诗声曰歌”“声为乐体”，可见乐府诗就是歌辞，声是音乐的载体，也是乐府诗的主体，演唱是其主要传播方式。

（三）舞动容

“舞”是汉乐府诗的肢体语言。它的表现对象是诗，它可以使诗的内容由抽象而变为具象，由文字语言转化为人体律动。汉代的舞曲分《雅舞》和《杂舞》两种，前者用于郊庙朝飨，歌辞多言文武功德；后者用于宴会，意在娱乐欢庆。现存汉代舞蹈种类很多，有“折腰舞”“巾舞”“七盘舞”“踏鞠舞”“槃舞”“鞞舞”“拂舞”“铎舞”“白纻舞”等，其中的“七盘舞”几乎风靡两汉。但这些舞蹈至今大都没有相伴的歌辞。据《宋书·乐志》载，现存舞蹈有歌辞的仅有两篇，其一为《圣人制礼乐篇》，属于铎舞，声辞杂写，为《云门》的曲唱本；其二为《巾舞歌诗》，属于巾舞，正文前题为“巾舞歌诗一篇”，正文后又题为“右《公莫巾舞歌行》”。其后有人称之为《公莫舞》。这是一个“母子离别舞”，是一出有角色、有情节、有科白的早期歌舞剧形态。一般来说，汉代的舞蹈肢体柔软，一举一动之间显露出舞者身姿的秀美。高雅、飘逸的舞风给人一种飞鸿翩翔、游龙婉转、心旷神怡之感。

（四）器益美

这里的“器”指乐器伴奏。汉乐府诗在演唱时多有乐器和舞蹈相伴，乐器伴奏的服务对象主要是歌或舞。《乐记》又载：“诗言其志也，歌永其声也，舞动其容也，三者本于心然后乐器从之。”说明乐器伴奏与诗、歌、舞相辅相成。乐器伴奏可以使歌声变得悠扬怡人，更加悦耳动听，也可以使舞蹈的律动愈益形象优美，令人神往。宋郭茂倩在《乐府诗集》中将乐府歌曲分为十二类，不同类型的歌曲有不同的乐器伴奏。诸如，鼓吹曲主要以击乐器和吹乐器的鼓、排箫、笛和笳的演奏为主；横吹曲则以鼓和角为主，于军中马上奏之；相和歌多用弹弦乐器和吹管乐器，其中常用的乐器有笙、笛、琴、瑟、琵琶等，这些乐器大部分来自民间。汉后出现的清商乐，其伴奏乐器有钟、琴、筝、笙、箫、篪、埙等15种之多。从中国古代音乐史可以看出，两汉时期随着俗乐的发展，吹管乐器和弹拨乐器的演奏颇引人注目，以琴伴歌是当时一种盛行的演出形式。

二　叙事描写的再现性

班固在《汉书·艺文志》中说：汉乐府诗“皆感于哀乐，缘事而发。”① 对于汉乐府诗“感于哀乐”，抒发创作主体思想感情的现实主义精神，评论界众口一词，没有任何异议。而对于乐府诗“缘事而发”所引起的叙事性特点研究者却有不同的看法。游国恩先生认为：“汉乐府民歌的

① 《汉书》，中华书局，1962，第1756页。

最大的最基本的艺术特点是它的叙事性。这一特点是由它‘缘事而发’的内容所决定的。”[①] 而赵敏俐先生则认为：“汉人所看重的并不是歌诗所表现的故事内容，而是对歌舞音乐的欣赏和情感的抒发，叙事而占次要地位。一些学者认为‘汉乐府的最鲜明特点是叙事’云云并不符合它的实际。汉乐府歌诗的主体仍然是短小的准故事和抒情诗，它的主要艺术成就也表现在这一方面。”[②] 这里显然涉及了对“缘事而发”的理解问题。

袁行霈先生在他的《中国文学概论》中对这一问题作了比较科学的诠释。他说：“‘缘事而发’是指有感于现实生活中某些事情发为吟咏，是为情造文，而不是为文造情。事是触发诗情的契机，诗里可以把这事叙述出来，也可以不把这事叙述出来。‘缘事’与‘叙事’并不是一回事。”[③] 缘事不同于叙事，缘事的事指的是本事，即引发诗歌创作的具体事件。据有人统计，现存汉乐府诗 148 首，其中有本事流传下来的就有 65 首，占总数的 44% 以上。事实上，有本事的汉乐府诗远不止这些，有的本事在流传过程中遗憾地失传了。但有本事并不等于就是叙事诗。不论是游先生还是赵先生，在他们的著作中都看到了汉乐府诗的叙事性，只不过对这种叙事性在汉乐府诗中所占的比重与所起作用的大小认识有些不同罢了。

汉乐府诗的叙事性主要表现在叙述体的诗。“叙事”二字实际包含两层意思，一是以“事”为主的纪实性，一是以“叙”为主的叙述性。这种叙事性的内容取向和叙述式的表现形式互相统一，形成了汉乐府诗叙事描写的独特风范。叙事并非滥觞于汉乐府诗。早在远古时期的民间歌谣中已显露端倪。《诗经》“国风”中的《七月》《东山》，“大雅”中的《生民》《公刘》《大明》，“小雅”中的《出车》《甫田》等，或叙述初民的农事活动，或描写古代的战争场景，或记载人们的喜庆欢乐，或歌颂始祖的丰功伟绩，有人物、有事件、有场面，基本上具备了叙事作品的主要特征。但在《诗经》中成功的叙事作品尚属凤毛麟角。尤其是缺乏典型的事件、完整的故事情节和个性鲜明的人物形象。与《诗经》相比，汉乐府的叙事诗不仅表现出量的增加，更重要的是质的日臻完善与成熟。

汉乐府诗中约三分之一为叙事作品。在这些作品中，创作主体在选择叙事对象时，善于发现现实社会中富有诗意的典型生活片断，摄入自己的

---

① 游国恩等：《中国文学史》第一册，人民文学出版社，1963，第 193 页。

② 赵敏俐：《汉乐府歌诗演唱与语言形式之关系》，《文学评论》2005 年第 5 期，第 154 页。

③ 袁行霈：《中国文学概论》，高等教育出版社，1990，第 116 页。

艺术镜头，使描述的笔触集中在一个焦点上，既避免过多的交代与铺陈，又能通过这个聚焦点映射出广阔的社会背景。如写下层人民贫病交加的《东门行》《妇病行》；写人世艰险、陷阱四伏的《枯鱼过河泣》《蜨蝶行》；写妇女遭受遗弃痛苦的《白头吟》《怨歌行》；写战争和兵役带给人们沉重灾难的《战城南》《十五从军征》；但也有歌吟男女间诚挚坚贞爱情的，如《上邪》《迢迢牵牛星》；有的则礼赞妇女的机智、能干和反抗精神，如《陌上桑》《陇西行》《羽林郎》等等。这些诗篇大都来自民间，是“汉世街陌谣讴”（《宋书·乐志》）的一部分，通过一人一事一物的简短铺叙，再现了两汉时期的人生世态和社会风貌。

在汉乐府诗中，有的诗歌是讲述一个生动、曲折而感人肺腑的完整故事，这是汉乐府叙事诗走向成熟的标志。如《十五从军征》叙述一个十五从军，八十高龄才返回故里的一位老兵的凄凉晚景。诗中按照时间顺序的推移，重点写了三个场面：一是途中问乡人，二是回家后目睹的荒芜家园，三是饭菜做熟后无人同餐的孤独情景。通过这三个场景的描摹，揭露了当时战乱频仍、民不聊生的时代悲剧。尤其是叙事诗《焦仲卿妻》，长达 351 句，1755 字，是我国古代文学史上最恢弘的长篇叙事诗。全诗以孔雀失偶、徘徊不定拉开序幕。诗中两条线索同时展开，相互交错进行。主线是刘兰芝与婆母、兄长和太守府的矛盾冲突：兰芝被婆母遣回，刘兄贪图钱、权，强逼其妹答应太守府的求婚；副线是刘兰芝、焦仲卿夫妻之间相互同情、理解和至死不渝的抗争（当然，焦仲卿有软弱，其反抗不如刘兰芝清醒和果决）。二人先是卧室对话，表示彼此不忘；接着路口盟誓，共约同死；最后是女赴池男自缢相继殉情，以年轻生命谱写了一曲反抗封建礼教的赞歌。整首诗故事情节跌宕起伏，环环相扣，结构紧凑缜密，层层推进，文脉连贯，扣人心弦。结尾又用浪漫主义的手法，使二人的爱情悲剧升华到婚姻自由必然实现的文化指向。正如明代批评家王世贞在《艺苑卮言》中所说：《焦仲卿妻》“质而不俚，乱而能整，叙事如画，叙情若诉，长篇之圣也。”这里需要补充的是，《焦仲卿妻》被奉为“长篇之圣”，不啻在于艺术上的精湛绝伦，更重要的是它涉及了对封建礼教和封建文化深层次的批判与否定。

叙事诗本以叙述事件为主，但事件的主体乃是人物，人物的思想、行动和矛盾冲突构成故事与情节。一旦脱离了人物，矛盾冲突便不复存在，故事与情节也将荡然无存。因此，塑造人物形象、刻画人物性格是叙事诗成败的关键。汉乐府诗中塑造了众多栩栩如生的人物形象。

首先，利用矛盾冲突塑造人物形象。在《焦仲卿妻》中，围绕刘兰芝被遣、逼婚、殉情这条矛盾冲突主线，使冲突双方人物惟妙惟肖地跃然纸上：刘兰芝刚烈，焦仲卿忠厚，焦母蛮横，刘母忍让，刘兄势利，求婚者傲慢，人物形态各异，群像毕立。《东门行》与《焦仲卿妻》不同，它不是写迫害者与被迫害者的尖锐对立，而是写一个穷困贫民的思想冲突，矛盾的双方是对妻子儿女的牵挂与无衣无食（“盎中无斗米”，“架上无悬衣”）、冻馁待毙的生存困境之间的抵牾。经过激烈的思想斗争后，主人公走上了“拔剑东门去”的反抗道路。诗歌不仅揭露了“官逼民反，民不得不反”的社会现实，而且也成功地塑造了一个初步觉醒了的反抗者形象。

其次，通过人物的语言和行动塑造人物形象。语言和行动是人物思想和性格的外在表现，也是透视人物内心世界的最佳契合点。汉乐府诗中常常通过人物的语言（尤其是人物的对话）和行动的描写，使人物神形毕肖地站立在读者面前。《陌上桑》开头部分就写道：“罗敷喜蚕桑，采桑城南隅。青丝为笼系，桂枝为笼钩。”这里不仅交代了故事发生的地点“城南隅”，更重要的是通过主人公的行动“采桑”和携带的劳动工具突出了罗敷勤劳能干的优良品质。罗敷不仅外貌昳丽，而且心灵高尚。诗人浓墨重彩地叙写了她与使君的对话，尤其是通过她对夫婿权势、富贵、经历、官职、相貌和风度等方面的极力夸赞，揭示了罗敷不慕富贵、不畏权势、聪明机智、敢于反抗的中国妇女的传统美德，从而使人们看到了一个外貌美，而心灵更美的理想的美女形象。

再次，借助人物的心理刻画和细节描写塑造人物形象。透视人物的心理活动是展示人物性格最有效的艺术手法之一。诗歌与小说不同，由于字数和表现形式的局囿，它要求语言更加精练和准确。《饮马长城窟行》就是通过对人物心理轨迹的描写，表现了闺中思妇思念远出未归的丈夫的缠绵之情。诗的上半首写思妇由青青的河边草想起了不知漂泊在何处的丈夫，由于思念之切“结想成梦”。梦中看到丈夫就在自己的身旁，可一会儿又远走他乡，到处辗转不能相见。即使枯桑也知道秋风的到来，海水也知道天气的寒冷，人非草木，孰能无情？每到傍晚，人们都回到家里，男欢女爱，而自己却孤寂得无人说话。诗的下半首写客人带来了远方丈夫的“尺素”（书信），“长跪读素书”的细节，既表现了思妇喜从天降的喜悦，更表现了思妇思念丈夫的深切和渴望得到丈夫信息的虔诚心理。20句短诗，写思妇从见景思人到梦中惋惜，到以物喻人，到惆怅失望，完全是一个人潜意识的流动，恰似现代的意识流手法。正当思妇孤寂难耐时就接到了远方丈夫的书信，又有点类似影视的蒙太奇剪接艺术。诗人对女性的内心世界体察入微，通过成功的细节描写，把思妇缠绵而复杂的心绪和盘托出，从而使该诗成为乐府诗中怀人诗的代表作之一。

三　浪漫传奇的多变性

汉乐府诗继承了《诗经》的现实主义传统，写出了不少“感于哀乐，缘事而发”的现实主义精品。但是其中也有近半数的诗作，从先秦神话、《庄子》与楚辞中吸取了丰富的营养，具有一定的浪漫主义色彩。浪漫主义手法的巧妙运用，不仅使一些现实主义作品放射出理想的光芒，更重要的是，它丰富了汉乐府诗的表现内容，提升了汉乐府的艺术品位，使汉乐府呈现出更加绚丽夺目的光彩。浪漫主义在汉乐府诗中富有传奇的多变性。

第一，与现实主义作品的完美结合。文艺理论家蔡仪说过：“浪漫主义的基本原则是按照作家理想中认为应当有的样子来描写，也就是要理想的描写对象或描写理想化的对象。”① 汉乐府诗中的有些作品正体现了浪漫主义这一基本原则。《焦仲卿妻》是优秀的现实主义作品，但它的结尾又与浪漫主义相结合，也可以说它是现实主义和浪漫主义相结合的典范。诗中的主人公刘兰芝，既是来自现实生活中的人物，又是荟萃中国古代妇女一切优秀品质的理想人物。尤其是诗的结尾，写刘兰芝、焦仲卿夫妻死后，“两家求合葬，合葬华山傍”，墓上种植的松柏、梧桐“枝枝相覆盖，叶叶相交通”，树上有一对鸳鸯鸟，“仰头相向鸣，夜夜达五更”。刘兰芝夫妻在现实生活中不能实现的婚姻自由，在死后的冥冥天国中幻化为一对鸳鸯享受着爱情的幸福。这种浪漫主义手法，使现实主义的作品插上了理想的翅膀，它不仅象征着刘、焦爱情的不朽，更寄托着诗人，也是广大人民群众在封建社会里渴求婚姻自由的强烈愿望和拥有人生权利的心理诉求。

第二，描写仙人同乐生活。秦汉以来，神仙之说和方术符谶之风盛行。据《汉书·方术传》载：“汉自武帝颇好方术，天下怀协道艺之士，

① 蔡仪：《文学概论》，人民文学出版社，1979，第260页。

莫不负策抵掌，顺风而届焉。后王莽矫用符命，光武尤信谶言，自是习为内学。尚奇文，贵异数；不乏于时也。”汉时上至皇帝大臣，下至黎民百姓，尤其是上层统治者大都相信神仙，希望自己成仙而长生不老，享尽人间荣华富贵。因此，游仙诗便应运而生，被之管弦，广为流传。我们信手拈来《艳歌》为证：

> 今日乐上乐，相从步云衢。天公出美酒，河伯出鲤鱼。青龙前铺席，白虎持榼壶。南工斗鼓瑟，北斗吹笙竽。姮娥垂明珰，织女奉瑛琚。苍霞扬东讴，清风流西歈。垂露成帷幄，奔星扶轮舆。

这是一首写天上盛宴的诗，也是一首“乐上乐”诗。诗人幻想着与友人一道信步天宫赴宴。宴会上“天公”奉献美酒，“河伯”献上鲤鱼，东方“青龙”七星铺排筵席，西方“白虎”七星把壶斟酒。工于鼓瑟的南斗星和长于吹笙竽的北斗星前来奏乐，耳垂明珰的“姮娥”（嫦娥）和身佩宝石美玉的“织女”前来跳舞，“苍霞”和“清风”放开美好的歌喉，唱起了齐地和吴地的歌曲。此情此景，真是欢乐之极。宴会结束，“垂露”为客人们罩上了车幔，“奔星”扶着客人的车轮送行。在这里，诗人成了天地间的主宰，而“天公”诸神则为其服务，这无疑是一种虚构的理想境界。

这种大胆的幻想，离奇的情节和迷离的神话色彩在汉乐府诗中多有体现。如《步出夏门行》《长歌行》《王子乔》《上陵》等，在这些作品中，“仙人玉女、赤松王乔、西王母、东王公，齐来笔下；昆仑泰山、九嶷蓬莱、阊阖天汉，尽入篇中。诗人或趋风御雾，或乘云驾龙，穷天极地，遨游八极，与仙人往还，与日月争辉。”① 有的作品也不时地流露出一些消极避世的情绪，但多数作品通过仙境与人世的对比，曲折地抨击现实社会的黑暗。上面我们提到的《艳歌》中的天上盛宴，不是地上盛宴的折射吗？这种世俗的“诗意世界”只不过是人间痛苦的逋逃薮而已。

再次，巧妙运用寓言故事劝诫讽喻。先秦诸子散文中不乏寓言故事，但严格意义上的寓言诗却实为罕见。两汉乐府受《庄子》寓言的影响，寓言诗已屡见不鲜。概括起来有两种类型：其一，采用拟人化手法，假借动植物之口进行自述，鞭挞摧残弱小者的强权势力，歌颂弱势群体的美好品

① 张亚新：《建安文学的浪漫主义特色》，《贵州文史丛刊》1986年第3期，第105页。

质。如《雉子斑》《乌生》《豫章行》《蜨蝶行》《枯鱼过河泣》等都属于这一类。尤其是《枯鱼过河泣》："枯鱼过河泣，何时悔复及。作书与鲂鱮，相教慎出入!"四句诗写一条被人捉去的枯鱼，自伤遇难，抽泣不止，后悔自己出入不慎而罹祸。于是现身说法，写信给同类，告诫它们出入时要千万小心。借物自况，以物寓意，以达到警世诫人的目的，真乃奇思异想。其二，虚拟动植物与人的对话，以物喻人，使所借之物人格化、形象化，通过对话揭露社会的残酷，官吏、豪强对人民的迫害。如《战城南》，写"人与乌"的对话，希望乌鸦在啄食战死他乡的将士们腐尸前能为他们哭号一番，以告慰他们"野死不葬"的亡灵。宋子侯的《董娇娆》以花喻人，写桃李同蚕姑的一场争辩，感叹女子命不如花，年轻美貌时被人损伤，年长色衰后遭人遗弃，表现诗人对封建社会妇女命运的深切同情。对话写得有声有色，活灵活现，似乎在读者面前亭亭玉立着一位彬彬有礼而又不容玷污的桃李仙子形象。同时也奉劝世人谨于持身，爱惜自然界里的生命。

最后，极度夸张的手法和激越澎湃的语言色彩。浪漫主义偏重于对理想世界的热烈追求和理想人物的成功塑造，作家自我情感的表现特别强烈，丰富的想象、极度的夸张和澎湃的激情溢于言表，它可以冲决现实的一切有形或无形的社会羁绊，像地下久蓄的岩浆一样喷薄而出，放射出神奇瑰丽的色彩。如千古传颂的李延年的《北方有佳人》：

> 北方有佳人，绝世而独立。一顾倾人城，再顾倾人国。宁不知倾城复倾国？佳人难再得！

这是一首描写佳人的诗。意思是说，北方有一位佳人，世上独一无二。这位佳人只要对守城的士兵看上一眼，士兵便会忘记职责而弃城；倘若佳人再对驾临天下的君主秋波一转，亡国灭族的灾难就要降临其身。人们怎么不知道佳人的顾盼会有"倾国倾城"的危险，实在是因为佳人太美不可再得。整首诗没有一个"美"字，也没有写佳人杏目柳腰，雪肤冰姿，手如柔荑，肤如凝脂，而是通过"一顾倾人城，再顾倾人国"的极度夸张，把佳人举世无双的美表现得淋漓尽致，难怪汉武帝发出"世岂有此人乎"的感叹。又如《上邪》，写一位刚毅女子执著爱情心迹的表白。全诗九句，前三句正面发愿，写女子和一位男子相悦相恋，两人的爱情永生永世不会衰绝。后六句逆向思维，反面设誓，指出了"敢与君绝"的五个先决条件：山无陵，江水竭，冬雷震，夏雨雪，天地合。这五种情况实际上是违背大自然规律而不可能出现的五种反常现象。正话反说，以肯定的口气，达到了否定“与君绝”的目的。全诗一正一反，一个大胆泼辣、忠于爱情、坚如磐石的女子形象清晰地站立在读者面前。诗歌句式短促，音节铿锵有力，想象奇异诡谲，感情恣肆奔放，极度的夸张和烈火一样的激情犹如黄河波涛滚滚，又似长江一泻千里，具有咄咄逼人之势，古人有“短章中神品”（胡应麟语）之誉称。

四　传播方式的演唱性

汉乐府诗的传播方式有文本传播和口头传播，但以口头传播为主。汉乐府的本质特征就是可歌之诗。汉乐府机关的主要功能之一，就是把创作或收集到的诗歌进行艺术处理，使它们合乐可歌，合拍可舞，在歌舞的演出中发挥其移情娱人的作用。可以这样说，处于歌唱、舞蹈状态的诗歌表演才是汉乐府作品的最终完成态。很显然，汉乐府诗已经突破了传统诗学抒情、叙事和说理的藩篱，向表演艺术，尤其是戏剧化迈出了可喜的一步。这也标志着诗歌由抒情言志向愉悦功能的转化。

汉乐府是以音乐为主的一种演唱歌诗，故有“乐府重声不重辞”之说。即对音乐表演的重视超越了对语言的重视，诗歌的语言是服务于音乐歌舞表演的。汉乐府诗演唱的场所主要在厅堂、殿庭、广场，以及街头巷尾和田间地头，尤以厅堂演唱较为普遍。演唱的形式多种多样：（1）独唱或独奏。如古诗《西北有高楼》：“上有弦歌声，音响一何悲！谁能为此曲？无乃杞梁妻。”又如《相逢行》：“少妇无所为，挟瑟上高堂。”（2）对唱。如《上山采蘼芜》。全诗80字，除15字交代故事发生的时间、地点和人物动作（“弃妇”长跪）外，其余全是“弃妇”与“故夫”的对话，即二人之间的对唱，通过对唱得出“新人不如故”的结论，深刻批判男人喜新厌旧的心理。（3）一人主唱，其他人伴唱或伴奏。汉代有一种“但歌”，就是不配乐器的“徒歌”，由一人主唱，三人相和。还有一种相和歌，一人一面打着节拍，一面唱歌，其他人在一旁用乐器伴奏。相和歌是汉代诗歌主要的演唱形式。如汉高祖的《大风歌》。据史料记载，高祖平定淮南王叛乱后，回到故乡沛邑，召集当地父老乡亲欢聚宴饮。酒酣，高祖击筑自歌一曲，沛中百二十人和唱。（4）以歌舞伴唱。如《公莫舞》《战城南》

等，诗歌舞三位一体，载歌载舞，并有科白出现，为我国戏剧文学的诞生奠定了一定的基础。

乐府诗演唱的突出特征除了形式的多样性外，就是戏剧化色彩较浓。戏剧化色彩主要表现在故事情节中矛盾冲突剧烈，没有矛盾冲突就没有戏剧。这种剧烈的矛盾冲突又包含两个方面：一方面是人与人的矛盾冲突。如辛延年的《羽林郎》，这是一曲描写卖酒女胡姬反抗强暴凌辱的赞歌，人物冲突极其尖锐。诗中写西汉大将军霍光的家奴冯子都倚仗权势，到少数民族少女胡姬“当垆”的酒店，先是道貌岸然地炫耀自己富有，胡姬不为富贵所动，处之泰然；接着是要酒要肉，企图寻衅闹事，胡姬“提玉壶”“脍鲤鱼”应付自如；尔后是“赠送”青铜镜、红罗裙以物相逼，强行霸占。胡姬义正辞严，以柔克刚。诗的最后八句，把矛盾冲突推向了高潮。不仅表现了胡姬新故不易、贵贱不移，忠于爱情和不惜以生命抗争的决心，而且委婉地嘲讽了冯子都喜新厌旧、仗势欺人的豪奴嘴脸。随着矛盾冲突的步步升级，胡姬美丽机智、不卑不亢、有理有节、柔中带刚、凛然难犯的形象跃然纸上。另一方面，写个人情感的冲突。如《有所思》，这是一首由热恋到失恋再到眷恋的爱情三部曲。女主人公的情郎远在大海之南，心想送给他装饰着宝玉的“双珠玳瑁簪”以表缠绵的相思之情。后来听说情郎有了“他心”，由爱转恨，强烈的怨愤之情油然而生，决定把将要馈赠的礼物“摧烧之”，并“当风扬其灰”，痛下决心“勿复相思”，与君尽绝。但激愤之余心绪稍微平静后，又情不自禁地忆念起当初背着兄嫂两人私下约会时热恋甜蜜的情景，因而思想动摇，犹豫不决，辗转难眠，只有等到天亮后再决定吧！诗中女主人公始终处在爱恨交加的情绪波涛中备受煎熬，在矛盾冲突中经受着心灵的折磨，情绪的复杂多变构成了戏剧化的情节结构，由此反映了我国古代妇女在追求爱情道路上的大胆与执著、痛苦与无奈的心情。

戏剧化色彩还表现在场景描写的集中性。戏剧不同于小说，小说可以超越时空，宇宙之大，苍蝇之微，无事不可言。而戏剧是一种舞台表演艺术，其时间、地点、事件和人物等均受到一定的时空限制，场景描写需要高度集中。汉乐府诗在叙述故事时，一般不是连贯地叙述人物的思想行动和事件发展的整个过程，而是把笔墨集中于主人公命运和性格特征最富有戏剧性的时刻，以快速地展现人物关系、矛盾冲突和事件进程，刻画人物性格中最突出、最有代表性的特征，表现广阔的社会现实。如《妇病行》，写一个被穷困生活压碎了的家庭悲剧。全诗分两部分，上部分写病妇托孤，下部分写丈夫乞求买饵与孤儿“啼索其母抱”，这三个生活场景的连缀就像一出情节生动的短剧。作者不着一字说明，病妇伟大母爱的闪光和汉代劳动人民在残酷的剥削压迫下挣扎于死亡边缘的悲剧主题自生。又如《战城南》，诗中没有交代战争爆发的时代背景、原因和经过，也没有描写刀光剑影、浴血拼搏的激烈战斗场面，而是捕捉战斗后战场上尸横遍野，乌鸦啄食，“枭骑战斗死，驽马徘徊鸣”，以及为了征战修筑城堡，农民不能从事农耕，“禾黍不获”的残酷现实，从而反映了汉代连年战争给人民带来的沉重灾难，启发受众对战争的本质作形而上的理性思考，这是一首诅咒战争的千古绝唱。

鲜明的人物性格刻画也是戏剧色彩的表现之一。通过剧烈的矛盾冲突刻画人物性格是戏剧艺术常用的表现手法，汉乐府中的部分诗歌就是如此。如《陌上桑》，它不仅是一首成熟的叙事诗，更像一部小型诗剧。全诗分三节，汉乐府中称为三“解”，“解”近似于后世戏曲中的场或折。“解”的应用使诗歌显得更加生动活泼，平添了幽默风趣的戏剧气氛。第一节写罗敷的美。从环境之丽（日照秦氏楼）、器物之美（青丝笼系、桂枝笼钩），到头饰之精（倭堕髻、明月珠）、服装之艳（缃绮裙、紫绮襦），尤其是巧妙地通过行者、少年、耕者、锄者看到罗敷时的惊艳爱慕，从侧面进一步烘托了罗敷的美。第二节写罗敷拒婚。主要是通过罗敷与使君以及使君指派的官吏的对话，表明自己拒婚的决然态度，并斥责使君是何等的愚蠢！第三节写罗敷夸夫。罗敷极力夸耀自己的丈夫富贵无比，有权有势，官运亨通，气度非凡，以此反衬使君的委琐与丑陋，从气势上彻底压倒对方。由此可见，美丽、机智和勇敢是罗敷的三大突出特征，也是这位女性彪炳史籍的原委所在。据沈约《宋书·乐志》记载，《陌上桑》除此“三解”外，同时“前有艳，词曲后有趋”。这是一个完整的大曲曲目。“艳”，宛如乐曲的引子或序曲。它大多置于词曲之前，起到概括和提示的作用。其音乐多婉转悠扬，其舞蹈多华美潇洒，二者完美结合，引人入胜。“趋”原意是“快疾”的意思。它表现的是一种快速、紧张而强烈的音乐和舞蹈动作，大都用在词曲的后面，给人蕴藉深厚、回味无穷的感受。因此，《陌上桑》特别适合于演唱表演。从它的最后一句“座中数千人，皆言夫婿殊”也可以看出，该诗为歌舞剧形态。“座中数千人”显然指观众之多而言。又如《焦仲卿妻》诗中人物群像性格各异，神形毕肖，不同性格的人物有不同的语言和行动，他们既是现实生活中的人物，亦是戏剧中的人物。“总的来说，汉乐府歌诗应该属于表演的、大众的艺术，而不是文人的表现的艺术”。“歌辞则是对音乐和表演的一种解释”。[①] 此话不无道理。

五 语言通俗的普适性

汉时文人多钟情于赋，诗歌创作相对萧条冷落，而民歌新声崛起，响彻赤县神州，文人诗远不如民歌成就辉煌，汉乐府采集来的大多是“街陌谣讴”，后世流传下来的多是俗乐民歌。创作主体的草根化和欣赏主体的大众化决定了汉乐府诗语言通俗的普适性特色。

（一）口语入诗

汉乐府诗大都是那些褐衣荷锄的农人、蓬头垢面的士卒、荆钗布裙的村姑等平民艺人“感于哀乐，缘事而发”，将他们自己的苦痛、欢乐、爱恨和憧憬一股脑地唱出来，自然是随心所欲，一吐为快，浑然天成。因此，口语入诗，明白如话，长短不整，直陈少饰便成为汉乐府诗的显著特征，也使得文人诗相形见绌。如《东门行》，拔剑出门去的男子说：“咄！行！”这完全是民间的日常用语，夹带着一定的语气，表演时演唱者只要模仿男子愤怒的声音“说”出来即可。在《焦仲卿妻》中，焦仲卿对母亲说：“今若遣此妇，终老不复取！”焦母听后，“槌床便大怒”。这里的“槌床”也是民间的口头语言。这些语言、表情和动作都来自社会大众的日常生活。在演唱或戏剧性的表演中，适当的人物表情和动作模仿是必不可少的，因为演唱者不但要诉诸受众以听觉，还要诉诸受众以视觉的感受。语言的口语化和动作化可以拉近演出者与受众的情感距离，起到双方互动的交流作用。口语入诗的最大好处就是增强了作品的真实感和口头传播的亲和力。

（二）音韵和谐

汉乐府诗基本上属于表演型的大众化艺术。其创作的主体、娱乐的特

---

① 赵敏俐：《汉乐府歌诗演唱与语言形式之关系》，《文学评论》2005 年第 5 期，第 154 页。

质、传播的方式和受众的对象，都必须以语言通俗易懂、张口即来、音韵和谐、便于演唱为标准，华丽藻饰与佶屈聱牙只是官僚文人纸质上的奢侈品。如《淮南王歌》："一尺布，尚可缝；一斗粟，尚可舂。兄弟二人不相容。"全诗只有十九个字，三、七言蝉联递进。前四句以"布""粟"两物起兴作比，最后一句引出汉文帝兄弟二人为争夺皇位而骨肉相残的史实。"缝""舂""容"三字读音相近，朗朗上口。整首诗语言简洁明了，演唱起来如行云流水。汉乐府诗中还常常利用对偶和叠音词等修辞手法，使歌诗语言匀称协调，流畅自然。如《陌上桑》："头上倭堕髻，耳中明月珠。缃绮为下裙，紫绮为上襦。"诗中上下句相对应的词语"头""耳""下裙""上襦"词性相同，句法结构一致，对偶手法的运用使句式整齐，音韵和谐。又如《白头吟》："凄凄复凄凄，嫁娶不须啼。""竹竿何嫋嫋，鱼尾何簁簁。""凄凄""嫋嫋""簁簁"这些叠音词的连用，不仅使语言节奏明快，韵律悠扬，而且突出了音响效果，体现出一种音乐旋律美。

（三）形象自由

汉乐府诗的语言具有生动形象和自由奔放的特点。诗人为了表现抒情主人公的性格特征，常常采用比喻和夸张的手法。如班婕妤的《怨歌行》。这是一首咏物诗，物是诗人托物言志的载体。表面上写扇子的遭遇，实质上以扇子喻人，写封建社会女子的悲惨命运。诗中描写扇子"鲜洁如霜雪""团团如明月"，其实是女子美丽和纯洁资质的形象写照。贴切的比喻增加了语言的形象性。又如《陌上桑》中对罗敷美的描写："行者见罗敷，下担捋髭须。少年见罗敷，脱帽著帩头。耕者忘其犁，锄者忘其锄。"以及《北方有佳人》中对佳人美的赞颂："北方有佳人，绝世而独立。一顾倾人城，再顾倾人国。"夸张的手法和形象的语言使诗中的主人公熠熠生辉，无与伦比，从而使两诗成为古今脍炙人口的经典之作。

汉乐府诗形式活泼，语言极端自由，句式参差错落，短的一字，长的多达十字，三言、四言、五言或杂言居多，一般篇幅都比较短小。除整齐划一的四言、五言诗外，颇多长短不一的杂言诗，如《上邪》。全诗 9 句 35 字，竟包括了 5 个比喻，二、三、四、五、六字句 5 种句式。真是无拘无束，舒徐自在，有如天马行空，情感跌宕起伏。句式的长短、用语的多少完全依据创作主体感情的抒发和演唱的实际需求而定，相对于以四言为主的《诗经》，汉乐府无疑是一种诗体的解放与自由的进化。

（四）套语运用

汉乐府诗多为娱主乐宾而演唱，所以有的作品在末尾加上两句祝寿庆乐的套语做结束，这是汉乐府独特的用语现象。如《艳歌何尝行》的最后两句“今日乐相乐，延年万岁期”。意思是说，今日因我们的幸福命运而感到快乐，每个人都能万寿无疆。《古歌·上金殿》的结尾是“今日乐相乐，延年寿千霜”。其意与上句基本相同。这种祝福性的话语只是为了迎合欣赏者娱乐的心理需求，对于歌诗的传播可以起到一定的促进作用，但与全诗的内容没有紧密的联系。在当时尚未形成不可逾越的程式化窠臼，汉乐府诗的表现形式和语言运用相对而言还是比较鲜活和自由的。文蕴质中而情溢景外，言近旨远而雅俗共赏使汉乐府诗显示出强大的艺术生命力。

六　结语

汉乐府诗已突破了纯粹的诗歌学内涵的范畴，具有诗歌文本和演唱文本的双重特质。汉乐府为诗之体，更为乐之体。其为诗之体，主要指思想情感之传达；其为乐之体，主要指歌声舞美之表演。汉乐府诗的双重文本属性，决定了审美主体对乐府诗本体特征的把握同样存在两个维度：一为诗学视域内的诗人作品风格的评论，一为音乐学视域内的乐舞品位的鉴赏。就以往的研究成果来看，从诗学的角度探询汉乐府的居多，从音乐学的角度解读汉乐府的稀少，从音乐与文学二者兼而有之的视角审美汉乐府的则更为鲜见。本文试图把汉乐府诗作为音乐文学的统一体进行艺术观照，还其演唱文学的本真面目。虽然有些浅尝辄止，但浅尝总比不尝聊胜一筹。

汉乐府诗“缘事而发”的现实精神反映了两汉时期的历史风貌，尤其是揭示了下层劳动人民的痛苦与无奈，爱憎与向往，它的思想价值和社会教育功能是毋庸置疑的。但是，汉乐府诗的时事政治性并不强，很少重大历史事件或治国安邦之策的鸿篇巨制，多是日常家庭生活的描摹和叙述，即使一些感人肺腑的悲剧，也多是家庭、个人的痛苦与不幸。而汉乐府诗的艺术美却具有里程碑的意义，在中国诗歌史上起着承前启后的作用。它不仅标志着叙事诗的成熟，涌现出《陌上桑》《焦仲卿妻》之类的诗苑瑰宝，而且在诗体解放方面也取得了显著的成就，语言的自由运用使诗体得到了极大的丰富与完善。尤其是五言诗的创新，使之成为后世诗歌创作的主流。对于我国说唱文学的繁荣，汉乐府诗起到了推波助澜的作用；对于我国戏剧文学的发展，汉乐府诗则是孕育源头的滥觞期。其中的《巾舞歌诗》可以说是我国戏剧文学的“祖型”。因此，从音乐文学的视域研究汉乐府诗是必要的，也是可行的。换言之，音乐文学视野中的汉乐府研究是研究汉乐府诗的唯一正确途径。

南宫翼为天乐府与《远游》的音乐书写

王德华（杭州，浙江大学人文学院，310058）

摘　要： 屈原《远游》的空间书写有着五官星空区划的天文背景。南宫翼为天乐府职能形成的天文背景与人文映射，构成《远游》南宫音乐书写的知识背景。《咸池》等天乐作为阴阳调和的正风与正乐的象征，反映了诗人对音乐之道的通晓，也与现实中“楚之衰也，作为巫音”构成了反比寓意，表现了诗人对楚国现实的关注。

关键词： 五官星空　南宫翼　天乐府　夏令多言乐　正风正乐

作者简介： 王德华，女，浙江大学人文学院教授，著有《屈骚精神及其文化背景研究》等。

《远游》“重曰”以后的天空神游，呈现出的天庭及东、西、南、北的五方空间格局，是以古人对星空做出的五官区划作为书写背景的。所谓星空五官，是中国古代星空区划的一种方式。《史记·天官书》是现存最早的一篇完整的星空五官区划的文献。《天官书》将星空划为五个部分，即五官——中宫、东宫、西宫、南宫与北宫。《史记·天官书》五官星空区划起源甚早，有着悠久的天文观测的知识背景，这一知识背景就是标志性象征的北斗七星及其附近的北天区，以及位于黄道和赤道附近的二十八宿以平均各七宿形成的四大星空区域，古人以“四象”即东宫苍龙、西宫白虎、南宫朱雀、北宫玄武（龟蛇合体）来代指。从出土文献看，河南濮阳西水坡仰韶文化遗址，出土距今六千多年蚌壳摆塑的东方苍龙、西方白虎与北斗的图像，还有湖北随州发掘的战国初期的曾侯乙墓，墓中一衣箱盖上，中央有一篆体“斗”

字，围绕“斗”字分布二十八星宿名，箱盖右侧绘有青龙，左侧绘有白虎图像，都说明了五官星空区划产生甚早。而传世文献《尚书·尧典》中四仲中星的记载，也说明以四象定四时方位，测四时星象的由来是非常悠久的。长沙子弹库出土的战国楚帛书，分甲、乙、丙三篇。饶宗颐先生考察楚帛书甲乙两篇的主要框架及叙述内容，认为楚帛书即是楚国的天官书。可以看到，不论是传世文献还是出土文献，都说明屈原《远游》中呈现的以天庭及东、西、南、北五方的星空游历，有着以北斗为中心以及东、西、南、北四象组成的星空区划的天文知识背景。① 而南宫翼为天乐府这一职能之所以形成的天文背景与人文映射，也是《远游》音乐书写的知识背景，并反映了诗人对音乐之道的深刻领会，同时也寄寓了诗人对楚国现实的深切关注。

一 南宫翼为天乐府的天文背景与人文映射

南宫朱雀七宿，即井、鬼、柳、星、张、翼、轸。《开元占经》卷六三《南方七宿占四》：

> 石氏曰：翼二十二星，十八度。度距中央西星先至，去极九十九度。春夏为金，秋冬为土。翼北十二尺是中道，楚之分野。
>
> 《南宫侯》曰：“翼主天昌，五乐八佾也。一名化官，一名天都市，一名天徐，以和五音。”
>
> 石氏曰：“翼，天乐府也，主辅翼，以卫太微宫，法九州之位，入为将士，相绳直有例，内外小星四十六，官各为其度，小臣之象也。”
>
> 石氏赞曰：“翼主天倡以戏娱，故近太微并遵嬉。翼二十二星主天倡，建旗秉节物满张。”②

翼宿在《史记·天官书》中只有简单地记载，据张守节《正义》，翼

① 详参冯时《河南濮阳西水坡45号墓的天文学研究》，《文物》1990年第3期。谭维四：《曾侯乙墓》，文物出版社，2001。陈遵妫：《中国天文学史》，上海人民出版社，2006。饶宗颐：《楚帛书之内涵及性质试说》，载《楚帛书》，中华书局香港分局，1985。饶宗颐：《楚帛书天象再议》，载《中国文化》1990年第3期。

② （唐）瞿昙悉达：《开元占经》，常秉义点校，中央编译出版社，2006，第437页。

这一星官共二十二星，与下界相应的，是楚之分野，除了其他一些星占功能外，“翼二十二星为天乐府”，即翼具有天乐府的职能。[①] 除《史记·天官书》张守节正义外，《北堂书钞》言“翼为天倡”，《晋书》《隋书》《天文志》都有类似记载，言“翼二十二星，天之乐府俳倡”。《石氏星占》[②] 的记载，应是唐时类书、史书及张守节正义所本，是翼为天乐府的主要文献资料来源。黎国韬《“翼为天倡”考》一文认为：“翼宿星君为古代著名之戏神，其传说则渊源于古代‘翼为天倡’并‘主天乐府’的传说。而翼宿之所以被视为乐神，则是由于翼与古代的巫师、祭祀乐舞、宫廷乐舞均存在密切的联系，这可以从翼字的构形、羽舞的流行、翼与翌祭的关系中找到证据。从时间上考察，翼为天倡的传说至迟在战国时期便已流行，这有传世文献和出土文物上的双重证据。”[③] 星官往往是人间的映像，而作为星宿，之所以能达成与人事的比附，不外乎天文与人文两个方面的原因。因而，探讨“翼为天乐府”，除了对“翼”字本身考察之外，对南宫朱雀、下界南方与音乐之间的关联探究也十分必要。

从天文看，朱雀，《史记·天官书》中称作朱鸟。沈括在《梦溪笔谈》中言南方五行属火，“鸟谓朱者，羽族赤而翔上，集必附木，此火之象也”。但朱雀取象何鸟，沈括言“或云鸟即凤也，故谓之凤鸟”，但他本人并不认可，认为“古人取象，不必大物也”，朱雀当取象于短尾的鹑。[④] 其实，从《山海经》看，凤并不“大”，其状是“如鸡”的；凤的特征在于“灵”，即“是鸟也，饮食自然，自歌自舞，见则天下安宁”。[⑤]《说文》引黄帝臣天老之言，把凤说成是集多种动物特征于一身的“四不像”的动物，而与《山海经》一致的是“见则天下宁”，故被称作“神鸟”。[⑥] 所以，对于凤这种在现实生活中没有具体参照之鸟，正如龙与麒麟，人们对它的想象有个不断变化的过程。所以，沈括所说的取象于鹑，并不在于鹑的有尾与无尾，大之于小，而在于鹑与凤的关联。《山海经》中的鹑鸟，

---

① 《史记》卷二七《天官书》，中华书局，1959，第1303～1304页。

② 《石氏星占》作者为战国时魏人石申，《史记·天官书》《汉书·天文志》中简略提及。著有《天文》八卷，已佚。《开元占经》中保存一些《石氏星占》。

③ 黎国韬：《“翼为天倡”考》，载《星海音乐学院学报》2012年第1期，第86～90页。

④ 详参胡道静《梦溪笔谈校证》，上海古籍出版社，1987，第325页。

⑤ 袁珂：《山海经校注》，巴蜀书社，1992，第19页。

⑥ 详见段玉裁《说文解字注》，上海古籍出版社，1981，第148页。

即凤，也称赤凤，《山海经・西次三经》："有鸟焉，其名曰鹑鸟，是司帝之百服。"袁珂注曰："郝懿行云：鹑鸟，凤也；《海内西经》云，昆仑开明西北皆有凤凰，此是也。《埤雅》引师旷《禽经》曰：赤凤谓之鹑。"《大荒西经》言："有五彩鸟三名：一曰皇鸟，一曰鸾鸟，一曰凤鸟。"袁珂注："经内五彩鸟凡数见，均凤凰、鸾鸟之属也。"①

再从凤凰与音乐的关系看，凤声往往被看做是一种至妙的声音。《山海经》中的凤与鸾即有"自歌自舞"的特点。《吕氏春秋・古乐》篇记载黄帝命伶伦作律，伶伦听凤凰之鸣，以别十二律。以雄鸣为六，雌鸣亦六，以比黄钟之宫。而与音乐密切相连的还有风，甲骨卜辞中就有四方风，而风写作"凤"。古人认为风生于天地阴阳之气，通过四方四时之风能够判定气候的变化，正是在这一点上，《左传・昭公十七年》记载少皞氏时以不同颜色的凤鸟，掌管分至启闭，即阴阳二气与季节的变化。四方风，逐渐衍化为八风、十二风，并配以十二律。《淮南子・天文训》曰："律之初生，写凤之音"，《主术训》又云："乐生于音，音生于律，律生于风，此声之宗也。"② 将乐、音、律与风、凤联系起来，这不仅因风、凤在甲骨卜辞中相通，还有风、凤之与音乐都是含有阴阳二气变化之理。《周礼・春官・大司乐》云："凡六乐者，六变而致象物及天神。"郑玄注："象物，有象在天，所谓四灵者。天地之神，四灵之知，非德至和则不至。《礼运》曰：'何谓四灵？麟、凤、龟、龙谓之四灵。'"③ 虽然《礼运》与《史记・天官书》四灵有别，但皆有凤。《尚书・益稷》也说"箫韶九成，凤凰来仪"。可见，朱雀与凤凰、律吕的关联，应是南宫朱雀中翼为天乐府这一天官职能之所以产生的重要的天文与音乐背景。彭浩先生通过对出土的西周以来的青铜礼器的纹饰考察，指出："西周以来凤鸟纹的数量增多，从地域分布上看，东至吴越，西至周原，北至燕赵，南至湘江的出土铜器上都可以找到这类凤鸟纹饰"，并认为包括楚人在内的对凤鸟的崇拜，是当时盛行的阴阳之说在青铜礼器纹饰上的一种反映。④ 可以说，对凤鸟的崇拜，包含对阴阳之道的尊奉，不仅反映在青铜礼器纹饰上，同时也映射到天空四象之一的朱雀，从而产生南宫翼为天乐府这一星官职能。

---

① 袁珂：《山海经校注》，巴蜀书社，1992，第56~57、第453页。

② 何宁：《淮南子集释》，中华书局，1998，第247、662页。

③ 《周礼注疏》，《十三经注疏》本，中华书局，1983，第789页。

④ 彭浩：《楚人织绣纹样的历史考察》，载《文艺研究》1992年第3期，第116~122页。

从人文看，“夏令多言乐”是南宫翼为天乐府的地界映射。《管子·四时》为月令书，其中言四方四季季候特征，王者据此以施政，言：“南方曰日，其时曰夏，其气曰阳，阳生火与气。其德施舍修乐。”① 虽然只是略及“修乐”，但这一点却为《吕氏春秋》十二纪所继承。十二纪独于南方相对应的夏令集中论乐，《四库全书总目提要》言《吕氏春秋》“其十二纪，即《礼记》之《月令》，顾以十二月割以十二篇，每篇之后，各间他文，四篇惟夏令多言乐，秋令多言兵，似乎有义，其余绝不可晓，先儒无说，莫之详矣。”余嘉锡先生针对《提要》所说的“其余绝不可晓”，分析十二纪描写内容并引《春秋繁露》为证，认为春令言生，冬令言死，曰：“然则春生而冬死，夏乐而秋刑，其取义何也？此所谓春生夏长秋杀冬藏也，此因四时之序而配以人事，则古者天人之学也。”余先生所说的“春生夏长秋杀冬藏”之义，在《管子》中也早有表现，如《四时》言“春嬴育，夏养长，秋聚收，冬闭藏”。② 余先生本诸十二纪“四时之序而配以人事”的思维，又进一步指出：“《提要》谓夏令多言乐，非言乐也，言长养也，长养人之道，莫大于教化，故《孟夏纪》所附四篇曰《劝学》，曰《尊师》，曰《诬徒》，曰《用众》。乐也者，所以移风易俗也，故《仲夏》《纪夏》多言乐，此其义例昭然可见也。”余先生认为夏令多言乐，并不只说音乐，而是注重音乐所具备的移风易俗的教化功能。如此，音乐就将作为自然的夏之长养之义与人类社会的移风易俗之义联系了起来，此乃“古者天人之学也”。“夏令多言乐”揭示了上法乎天、下配人事的天人合一的思维模式。这一思维模式“自《提要》谓其绝不可晓”，后人“不读其书而妄为之说，可谓随声附和者矣”③，即《吕氏春秋》十二纪月令之深义趋微。我们可以沿着余先生的思路，将“夏令多言乐”与南宫翼为天乐府联系起来考察，可以看出，古人不仅通过音乐把自然的夏季与人事比附，同时通过音乐将“夏令多言乐”的季节与人文内涵映射到星空，从而形成了南宫翼为天乐府的观念。这也是《远游》中诗人“将往乎南疑”受到劝阻后，在南宫书写音乐的重要知识背景。

---

① 黎翔凤：《管子校注》，中华书局，2004，第846页。

② 黎翔凤：《管子校注》，中华书局，2004，第847页。

③ 余嘉锡：《四库提要辩证》，中华书局，1980，第818～822页。

二 《咸池》《承云》与《九韶》：正风与正乐的象征

《远游》中提到的《咸池》、《承云》与《九韶》，是正风与正乐的象征与代表。王逸云："《咸池》，尧乐也。《承云》即《云门》，黄帝乐也……《韶》，舜乐名也。九成，九奏也。"后人根据《山海经》《庄子》《乐记》《淮南子》等资料纷然于这些古乐是属于哪一位帝王的。其实这些古乐与诸多圣王的异属现象，一方面说明了古乐具有代代相承沿用的可能，另一方面也说明这些乐舞在相承中的一个共同职能即是用于祭祀天帝，为宗教乐舞。《吕氏春秋·古乐》篇从传说中的朱襄氏写起，共写了十三位帝王时的古乐，其中《咸池》《承云》与《九韶》[①] 分别作于传说中的黄帝、颛顼与帝喾时代。《咸池》乐是黄帝命伶伦制作的，上文业已提及伶伦听凤凰之鸣，以别十二律。所谓雄鸣雌鸣各六，效法雌雄凤凰之鸣，就是效法阴阳之道，故律有阴阳。《庄子·天运篇》[②] 记述了黄帝分析北门成听《咸池》乐之所以产生"惧、怠、惑、愚、道"的感受，主要说明《咸池》作为"至乐"感化人心的过程。言"至乐者，先应之以人事，顺之以天理，行之以五德，应之以自然，然后调理四时，太和万物。四时迭起，万物循生。一盛一衰，文武伦经。一清一浊，阴阳调和，流光其声"，黄帝这里所说的"至乐"有两个方面的特征：一是至乐不离人事，二是以天地阴阳二气运转调和、化生万物是"至乐"所本，故对"至乐"的感受就意味着对道的体会。至于《承云》之乐，《吕氏春秋》认为是颛顼乐。颛顼德合于天，所以八方之风各得其正，颛顼闻正风之音而好之，故令飞龙效其音，命鳝鱼先击鼓以为乐始。风与凤通，八方正音亦与《咸池》乐一样，包含合乎自然的阴阳之道。《九韶》《古乐》篇记述帝喾命咸黑作《九招》《六列》《六英》，令有倕作"鼙鼓钟磬吹苓管埙篪鼗椎

---

① 按：《远游》"九韶"，《吕氏春秋》作"九招"。"九招"，即"九韶"。《古乐》篇云："帝喾合咸黑作为声，歌《九招》、《六列》、《六英》。"孙蜀丞云："《文心雕龙·颂赞篇》云'昔帝喾之世，咸黑为颂，以歌《九招》'（今本'黑'作'墨'，'招'作'韶'并据唐写本改）。"（见陈奇猷《吕氏春秋校释》，学林出版社，1984，第300页）。本节所引《吕氏春秋》论乐文字，皆出自陈奇猷《吕氏春秋校释》，学林出版社，1984。下不复出注。

② 按：本节所引《庄子·天运篇》，出自郭庆藩《庄子集释》，中华书局，1961。下不复出注。

钟”，于是“令人抃或鼓鼙，击钟磬，吹苓展管篪。因令凤鸟、天翟舞之。帝喾大喜，乃以康帝德”，《古乐》又记载帝喾后，“帝舜乃令质修《九招》《六列》《六英》，以明帝德”，汤又“修《九招》《六列》，以见其善”，从中可以看到帝喾命咸黑制作的《九韶》在后世的流传。《九韶》，即《韶》乐，在《离骚》中曾与《九歌》一起出现。《离骚》云：“启《九辩》与《九歌》兮，夏康娱以自纵。”又云：“奏《九歌》而舞《韶》兮，聊假日以娱乐。”《离骚》中两次出现的《九歌》，一次为启奏，一次为飞行至天空中的诗人闻奏。为什么启奏《九歌》就是“自纵”，而诗人闻奏则是“娱乐”，是聊以抒怀呢？这与启和诗人所在的空间位置不同甚有关联。启奏《九歌》，王逸从古史的角度解释，认为启奏《九辩》与《九歌》是对启的颂赞。洪兴祖引《山海经》及《天问》记载，认为《九辩》《九歌》皆天乐，启窃而用之，意指启窃天乐以自享自纵，这也有《墨子·非乐》为证。《非乐》篇从宗教乐舞的俗化角度，批评启“淫溢康乐”，“湛浊于酒，渝食于野，万舞翼翼，章于闻天，天用弗式”。那么，为什么屈原“奏《九歌》而舞韶兮，聊假日以娱乐”却不遭后人非议呢？王逸注曰：“《九歌》，《九德》之歌，禹乐也。《韶》，《九韶》，舜乐也，‘箫韶九成’是也。言己德高智明，宜辅舜、禹，以致太平，奏《九德》之歌、《九韶》之舞不遇其时，故假日游戏偷乐而已也。”洪兴祖也赞同王逸之说。此后诸家强解，实难前后一贯。闻一多先生认为《韶》本天乐，又引《史记·赵世家》中记载赵简子梦之帝所，与百神享受钧天之乐，以说明屈原“此奏歌舞韶，实承上‘神高驰之邈邈’而言，谓升天而得观此乐也”[①]，即《九歌》与《韶》乐均是天乐，而诗人是于天空中观奏、听乐，而非诗人自己所奏，这种分析，独具慧眼。黄翔鹏先生提出著名的“九歌”为九声音列之说[②]，王小盾先生在此基础上，对夏民族的神圣数字“九”进行考察，明确了“九歌”作为神圣音乐的性质，夏代乐学以“九德”为律学背景，采用九音。在夏代，已经产生正德生谷、谷生水、水生木、木生火、火生土、土生金、金生利用、利用生厚生的相生观念。“九歌”实际上是对这种五度相生为九音之关系的概括。而与九声音列的“九

① 详参闻一多《离骚解诂乙》，见《闻一多全集·楚辞编》，湖北人民出版社，1994，第335页。

② 详参黄翔鹏《“唯九歌、八风、七音、六律，以奉五声”——〈乐问——中国传统音乐百题之八〉》，载《中央音乐学院学报》1992年第2期，第2~7页。

歌”相关“九”的乐舞，在夏代人看来，之所以要歌舞九遍（“九成”），乃因为这是祭奉神灵的歌舞，是代表神圣的歌舞；之所以使用九声音列（“九歌”），乃因为这是祭奉神灵的音乐，是代表神圣的音乐。这种神圣数字的习惯同古人对音乐的看法有关：正如《山海经·大荒西经》所显示的那样，古人认为，“九辩”“九歌”“九韶（招）”是“天神恩赐于夏民族的歌舞和音乐”。[①]《左传·文公七年》载：“九功之德皆可歌也，谓之‘九歌’。六府、三事，谓之‘九功’。水、火、金、木、土、谷，谓之‘六府’；正德、利用、厚生，谓之‘三事’。”[②] 又，《礼记·月令》孔颖达曰：“正德，天德；利用，地德；厚生，人德。”[③] 若从音乐思想角度看，无论是作为音阶的“九歌”，还是与之相关的作为乐曲的《九歌》，其中的“三事”都包含着“天德”“地德”与“人德”这种天人合一的音乐思想。从《天问》《离骚》可以看出，屈原对夏代《九歌》等神圣性音乐及音乐思想并不陌生，并据此批评启并不能体会《九歌》音乐之道，适以娱乐自纵而已。《吕氏春秋·古乐》并载帝喾之后，历代沿修《九招》。《尚书·益稷》言“箫韶九成，凤凰来仪”，“击石拊石，百兽率舞”，言舜时“备乐九奏而致凤凰，则余鸟兽不待九而率舞”[④]，可以看到，仍有《吕氏春秋》记载的帝喾令人演奏古乐《九招》时，“因令凤鸟、天翟舞之”的影子。故“凤凰来仪”，包含着《九韶》合乎阴阳之道的隐喻。

三 《远游》南宫音乐书写与“楚之衰也，作为巫音”的反比寓意

由以上的分析，我们再来看看诗人的南宫音乐书写。在五官星空中，诗人于中宫、东宫、西宫，集中笔墨写他的游历之盛，给人以不停游历与飞行之感。中宫、东宫、西宫的不断飞行反衬了南宫游历的停顿，也使南宫的空间书写成为《远游》空间书写中浓墨重彩的一节：

① 详参王小盾《夏代的“九歌”及其同五行说的关联》，载《中国音乐学》2007 年第 4 期，第 29 ~ 36 页。

② 《礼记正义》，《十三经注疏》本，中华书局，1980，第 1846 页。

③ 《十三经注疏》本，中华书局，1980，第 1382 页。

④ 《尚书正义》卷五，《十三经注疏》本，中华书局，1980，第 144 页。

指炎神而直驰兮，将往乎南疑。览方外之荒忽兮，沛罔象而自浮。祝融戒而还衡兮，腾告鸾鸟迎宓妃。张《咸池》奏《承云》兮，二女御《九韶》歌。使湘灵鼓瑟兮，令海若舞冯夷。玄螭虫象并出进兮，形蟉虬而逶蛇。雌霓便娟以增挠兮，鸾鸟轩翥而翔飞。音乐博衍无终极兮，焉乃逝以徘徊。

首先，对于此段音乐书写，一般都认为是在地界南疑，即南方下界九疑山。但通观此节描写的前后，诗人只是因思念故国“将往乎南疑”，“览方外之荒忽兮，沛罔象而自浮”是比喻诗人在天空云海中游历的景象。“祝融戒而还衡兮”，王逸注曰：“南神止我，令北征也”，“还衡”即回车、回驾。因而，诗人前往南疑的打算因祝融阻止而中断。诗人是在“涉青云以泛滥游兮，忽临睨夫旧乡”情形之下“将往乎南疑”的，被祝融阻止后，诗人依然停留在南宫，即与南方对应的天空上。《庄子·天运篇》言黄帝奏《咸池》于“洞庭之野”，成玄英疏曰：“洞庭之野，天地之间，非太湖之洞庭也。”[①] 而这种演奏《咸池》相似的空间背景，应不是一种巧合。

其次，描写的天乐演奏的场面，不仅有与水有关的传说人物，诸如宓妃、二女[②]、湘灵，海若、冯夷参与奏舞；而且还有水中神怪“玄螭虫象”。[③]“玄螭虫象并出进兮，形蟉虬而逶蛇”，写出水中神怪应乐而起，出没水中而舞，蠕动盘曲，形态可爱的情状。与天乐《咸池》巧合的是，星空中有星象“咸池”。《史记·天官书》言“西宫咸池”，张守节正义曰：“咸池三星，在五车中，天潢南，鱼鸟之所托也。”[④] 屈原正是利用天乐“咸池”与星象“咸池”的相同名称，借用星空咸池乃“鱼鸟之所托”的特征，并融合传说中古乐制作与演奏时与鸟兽的关联，巧妙书写音乐演奏

① 郭庆藩：《庄子集释》，中华书局，1961，第502页。

② 《山海经·中山经》：“洞庭之山……帝之二女居之。”郭璞注：“天帝之二女而处江为神也。”汪绂云：“帝之二女，谓尧之二女以妻舜者娥皇、女英也。相传谓舜南巡狩，崩于苍梧，二妃奔赴哭之，陨于湘江，遂为湘水之神，屈原《九歌》所称湘君、湘夫人是也。”袁珂：“尧之二女即天帝之二女也，盖古神话中尧亦天帝也。”（以上见袁珂《山海经校注》，巴蜀书社，1993，第216～217页）

③ 《国语·鲁语下》云：“水之怪曰龙、罔象。”韦昭注：“龙，神兽也。非常见，故曰怪。或曰‘罔象食人’。”《淮南子》：“水生罔象。”高注：“罔象，水之精也。”（以上见徐元诰《国语集解》，中华书局，2002，第191页）。

④ 《史记》卷二七《天官书》，中华书局，1959，第1304页。

的场面。而“雌霓便娟以增挠兮，鸾鸟轩翥而翔飞”，写雌霓轻丽重绕、鸾鸟高举翔飞之态，这固然是继续表现音乐演奏的效果，但也别有寓意。上文言及鸾鸟即凤，《说文》云“鸾，赤神灵之精也，赤色五彩，鸣中五音，颂声作则至”，段玉裁引崔豹《古今注》“或谓朱鸟者，鸾也”。[①] 可见，“鸾鸟轩翥而翔飞”，犹如“凤凰来仪”，并与“玄螭虫象并出进兮，形蟉虬而逶蛇”一起，所表现的就是《尚书·益稷》所说的“箫韶九成，凤凰来仪”“击石拊石，百兽率舞”的效果与寓意。另外，这两句也将乐舞描写绾合在天空。

最后，南宫音乐书写的结尾两句，表现了诗人听乐的感受：“音乐博衍无终极兮，焉乃逝以徘徊。”博，广泛；衍，散开、扩展。博衍，形容音乐充塞天地之间，故又说“无终极兮”。因而，“音乐博衍无终极兮”，与《庄子·天运》篇记载的炎帝妙赏《咸池》乐后发出的“听之不闻其声，视之不见其形，充满天地，包裹六极”的感受相似。炎帝的感受表现了对黄帝阐发的至乐中的阴阳之道的心领神会，这也正是诗人闻乐的感受。这里尤其值得我们注意的是，黄帝与北门成论乐，无端又扯出炎帝，炎帝为南方之帝，南宫与天乐府之间的关联，又再次勾连在一起。

诗人的南宫音乐书写，不仅表现了诗人对合乎阴阳之道的天乐的领会，同时也包含着诗人关注宗国的情怀。音乐与政治的关系，先秦诸子都特别关注。儒家重视音乐和谐人伦的重要作用，墨子虽非乐，但他明确指出非乐的目的并非指向音乐，而是指向宗教乐舞的俗化。老庄认为五音使人耳聋，非乐最力，推崇的是脱离人伦教化的天籁之音。庄子后学，正如许多学者指出的业已向黄老之学转化，上引《庄子》外篇中的《天运》篇即是庄子后学观点的代表，庄子后学把音乐与道联系起来，其中含有依天地阴阳之道化育天下的音乐思想，提出了与道相合至乐的观点。《吕氏春秋》在“仲夏纪”部分集中论乐，也将音乐与道、儒思想糅合起来，建立起源于道又立足于儒的音乐观，如《大乐》言“音乐之所由来者远矣，生于度量，本于太一”，又言“大乐，君臣父子长少之所欢欣而说也。欢欣生于平，平生于道。道也者，视之不见，听之不闻，不可为状。有知不见之见、不闻之闻，无状之状者，则几于知之矣”。由于把音乐提到本于太一即道的高度，因而对“大乐”特别推崇。《吕氏春秋》认为圣王时代，

---

① 段玉裁：《说文解字注》，中华书局，1981，第149页。

比如《古乐》篇讲颛顼德正而四方风正。《音律》言："大圣至理之世，天地之气合而生风，日至则月钟其风，以生十二律：仲冬日短至则生黄钟……仲夏日长至则生蕤宾。孟冬生应钟。天地之风正，则十二律定矣。"所谓天地之气合乃生风，由此"天地之风正"以定十二律。可见，"大乐"，有着天文与人文的双重对应。从天文看，"大乐"乃是合于天地阴阳化转之正气；从人文看，《吕氏春秋》又认为风正乐定，是"大圣至理之世"才会出现的，所以又说"欲观至乐，必于至治。其治厚者其乐治厚，其治薄者其乐治薄，乱世则慢以乐矣"（《制乐》），强调"君子反道以修德；正德以出乐；和乐以成顺。乐和而民乡方矣"（《音初》）。此与上文提及的《左传》中表现的夏代"九歌"正德、利用、厚生的天道人伦思想是一致的。

《吕氏春秋》讲述与"大乐"相对的是"侈乐"，即无论在乐器与声音上都强调一种声色之美，"所谓宋之衰也，作为千钟；齐之衰也，作为大吕；楚之衰也，作为巫音。侈则侈矣，自有道者观之，则失乐之情。失乐之情，其乐不乐"。《尚书·伊训》记载成汤既没，伊尹以太甲承汤之后，恐其不能纂修祖业，作书以戒，其中云："制官刑，儆于有位。曰：敢有恒舞于宫，酣歌于室，时谓巫风……"成汤之所以制官刑以诫告百官，并不是反对以歌舞事鬼神的巫祝之事，巫祝降神本有益于政，其反对只是"废弃德义，专为歌舞，似巫事鬼神然，言其无政也"。[①] 因而，从吕氏所言与"大乐"相对的侈音之一的"楚之衰也，作为巫音"看，屈原南宫书写的《咸池》等音乐，作为阴阳调和的正风与正乐的象征，与现实中"楚之衰也，作为巫音"也构成了反比寓意。我们还可以通过王嘉《拾遗记·洞庭山》来看这一层的对应寓指：

> 洞庭山浮于水上，其下有金堂数百间，玉女居之。四时闻金石丝竹之声，彻于山顶。楚怀王之时，举群才赋诗于水湄，故云潇湘洞庭之乐，听者令人难老，虽《咸池》、《九韶》，不得比焉。每四仲之节，王常绕山以游宴，各举四仲之气以为乐章。仲春律中夹钟，乃作《轻风》、《流水》之诗，宴于山南；律中蕤宾，乃作《皓露》、《秋霜》之曲。[②]

① 《尚书正义》卷八，《十三经注疏》本，中华书局，1980，第163页。

② 王嘉：《拾遗记》，中华书局，1981，第235页。

此则故事一是地点来源于上引《庄子》中的黄帝论乐，不过把它置于楚境，但还保留着此山在“天地之间”的特点；二是言“楚怀王之时，举群才赋诗于水湄，故云潇湘洞庭之乐，听者令人难老，虽《咸池》、《九韶》，不得比焉”，意为弃天乐而赏新曲，而所弃天乐正是《远游》南宫欣闻的《咸池》《九韶》与《承云》；三是更值得我们注意的是，楚怀王“每四仲之节”，“常绕山以游宴，各举四仲之气以为乐章”。“四仲之节”就是古人非常看重的二分二至，“四仲之气”正是上文提及的殷商卜辞中业已出现的四方风，古人据此正风以定律吕。而楚怀王废弃古乐，作新曲以游宴。尤其是仲夏之月，即夏至月，天子命百官祭祀名山大川；天子要雩上帝，而且要用“盛乐”，即“六代之乐”。①这些虽出于志怪小说，但联系《吕氏春秋》的批评以及屈原于南宫书写的《咸池》等古乐，更加说明了屈原在南宫的音乐书写，不只是排遣乡愁或聊以娱乐的音乐而已。这些音乐，上与天地阴阳二气相合、下与人事相联，包含着对楚国国政的讽刺或是寄望。过去对这段音乐书写的理解，因未能置入屈原远游天空以及南宫“翼”为天乐府这一星空背景下加以审视，因而，未能通过南宫音乐书写，把握屈原对音乐之道的深刻理解与深层寓意。

罗艺峰先生在《空间考古学视角下的中国传统音乐文化》一文中说：“长期以来，在对中国传统音乐文化的学习研究中，总有一个盘桓脑际的问题，即 C. 萨克斯在其名著《比较音乐学》中所指出的：‘在古代亚细亚高度文化的精神里，所谓音乐的作用，决不是纯音乐的，而是反映宇宙关系的一面镜子。’……显然萨克斯敏感到了其中极为浩广的内涵。”②笔者以为从天地空间对应观察南宫翼为天乐府的职能，应是宇宙空间背景下的中国传统音乐文化“极为浩广的内涵”的一个重要方面，《远游》的南宫音乐书写正是从一个视角成为“反映了宇宙关系的一面镜子”。

---

① 《吕氏春秋·仲夏纪》，陈奇猷注，陈奇猷：《吕氏春秋校释》，学林出版社，1984，第241页。按：“六代之乐”，指《云门》《大卷》《大咸》《大韶》《大夏》《大濩》《大武》，见《周礼注疏》卷二二《春官·大司乐》，《十三经注疏》本，中华书局，1980，第787页。

② 详见《中国音乐学》1995年第3期。

琴歌*

——歌诗的一个重要领域

李健正（陕西，陕西省艺术研究所，710061）

摘　要：琴歌，就是用七弦琴音乐创作或记录的历代歌曲。简而言之，就是有词的琴曲。在现存的琴歌中，从上古的《南风歌》到诗经、楚辞、论语、古乐府诗，以及唐诗、宋词、元曲……一直到近现代的歌曲样样都有。古人没有录音机，欣赏音乐的机会难得，七弦琴就是他们的录音机。古代文人用七弦琴宣泄自己的情感，记录当时的歌曲，以琴会友，与人交流……丰富的七弦琴音乐（包括琴歌），是古代文人音乐生活的主要内容之一。

七弦琴音乐（包括琴歌）记录音乐旋律，从唐代以后就靠的是古琴减字谱。对于近、现代人来说，减字谱已经成了“天书”。为了让现代人能看懂这部天书，为了更好地保存祖国传统的优秀音乐文化，能把琴歌随口唱出来，笔者发明了现代化的“中国古琴七线谱”，它可以将古琴的演奏方法和音乐旋律同时清晰地呈现在读者面前。

关键词：琴歌　减字谱　打谱　七线谱

作者简介：李健正，男，1940年出生于西安市，祖籍陕西华阴。陕西省艺术研究所研究员、中国音乐家协会会员、中国南音学会理事、中国泉州南音集成专家委员会委员、首都师范大学中国诗歌研究中心兼职研究员、国际乐谱现代化协会（MNMA）会员。

* 本文是教育部人文社会科学重点研究基地自选项目“长安古乐谱与诗歌关系研究”研究成果。

一 什么是琴歌

你听到过琴歌吗？诗仙李白有一首《子夜吴歌》：

> 长安一片月，万户捣衣声。秋风吹不尽，总是玉关情。何日平胡虏，良人罢远征。[①]

这首诗大家都能背诵，但是有谁会歌唱它呢？李白不仅是位大诗人，还是一位音乐家。他写这首诗的时候，就已经用琴谱记下了它的音乐旋律。这首带着古琴旋律谱的《子夜吴歌》，署着李青莲的名字，流传到了日本，被加上了和文注音，又流传回来。笔者在任半塘先生的《唐声诗》里发现了它[②]，就把它解译成大家都能看得懂的简谱，公之于众。[③] 李白的这首歌，音乐旋律是吟诵式的、悠长的，感情是内在的、深沉的。李白在长安看到了秋夜捣衣的情景，当时他还可能听到过一首伴随着叮叮咚咚捣衣声的《捣衣歌》。这首《捣衣歌》后来也被会弹琴的文人记录下来，收在朱厚爝 1539 年编辑的琴谱《风宣玄品》卷四里，这也是用减字曲谱与歌词配合着刻印的，可惜它未注明词曲作者的姓名。这是一首节奏性很强的劳动歌，一群妇女一边劳动一边唱道：

> 捣衣捣衣复捣衣，捣到更深月落时。臂弱不堪砧杵重，心忙唯恐那捣声迟。妾身不是商人妻，商人贸易东复西。妾身不是荡子妇，寂寞空房为谁苦。妾夫为国戍边头，黄金锁甲的那跨紫骝。从梁一去三十秋，死当庙食生封侯。如此离别犹不恶，年年为君捣衣与君着。

这两首歌，一首是李白创作的，一首是无名氏记录的，它们的共同点是：（1）用“减字谱”记录了琴曲。（2）配有歌词。符合这两个条件，就是琴歌。

---

① 瞿蜕园、朱金城校注《李白集校注》第 6 卷，上海古籍出版社，1980，第 452 页。

② 任半塘著《唐声诗》下编，上海古籍出版社，1982，第 614 页。

③ 李健正著《大唐长安音乐风情》，河北大学出版社，2010，第 130 页。

二　琴歌作品的来源

琴歌作品的来源，前文已讲了“创作”与“记录”（移植）两种方式。还有一种方式就是改编。

唐代诗人王涯在早春时节一个曙光初现的黎明，来到了长安曲江池东岸芙蓉园里的一个高阜上，俯视着池西的杏园，只见碧绿的曲江池水倒映着上万株洁白的杏花。他诗兴大发，顺口就唱出了：

> 万树江边杏，新开一夜风，满园深浅色，照在绿波中。上苑何穷树，花开次第新，香车与丝骑，风静亦生尘。

“香车与丝骑”，是诗人想起了皇帝春游曲江时的壮丽场景：穿着军装的美丽宫娥，骑着一色的高头大马，旗帜鲜明，在春光明媚、布满鲜花的夹城道上，迈着整齐的步伐，为皇帝的香车开路。他们高唱着雄壮的“大唐长安进行曲”：

> “曲江丝柳，变烟条，寒谷冰随暖气消。才见春光，生绮陌，已闻清乐动云韶。经过柳陌，与桃蹊，寻逐风光着处迷。鸟度时时，冲絮起，花繁衮衮压枝低。”……“阊阖春风起，蓬莱雪未消。相将折杨柳，争取最长条。”……“今宵好风月，阿侯在何处？为有倾城色，翻成是愁苦。东湖采莲叶，南湖拔蒲根。未持寄小姑，且持感愁魂。”

这是一组琴歌，题名叫《蔡氏五弄》。当笔者在《风宣玄品》里发现它的时候，除了《蔡氏五弄》这个标题外，就是减字谱和与其相配合的歌词。并未注明作者。当时我向上海友人王小盾写信查询，得到他热情地帮助。他告诉我，这些歌词都记录在《乐府诗集》里，也是一组诗。作者分别是：王维、令狐楚、江奂、吴均、江洪、李白、李贺、顾况等人。后来又说，他查出书中“王维”应是“王涯”之误。这组琴歌就这样发掘出来了。[①]“蔡氏”是汉代的蔡邕，他不可能给后世唐人的作品配曲。倒可能是唐人将他的《蔡氏五弄》音乐旋律拿来配合了众位诗人的佳作，用来描绘

① 李健正著《大唐长安音乐风情》，河北大学出版社，2010，第113页。

唐代的曲江美景。在音乐上这叫做“编曲”。这位有德行的编曲者，不署自己的名字，而只署原作《蔡氏五弄》这组琴歌的曲名。

三　琴歌的起源

琴歌的起源很早，《礼记・乐记》记载：“昔者舜作五弦之琴，以歌南风”；《文选・琴赋序》李善注：“《尸子》曰：‘舜作五弦之琴，以歌南风。南风之熏兮，以解吾人之愠。是舜歌也。’”这是最早的琴歌。那时专用的琴谱还没有诞生，就用黄帝时代流传下来的十二律吕或五声宫商角徵羽来记谱。这种乐谱其实所有的管弦乐器都可以使用，但因为伴奏歌唱时管乐器声音太大，湮没了歌声，所以就只用琴、瑟等弦乐器来伴奏歌曲，大家就把这叫做“弦歌”。弦歌不是真正的琴歌。真正的琴歌应该是专用的琴谱，是在文字指法谱诞生之后才有的。

四　中华古乐三体系

文字指法谱诞生于东周（公元前 770 ~ 前 256 年）。

宋田芝翁编《太古遗音》，辑录唐人论琴及指法资料多种，明初袁均哲为之补注，更名《太音大全集》。稍后朱权（明宁王臞仙）重为刊行，名曰《新刊太音大全集》。其中有“字谱”一则云：

> 制谱始于雍门周（齐人）张敷因而别谱，不行于后代。赵耶利出谱两帙，名参古今，寻者易知；先贤制作，意取周备。然其文极繁，动越两行未成句。后曹柔作减字法，尤为易晓也。①

现在存世的文字指法谱（简称文字谱）是南朝末年丘明（494 ~ 590 年）所传、唐人抄写的《碣石调幽兰》一曲（保存在日本）。从这一曲谱的复杂程度来看，当时的“琴乐”已经与雅乐、俗乐有了很大的区别。也就是说琴乐、雅乐、俗乐之间已经产生了一些难以逾越的鸿沟。这导致后来“琴乐”专用文字谱、减字谱；雅乐专用十二律吕谱、五声宫商谱；俗乐专用㐅工谱、半字谱、工尺谱，形成了它们各自的体系。这三大体系之

---

① 张世彬：《中国音乐史论述稿》，香港友谊出版社，1975，第 414 页。

间的交流，是受到了不同记谱法阻碍的。就比如雅乐用的是钟鼎文、古汉语；俗乐用的是简体字，白话文，后来又全用英语；而“琴乐”却用的是与盲文、手语一样，它们之间已有了重大的区别。这些区别，已影响到了各个体系的方方面面。如果认识不到这一点，我们研究中国古代音乐，用雅乐的标准来衡量俗乐、琴乐，用俗乐的标准来衡量琴乐、雅乐，用琴乐的标准来衡量雅乐、俗乐，就都会闹出笑话。

五　琴谱的特点——隐蔽深深

为什么把“琴乐”的曲谱比作盲文，这是有根据的。因为不论是“文字谱”或者是“减字谱”，读出来的都不是“音名”。要得到“音名”必须用手在琴上去摸，和摸盲文一样。等你摸到了“音”，你还是唱不出来，因为还是没有“音名”。你必须用自己已经掌握的音名来命名这些音。比如：“宫商角徵羽”、“上尺工凡六五乙”、“do re mi fa sol la si”等等。也可以给这些音填上歌词，来帮助背这个乐曲。笔者就是用西方唱名或歌词来记忆古琴曲谱的。这说明“琴乐”的音乐旋律“隐蔽”得很深。不懂音乐的人不容易得到琴歌旋律，懂音乐的人也不见得就能够轻易得到琴歌旋律。当然，这种隐蔽不是有意识的，而是“琴乐”发展的自然规律。直到现在，你拿通用的乐谱让“琴人”在琴上视奏，他仍会感到很为难。而如果你拿琴谱让不会弹古琴的音乐家在别的乐器上视奏，他简直会说你是神经病，是开玩笑。

六　“琴乐”的特点——清微淡远

七弦琴音乐最大的特点就是音量小。这是由七弦琴乐器构造本身形成的。如果把自然界的音乐（不通过电声）分为三个档次：强声、平声、弱声。那么人的说话声、歌声属于平声，一个乐队的合奏属于强声，加了弱音器的独奏、一般人的窃窃私语则属于弱声。七弦琴音乐就如同人的窃窃私语，不专心听是难以听到的。

但是，在七弦琴音乐内部，在弱声的前提下，它又是音域宽广，音量对比强烈，音色变化丰富的。它的散音、按音、泛音以及走音、吟、猱、卓、注等演奏手法，再加上和声、和弦……让欣赏者在进入了这个“弱声”世界之后，就会感觉到有一个极其广阔的音乐天地。《说文》曰：“琴，禁也。君子所以自禁制也。”由于其声清微淡远，所以非清心不能尽其妙，非寡欲不能通其奥。习琴者经常清心寡欲，其气质就会变得端庄文静。故曰：“君子无故不撤琴瑟。”

正是由于琴的这些特点，又引申出了琴的以下两种特色。

（一）琴难与其他乐器合奏

琴声太小，这在上古时人们就已经注意到了，所以湖北随州曾侯乙墓出土的“十弦琴”、湖北荆门楚墓的战国七弦琴，其共鸣箱都比较大，且呈藕节状。这是为了扩大音量，同时也说明它们不能演奏“走音”，而只能弹“空弦散音”和部分实音。这很可能是雅乐、俗乐乐队中的乐器。

琴的另一个特点是难演奏，难调弦，这一点古人也注意到了。所以在朱载堉记录的雅乐《南风歌》中，为了能够旋宫转调，一下子就用了十二张琴。这也说明了琴很难与其他乐器合作。正因为如此，到了唐代，在有名的“十部乐”中，就没有一部使用琴的。[①] 直到现在，全国有无数个不同类型的乐队，却没有听说过哪一个乐队编制里是有七弦琴的。除非特殊需要，七弦琴是不会参加乐队的。比如：我们在为电影《桃花扇》做后期录音时，需要几段琴声，就将陕西乐团已经调往音乐学院教音乐史的古琴演奏家李仲堂请了回来，录音时给他专门安了一个灵敏度高的麦克风。要是和大家一起混录，那就根本听不见他的琴声。

能与琴合奏的乐器自古只有瑟。瑟是低音的弱声乐器，它和琴的音量相当，可以在一起合奏。可是因为瑟太笨重了，就像一张小床，所以它渐渐被历史淘汰掉了。再就是近代多用洞箫与琴合奏，这也是因为洞箫的音量小，能与琴配套。但是，并没有专门为洞箫写作的曲谱，也不需要将琴谱翻为箫谱，一般都是由“琴人”自己来吹箫。笔者就曾吹箫与绍泽师登台表演过琴箫合奏《梅花三弄》《古寺钟声》（《普安咒》），并到省电台录过音。

---

① 李健正著《长安古乐研究》，河北大学出版社，2010，第406页。

（二）琴不好做伴奏乐器

上古时，琴为雅乐做过伴奏，也为弦歌做过伴奏，那时人们还不完全了解琴的性能，是实验时期。后来发现琴不宜与其他乐器合奏，也不适宜作伴奏，雅乐中虽然保留了它，但那已成为一种象征。琴的伴奏谱，十分简单，就是“空弦散音”加一些“实音”的节奏型，像打击乐似的。在朱载堉记录的雅乐《南风歌》中，他将古琴伴奏谱翻成了“减字谱”，下边引用一句，大家看看：

谱例1：《南风歌》黄钟为宫①

为了读者易懂，我再把它译为简谱：

南（1＝黄钟）1　1　｜1　5｜1^{1}—｜1　5｜

1^{1}—｜1　1　｜1　5｜1^{1}—｜反复一次

风（6＝南吕）6　6｜6　3｜6^{6}—｜6　3｜

6^{6}—｜6　6　｜6　3｜6^{6}—｜反复一次

“减字谱”自然也不能唱。好在朱载堉记下了它的读谱法：“定当达理定，达理定，定当达理定。”这就像打击乐的“锣鼓经”。难怪白居易《立部伎》曰：

> 立部贱，坐部贵。坐部退为立部伎，击鼓吹笙和杂戏。立部又退何所任，始就乐悬操雅音。

原来古琴在雅乐中的伴奏这么简单，也难怪俗乐伴奏都不要琴，因为它发挥不了伴奏的作用。所以，从古到今，中国已诞生了几百种戏曲、曲艺，它们的伴奏乐器形形色色，却就是没有一个是使用古琴来做伴奏的。

（三）再谈琴的特色

琴声音虽小，但它的乐曲却很有特色。比如《流水》，它从泉水叮咚、涓涓细流，一直到气势磅礴的滚滚巨浪，摹写得十分逼真，让人有身临其境之感。清代琴家祝凤喈在《与古斋琴谱》（1855年）中曾说到古琴：

---

① （明）朱载堉撰《乐律全书》，《律吕精义内篇》，万历三十四年（1606年）原刻本，第29页。

> 其为音也，出于天籁，生于人心。凡人之情，和平、爱慕、悲怨、忧愤，悉触于心，发于声，而即此五二（按即五正二变）之音也。因音以成乐，因乐以感情，凡如政事之兴废，人身之祸福，雷风之甄飒，云雨之施行，山水之巍峨洋溢，草木之幽芳荣谢，以及鸟兽昆虫之飞鸣翔舞，一切情状，皆可宣之于乐，以传其神而会其意者焉。……琴具十二音律之全，三准备清浊之应，抑扬高下，尤足传其事物之微妙。故奏其曲，更能感人心而动物情也。

古人对“琴乐”表现能力的描述，真可谓细致入微，笔者也有同感。但古琴确实也有它不足的地方，我们也必须看到。它的音量太小，前文已经提到了。古人诗词中也讲到了这一点，唐诗中就有：

> 万物都寂寂，堪闻弹正声。人心尽如此，天下自和平。①

唐赵博的《琴歌》更直截了当：

> 绿琴制自桐孙枝，十年窗下无人知。清声不与众乐杂，所以屈受尘埃欺。七弦脆断虫丝朽，辨别不曾逢好手。琴声若似琵琶声，卖于时人应已久。……何殊此琴哀怨苦，寂寞沉埋在幽户。万重山水不肯听，俗耳乐闻人打鼓。②

唐人诗中描述的情况，与现代社会中音乐的情况完全一样。笔者在音乐学院既主修琵琶，又主修古琴。对这两样乐器在实际演奏中的应用深有体会。琵琶声音比古琴声音要大一个档次，笔者参加过大中小形的各种乐队，为声乐、舞蹈、戏曲都进行过伴奏，很少遇到困难。可古琴就不同了，哪个乐队都不要它。它不但音量小，它的构造和它的演奏方法，使它适宜于演奏的音乐语汇也和其他乐器大不相同。比如：七声音阶、分解和弦，琶音、快速的四连音、长音、半音音阶，它都很难演奏。演奏歌唱性的旋律，它主要靠的是走音。但只见手动，却听不到声音（声音微乎其微）。所以，它需要“万物都寂寂”时才可以演奏。古人把它当成“正声”，这是加入了一些政治色彩的。大家知道，任何乐器，本身是没有任

---

① 牛抒真著《全唐诗中的乐舞资料》，人民音乐出版社，1981，第 81 页。

② 牛抒真著《全唐诗中的乐舞资料》，人民音乐出版社，1981，第 79 页。

何政治色彩的。各种音乐作品，也都是一些不同的音响。但人们可以给它们附加上不同的内容，形成某种思想情感。唐代诗人可能受古琴曲的影响较大，都着重提出“琴乐”与“时乐”的区别在于音乐的内容，而忽视了乐器本身的性能，比如：白居易《废琴》诗云：

丝桐合为琴，中有太古声。古声淡无味，不称今人情。玉徽光彩灭，朱弦尘土生。废琴来已久，遗音尚泠泠。不辞为君弹，纵弹人不听。何物使之然，羌笛与秦筝。①

白居易所说的“太古声”，究竟是什么含义呢？“淡无味”指的是琴声呢，还是琴曲？八千年前，我国河南舞阳贾湖的先民，就使用了八孔“丹顶鹤骨笛”，它和“羌笛”基本上是一样的。它比古琴要古老得多，其声应该比古琴更“太古”，为什么它的声音不是“淡无味”，还能和秦筝一起把古琴赶下表演舞台呢？这只能说明古琴“人不听”的原因并不是“太古声”，而是声音太小。另外，古琴的音乐语汇也与众不同。古琴由于它的构造和演奏方法，使它的音乐语汇比较奇特。它有许多音高相同、音色不同的音，使它的音色变化丰富，但却又不好选择，难以演奏；它用五声音阶为七条弦定弦，并且一条弦可以演奏多音，使流水声可以用多声部来表现，这一点古筝是做不到的；它可以用“走音”惟妙惟肖地模仿人声，它还可以用泛音演奏整个的乐段。这些都是其他乐器难以做到的。但是，就是因为它的声音太小，有些常用的音乐演奏手法（譬如演奏长音的“轮指”“摇指”等，）使用上去，只听见噼里啪啦的杂音，却听不到乐音。所以难与其他乐器合作。当然，声音小也不一定就全是缺点：第一，它练习时不会影响别人；第二，它可以保护演奏者的听力。所以它最适合在好静的文人和知识分子中流行。这也是远离喧嚣的尘世，与好友交流，欣赏音乐的最好方法之一。

七 琴歌的存在状况

（一）琴歌一直在流传

知道了古琴音乐的特色，回头再来看琴歌。有许多难以解释的现象，

① 牛抒真著《全唐诗中的乐舞资料》，人民音乐出版社，1981，第71页。

就可以得到解释了。我们先来谈谈琴歌的存在状况：笼统地说，自从舜帝作《南风歌》起，直到现在，琴歌就从来没有间断过。不可否认，“琴乐”是以声相授的器乐。现在的古琴专业，在音乐院校都是设在民族器乐系里，也没见开设过“琴歌”课。但是，琴歌的存在与流传却是不可否认的。我国现存最早的古琴减字曲谱—宋代姜夔（1155 - 1221 年）的《古怨》，就是一首琴歌。它的歌词是：

日暮四山兮，烟雾暗前浦。将维舟兮无所，追我前兮不逮。

1979 年杨荫浏将其翻译成了五线谱，刊登在《宋姜白石创作歌曲研究》一书中。[①] 从这首琴歌谱，我们可以看到 800 年前琴歌存在的情况。但我们也因此而产生了一个疑问，这篇文章的题目叫做“琴曲侧商调古怨”，而曲谱却题为“古怨译谱及歌词译意”，并将“歌谱”与“七弦琴伴奏谱”并排分列。我们首先要问：《古怨》究竟是琴曲呢还是歌曲？其次，“歌谱”是从哪里来的？“七弦琴伴奏谱”又是从哪里来的？其实，这个问题我们都很明白。只是因为作者没有说明琴歌就是琴曲加歌词，并没有什么“歌谱”与“七弦琴伴奏谱”之分。另外，即使是“译谱”，也要说明“歌谱”是从琴曲中提取的主旋律。并列的是古琴原谱的今译，并不存在什么“七弦琴伴奏谱”。否则，就会误导读者。

从另一个角度来看，姜夔创作的这首琴歌，依然是遵循着琴歌的传统格式：琴曲 + 歌词。无论是先作词，或者是先作曲，它都是琴歌。因此可以给琴歌下个定义：加上歌词的古琴独奏曲，就是琴歌；去掉歌词的琴歌，就是古琴独奏曲。这样，就不存在什么相和、伴奏、间奏、弹琴吟诗、弦歌、歌弦等等与“琴歌”无关的问题了。

（二）琴歌的词曲配合

琴歌既然是琴曲加歌词，那么曲与词就应该是配合在一起的。其实不然，从一开始它们就不在一起，这是琴歌的又一个特色。

古琴文字谱的诞生，标志着古琴文化走向独立，也标志着琴歌的诞生。可是，古琴文字谱是演奏指法谱，它仅仅告诉我们用哪个手指去按哪个徽位、去拨动哪条琴弦，谱中并没有音符。那么，歌词中的字，应该与

---

① 杨荫浏、阴法鲁合著《宋姜白石创作歌曲研究》，人民音乐出版社，1979，第 72 页。

秋鴻 姑洗調緊二五七各一徽凡三十六段有文人論

臞仙所作也蓋喻其高蓬之志欲起於凌雲霄漢身繫乎四海之間寄傲於天地之外胸襟寬闊有鵬飛萬里之思古有熟蜀二譜熟譜音緩恬逸而穩然此譜另有一種抑揚頓挫奇特不一雖取難彈調應三月以角爲宮故名高宮調如遇群賢鼓時必落後奏爲妙若先彈此曲使諸音皆閉覺大無意趣況曲中有八緊八慢之難即聰明天縱者亦不能輕邁而得之宜熟習多鍊可得其秘旨也

其一 不緊不慢平彈

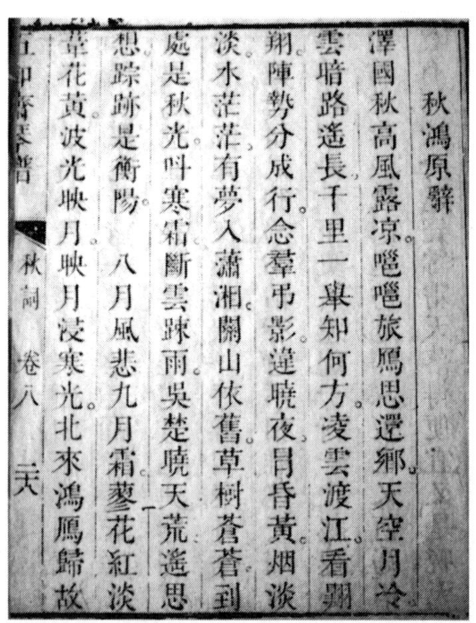

秋鴻原辭

澤國秋高風露涼嗈嗈旅鴈思還鄉天空月冷雲暗路遙長千里一舉知何方凌雲渡江看翺翔陣勢分成行念聲弔影蓬曉夜冒昏黃烟淡淡水茫茫有夢入瀟湘關山依舊草樹蒼蒼到處是秋光叫寒霜斷雲蹤雨吳楚曉天荒遙思思蹤跡是衡陽八月風悲九月霜蓼花紅淡葦花黃波光映月映月淩寒光北來鴻鴈歸故

什么对齐呢？看来，这在当时是无法解决的。人们只好将曲谱与歌词分别存之。因为当时的“文字琴歌谱”没有被保存下来，我们无法证实这一点。但后来用减字谱抄录的琴歌，却证实了这一点，有若干琴歌就是曲谱与歌词分别保存的。比如：《雉朝飞》曲谱，就和《雉朝飞原词》前后分列；《秋鸿》曲谱也和《秋鸿原词》前后分列。①

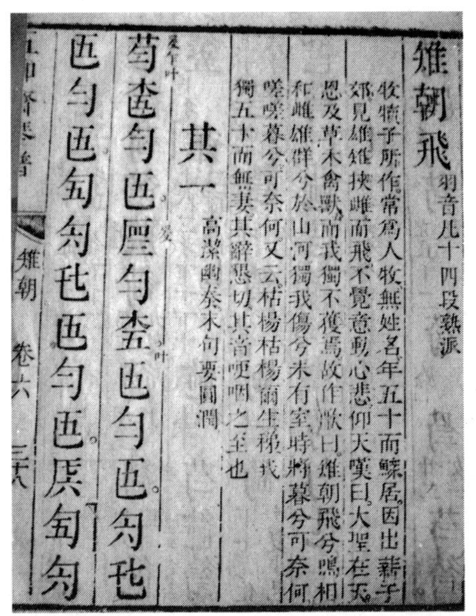

雉朝飛 羽音凡十四段 熟派

牧犢子所作常爲人牧無妻名年五十而鰥居因出薪于郊見雉雌挾雌而飛不覺意動心悲仰天嘆曰大聖在天恩及草木禽獸而我獨不獲焉故作歌曰雉朝飛兮鳴相和雌雄群兮於山河獨我傷兮未有室時將暮兮可奈何嗟嗟暮兮可奈何又云枯楊枯楊爾生稊我獨五十而無妻其辭懇切其音哽咽之至也

其一 高潔爾來末句要圓潤

五知齋琴譜 雉朝 卷六 三十八

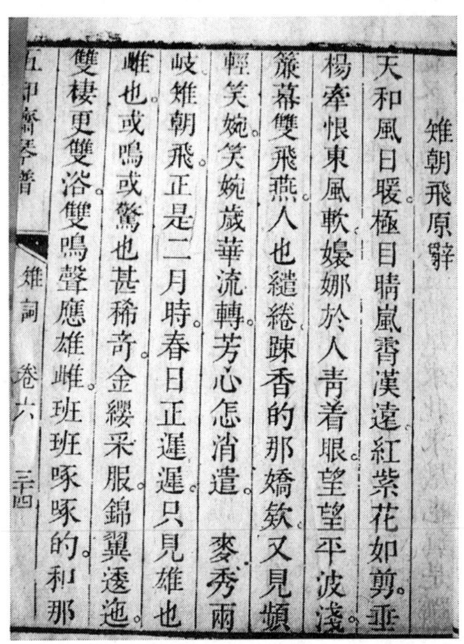

雉朝飛原辭

天和風日暖。極目晴嵐霄漢遠紅紫花如剪。垂楊牽恨東風軟嫋娜於人青着眼望平波淺。簾幕雙飛燕人也繾綣踈香的那嬌欵。又見顰輕笑婉笑婉歲華流轉芳心怎消遣。麥秀兩岐雉朝飛正是二月時。春日正遲遲。只見雄也雌也或鳴或鶩也甚稀奇。金纓采服錦翼逶迤。雙棲更雙浴。雙鳴聲應雄雌。班班啄啄的和那

五知齋琴譜 雉詞 卷六 三十四

① （清）周鲁封据徐祺传谱编《五知斋琴谱》，康熙六十年（1722 年）刻本，第 6 卷，第 38 页；第 8 卷，第 34 页，第 35 页、第 28 页。

明代，琴家中有江派、浙派之分。“江派”主张“正文对音”（即按谱系词）；“浙派”主张“去文以存勾踢”（单奏、不歌）。笔者以为，这种情况除了文人之间的偏见外，还不仅仅是要不要“歌词”的问题，而更主要的是“琴歌”应如何记谱的问题。首先，从两派的主张中，我们知道他们手中的“传谱”都是有歌词的。“江派”主张“正文”，“浙派”主张“去文”，这其实是在讨论琴歌的记谱方法。因为琴曲本来就有“器乐曲”与“琴歌”之分。“器乐曲”不存在“正文”和“去文”的问题，比如《广陵散》就是器乐曲，《秋鸿》是琴歌，存在这一问题。但“浙派”可以只弹《广陵散》，“江派”也可以只弹《秋鸿》。如果说“浙派”认为器乐曲比琴歌更难演奏，或者古琴也可以因此发挥得更好的话，那么笔者认为：这倒不见得。《五知斋琴谱》的《秋鸿》就有这么一段说明：

秋鸿，臞仙所作也，盖喻其高远之志。欲起于凌云霄汉，身系乎四海之间，寄傲于天地之外。胸襟宽阔，有鹏飞万里之思。古有熟、蜀二谱，熟谱音缓恬逸而稳，然此谱另有一种抑扬顿挫，奇特不一，难取难弹。调应三月，以角为宫，故名高宫调。如遇群贤，鼓时必落后奏为妙。若先弹此曲，使诸音皆闭，觉大无意趣。况曲中有八紧八慢，即聪明天纵者，亦不能轻遽而得之。宜熟习多练，可得其秘旨也。①

这段说明讲到：《秋鸿》的艺术品位很高，演奏技巧也很难。谁要是掌握了这个曲子，在和友人交流时，最好不要先弹《秋鸿》，否则，就会让后边演奏的人感到十分难堪。可《秋鸿》确实是琴歌，它的歌词是这样的：

泽国秋高风露凉，嗈嗈旅雁思还乡。天空月冷云暗路遥长，千里一举知何方。凌云渡江看翱翔，阵势分成行。念群吊影违晓夜，冒昏黄。烟淡淡，水茫茫，有梦入潇湘。关山依旧，草树苍苍，到处是秋光。叫寒霜，断云簌雨，吴楚晓天荒。遥思想，踪迹是衡阳。②

① （清）周鲁封据徐祺传谱编《五知斋琴谱》，康熙六十年（1722年）刻本，第8卷，第35页。

② （清）周鲁封据徐祺传谱编《五知斋琴谱》，康熙六十年（1722年）刻本，第8卷，第28页。

它的歌词很长，共三十六段，1853 字。

前文《秋鸿》说明中的“如遇群贤，鼓时必落后奏为妙。若先弹此曲，使诸音皆闭，觉大无意趣”。说的是演奏《秋鸿》琴曲，而不是演唱《秋鸿》琴歌。这就证明，琴歌的音乐也可以是技术繁难、艺术质量很高的器乐独奏曲。所以，“正文对音”，并不是要不要歌词的问题，而是如何记写歌词与曲谱的问题。《五知斋琴谱》里《秋鸿》是用了词曲分列的记写形式。而在《风宣玄品》琴谱卷九中，《秋鸿》已经使用“正文对音”的方法来记写了，共记写了 75 页。

（三）琴歌是文人的音乐

既然琴歌可以不唱，那还要歌词做什么？这个问题很好回答：诗人写诗，并不是每一首都要登台去朗诵的。诗歌是有固定形式的文学作品，琴歌就是有固定形式的艺术作品，它比诗歌更多了一曲音乐。琴歌基本上都是出自古代文人之手。当然，写琴歌的自然需要会弹琴的文人，这在我国古代是比较普遍的。孔子、李白、苏轼都是大文学家，也都是音乐家。只不过他们是“文人音乐家”而不是“艺人音乐家”。行文至此，我们可以发现，中国古琴实际上是文人的乐器而不是艺人的乐器。艺人的乐器，需要声大，要给众人表演；文人的乐器可以声小，不一定给众人表演。所以“琴曲”“琴歌”都是文人的音乐，而不是艺人的音乐。文人读书，要知道古圣人的教导：“诗言志、歌永言、声依永、律和声。”所以，“琴歌”的创作，基本上就是按这句话来的。从作歌词到加节奏，到定歌声，最后与“琴律”相和，这件“琴歌”艺术作品就算完成了。至于怎么表演，那是另一回事，文人音乐家只负责琴歌的创作。

八　琴歌的表演形式

琴歌作品问世之后，怎么表演，由谁来表演？这都是由人随意安排的，因为琴歌没有固定的表演形式。但从音乐实践和以往的经验来看，琴歌有以下几种被使用的可能。

（一）琴歌可以不弹不唱

不弹不唱，这一点最容易做到，实际上也是存在最多的。因为有了琴歌作品，大家都可以看到。但是能认识琴谱的人太少，要把琴谱变成音乐，也绝非易事。没有音乐，歌词怎么唱？那就只有阅读或朗诵了。像《子夜吴歌》《阳关三叠》这样的作品，大家早都把它背熟了。不熟悉的，只要把原词找来，就可以阅读和朗诵。比如《胡笳十八拍》，我们可以放上一段马头琴独奏的蒙古乐曲，来个配乐朗诵，也是很有艺术效果的。

（二）琴歌可以只弹不唱

由于琴歌的曲谱本身就是古琴独奏曲，只要你会弹古琴，拿来琴歌就可以打谱，等你练熟了，这就是你的保留节目。你可以自乐，也可以给朋友表演。通过打谱，你已经会唱这首琴歌了，但你可以不唱。绍泽师就是这样教我们的，几十年了，从来不唱。全国几乎所有的琴家都是这样教的，这就是所谓“以声相授”。但我们都熟悉歌词，用它来理解乐曲，来记忆曲谱。比如绍泽师给我教的《古琴吟》《阳关三叠》《胡笳十八拍》都是琴歌，他自己也改编了《苏武牧羊》《东方红》《社会主义好》。还创作了《跃进歌声》。可从来都不教歌词，不唱，这就是古琴教学的基本方法。当然，教学时不唱，表演时也不唱。这是一个常规，大家都这样。

（三）琴歌可以又弹又唱

琴歌如果只弹不唱，那就失去了“歌”的意义。它是可以又弹又唱的。我国第一张古琴唱片《阳关三叠》，就是又弹又唱的琴歌。弹琴的是国立北京大学（蔡元培任校长时）的古琴导师、我国近代著名的古琴演奏家张友鹤先生，唱歌的是一个叫潘琦的女孩子。上世纪 30 年代初，上海“百代公司”为他们录音灌制了唱片。笔者见到过这张唱片，那是在上世纪 80 年代初。可惜当时旧式唱机已很难找到了，就没有听成。不过我们在北京偶然见到了潘琦同志，她那时已经是从某音乐出版社党委书记位置上退休的老人了。她回忆当年的情景时说：“张先生是有名的教授，我才是十七八岁的学生，他把《阳关三叠》翻成简谱，教我唱熟，他弹琴，我唱歌，我们录了音。”张友鹤先生翻译的《阳关三叠》就刊登在当时北京出版的《音乐杂志》上，这是我国最早的简谱琴歌译谱。

在《七弦琴音乐艺术》第十三期，刊登了陈毅元帅一篇短文并几首诗，其中讲到了他当时听到的琴歌。现摘录如下：

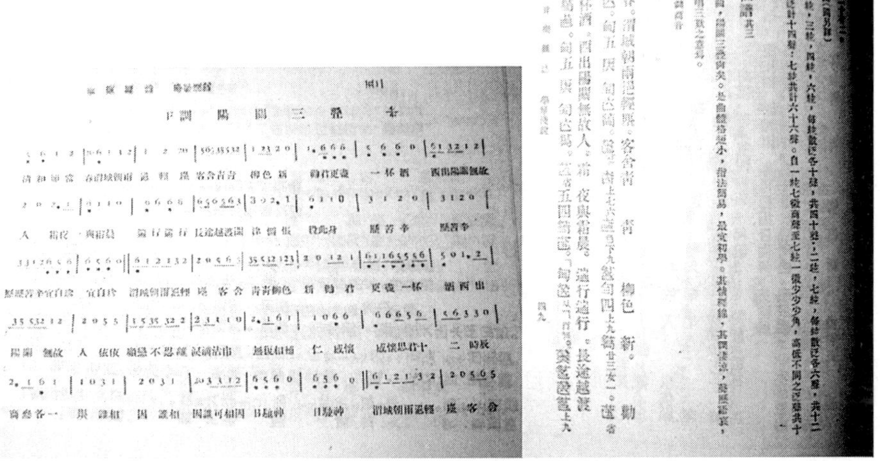

谱例 3（照片：《阳关三叠》）

一九六一年八月中旬某夜，新月如水，参与琴会，听广陵散古曲。……余得听此曲，深以为幸。……会上又有人唱毛主席《蝶恋花》新词，用古琴、箫、笛合奏，情韵亦佳。复有人唱《社会主义好》新歌，亦用古琴琵琶合奏，将古琴音量加大，此一新试验亦获初步成功。余谓发掘古音乐，运用古乐器，是一条应走的道路。在此问题上应反对民族虚无主义，同时应反对民族保守主义。提倡在民族传统的基础上，结合现实，不断加以改革，走上现代化、大众化的道路。……余幸与琴会，因有所思，意嫌未尽，爰写六言数段，忙里偷闲，谅为知音者所许。

广陵散不绝响，蝶恋花唱新腔。古琴琵琶合奏，音韵优雅铿锵。
也说恩怨尔汝，也唱黄河长江。小则怡情悦性，大则定国兴邦。
谁说华夏古国，音乐白纸一张。毫无调查研究，应该禁止开腔。

1980 年 3 月 15 日下午，在北京文化部文学艺术研究院会议室，北京古琴研究会复会演出会正在举行。琴歌也是演出会的主要节目，首先由代学婉演唱了管平湖打谱的《五瓣梅》，接下来由蔡瑶铣演唱了陈长令打谱的《胡笳十八拍》《江梅引》，再下来由付慧勤演唱了王迪打谱的《长相思》《子夜吴歌》《鹤冲霄》，后来是蒋大为演唱的《关山月》《阳关三叠》，随后是姜嘉锵演唱的王迪打谱的《忆王孙》《渔歌调》《精忠词》等。

又弹又唱的琴歌不一定是一把琴，一个歌手。因为琴声太小，歌声完全压盖了琴声。友鹤先生与潘琦的琴歌唱片，是经过录音处理的。而后来那些琴歌演唱，全都是小乐队伴奏。

（四）琴歌难以自弹自唱

我们知道了琴是弱声乐器，它的曲谱又是独奏曲谱。所以，“声小”和“难弹”都具备了。如果再自弹自唱，那是很困难的，因为歌声会压住琴声。古琴不像钢琴，钢琴不用操心音准。而古琴的音准却要演奏者自己控制。当歌声压过了琴声的时候，你是无法听到琴声、控制琴声的，所以很难。自古至今，能够自弹自唱的人极少。不过现代出了一个能自弹自唱的人，还能作曲，她就是笔者师妹张铜霞。

铜霞小我两岁，我们同是著名琴家喻绍泽老师的学生。她从四川音乐学院毕业，在校时曾选修声乐和钢琴。毕业后在成都因主演歌剧出了名，后调到中国歌舞团任钢琴伴奏，兼任“中国古琴艺术联谊中心”办公室主任、《七弦琴音乐艺术》主编。1992 年元月 24 日，在北京中国文联礼堂，为庆祝“中国古琴艺术联谊中心”成立，举行了演出会。第二个节目就是张铜霞的“琴歌”（自弹自唱）。第一个曲子是她自己作曲的毛主席诗词《卜算子·咏梅》，第二个曲子是她改编的《梁祝化蝶》。不过，她的自弹自唱，还是增加了王铁锤的箫、埙和强兴龙的二胡伴奏，这也说明了琴歌自弹自唱是非常不易的。

（五）琴歌可以只唱不弹

琴歌只唱不弹有个前提，那就是一要背熟，二要经过译谱。能够不经过视唱曲谱而背熟琴歌的，只有会弹琴的人。前文讲的歌唱家姜嘉锵、蒋大为等人，都是通过别人的译谱，拿来视唱，才背熟了琴歌的。翻译乐谱的方法，就是通过打谱，把减字谱翻译成大家都熟悉的简谱。所以，主持人报幕时，也要把打谱的人说明，比如王迪、管平湖等等。笔者在本文中引用了一些琴歌，凡解译过的都可以给大家唱出来。因为笔者毕竟弹了几十年古琴，所以比较熟悉。琴歌只唱不弹的优点，就是一个方便：随时随地，都可以把琴歌介绍给大家。

（六）琴歌可以改编为大型音乐艺术作品

除了以上几种表演形式，琴歌也可以改编成大型音乐艺术作品。

笔者有一位作曲家同学，他听他的美国同行说过："你们中国的古琴音乐很有特色，这是世界上其他地方没有的。如果能把它改编成管弦乐，用交响乐队来演奏，那一定会有令人震撼的效果。"原来这位美国作曲家是听了管平湖先生的古琴独奏《流水》的录音，才发出这种感慨的。所谓"震撼人的效果"，就是指古琴奇特的音乐语言，以及它丰富多变的音色音响。笔者这位同学也很想把古琴曲改编成交响乐，但苦于不识琴谱。他借了一些现代出版的五线谱琴谱，但用钢琴弹出来并不是那么回事，就来问笔者。笔者说："五线谱的译谱，仅记了一些主旋律。还有许多特色音响，都在减字谱符号里，要想改编得好，就须下一番工夫。"

笔者读了蔡琰的《胡笳词》，感觉它和《胡笳十八拍》的音乐情绪十分吻合，就是词曲还不好完全配合。可能不是词，就是曲，或者词和曲都被人改动过。如果能把它们完全配合好，改编成一部音乐史诗，用交响乐队演奏出来，那个效果该有多美，可以想象得出来。再说，它还可以填补我国音乐史缺乏音乐的空白。

九　琴歌的内容

（一）琴歌的曲目

1956年，查阜西先生带领王迪、许健对全国的古琴界做了一个较为全面的调查。经整理共得到古琴曲谱集一百四十余种，标题不同的琴曲近六百首，曲名相同而谱本相异的琴曲共有两千八百余首。[①]

根据这些资料，《中国音乐词典》编出了琴歌条目。

琴歌：有歌词的琴曲。……《琴操》所列早期琴曲，也多附有歌词，其形式有《诗经》中的四言诗，也有骚体诗。汉魏时期的乐府民歌，有一些便是著名的琴歌（见蔡邕、嵇康的《琴赋》）。至于以唐

---

① 张铜霞主编《七弦琴音乐艺术》第13期，中国古琴艺术联谊中心，2006，第40页。

诗、宋词谱成的琴歌，如《阳关三叠》、《渔歌调》、《醉翁吟》、《浪淘沙》等，至今仍有流传。现存有词的琴曲传谱有五百多首，其中不同的歌词也有三百多篇……①

近年出版的《古琴曲谱集成》也使用了这些资料。笔者看到过这些资料，大部分都是明清时代的刻本，这是由于印刷术发展与普及的结果。其实资料的内容大都是流传了数百、上千年的手抄本所载。《古琴曲谱集成》把它们进行了影印。这些资料十分珍贵。笔者看到过一些曲目内容，发现它们与欧阳修论古琴文章中的内容基本相符。欧阳修论古琴曰：

夫琴之为技小矣。及其至也，大者为宫，小者为羽。操弦骤作，忽焉变之。急着凄然以促，缓者舒然以和。如崩崖裂石，高山出泉。而风雨夜至也。如怨夫寡妇之叹息，雌雄噰噰之相鸣也。其忧深思远，则舜与文王孔子之遗音也。悲愁感愤，泽伯奇孤子屈原忠臣之所叹也。喜怒哀乐动人必深。而纯古淡泊，与夫尧舜三代之言语，孔子之文章，易之忧患，诗之怨刺。无以异，其能听之以耳，应之以手。取其和者，道其湮郁，写其幽思。则感人之际，亦有至者焉。②

这其中说到的曲目内容有：《高山流水》《雉朝飞》《龙朔操》《南熏歌》《拘幽操》《思贤操》《悲秋赋》《离骚》等等。这些都是欧阳修（1007～1072年）当时所见到的。今天流传下来的琴歌，自然也包括这些，不过经过后世不断地创作，作品比这更多，更丰富了。

琴歌也可以按调来分类。比如宫调曲有：《梅花曲》《九还操》《读书引》；商调曲有：《客窗夜话》《渔樵问答》《鹤鸣九皋》；角调曲有：《雁落平沙》《昭君怨》《良宵引》；徵调曲有：《关雎传》《湘灵鼓瑟》《文王思舜》；羽调曲有：《西山操》《雉朝飞》《汉宫秋月》。还有姑洗调《秋鸿》，慢宫调《瀛洲》，慢角调《李陵思汉》等等。

（二）琴歌的乐曲说明与小标题

琴歌的内容，除了曲目简洁表达之外，它的乐曲说明，以及每段的小

① 中国艺术研究院音乐研究所编《中国音乐词典》，人民音乐出版社，1984，第306页。

② 引自查阜西、彭庆寿编《今虞琴刊》，1937，第35～36页。

标题，都可以表达。比如：《龙朔操》，旧名《昭君怨》臞仙的说明曰：

> 是曲也，当元帝时，汉室稍强，匈奴单于惧其征伐，故自来朝，愿为汉婿，以保塞外。而帝遂以昭君赐之，且昭君最美。因不得为汉宫之嫔御，而复嫁于夷狄腥膻之人，于是掩面零涕，含恨北去。而有熏莸共器之羞，冰炭同炉之怨。当时之人，有伤红颜薄命之叹，故作弦歌以形容而嗟悼之。

此曲共八段，每段小标题为：(1) 含恨别去，抚心长叹。(2) 掩涕出宫，远辞汉关。(3) 结好丑陋，以安汉室。(4) 别泪双垂，无言自痛。(5) 万里长驱，重阴漠漠。(6) 夜闻胡笳，不胜凄恻。(7) 明妃痛哭，群胡众歌。(8) 日对腥膻，愁填塞漠。

《龙朔操》的歌词是四言古诗：

> 秋木萋萋，其叶萎黄。有鸟处山，集于苞桑。养育毛羽，仪容生光。

十　琴歌的歌词

琴歌的歌词从体裁上来说，包括了自古至今汉语韵文和非韵文的多种形式。也就是说，中国文人所创造的各种诗歌体裁和其他文学体裁，在琴歌中几乎都可以找到。因此，我们说琴歌是中国歌诗的一个重要领域。

琴歌的形成与发展，主要是在春秋战国时期，它是伴随着七弦琴及其记谱法的逐步完善而形成的。最初的琴歌，如《南风歌》和《诗经》那样的四言诗，是上古圣人为了普及音乐知识，特意设计的。《南风歌》是杂言，26 字，正好配合五遍五声调式，最后归结到调式主音。诗经以《关雎》为例，是齐言，每段四句，也正好配合四遍五声调式，归结到调式主音。

经过了一千多年的发展，到了春秋战国时期，音乐知识在文人中，基本上已经普及，“君子无故不撤琴瑟”就说明了这一点。因此琴歌的创作，就进入了一个比较自由的境界。以孔子、牧犊子为例，就可以说明当时琴歌创作的状况。

（一）孔子的《思贤操》

孔子（公元前551～前479年），鲁国人。他的琴曲创作有：《龟山操》《将归操》《思贤操》《获麟》《鲁商意》《漪兰》《风游云》《东周》等。《思贤操》是有词的琴歌，全曲共分五段，歌词424字。第一段是这样的：

> 大哉颜回，得道大哉颜回。思忆颜回，贤哉颜回。惜乎颜回，有德行也颜回，安贫乐道颜回。见其进也，未见其止也颜回。用则行也颜回。舍则藏也颜回。其心三月不违仁也颜回。悼道，悼道无传死矣颜回。天丧斯文也颜回。①

编者在曲谱结尾写道：

> 是谱子昂物化，其稿失传。余多方购求，后得于外伯祖汪紫澜家。援琴而鼓，其音高古奇特，宛如宣尼叹息之声。思贤之意，非世俗之辈所传可比。余不敢私自珍密，特付梓以公之天下耳。

这样的歌词，似乎是古代的白话文。但它用琴歌唱出来，记下来。长歌当哭，也是当时琴歌使用的一种方式。

（二）牧犊子的《雉朝飞》

牧犊子：齐宣王时人。《雉朝飞》（说明）：

> 牧犊子所作。常为人牧，无姓名，年五十而鳏居。因出薪于郊，见雄雉挟雌而飞，不觉意动心悲。仰天叹曰："大圣在天，恩及草木禽兽。而我独不获焉。"故作歌曰："雉朝飞兮鸣相和，雌雄群兮于山河。独我伤兮未有室，时将暮兮可奈何。"又云："枯杨枯杨尔生稊，我独五十而无妻。"其词恳切，其音哽咽之至也。②

《雉朝飞》原词：

---

① （清）程雄撰《松风阁琴谱》，康熙十六年（1677年）刻本上卷。

② （清）周鲁封据徐祺传谱编《五知斋琴谱》，康熙六十年（1721年）刻本第6卷，第38页。

天和风日暖，极目晴岚霄汉远，红紫花如剪。垂杨牵恨东风软，袅娜于人青着眼，望望平波浅。帘幕双飞燕，人也缱惓，簌香的那娇欹，又见频轻笑婉。笑婉岁华流转，芳心怎消遣？

麦秀两歧雉朝飞，正是二月时，春日正迟迟。只见雄也雌也，或鸣或惊也。甚稀奇，金缨采服，锦翼逶迤，双栖更双浴。双鸣声应雄雌，班班啄啄的。和那铿锵咿唔也，同游同嬉。回翔顾盼兮，个个影相随。……①

李白也作了一首《雉朝飞》词：

雉子斑奏急管弦，心倾美酒尽玉碗。

不知是不是给琴歌《雉朝飞》曲调填的词，有待于进一步研究。

（三）屈原的《离骚》

春秋战国时期，楚辞也是琴歌重要的歌词。比如屈原的《离骚》《九歌》《天问》《远游》《渔父》等。这些词大家都比较熟悉，它们的曲谱流传下来的不多，现仅有《离骚》。在明宁王朱权《臞仙神奇秘谱》（1425年）中就有这个曲子，还有一段关于《离骚》的说明：

臞仙曰："《离骚》之操有二：其十八段者屈原自作也；十一段者后人追感而作也。"按《离骚经》曰："屈原名平，与楚同姓，仕于怀王，为三闾大夫。三闾是执掌王族三姓曰：昭、屈、景。屈原序其谱属亭。其贤良以厉国士。入则与王图议政事，决定嫌疑；出则监察群下，应对诸侯，谋行敦修，王以亲亲珍之。后被谗，王疏屈原，亲亲日衰。原忧心烦乱，不知所愬。乃作离骚，上述唐虞三后之制；下序桀纣羿浇之乱。冀君觉悟，反于正道而还已也。是时秦使张仪谲、诈、诱与俱。会武关，原谏怀王勿行，不听而往，遂为所胁卒，客死于秦。而襄王立，复用谗言，迁屈原于江南。原复作九歌、天问、远游、渔父等篇，申己志以悟君心，而终不见省。不忍见其宗国将遂危亡，乃付诸徽轸告乎上下也。"②

① （清）周鲁封据徐祺传谱编《五知斋琴谱》康熙六十年（1721年）刻本第6卷，第34页。

② （明）朱权辑《臞仙神奇秘谱》明洪熙乙巳年（1425年）刻本，第49页。

从孔子、屈原的作品，我们知道在春秋战国时期，琴歌已经形成，并被当时的社会精英广泛应用。从那时起，历代的文人都在使用琴歌。比如汉代的琴歌：《龙朔操》《汉宫秋月》；晋陶渊明的《归去来辞》、沈遵的《醉翁吟》；唐柳子厚的《渔歌》、王维的《阳关三叠》；宋苏东坡的《赤壁赋》；元末明初刘伯温的《客窗夜话》；明末杨表正的《渔樵问答》等等。

（四）宋词琴歌《抒怀操》

由于琴歌长期以来一直是传抄的，因此有许多曲谱就遗失了作者的姓名。比如清代程雄的宋词琴歌集《抒怀操》，其中收录了36首宋词琴歌，每个词作者都有详细的籍贯姓名，但没有曲作者的姓名。所有音乐都标明程雄（颖庵）“谐谱”。“谐谱”是不是作曲呢？此谱集有李晓的跋曰：“颖庵胸怀高敞，得古乐不传之秘，扫却淫声，力追正始，偶用赠词谱成三十曲。”可见“谐谱”不全是音乐创作，而有修复古谱的意思。《抒怀操》所有歌词都注明“填词”，这种“填词”肯定不是给乐曲填词，而是按文词格式来填词，然后将歌词交给程雄来“谐谱”的。

下面把这些曲目抄下来，以显示琴歌“宋词歌曲”的情况。

《抒怀操》琴歌目录：

一、水调歌头————槜李　曹　溶（秋岳）填词

二、沁园春————茂苑　陈学泗（右苑）填词

三、满江红————鹫峰　汪鹤孙（梅坡）填词

四、彩云归————宛平　李　晓（寅清）填词

五、醉翁操————鹫峰　张台柱（砥中）填词

六、摊破浣溪沙————南田　恽　格（正□）填词

七、水龙吟————瀛洲　宫梦仁（定山）填词

八、减字木兰花————西泠　丁　澎（药园）填词

九、意难忘————西泠　沈丰垣　（遹声）填词

十、卖花声————钱塘　毛先舒（稚黄）填词

十一、羽仙歌————西泠　丁　潆（素涵）填词

十二、渔家傲————新城　王士禛（阮亭）填词

十三、减字木兰花————钱塘　汪　彬（尚朴）填词

十四、意难忘————余杭　陆　进（荩思）填词

十五、清平乐————檇李　朱　雯（复斋）填词
十六、忆余杭————锦州　席居中（允叔）填词
十七、卜算子————檇李　曹　溶（秋岳）填词
十八、鹧鸪天————茂苑　陈学泗（右苑）填词
十九、沁园春————淮南　宫鸿历（友鹿）填词
二十、两同心————晔城　张　适（鹤鸣）填词
二十一、点绛唇————渭北　孙　燕（怀丰）填词
二十二、忆秦娥————西泠　张　丹（祖望）填词
二十三、柳梢青————西泠　徐士俊（野君）填词
二十四、法曲献仙音————渭北　孙枝蔚（豹人）填词
二十五、临江仙————淄川　高　珩（念东）填词
二十六、水调歌头————钱塘　洪云来（茂公）填词
二十七、长相思————仁和　王晫（丹麓）填词
二十八、玉楼春————广陵　宗元鼎（定九）填词
二十九、意难忘————海陵　宫懋伦（贻安）填词
三十、越溪春————雪苑　宋　荦（牧仲）填词
三十一、潇湘夜雨————皖江　昝茹芝（元彦）填词
三十二、汉宫春第一体————安福　杨祠汉（部山）填词
三十三、卜算子————锡山　顾贞观（梁汾）填词
三十四、减字木兰花————秀水　朱彝尊（锡鬯）填词
三十五、临江仙————淄川　毕际有（载积）填词
三十六、高山流水————大梁　周在都（燕客）填词

十一　再谈琴歌的歌词

琴歌的内容主要是靠歌词直接表达的。它是文人生活、志向、理想、观念和情趣的反映。前文已介绍了若干种歌词，这里再介绍另外几种琴歌歌词。

（一）散文歌词《乐山隐》

有的琴歌歌词简直像一篇日记，譬如郑正叔传谱琴歌《乐山隐》，歌词就是如此：

唐子西诗云："山静似太古，日长如小年。"余家深山之中，每春夏之交，苍鲜盈墙，落花满径。门无剥啄，松影参差，禽声上下。午睡初起，旋汲山泉拾松枝煮苦茗啜之。随意读周易、国风、左氏传、离骚、太史公书及陶杜诗、韩苏文数篇。从容步山径，抚松竹，与麋鹿共偃息于长林丰草间。坐弄流泉，漱齿濯足。既归竹窗下，则山妻稚子作笋供麦饭，欣然一饱。弄笔窗间，随大小作数十字，展所藏法帖墨迹画卷，纵观之，兴到则吟。小诗或草玉露一两段，再烹苦茗一杯。出步溪边，邂逅园翁林友，问桑麻说禾稻，量晴较雨揆节数。时相与据谈半晌。归而倚仗柴门之下，则夕阳在山，紫绿万状变幻，顷刻恍可入目。牛背笛声两两来归，而月印前溪矣。味子西此句可谓妙绝，然此句妙矣识其妙者盖少。彼牵黄臂苍，驰猎于声利之场者，但见滚滚马头尘，匆匆驹隙影耳，乌知此句之妙哉。人能真知此妙，则东坡所谓："无事能静坐一日是两日。"若活七十年，便是百四十，所得不已多乎？①

这篇日记似的歌词，可以说是一篇散文诗，但它确实是琴歌的歌词，有正文对音的减字谱，解译出来就可以唱。用散文诗来做琴歌的歌词是文人音乐的又一个特点，而且还比较普遍。这种现象在雅乐、俗乐中是比较罕见的。琴歌中也有从雅乐、俗乐移植过来的曲子。但它很少有雅乐的祭祀、俗乐的歌舞、说唱以及戏曲音乐这些内容。

（二）梵文歌词《普安咒》

琴歌中有一首《普安咒》（又名《释谈章》），是佛教的歌曲，琴歌将它吸收后，将其梵语歌词原样保留。

《释谈章》：

南无佛陀耶，南无达摩耶。南无僧伽耶，南无本师释迦牟尼佛。南无大悲观世音菩萨，南无普菴祖师菩萨。南无百万火首金刚王菩萨，南无普菴禅师菩萨。摩诃萨。唵迦迦迦妍界，遮遮遮神惹。吒吒吒怛那，哆哆哆檀那。波波波梵摩。摩梵波波波……昨日方隅，今朝佛地。普菴到此，百无禁忌。②

---

① （清）程雄撰《松风阁琴谱》，康熙十六年（1677年）刻本，第72页。

② （清）周鲁封据徐祺传谱编《五知斋琴谱》康熙六十年（1721年）刻本第3卷，第16页。

琴歌《释谈章》歌词共676字，除少数汉语外，大部分是梵语的汉字音译。这可能是佛教传入，或唐代去西方取经时带来的。文人们就把它移植为琴歌。至于是何时何人移植的，未见史料记载，但许多琴谱都有它，有的叫《释谈章》，有的叫《普安咒》。绍泽师给我们传授的《普安咒》是“蜀派名曲”，他还给它起了个新名字叫《古寺钟声》。

为了证实琴歌《普安咒》究竟是不是真正的“佛乐”，笔者找到了1988年10月泉州历史文化中心出版的《佛曲》。《佛曲》共四册，记录了257曲。在第二册（第一辑下册）第112页有《普安咒》这个曲子（福建莆田南山广化寺定妙师歌唱），这是《佛曲》中梵语最多、最长的一首曲子。笔者将它的歌词数了数，共669字。与琴歌《释谈章》歌词676字甚为接近。再仔细对照，发现琴歌《释谈章》的汉语仅多了一句“南无普庵禅师菩萨”。由于琴歌《释谈章》的歌词没有标点符号，梵语的句读就很难划分。好在《佛曲》的句读十分明确，使得对照工作变得比较容易了。结果是梵语的汉字注音除了个别用字不同外，几乎完全一样。这说明琴歌《释谈章》就是真正的佛乐，它的歌词在琴歌中流传了千百年，几乎没有什么改变。

（三）改词琴歌《阳关》

琴歌《释谈章》的歌词未被改动，那是因为大家都不熟悉梵语。其实文人们是最喜欢改动琴歌歌词的，这种改词并不是改错归正，而是因时、因地、因人而改，为我所用。这也是文人对属于自己的琴歌的自由处理。譬如《关雎》《捣衣歌》都被大幅度地改动过。下边我们以琴歌《阳关》为例，看看琴歌歌词的改动情况。

《阳关》本名《阳关三叠》，是唐代诗人王维的作品。在《马古斋琴谱》[①] 中有这首琴歌。“三叠”就是三段，后边还有一句尾声。共264字。属于无射均、商音。它的歌词是这样的：

清和节当春。渭城朝雨浥轻尘，客舍青青柳色新。劝君更尽一杯酒，西出阳关无故人，霜夜与霜晨。遄行，遄行长途越度关津，惆怅役此身。历苦辛，历苦辛，历历苦辛宜自珍，宜自珍。

① （清）祝凤喈撰《马古斋琴谱》，清咸丰五年（1855年）刻本。

渭城朝雨浥轻尘，客舍青青柳色新。劝君更尽一杯酒，西出阳关无故人。依依顾恋不忍离，泪滴沾巾，无复相辅仁。感怀，感怀思君十二时辰，商参各一垠。谁相因，谁相因，谁可相因日驰神，日驰神。

渭城朝雨浥轻尘，客舍青青柳色新。劝君更尽一杯酒，西出阳关无故人，芳草遍如茵。旨酒，旨酒未饮心已先醇。载驰骃，载驰骃。何日言旋轩辚，能酌几多巡。千巡有尽，寸衷难泯。无穷的伤感，楚天湘水隔远滨，期早托鸿鳞。尺素申，尺素申，尺素频申，如相亲，如相亲。

噫！从今一别，两地相思入梦频，闻雁来宾。

而在《风宣玄品》[①]琴谱中，同样内容的《阳关三叠》却被改名为《阳关》。歌词从三段264字变成了九段479字。乐调也变成了“蕤宾调”。但基本内容还是未变。这九段的小标题是：

雨浥轻尘一段临歧饯祖二段宾朋话别三段
花柳鲜明四段渭城晓霁五段唱彻阳关六段
频于聚散七段古旧凋零八段离恨悠长九段

《阳关》的歌词始终没有脱离渭城、渭水。譬如它的第八、第九段歌词：

西出阳关屡送行，渭城渭水几浑清。秋天云外闻征雁，春日林间听巧莺。曰友曰朋皆老去，或卿或相半凋零。故人唯有何堪在，又与殷勤唱渭城。

《阳关三叠》唱不休，一句离歌一度愁。南去北来无了期，离离思赢得恨悠悠。

此外，在《立雪斋琴谱》[②]中，《阳关》又变成了《阳关曲》。九段变成了十三段。歌词增加到883字。乐调又变成了“凄凉调”。更重要的是，这个《阳关曲》，已经不是西出阳关了。也不是在渭城、渭水送别。而是

① （明）朱厚爝编《风宣玄品》，辑于嘉靖十八年（1539年）。
② （清）汪绂：《立雪斋琴谱》，清光绪二十三年（1897年）刻本。

在南方的长江边上送友人东行。所以它的歌词有：

> 黄鹤楼，黄鹤楼，烟花三月下扬州。木兰舟，木兰舟，载不起那个的离愁……

因此，这首《阳关曲》还有一个别名叫《春江送别》。当然，王维的《阳关三叠》歌词在《阳关曲》中还是在反复地应用着，这说明它还是《阳关三叠》的改词琴歌。《阳关三叠》改词以后，它的音乐也随着歌词一起改动了，这也是文人在现实生活中应用的音乐作品。今后如果有时间，我们可以把它们全部解译出来加以对照，一定会得到更有意义的新发现。

十二　琴歌词及内容小结

在未涉及琴歌音乐的情况下，我们谈了许多琴歌的内容和歌词。那么，琴歌究竟是以音乐为主，还是以歌词为主呢？这一问题，牵扯到了音乐的本质，音乐究竟是什么？

（一）音乐的本质

从本质上讲，音乐就是一些高低、强弱、快慢、疏密、间隔、音色……同与不同的音响。它不能代表人的任何思想情感及语言。但是，在人类掌握了音乐文化之后，它又能变成有思想情感有语言的东西。举一个很简单的例子：小孩子与小狗最初都可以用声带发出无意义的声音，没有什么不同。但渐渐地小孩子就可以区别和运用哭声、笑声，再继续发展下去，他就学会了语言；而小狗，即便是变成大狗、老狗，也永远只会单一的狗吠，这就是人类与禽兽的区别。人类可以将声音作为思想情感和语言的载体，并使它们融为一体，这是模仿、是传承、是文化，是音乐发展的必然。比如大到《国歌》《国际歌》，小到《茉莉花》《小白菜》，我们一听到它们的音乐旋律，就会知道它们的歌词。琴歌琴曲也一样，也是这种必然发展的产物。

（二）琴歌琴曲都是有标题音乐

不论是现存的琴歌琴曲，还是古人对琴歌琴曲的记载，都表明了它们是有思想内容，有“事”有“词”的，而不是无病呻吟。前文所举的曲例，已经充分地说明了这一点。我们还可以举出许许多多的曲例。因篇幅有限，就不多举了。这里要强调说明，琴歌琴曲都是有标题的，标题就是它们的内容。琴曲中也有很少部分无标题音乐，比如：《神品碧玉意》《神品蕤宾意》《神品凄凉意》《神品楚商意》等等。翻成现代语言，就是：碧玉调、蕤宾调、凄凉调、楚商调的调性练习曲。至于纯粹的无标题音乐，即所谓“但取其声而已”“岂尚于事辞哉?”的音乐[①]，笔者在琴歌琴曲中目前还没有发现。

（三）琴歌反映文人生活

琴歌是文人生活，以及思想情感的反映。它不搞“高台教化”，也不是编戏曲、写小说，所以它没有刻意地编造。比如李白的《子夜吴歌》：他在长安看到了捣衣的情景，胸中自然就涌出了诗句，同时也涌出了音乐。孔子泣颜回，屈原赋离骚，没有一个不是发自内心的真情。还有牧犊子的《雉朝飞》，也是发自内心的，对自己生活的感慨。我相信这些琴歌的音乐旋律都是他们自己创作的。因为能写出这样感人诗词的古人，写不出琴歌的音乐旋律那才是咄咄怪事。我们不能用看现代文人的眼光去看古代文人。古代文人手中的琴，就像现代文人手中的电脑，他们对它是非常熟悉的。倒是古代艺人不太熟悉琴，也就像现代艺人不太熟悉电脑一样，它对他们来说，没有多大用处。

十三　琴歌的音乐

（一）琴歌音乐的变化

“舜作五弦之琴，以歌南风。”琴歌最早的音乐当然是《南风歌》的旋律了。当雅乐出现，古琴演奏技术也不断地发展，古琴文字谱诞生以后，这种情况就有了改变。一方面因为“琴”不能适应雅乐频繁的“旋宫转调”，所以就用多张琴来应付雅乐的伴奏。另一方面，雅乐的发展无疑对“琴乐”的发展起了阻碍的作用。因此，“琴乐”自己的发展就只能与雅乐分道扬镳。“琴乐”独立以后，原先使用的雅乐弦歌曲谱都需要进行处理，

① （宋）郑樵撰《通志》，《中国古代乐论选辑》，人民音乐出版社，1981，第229页。

并以琴乐的要求来进行改变，也就是将旧有的弦歌改变为真正的琴歌。所以《南风歌》《关雎》《鹿鸣》等改变成为琴歌之后，都与原来的音乐旋律不同了。请看琴歌《南风歌》（也叫《南熏歌》）谱例照片。

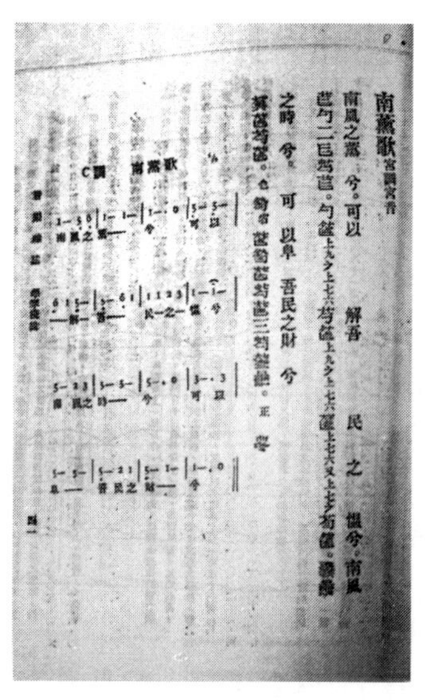

这是上世纪30年代初，张友鹤先生在北京大学教古琴时使用过的教材，刊登在当时的《音乐杂志》上。这个曲谱与朱载堉《乐律全书》中所传的雅乐《南风歌》曲谱已完全不同。我们已证明了雅乐《南风歌》为舜帝所作①，那么琴歌《南风歌》的作曲者，想必是另有其人了。再看琴歌《鹿鸣》（也叫《鹿鸣操》）谱例照片。

这个歌本来是周代“小雅”之首。笔者在《中华雅乐》一文中，解译了朱载堉传谱的雅乐《鹿鸣》，并证明它确实是周代的“小雅”；而琴歌《鹿鸣操》（见照片），这是古琴家王迪先生打谱的《琴学丛书》传谱。这个琴歌刊登在《弦歌雅韵》一书中。它的音乐旋律，与雅乐中的周代小雅《鹿鸣》也是完全不同的。所以它不是“弦歌”也不是“雅韵”，它是真正的琴歌。这种改变，都是因琴歌独立后的要求所致。变为琴歌之后的弦歌或其他歌曲，由于采用了古琴专用的音乐记谱法——文字指法谱或减字指法谱，其他乐种便不能随意使用。如要使用，就需要如张、王二位前辈那样将其打谱解译，用其他乐谱重新标记才行。

① （明）朱载堉撰《乐律全书》第10卷，《律吕精义内篇》第6卷，第199页。

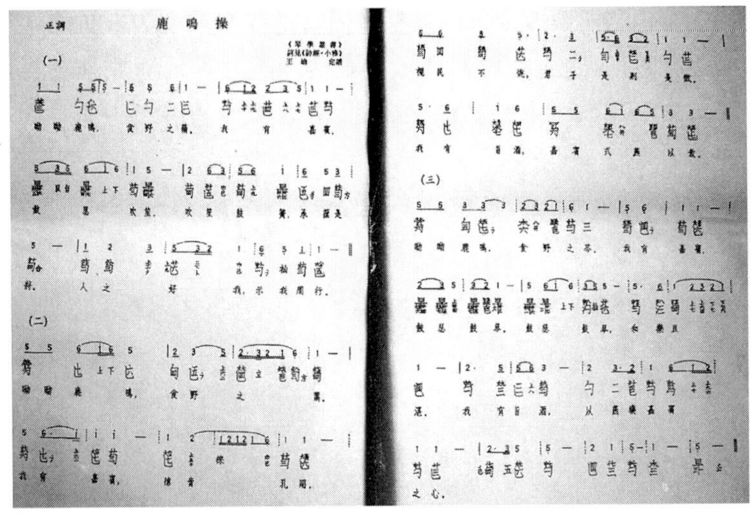

（二）分析《阳关三叠》的音乐

琴歌《阳关三叠》的音乐，从“曲体”上讲，是中国传统音乐独有的“三叠曲式”。所谓“三叠”，就是说这首琴歌有三个不同的音乐主题（A、B、C），这三个音乐主题的变化与叠加，构成了三个不同的乐段，即是三叠。以下我们把这三个乐段做具体的分析，大家即可明白。

引子（商音乐句 1 小节）

一叠：A 乐段（商音乐句 2 小节 + 商音乐句 7 小节 + 宫音乐句 2 小节）+B 乐段（宫音乐句 5 小节）+C 乐段（羽音乐句 9 小节）。

二叠：A^1 乐段（换头商音乐句 3 小节 + 商音乐句 10 小节 + 宫音乐句 6 小节）+B 乐段（宫音乐句 5 小节）+C 乐段（羽音乐句 9 小节）。

三叠：A^2 乐段（换头商音乐句 3 小节 + 商音乐句 9 小节 + 宫音乐句 2 小节）+B^1 乐段（宫音乐句 18 小节）+C^1 乐段（羽音乐句 9 小节）。

尾声（商音乐句 7 小节）。

为了使人更加明白，我们在“曲体分析”中，加入了乐调分析。引子是起调，尾声是毕曲，它们都是商调。在三叠的乐句中，商调也是最多和最主要的。所以《阳关三叠》就是商调。A 乐段变化了两次，B 乐段变化了一次，变化较大。C 乐段变化了一次，仅第二乐句稍有变化，基本上还是一样的，这叫“合尾”。“合尾”使乐曲所表达的情绪更加稳定，同时也使它的分段更加明确。为了使大家能从感性上认识《阳关三叠》，我们将在下边介绍《阳关三叠》的全部音乐。大家可以参阅文末的附谱。把理论和实践结合起来，就会认识得更加清楚。曲体分析中的小节数是表示乐句长短的，小节多乐句就长，反之则短。《阳关三叠》每小节的“拍”数不等，以 2/4 拍为主，3/4 拍为辅。

《阳关三叠》的音乐非常凄美，古今送别之人都喜欢用它来寄托自己的感情。据说司徒雷登在美国去世时，他的友人就为他播放了琴歌《阳关三叠》。笔者有一位老师——著名作曲家油达民先生。他在弥留之际告诉我们：“我走时不要奏哀乐，要《阳关三叠》。”那天，在“尺素申，尺素申，尺素频申。如相亲，如相亲。……”的琴歌声中，老师安详地驾鹤西去。

（三）琴歌的节奏与节拍

节奏是音乐在时间上的组织形式，即音符疏密的变化；节拍是音乐在时间上的计量单位，也包括在相隔一定时间反复出现重音的模式。这二者都是音乐客观存在的要素，琴歌亦不例外。不过，传统琴谱并没有明显表示节奏和节拍的符号，因为琴谱没有音符，它只是记载了左手和右手的演奏方法。那么，琴歌的节奏和节拍从何而来呢？其实，琴歌在创作的时候，就有了节奏和节拍，只是琴谱把它们都隐蔽了，这就需要经过“打谱”，让它们再显现出来。打谱就是给琴曲注明节拍、节奏，同时隐藏着的音符通过打谱也就在乐曲中一一呈现了。但打谱可以显现出多种不同的节拍、节奏，因为打谱也是音乐的一种再创造。我们有时候在古文中发现夸奖某人音乐表演得好时常用“节奏新颖”这个词。这就是说，表演者在音乐节奏方面有了创新。这种创新，属于古代音乐表演的正常现象。

琴歌的节拍也是在打谱中安排的。打谱者根据自己对乐曲的理解，安排乐曲的速度快慢、强弱变化规律。但是，如果没有相应的译谱，节拍依然不能展现。故每次演奏不一定完全雷同。节拍的“拍”，是一个时间单位，就如同时钟的“秒”一样。一分钟 60 秒，这是固定的，一分钟有多少拍？这是不固定的，可以是 60 拍，也可以是 120 拍等等。一定时间内的拍数越多，音符的时值就越短，速度相应也就越快。“拍”还是乐曲的计量单位，拍数越多，乐曲就越长，反之则短。唐代的俗乐经常用“拍”来计算乐曲的长短，从一拍到若干拍，甚至细致到“半拍”，譬如“某拍半”的乐谱都有。宋以后由于戏曲音乐的发展，俗乐中的“拍”又变成了“板”，譬如慢板、紧板、二六板等等，板是以乐曲的速度来定节拍的名称。

音乐中“拍”的记载，还是以琴歌最早。汉末蔡琰（文姬），陈留圉（今河南杞县）人，东汉文学家蔡邕之女。初嫁卫仲道，卫早亡，后为董卓部下俘虏，辗转入南匈奴。与胡人婚，生两个孩子。建安二年（公元197年），曹操把她赎回，再嫁董祀。在匈奴时，曾“春月登胡殿，感笳之音，作《胡笳十八拍》为琴曲以见志”。①

《胡笳十八拍》是最早把“拍”用于音乐的琴歌。但是，在含义上它与唐代的“拍”完全不同。唐代的“拍”指的是“节拍”，用现代音乐术语讲，就是“相当于两个4／4拍的时值”。而蔡琰的“拍”含义却是“乐段”，并无固定长短。蔡琰为什么要把乐段叫做拍呢？原来，蔡琰之前的琴歌、琴曲，稍长的都是有段落的，但又都没有“段”的称谓。譬如：《文王思士操》就有八段；孔子的《获麟操》有六段，标注的是“伤时第一，西狩第二，获麟第三，长叹第四，忧愤第五，绝笔第六”。虽然省略了“段”字，却还是段落的含义。嵇康的《广陵散》更是大段套小段，共有6大段，45小段。现在唯一存世的古琴文字谱《碣石调幽兰》，共分四个段落，每段末尾用小字标上“一句”二字。看来这些都是在对乐句、乐段的标注进行探索。蔡琰也是在探索乐段的标注。蔡琰创作琴歌时，怕用这个“段”（断）字，她在歌词中写道：“故乡隔（断）兮音尘（断）绝，哭无声兮气将咽。一生辛苦兮缘离别，十拍（段）悲深兮泪成血。”她不愿和故乡断了联系，想到一生与故乡的隔离，她已经无力气再哭了，泪珠儿几乎变成了血珠儿。所以她不用段（断）字，而把要用“段”字的地方，全用“拍”字来代替。

在中国音乐史中，以“拍”谓“段”的，仅蔡琰一人。而在中国琴曲、琴歌中，使用“拍”字的也仅见《胡笳十八拍》一曲。从明代中叶以后，琴家才把大部分古琴曲的“传谱”都标上了“段”字。在《臞仙神奇秘谱》中，朱权在介绍《广陵散》时曾写道：“嵇康《广陵散》本四十一拍，不传于世……孝已仅得三十三拍……”② 云云。

这是臞仙在模仿蔡琰对“段”的称谓，而不是原有的。《广陵散》原有的并不是“拍”，而是：“开指。小序。大序：井里第一　申诚第二……”这样的标段方法。所以，蔡琰以“段”为“拍”的称谓是很

① （清）王仁俊辑《玉函山房辑佚书续编三种》，上海古籍出版社，1989，第314页。

② （明）朱权辑《臞仙神奇秘谱》，明洪熙乙巳（1425年）刻本。

特殊的，绝无仅有。

十四　琴歌的解译

（一）琴歌的传承

琴歌诞生以后，它的传承方式基本上是师傅带徒弟，私相授受。琴谱也基本上是一代一代传抄。这样，如果师傅在传授时只教了演奏，而未教歌唱，或者学生抄录乐谱时仅抄录了曲谱，而未抄录歌词。那么，琴歌就很可能被人们误认为是没有歌词以声相授的琴曲。这种现象，直到今天还依然存在。所以，对古琴减字谱的解译，以及文正对音地配上歌词，在琴歌传承中就显得十分重要。

历史上，宋代才开始有了琴曲木刻本的刊印。明代末年，琴家杨表正发明了“文正对音捷要谱”，琴歌的歌词才和减字谱刻印在了一起。这样，明代及清代的若干琴谱就都收录了一些“文正对音”的琴歌。但是，这些减字谱琴歌，还是没有音符，不能直接视唱。能直接视唱的琴歌，出现在清代同治年间。那是福建浦城琴家祝凤喈和他周围的琴家张静芗等人，于1864年编印的《琴学入门》中刊载的“阳关三叠”等曲。这些琴歌、琴曲有许多都用当时流行的工尺谱进行了解译。解译的工尺谱复制为两部，一部附录于减字谱旁，另一部配合歌词附录于琴曲之后。光绪年间，简谱经由日本传入中国，逐渐取代了工尺谱，所以才出现了北京大学张友鹤先生用简谱解译琴歌的事。张先生的解译，同样是简谱配词附录于文正对音的琴歌之后。

1949年新中国成立后，一些艺术院校先后开设了古琴课。著名琴家查阜西先生荣任中国音乐家协会副主席，才有了他1956年在全国收集琴谱之行。1956年，中央音乐学院民族音乐研究所编了一本《古琴曲汇编》，收录了十七首琴曲，其中有《关山月》《秋风词》《阳关三叠》等三首琴歌，由音乐出版社出版。[①] 此书为五线谱译本。1962年8月，人民音乐出版社出版了中国艺术研究院、北京古琴研究会编辑的《古琴曲集》（第一集），收录了62首琴曲，其中有6首是琴歌。除《关山月》《秋风词》《阳关三

---

① 杨荫浏、侯作吾整理《古琴曲汇编》，音乐出版社，1956。

叠》三首琴歌外，又增加了《凤求凰》《古怨》和《古琴吟》三首。同样为五线谱译本。1983 年 7 月，人民音乐出版社又出版了中国艺术研究院、北京古琴研究会编辑的《古琴曲集》（第二集），收录了琴曲 17 首，无一首琴歌，也是五线谱译本。

从解译出版和表演过的琴曲、琴歌来看，总共才有八九十首不到百首。尤其是琴歌，只有十来首。比起查先生收集来的 3000 首琴曲、300 ~ 500 首琴歌，连 1/10 都不到。其主要原因，不是大家不努力，而是打谱解译方面存在着问题。虽然可以用古琴减字谱将双手的演奏方法记载得十分详细，但因为它没有音符，始终和音乐隔着一层面纱。现代除了学古琴的人，一般人都不认识减字谱。另外，近现代西方音乐垄断了中国的音乐教育，受过这种教育的人，大体上都认识一些简谱。五线谱虽然被一些崇拜西方音乐的人称之为“正谱”，但它有致命的缺点，效率很低。五线谱在中国推行了几百年，还是没有几个人喜欢它。尤其是用五线谱的低音谱表来解译古琴减字谱，只适合给拉大提琴的人看，因为他们经常使用低音谱表，而其他人看了却很不习惯。所以，这种解译实际上是让大家难上加难。因此，“打谱工程”进行了几十年，成效可谓甚微。

目前，琴歌琴曲的传承，确实是步履维艰。2003 年 11 月 7 日下午 3 时 30 分，联合国教科文组织向世界宣布……中国古琴艺术被选入第二批人类口头和非物质文化遗产代表作。这说明中国古琴艺术面临失传的危险，已经受到了联合国教科文组织的注意。当然，这更说明中国古琴艺术是具有显著价值的，是活的艺术作品。琴歌也正是这种非物质文化遗产代表作的重要内容之一。

由于“文化大革命”的干扰，中国古琴的研究工作几乎出现了断层。拨乱反正后，在原中国音乐家协会主席吕骥先生的关怀下，中国古琴艺术联谊会得以成立，古琴事业也渐渐得以复苏。目前，像查阜西和绍泽师这一代老琴家都已离世。新中国培养的第一代琴家也都渐渐进入耄耋之年。2005 年 4 月 26 日，中国艺术研究院研究员、北京古琴研究会副会长王迪女士，以 82 岁高龄告别了她一生心爱的古琴事业。许健先生老骥伏枥，还在孜孜耕耘，撰写着《琴史初编》。

中国古琴“申遗”成功之后，国内曾掀起了一股小小的古琴热。造琴的人多起来了，他们的目的就是想通过古琴赚一笔钱。可是学古琴的人依然很少。原因是古琴“难学易忘不中听”的特点并没有改变。

（二）中国古琴“七线谱”的发明

笔者少年时，初学古琴就发现了古琴的这些缺点，因为笔者是从用琵琶和古琴对比时发现的。在实际音乐表演中，古琴确实有许多难以胜任之处。但古琴独特的音色，深沉的韵味，却让我爱不释手，笔者遂下决心，打算改革古琴乐谱，改良古琴乐器。可几十年的演出和研究工作很忙，笔者只能利用休息时间来考虑古琴的改良。上世纪80年代初，笔者设计出了“古琴螺丝准弦轴”，用起来十分方便，但无人可以鉴定，因此难以推广。退休后，笔者又把自己上世纪80年代发明的“中国古琴七线谱”进行了整理。打算给琴曲、琴歌创造一个良好的传承环境。

十五　中国古琴“七线谱”

“中国古琴七线谱”是集中了人类多种音乐记谱法的不同精华，创造出来的一种新的、现代化的中国古琴音乐记谱法。它用七条平行的横线表示古琴的七条弦，用五线谱的音符表示古琴的“空弦散音”，用数字简谱的音符表示古琴的按音，再加上古琴原有的“减字谱”以及其他一些符号，直观地反映出中国古琴音乐的方方面面。它可以视唱、可以视奏，但又保留了中国古琴文化指法谱的原有特征，它是抢救中国古琴这宗世界文化遗产最实用的工具。

技术方案（如图）：

（1）首先在白纸上画七条平行的横直线，这七条平行的横直线就表示中国古琴（七弦琴）的七条弦，从上往下依次为：第一、第二、第三、第四、第五、第六、第七弦。这七条平行的横直线在谱面上就算是一行。若干行即可成为一页。这样的谱纸就叫做“七线谱纸”。

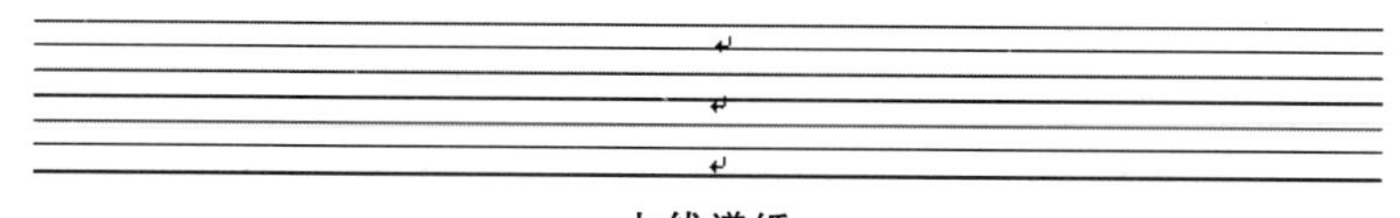

七线谱纸

（2）采用简谱的音符标记，在每一页第一行七线谱的前边，来表示古琴曲的“调”及定弦方式。

（3）采用五线谱的音符和节奏系统，来表示古琴的“空弦散音”。用

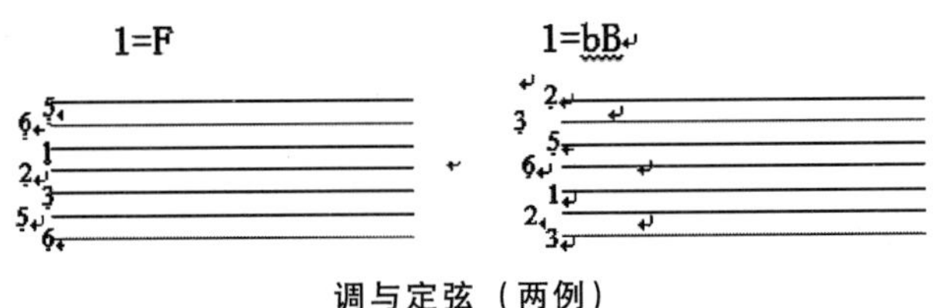

调与定弦（两例）

左、右手都可以奏出，特征是左手不需要按弦。在古琴音乐中，“散音”与“按音”（包括“走音”）、“泛音”必须有明确的区别。另外，在同一首乐曲中，“散音”的音高不会发生变化。

散音（录自《东方红》）

（4）采用简谱的音符和五线谱的节奏系统来表示古琴的“按音”，“按音”是左手按弦，右手或左手指弹奏出的声音。

按音（录自《东方红》）

（5）采用“按音”头上加小圆圈来表示“泛音”。“泛音”是左手轻触弦上的泛音点（徽位），右手弹弦发出的亮丽的乐音。

泛音（录自《东方红》）

（6）采用“按音”加“带箭头的连线”来表示“走音”。“走音”是左手在弦上滑动的声音。连线之内的“走音”，不需要另行弹奏。

走音（录自《社会主义好》）

（7）采用向右上方的小箭头，加在“按音”音符的前边表示此音是“绰音”，即由低向高的、短促的滑音。

绰音（录自《凤求凰》）

（8）采用向右下方的小箭头，加在“按音”音符的前边，表示此音是“注音”，即由高向低的、短促的滑音。

注音（录自《凤求凰》）

（9）采用上弯弧小箭头，加在“按音”音符的正上方表示此音是“豆音”，即右手弹弦，左手同时向高音滑动后又返回原位。

豆音（录自《社会主义好》）

（10）采用上弯弧小箭头，加在“按音”音符的右上方表示此音是“撞音”，即右手弹弦后，左手再向高音滑动后又返回原位。

撞音（录自《凤求凰》）

（11）采用三连上折线，标在某“按音”所在七条线上的右上方，表示此音是“吟”音。

吟音（录自《忆故人》）

（12）采用三连下折线，标在某“按音”所在七条线上的右上方，表示此音是“猱”音。

猱音（录自《社会主义好》）

（13）左手弹弦之声：

①采用短竖线“｜”下边带小圆点的符号，标在某“按音”所在七条线的上方，表示此音是“罨”音。

②采用尾巴向上的逗号，标在某“按音”或“散音”所在七条线的上方，表示此音是“掐起”“带起”“抓起”“推出”“放合”等音。

掐起，罨音（录自《社会主义好》）

有了以上方案，七线谱就能够传达中国古琴“减字谱”所表达的古琴乐曲的绝大部分音乐信息。在七线谱的下边，我们再附上“减字谱”，这一方面是为了表示左、右手详细的演奏技法，更大程度上，是为了保持中华文化的传统形象。同时，用七线谱与减字谱互相对照，也可以验证“打谱”时出现的某些偏差。

十六　七线谱对古琴音乐实践的意义

2007年，笔者将改革完成的“现代化中国古琴七线谱”寄给了《七弦琴音乐艺术》杂志总编张铜霞教授，张教授接到后立即给笔者发来电报表示祝贺。她对这种“新型的现代化的中国古琴七线谱”评价是：“对中华文明五千年的古琴音乐艺术起到了划时代的积极的推动作用，可喜可贺。”并立即决定在《七弦琴音乐艺术》第十四期上发表。

祝贺与赞许是专家学者的一种表态，但笔者实不敢当。笔者是抱着解决问题的态度来从事这项研究的。如果可以解决以下几个具体问题，那笔者就心满意足了。

（1）解决古琴谱的解译问题。古琴减字谱诞生千余年来，确实对琴曲琴歌的创作与传播起到了不可估量的作用。但是它还不是直接的音乐，不能直接视唱。所以有必要完善它，对它进行解译是必需的。历史上对减字谱进行的几次解译（工尺谱、简谱、五线谱），虽然起到了一些作用，但由于它们仅反映了减字谱的部分信息，不能给人一个统一完整的形象，所以未能成功。七线谱则主要在现代人熟悉简谱，又知道五线谱的基础上，利用简谱、五线谱的长处，去解决减字谱的难处，并把它们融为一体，给人以通俗、直观、简明的印象。使古琴谱具备了可视唱、可视奏、可自学的功能。

（2）目前，中国古琴打谱工程步履维艰。希望有关方面能够采用笔者的“新型的现代化的中国古琴七线谱”。这样，就可以给“打谱工程”制订一个具体规划，把收集到的3000首琴曲、300～500首琴歌都按时解译出来，变死宝为活宝。最好编译一本《琴歌三百首》，填补我国传统音乐文化的空白。让想利用这些文化资料的人都能够看得懂，用着方便。

（3）中国古琴发展到了现代，是应该适应现代社会，承上启下继续向前发展的。“七线谱”解决了古琴文化向群众普及的问题。如果古琴的乐器改革能够进一步完善，那么，中国的文化界、知识界就会出现一股持久的古琴文化热，现代琴歌、琴曲作品就会不断涌现。到那时，中国古琴音乐的发展，琴歌的创作，就会呈现一个全新的局面。

十七　介绍几首琴歌

（一）唐代琴歌《阳关三叠》

这是唐代诗人王维的作品。他送他的友人元二去安西，临行时在渭城旅店，大有恋恋不舍的情感。真是：“抉兮于咫尺，情击千里。睹柳色而兴思，载香醪以饯别。”读其诗，更能深刻体会此曲的内容。

（二）宋代琴歌《古琴吟》

这是一首短小的琴歌。据传，古代有位叫苏子瞻的书生（即苏轼1037～1101年），夜宿灵隐山房。夜半，忽闻女子唱歌，他悄悄地跟踪，跟到一堵墙下，女子忽然消失了。第二天，书生在女子消失的墙下挖掘，挖到一把古琴。他便根据女子的歌声，记写了这首琴歌。此曲指法简易，便于初学。可以先唱会再弹，然后边弹边唱。

《阳关三叠》

王 维 词
喻绍泽 传授
李健正 记谱
1＝♭B ♩＝60
2/4 3/4
[1]
清和节当春，渭城朝雨浥轻尘。客舍青青柳
色新，劝君更尽一杯酒，西出阳关无故人。
霜夜与霜晨。遄行 遄行长途越渡关津，
惆怅役此身。历苦辛，历苦辛，
历历苦辛宜自珍，宜自珍，
[2]
渭城朝雨浥轻尘。客舍青青

柳色新，劝君更尽一杯酒，
西出阳关无故人。依依顾恋不忍
离，泪滴沾巾，无复相辅仁。感怀，感怀思君
十二时辰，商参各一垠。谁相因，谁相
因，谁可相因日驰神，日驰神，
[3]
渭城朝雨浥轻尘。客舍青青柳色新，
劝君更尽一杯酒，西出阳关无故人。

芳草遍如茵。旨酒，旨酒未饮心已先醇。载驰
骃，载驰骃，何日言旋轩辚，能酌几多巡。
千巡有尽，寸衷难泯，无穷的伤感，楚天湘水隔远
滨，期早托鸿鳞。尺素申，尺素
申尺素频申，如相亲，如相亲。
噫从今一别，两地相思入梦频，闻雁来宾。

《古琴吟》

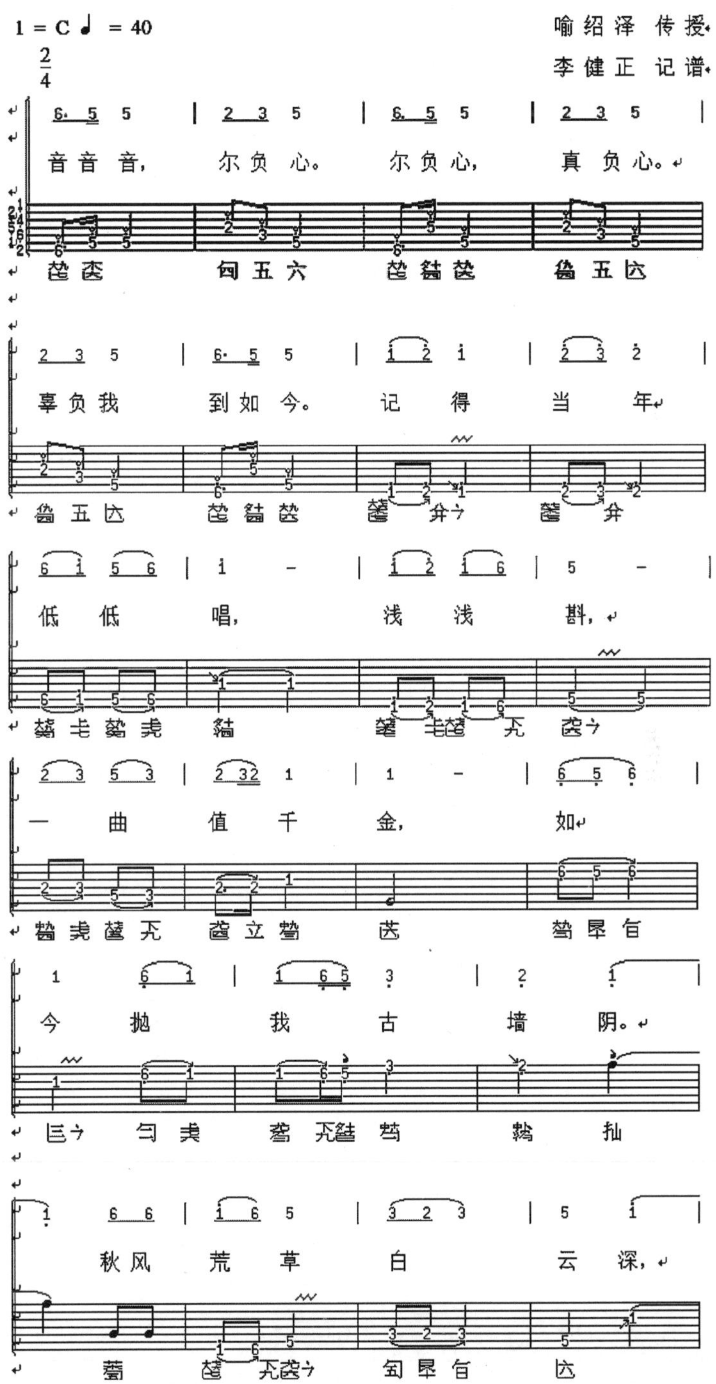
1 = C ♩ = 40
2/4
喻绍泽 传授
李健正 记谱
音音音，尔负心。尔负心，真负心。
辜负我到如今。记得当年
低低唱，浅浅斟，
一曲值千金，如
今抛我古墙阴。
秋风荒草白云深，

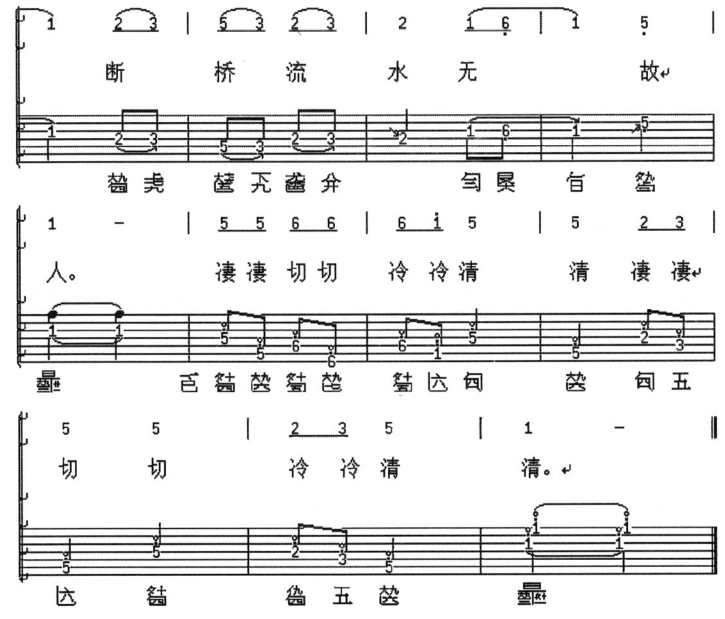

（三）近、现代琴歌《苏武牧羊》

20 世纪 30 年代，日寇蓄谋侵略我国，当时国家的统治者节节退让，民怨沸腾。有两位民间音乐家——蒋荫堂与田锡侯，创作了这首弘扬民族气节的歌曲《苏武牧羊》。这首歌很快就传遍了全国，男女老少都会唱这首歌。笔者孩提时，便从父母口中学会了它。绍泽师改编的这首琴曲，当时未附歌词。笔者将歌词加入，成为琴歌。大家弹唱这首琴歌，不要忘记过去的苦难年代。

《苏武牧羊》

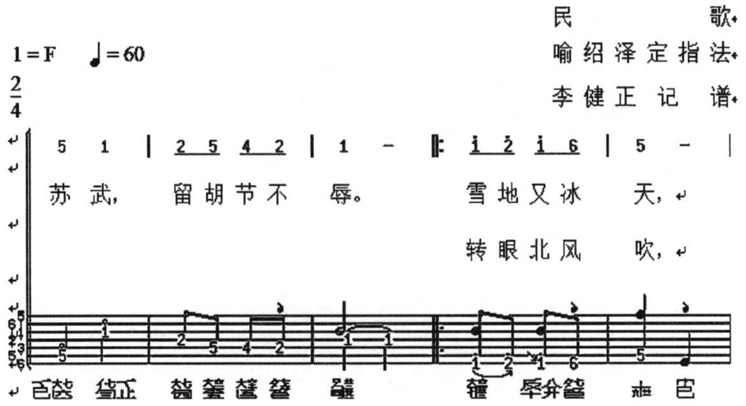

4 2 4 6 | 5 – | 1 6 5 | 4 6 5 | 2 5 4 2 | 1 – |
清操 十九 年。 渴饮 雪， 饥 吞毡， 牧羊 北海 边。
群雁 汉关 飞。 白发 娘， 盼 儿归， 红妆 守空 帏。
2 1 2 6 | 5 – | 2 1 6 5 | 1 – | 5 5 6 1 | 3 – |
风射 雁鹰 起， 旋落 犹未 还。 历尽 难中 难，
三更 同入 梦， 两地 谁梦 谁。 宁海 枯石 烂，
5 3 2 5 | 1 – | 1· 2 4 4 | 2 4 2 1 | 6 1 2 5 | 1 – :||
心比 铁石 坚。 独坐 塞上 时听 笳声， 入耳 心痛 酸。
大节 定不 亏。 欲使 匈奴 心胆 碎， 常服 汉德 威。

儒士琴的流浪

——隋代文中子王通家族之琴

沈　冬（台北，台湾大学音乐学研究所，10617）

摘　要：本文接续拙作《异国喧声中的淡雅音韵——北朝之琴研究》及《“纵任不拘”与“风韵清远”——东晋南朝的士族与琴》二文而作。

承接前篇，本文处理隋代大儒文中子王通（584～617年）家族之琴，其家族是世代相传的儒学世家，表现在琴上，同时代表了儒士琴与士族琴。王通先祖曾在永嘉乱时随晋室南迁，其后又因政治因素投奔北魏，此种政治经历深刻烙印在家族史上，反映在琴上则为儒士琴的转徙南北，因而本文名为《儒士琴的流浪》。

本文梳理王通家族历史、王通个人及其家族的琴学实践，以及王通有关音乐的议论观念等等，以证成王氏家族具有儒士琴与士族琴特色。王通曾祖王彦“援琴切切”，惋惜其父辅佐魏孝文帝“有志不就”；王通继承《乐记》的礼乐观“重雅不重声”，因“王道不兴”而鼓《荡》之什；处身山泽，不忘廊庙，以《汾亭操》表现隐居在野却心存天下的矛盾，此种以天下为忧即是“儒士琴”的重要特色。北宋朱长文《琴史》记载王氏一门三琴人，王绩又有诗句“少子解弹琴”，王氏诸琴人均以琴表彰个人心志，作为话语策略，凡此均可证明王氏之琴具有“士族琴”特征，是家学的一部分。本文认为“士族琴”及“儒士琴”的传承至隋末唐初已日薄西山，《隋书·乐志》载隋文帝时龟兹之乐“其器大盛于闾闬”，“举时争相慕尚”。王公贵族子弟风靡于胡乐，王通家族之琴可能是“士族琴”及“儒士琴”最后的余音了。

关键词：王通　文中子　中说　王绩　儒士琴

作者简介：沈冬，女，台北市人，现任台湾大学艺文中心主任，音乐学研究所教授。曾任台大国际事务长（Dean of International Affairs），台大音乐学研究所所长、台大中文系教授。著有《宝岛回想曲——周蓝萍与四海唱片》《唐代乐舞新论》《不能遗忘的杜鹃花——黄友棣》《隋唐西域乐部与乐律考》《南管音乐体制及其历史初探》等书。

引　言

本文接续拙作《异国喧声中的淡雅音韵——北朝之琴研究》及《“纵任不拘”与“风韵清远”——东晋南朝的士族与琴》二文而作①，《北朝之琴》在论述北朝琴人及弹琴风尚之余，最重要的是发现了北魏孝文帝汉化促成了北朝胡人贵族弹琴之风，而北朝由于重视经学，琴学风格可以用“儒士琴”的概念来指称。《南朝之琴》一文爬梳了南朝琴人共计50余位，特别指陈了南朝之琴其实是高门大族家教学养的一部分，可以称为“士族琴”，士族琴的风格强调以琴彰显自我存在，甚至以琴作为表达意志的话语策略。

本文承接前篇，处理隋代大儒文中子王通（公元584~617年）家族之琴。隋末唐初正是南北朝三百年动乱分裂的终结，因而本文可谓是接续“南朝、北朝之琴”两篇文章的完结篇。就目前观察，首先，王通及其弟王绩（公元590~644年）代表了六朝结束隋初一统之际“士族琴”的末流余绪，此后就很少看到如南朝一族多人能琴、以琴为家教的例子。其次，王通家族“大称儒门”，其家族之琴具有鲜明的“儒士琴”色彩，仅王通之弟王绩为例外。再次，王通先祖曾在永嘉乱时随晋室南迁，其后又因政治因素投奔北魏，此种政治经历深刻烙印在家族史上，反映在琴上则为儒士琴的转徙南北，因而本文名为《儒士琴的流浪》。本文大致讨论王通家世生平，王通有关乐的议论观念，王通个人及家族的琴学实践，并由此观察南北朝以迄隋唐之交，士族琴与儒士琴的变迁。

一　大称儒门的王通家族

有关王通的家世、生平、著作、门人等问题，历代均有质疑讨论。关

① 《异国喧声中的淡雅音韵——北朝之琴研究》，收入《汉唐音乐史首届国际研讨会论文集》（中央音乐学院，2011），第43~64页。《“纵任不拘”与“风韵清远”——东晋南朝的士族与琴》，收入《琴学荟萃——第一届古琴国际学术研讨会论文集》（济南，齐鲁书社，2010），第275~308页，两篇文章最早发表在朝阳大学主办的“‘古琴、音乐美学与人文精神’跨领域、跨文化学术研讨会”上。

键在于《隋书》并未替王通立传，也无一字提及王通，《新唐书》《旧唐书》谈及王通的也仅只言片语，并无长篇专传，而传世的《中说》一书所记载的史事又往往缺乏佐证，因而后人对于王通其人其事多所怀疑。如宋洪迈《容斋随笔》以为王氏《中说》所载门人，多贞观时知名卿相，而无一人能振师之道者，故议者往往质疑。（清）姚际恒《古今伪书考·文中子》指出："世有以其姓名史所不载，疑并无其人者"，则是根本否定其人存在，认为《中说》一书可以一火焚之，"不若火其书之为愈也"。《四库全书总目提要》提出种种《中说》记载与正史扞格之处①，但最后的结论仍是肯定了"文中子"的存在，及至梁启超《历史研究法》还认为《中说》一书是王通伪造，可见正反意见，纷然杂陈。然而初唐文献提及王通者其实不少，如王通之弟王绩《游北山赋并序》《负苓者传》《与陈叔达重借隋纪书》《答处士冯子华书》《仲长先生传》《答程道士书》，吕才的《王无功文集序》，陈叔达的《答王绩书》，薛收的《隋故征君文中子碣碑》，杜淹《文中子世家》等等②，这些作品都是曾与王通交接或间接与闻其事的文人之作，因此，王通的存在是毋庸置疑的，近日学者对于他的生平著述、学术思想已有较多讨论③，大抵承认王通其人的存在，也肯定

① 《四库全书总目提要》曰："晁公武《郡斋读书志》尝辨通以开皇四年生，李德林以开皇十一年卒，通方八岁，而有德林请见归援琴《鼓荡之什》门人皆沾襟事。关朗以太和丁巳见魏孝文帝，至开皇四年通生，已相隔一百七年，而有问礼于朗事。薛道衡以仁寿二年出为襄州总管，至炀帝即位始召还，又《隋书》载道衡子收初生即出继族父儒，及长不识本生，而有仁寿四年通在长安见道衡，道衡语其子收事。……知所谓'文中子'者，实有其人。所谓《中说》者，其子福郊福畤等纂述遗言，虚相夸饰，亦实有其书。第当有唐开国之初，明君硕辅不可以虚名动，又陆德明、孔颖达、贾公彦诸人，老师宿儒，布列馆阁，亦不可以空谈惑，故其人其书皆不着于当时。"其说十分精辟中肯。见《四库全书总目提要》第91卷。

② 均见《全唐文》，卷数见以下各篇征引。

③ 通史中提及王通著作的有，任继愈的《中国哲学发展史》（隋唐卷）（人民出版社，1994），罗宗强的《隋唐五代文学思想史》第一章《隋代文学思想》（上海古籍出版社，1986），王运熙、顾易生的《中国文学批评通史》三（隋唐五代卷）（上海古籍出版社，1996）等。专书如邓小军《唐代文学的文化精神》（台北，文津出版社，1993）及贾晋华《唐人总集与诗人群研究》（北京大学出版社，2001），均由文人集团的观念入手，探析以王通为首的河汾之学或河汾作家群。至于研究王通的专著专篇近年日有增多，重要的包括尹协理、魏明的《王通论》（中国社会科学出版社，1984）第296页。王冀民、王素的《文中子辨》（《文史》第20辑，中华书局，1983），第231～249页。徐朔方的《王通门人辨疑》，《浙江大学学报》（人文社科版）1999年第4期，第5～8页。陈启智的《王通生平著述考》（《东岳论丛》1996年第6期），第77～82页。骆建人的《文中子研究》（商务印书馆，1990），第277页。李小成的《文中子考论》（上海古籍出版社，2008），第265页。其他诸多篇章不及备载。

《中说》能代表王通的思想。本文以王通家族之琴为研究对象，先决条件即是确认王通及其《中说》的真实性。但《中说》其实隐含“家乘”意味，因此行文记载确实如《四库全书总目提要》评语，或有“夸饰”之处，或年代人事未尽侔合。以音乐数据而言，其实更能反映王通对于琴及音乐的观念，无碍于本文论证，因此以下有关《中说》人物时间等细节考订多予省略，以免行文枝蔓。

王通，字仲淹，生于隋文帝开皇四年（公元 584 年），卒于隋炀帝大业十三年（公元 617 年），享年 33 岁，隋河东郡龙门县通化镇（今山西万荣县通化镇）人。先世太原祁（山西祁县）人，世所谓“太原王氏”。世代以儒学为业，死后门人私谥为“文中子”，传世著作有《中说》。[①]

王通生时其父祖筮卦，认为此子“必能通天下之志”，因而名之曰“通”。开皇十八年（公元 598 年），王通正是“十又五而志于学”的年龄，“于是始有四方之志”，“受《书》《春秋》于东海李育，学《诗》于会稽夏琠，问《礼》于河东关子明，正乐于北平霍汲，考三《易》之义于族父仲华，不解衣者六岁”。[②] 须知王通出身学术世家，这条资料说明了王通除了家学以外，还四处从学，学问的扎实广博自是不在话下。隋文帝仁寿元年（公元 601 年），王通 18 岁，“举本州岛秀才”，名动公卿，许多显宦大臣都倾心结交，其后担任蜀郡司户、蜀王侍读，随即罢官归家。仁寿三年（公元 603 年）王通 20 岁时，“慨然有济苍生之心，遂西游长安，见隋文帝，奏太平之策十有二焉”。据说文帝大悦，“下其议于公卿，公卿不悦”。[③] 王通知其言不用，从此隐居龙门之白牛溪，著书讲学，朝廷虽屡次征辟，均不赴召。

王通满怀匡时济世之心，虽然隐居讲学，但虑及“卷怀不可以垂训，乃立则以开物；显言不可以避患，故托古以明义”。[④] 满腹经纶，不形诸文字则无以垂教后世，而时世纷乱，又恐文字贾祸，于是托古制作，仿六经之例，“续《诗》、《书》，正《礼》、《乐》，修《元经》，赞《易》象”。[⑤]

---

① （隋）王通撰，（宋）阮逸注《中说》十卷，收入《文渊阁四库全书》第 696 册，商务印书馆，1983，第 521 ~ 586 页。

② （唐）杜淹：《文中子世家》，《全唐文》第 135 卷，亦见《中说》附录。

③ 引文均见《文中子世家》。

④ （唐）薛收：《隋故征君文中子碣铭》，《全唐文》第 133 卷。

⑤ 仍见薛收《隋故征君文中子碣铭》。

托古明义，开物垂训，以挽救时局之弊。王通著书讲学成就斐然，据其弟王绩《游北山赋并序》："续孔子六经近百余卷，门人弟子相趋成市，故溪今号'王孔子之溪'。"又曰："此溪之集门人常以百数。"① 当时行走门下者均为一时俊彦，《中说》还记录了门人分别传习所得：

> 门人窦威、贾琼、姚义受《礼》，温彦博、杜如晦、陈叔达受《乐》，杜淹、房乔、魏徵受《书》，李靖、薛方士、裴晞、王珪受《诗》，叔恬受《元经》，董常、仇璋、薛收、程元备闻《六经》之义。②

而令人惊叹的是，一批开创大唐盛世的初唐名臣，如房玄龄、魏徵、杜如晦、窦威、陈叔达等人也出入其门下，王绩《游北山赋并序》有所谓"坐门人于廊庙"，诸人向王通请益问学，言论均载在《中说》。由此，王通所居之地成为当时学术重镇，薛收形容讲学盛况"拟河汾于洙泗矣"③，《游北山赋并序》也回忆："山似尼邱，泉疑洙泗。"以孔子讲学的山东洙泗之地相比，毫不逊色，于是形成了后世所谓"河汾之学"。

王通家族先世为太原王氏，定居于祁，所以王通自称"我周人也。家本于祁。"④ 王通九世祖王寓永嘉之乱时随晋室南迁，再传至王秀，生二子，长子王玄谟，为南朝名将⑤，次子王玄则，即是王通六世祖。王玄谟、玄则兄弟一文一武，"元谟以武略升，元则以儒术进"，备极出色，但《文中子世家》记玄则曾经感叹："先君所宝者礼乐，先师不学者军旅，兄何为哉！"对于名将长兄并不以为然。王玄则自己则是"究心道德，博考经籍"，曾著《时变论》六篇，"言化俗推移之理"⑥，仕于南朝刘宋为太仆、

---

① （唐）王绩：《游北山赋并序》，韩理洲点校《王无功文集》（五卷本会校）第1卷，上海古籍出版社，1987，第1～29页。又见《全唐文》第131卷。

② 《中说·卷十·关朗篇》，第576页。

③ （唐）薛收：《隋故征君文中子碣铭》。

④ （唐）杜淹：《文中子世家》，王姓据说出于周灵王太子晋，因此王通以周人自居。参见郑樵《通志》："王氏，天子之裔也。所出不一，有姬姓之王，有妫姓之王，有子姓之王，有虏姓之王。若琅邪、太原之王，则曰周灵王太子晋，以直谏废为庶人。"（《通志·卷二十八·氏族略第四·以爵为氏》），第469页。

⑤ 《宋书》卷七十六有王玄谟传，其父王秀早卒，并无一字提及王玄则。《宋书》及《南史》亦均未提及王玄则。

⑥ 《中说》第一篇《王道》，文中子开篇即叙述王玄则以下历代祖先"未尝得宣其用，退而咸有述焉，以志其道也"。王玄则：《时变论》六篇即据此记载，第525页。

国子博士，于是“大称儒门，世济厥美”，“江左号为王先生”。[①]

王通五世祖王焕，《中说》称“江州府君”，著有《五经决录》五篇。[②] 四世祖王虬，《中说》称“晋阳穆公”，有《政大论》八篇。此时王氏家族又经历了天翻地覆的变化；适逢南朝宋、齐两代政权递嬗，王虬痛心于萧道成灭宋篡立，“耻食齐粟”，因而弃南投北，王绩《游北山赋并序》有曰：“穆公感建元之耻，归于洛阳。”当时是齐建元元年、北魏孝文帝太和三年（公元 479 年），于是王氏一族又从南方回到了北地。王虬北归后曾任并州刺史，定居河汾。由《中说》观点来看，王虬奔魏是一件对北魏发展有深刻影响的重要事件，《文中子世家》称：“有大功于生人”，《中说》记曰：

> 子曰：“穆公来，王肃至，而元魏达矣。”阮逸注：……（二人奔魏）并魏孝文帝时也。虬为晋阳太守，肃为平南将军，皆预国政，虬累荐肃，肃制典章律令，故曰达矣。[③]

据此，王虬在北魏一朝的分量不逊于王肃，北魏因二人来归才能腾“达”兴旺。《中说》附录《录关子明事》详载其事：“以孝文有康世之意，而经制不立，从容闲宴，多所奏议，帝虚心纳之。”[④] 据此，王虬成为魏孝文帝智囊之一，参与的潜谋秘策包括推动汉化、迁都洛阳、重用王肃等；可惜孝文帝天不假年，王虬厚望终未达成。王通曾祖为王彦，曾任同州刺史，《中说》称之“同州府君”，著有《政小论》八篇。王彦是一位琴人，他的抚琴事迹载在北宋朱长文《琴史》之中，拙作《北朝之琴》一文曾有讨论。王通祖父名王杰，《中说》称“安康献公”，著有《皇极谠义》九篇，父王隆，称“铜川府君”，著有《兴衰要论》七篇。

据考订，王通父王隆有子七人，王通行三，其兄长之中被称为“芮城府君”者，可能即是传奇小说《古镜记》的作者王度。[⑤] 排行第四的是

---

① 本段引文除另有注解，均出于杜淹著《文中子世家》。

② 仍见《中说·卷一·王道篇》，第 525 页。以下王通祖先作品均根据《王道篇》，不一一加注。

③ 《中说·卷七·述史篇》，第 560 页。

④ 参见《中说》附录《录关子明事》，第 582 页。本篇虽不无夸饰之处，但乃王通之子王福畤所作，记载王氏家族历史当有可信之处。

⑤ 王度曾任御史、著作郎、河东芮城令等职，约卒于大业末、武德初。尹协理《王通论》即断定所谓王通长兄的“芮城府君”即是王度。

“太原府君”王凝，字叔恬，在《中说》里频频出现，学者推断《隋书》所以不为王通立传，正是因为贞观初王凝弹劾侯君集，得罪了皇后之兄长孙无忌太尉，王氏兄弟因而备受压抑。[①] 王通五弟唐初诗人王绩，字无功，号东皋子，雅善鼓琴，也被收入朱长文《琴史》之中。王通有子三人，幼子福畤，生王勃（公元650～676年），为初唐四杰之一。

以上简要讨论王通家族。据《游北山赋并序》，王通著作不下百余卷，但传世仅《中说》十卷，其内容或有夸饰，可以确定的是，王绩称其家“人多高烈，地实儒素”，王通、王绩兄弟均自称“吾周人也”，这不仅是出身地望，也暗示了家族继承周公孔子道统的志业，本文叙述显示了其家族的儒学传统，为其家族士族琴与儒士琴的出现奠立了良好基础。

二　援琴切切、忧心悄悄——重雅不重声的《荡》之什

朱长文《琴史》是现存最早的琴史之作[②]，其书卷三之末、卷四前半魏晋南北朝收录琴人三十余人，这些琴人之间明显具有“士族”的纽带连结。其中有以家族合传形式出现的，如三阮（阮籍、阮咸、阮瞻），三戴（戴逵、戴勃、戴颙），均为父子叔侄兄弟关系。也有同一家族各自独立为传的，如琅玡王氏有王子猷（其实包括了王徽之、王献之，及其父王羲之）、王微（包括其侄僧佑）、王僧虔，陈郡谢氏有谢安、谢庄，河东柳氏有南朝的柳世隆、柳恽父子合传，北朝的柳远独自立传。太原王氏则有王彦、文中子王通、东皋子王绩三人分别各自立传。类此一族多人能琴的状况，其实表露了南北朝以琴为士族子弟家庭教育的风尚，反映了以琴代表家教学养的价值观，每一位著名琴人背后可能还隐藏了家族中其他众多习而不精的琴人，如颜之推所说：“衣冠子孙，不知琴者，号有所阙。”[③] 若此即是个人提出“士族琴”观念的重点所在，因此，王彦、王通、王绩三人可谓是太原王氏“士族琴”的代表，因而为朱长文《琴史》所收录，以

① 早在阮逸序《文中子中说》已提出“为长孙无忌所抑”的说法，完整讨论可见邓小军《〈隋书〉不载王通考》《四川师范大学学报》（社会科学版），1994年第3期，第77～84页。

② （宋）朱长文：《琴史》，《故宫珍本丛刊》第465册，海南出版社，2001，又见《景印文渊阁四库全书》第839册，商务印书馆，1983。

③ 王利器：《颜氏家训集解·卷七·杂艺》，明文书局，1982。

下本文将聚焦讨论此三人的琴艺。

王彦（同州府君）弹琴之事载于《中说》，卷十《录关子明事》对于王彦弹琴有如此形容：

> 景明四年（503年），同州府君服阕，援琴切切然，有忧时之思。子明闻之，曰："何声之悲乎？"府君曰："彦诚悲先君与先生有志不就也。"①

在此，首先须注意的是，王氏身为儒学世家，居丧谨守礼法，不应琴歌自娱，因此文中特别指明，王彦是在为父亲王虬守孝"服阕"后才援琴操缦。所谓"有志不就"，即是上文所述王虬奔魏，佐魏孝文帝汉化一事，不幸魏孝文帝大业未成中道驾崩，王虬随即赍志以殁。魏孝文帝卒于太和二十三年（公元499年），次年（公元500年）王虬殁，此时景明三年（公元503年）正是父母三年之丧期满之时。王彦思及父亲由南返北，毕生志业无法舒展，不由得"援琴切切"，引发了与其师关子明的一番讨论。在此，援琴切切的忧时悲声，远不止于一般遣兴娱情的作用，所谓"有志不就"，也不止于王虬个人进退出处有志难伸的伤怀，而是延展到了对于魏孝文帝汉化未成、胡汉交融难得、南北对峙依旧等文化政治议题的忧心，琴声切切更深刻地展现了对时事世局全面的关切。一方面王彦的琴艺深度应已超越了以琴写景、以琴寄情的层次，而达到了以琴言志，甚至与听者相互以琴会心的阶段。另一方面，王通家族具有一脉相承的儒学家风，王虬所作《政大论》言"帝王之道"，王彦所著《政小论》言"王霸之业"②，抚琴切切即是忧心其父"有志不就"，其寄意之所在显然是以天下国家为己任，正是本文所谓"儒士琴"的表现。

王通擅琴，在《中说》中多有记载，卷一《王道篇》有曰：

> 子在长安，杨素、苏夔、李德林皆请见。子与之言，归而有忧色。门人问子，子曰："素与吾言终日，言政而不及化。夔与吾言终日，言声而不及雅。德林与吾言终日，言文而不及理。"门人曰："然则何忧？"子曰："非尔所知也。二三子皆朝之预议者也，今言政而不

① 先君是王虬，先生则是王彦的老师关朗字子明，第583页。

② 《中说·卷一·王道》，第527页。

及化，是天下无礼也；言声而不及雅，是天下无乐也；言文而不及理，是天下无文也。王道从何而兴乎？吾所以忧也。”门人退。子援琴鼓《荡》之什，门人皆沾襟焉。

王通在长安，殆指文帝仁寿元年（公元601年）举秀才时，一时名动公卿，大臣不惜纡尊降贵来拜。从音乐的角度看，此处最值得注意的人是“言声而不及雅”的苏夔。苏夔出身北朝世家，其父苏威为隋文帝时宰相，被视为隋初权势最大的官员之一。[①] 苏夔原名哲，因为善钟律，苏威特别将他的名字改为与中国最古老的乐官“夔”同名。苏夔爱好音乐，锋芒毕露，“尤以钟律自命”，曾撰写《乐志》十五篇阐述理念。[②] 开皇乐议时，与郑译同领风骚，主导了当时论乐的方向，甚至引发朝廷政争，开皇十二年（公元592）包括苏威在内的百余官员因获罪而贬官。[③]

以上数据有两点必须讨论，首先，年轻的王通对于宰相之子的苏夔批评极为锐利。所谓“言声而不及雅”，在此“声”可以代表片断零散的乐曲或乐段，但更可能代表的是声律。如上所论苏夔特善钟律，开皇乐议的论辩重点就是乐律之学，包括标准音高的订定、音阶形式的确立，是旋宫转调或“黄钟一宫”等议题，这是苏夔一生心血所萃，却也因此饱受抨击责难，与王通交谈时话题聚焦于此是可以想见的；但王通所关心的，迥非声律音高等局部枝微末节，而是全面雅乐体系的建构。二人观点大相径庭，王通因而有“言声而不及雅，是天下无乐也”的感慨。其次，王通认为“天下无礼、无乐、无文”，“王道从何而兴?”和曾祖王彦一样忧心切切，于是抚琴自遣，“援琴鼓《荡》之什，门人皆沾襟焉”。如众所知，《荡》出于《诗经·大雅》，《诗序》曰：“《荡》，召穆公伤周室大坏也。厉王无道，天下荡然无纲纪文章，故作是诗也。”[④] 诗中假托周文王感叹商

① 苏威与高颎、杨素同被视作隋初最有权势的官员，参见《剑桥中国隋唐史》第二章《隋朝——开国者隋文帝及其辅弼大臣》（中国社会科学出版社，1990，第71页）。

② 苏夔资料参见《隋书·卷四一·苏威，子夔》《北史·卷六三·苏绰·威·子夔》。

③ “开皇乐议”是中国音乐史上的重大争议，牵涉了南北朝三百年胡乐大举进入中国之后，胡乐与华夏旧乐应如何调适融合等问题。个人博士论文《隋唐西域乐部与乐律研究》（台大中文研究所博士论文，1991年6月）即有专章讨论，其后又有单篇专著《隋代开皇乐议研究》，（《新史学》，中研院史语所，1993），第1～42页。经反复思考后，又从政治及文化变迁角度，撰写《中古长安，音乐风云——隋代“开皇乐议”的音乐、文化，与政治》，收入《西安，都市想象与文化记忆》（北京大学出版社，2009），第152～181页。

④ 《十三经注疏·毛经正义》第81卷。

纣倒行逆施，其实是讥刺周厉王无道。王通援琴鼓《荡》之什，感伤于振兴王道的想望不可实现，更深刻的涵义，岂非对于隋文帝开创帝国大业的全盘否定？《荡》为诗篇，王通抚琴自伤，可能只是“弦歌之”[①]，并非具备一定旋律指法技巧的专属琴曲，虽然如此，由“门人皆沾襟”的反应看来，王通抚琴的情感是非常深沉饱满的，所以令人动容。

王通以“续诗书，正礼乐，修元经，赞易象”为志[②]，琴是“乐”的一部分，因此我们也不可不对王通看待“乐”的问题略作探究。据杜淹《文中子世家》，王通撰作《乐论》二十篇，列为十卷，其书今已失传，但王通论乐的言谈在《中说》里仍可得而见。王通曾自言他处理礼乐的基本原则：

> 子曰：“吾于礼乐，正失而已。如其制作，以俟明哲。”（《礼乐》卷六）

王通论乐，仅是指正前人之失，而不实际下手参与制作。阮逸注曰：“正礼乐沿革之文而已。”可见他仅处理上层礼乐思想、雅乐体系等问题，而不涉及音乐的创作演奏层面，因此对执著于声律小道、忽略雅乐大旨的苏夔大感不以为然。相对于苏夔“言声不及雅”，王通可谓“重雅不重声”。

王通又提出“吾于礼乐也，论而不敢辩”。[③] 他对于礼乐的态度是可以讨论，不可辩驳。由于《乐论》散佚不传，究竟何谓“论而不敢辩”我们实在无从细究，但可以确定的是，因为“论而不敢辩”，王通对于乐的意见相对保守，大抵承袭了《乐记》的观念，这点由现存《中说》议论灼然可见。首先，他一直以礼乐为一体，肯定《乐记》礼乐偕配、以礼统乐的精神，音乐在他的思想体系中是欠缺独立的位阶与价值的。其次，王通所谓的乐的内涵是以雅乐为主，除了批评苏夔“言声不及雅”，也曾批评“乐官不达雅”。[④] 再次，王通也认同《乐记》“夫乐者象成者”的意见，一再强调礼乐是施政的最高层次，王者施政的终极境界。他对于房玄龄、

---

① 有关“弦歌”之说参见王小盾《隋唐五代燕乐杂言歌辞研究》第六章《琴歌》（中华书局，1996），类似意见也见于氏著《胡笳十八拍和琴歌》（《古典文学知识》1995 年第 5 期，第 102 ~ 108 页）。但“弦歌”实际的操作方式，琴与诗如何配合，其实仍有诸多难明之处。

② 薛收：《隋故征君文中子碣铭》。

③ 《中说·卷三·事君》，第 539 页。

④ 文中子曰：“诸侯不贡诗，天子不采风，乐官不达雅，国史不明变。呜呼！斯则久矣。《诗》可以不续乎？”（《问易》第 5 卷），第 552 页。

李靖、魏徵、温大雅等初唐名臣均有所品评，认为他们“不减卿相，然礼乐则未备”。[①] 虽然才德可至卿相之位，但仍无法施行礼乐之教。此中原因，可能因为诸人能力不足，也可能诸人眼光见识不足以了解礼乐是为政精髓，更可能是当时久乱初定，时势环境尚不足以“备礼乐”。在王通的思想体系之中，礼乐是为政的登峰造极，礼乐的成就不能依赖一般的政令管理，而是来自于“王道”的践履，《中说》对于此点多所着墨。[②]

王通也认同《乐记》所谓“声音之道与政通”、“审音知政”的见解，其中一例见于卷四《周公》：

> 子游太乐，闻《龙舟》、《五更》之曲，瞿然而归。曰：“靡靡乐也，作之邦国焉，不可以游矣。”

何谓《龙舟》《五更》，多数标注版本均标为《龙舟五更》，视为一首乐曲，其实是《泛龙舟》《五更转》二首乐曲的省称。据《隋书·音乐志》载炀帝时“大制艳篇，辞极淫绮，令乐正白明达造新声”。所作乐曲之中就有《泛龙舟》一曲，此曲流传至唐，崔令钦《教坊记》中杂曲、大曲均有列名。[③]《五更转》见于《乐府诗集》相和歌词，郭茂倩收入陈朝伏知道的作品《从军五更转》五首，注“盖陈以前曲也”。[④] 由时间来看，

---

① 《中说·卷二·天地》，第530页。

② 例如卷一《王道》载王通曰：“化至九变，王道其明乎？故乐至九变，而淳气洽矣。”卷二《天地》曰：“王道之驳久矣，礼乐可以不正乎？”都是将礼乐与王道紧密连接。卷三《事君》载房玄龄问事君之道，又问化人之道，王通均一一作答，接着房玄龄问礼乐，王通回答：“王道盛则礼乐从而兴焉，非尔所及也。”显然礼乐的位阶比事君、化人更重要。又卷七《述史》温大雅问如何为政。王通回答：“仁以行之，宽以居之，深识礼乐之情。”温大雅又连续请问：“敢问其次。”最明白的例子见于《魏相》卷八，记载隋炀帝南巡为宇文化及所弑，王通十分伤感，曰：“道废久矣，如有王者出，三十年而后礼乐可称也，斯已矣。”三十年指的是“十年平之，十年富之，十年和之，斯成矣。”王通认为“乐以和”，可见必须到施政的第三阶段礼乐发挥功能，“斯成矣”。这些问答都说明王通认定礼乐是施政的最上层。

③ 见任二北《教坊记笺订》（中华书局，1962）第71及155页；任二北《唐声诗》（上海古籍出版社，1982），第559~567页；丘琼荪《法曲》，第28页；〔日〕林谦三：《隋唐燕乐调研究》，第160页。以上二书均收入《近古文学概论等三书》（鼎文，1974）。诸书对于《泛龙舟》均有讨论，此曲迄今仍保留在日本，是公认隋世代表性乐曲。

④ （宋）郭茂倩：《乐府诗集》卷三三（里仁书局，1980），第491页。《五更转》广泛见于敦煌歌辞之中，又见任半塘《敦煌歌辞总编》（上海古籍出版社，1987）卷五《杂曲定格联章》，其中有十二套《五更转》，第1225页起。

《泛龙舟》是隋炀帝新制艳曲，《五更转》是南朝清商，隋平陈之后才流传北方，与王通时代正相合。但细考王通生平，自隋文帝仁寿末年决定退居河汾，讲学著述之后，并无数据显示王通曾经再度造访长安，又如何能在太乐聆听炀帝时新创乐曲《泛龙舟》呢？《中说》类此年代错乱与史不侔之处，所在多有，也有众多研究指陈历历，对此笔者无法解释，仅能阙疑。

然而，不论王通是否有机会聆听这两曲，本段资料的重要性在于王通的聆听与认知方式。王通以为《泛龙舟》《五更转》是“靡靡之乐”，语出《史记·殷本纪》，纣王为了取悦妲已，“于是使师涓作新淫声，北里之舞、靡靡之乐”。因而“靡靡之乐”即是亡国之音的代表，《泛龙舟》《五更转》两曲在音乐上如何造就“靡靡”风格无关紧要，一旦太乐演奏此曲，就表示官方音乐主管机构已非“雅正之声”的维护者，甚至让有“亡国之音”疑虑的乐曲登上庙堂[①]，这才是让他痛心疾首，“瞿然而归”的原因。就个人研究，王通对于《泛龙舟》的反对代表他不接受“以胡入雅”，对于《五更转》的反对代表他不接受“以俗入雅”[②]，不过压上了一顶“亡国之音”的大帽子罢了，这是在行动上体现了“审音知政”的理念。

本段讨论王彦、王通的琴学实践，兼及王通的礼乐观念及其对于《乐记》的承袭。《中说》形容王彦“援琴切切”，李祥霆分析唐代古琴演奏美学，提出“琴声十三象”，其中第八象为“切”，意即“真切、亲切、贴切”[③]，其实是指演奏者情感深厚，对于琴曲把握深刻，以致琴音深切感人，如王彦之琴正是如此，王通演奏《荡》之什，门人闻之涕下沾襟亦是如此。其实，王通的音乐观是“重雅不重声”，所谓技巧讲究、乐曲诠释，大概都不是他最在意的，只有源于儒家知识分子的使命感，对于天下生民的责任感充塞心间，使得他选择了《荡》以寄寓动荡士途的忧心。这是以琴为话语策略，表达自我的媒介，正是常见于士族琴的手法，而其深刻充溢的情感自然由指间流露，援琴切切，忧心悄悄，却都不是为了一己之私，也正是儒士琴最重要的特征啊！

---

① 《泛龙舟》为乐工白明达所作，太乐演奏此曲，理所当然。文帝平陈之后，认为南朝清商是“华夏正声”，叹曰：“非吾此举，世何得闻？”于是在太乐设立“清商署”以掌理南朝清商之曲，当然太乐演奏《五更转》也是为所当为的。

② 有关“以胡入雅”“以俗入雅”的概念，参见拙作《唐代乐舞新论》（北京大学出版社，2004）《绪论》一章。《泛龙舟》为胡人乐工白明达所作，南朝清商历经演变已吸收了不少南朝俗乐，因此有“以胡入雅”“以俗入雅”的问题。

③ 李祥霆：《唐代古琴演奏美学及音乐思想研究》，文建会，1993，第10页。

三 山泽乎？廊庙乎？——有道无位的《汾亭》之操

王通弟王绩在《答处士冯子华书》中说："吾家三兄。生于隋末。伤世掇乱。有道无位。"[①] 事实上，文中子自从文帝仁寿三年献"太平十二策"未获采纳之后，就退居河汾，著书讲学，基本上过的是归隐山林的生活。据资料记载炀帝大业年间曾经二度征召王通，但他拒不赴召，确实可谓"有道无位"。如同南北朝许多隐士，归隐山林生活是少不了琴的，《中说》有如下记载：

> 杨素使谓子曰："盍仕乎?"子曰："疏属之南，汾水之曲，有先人之敝庐在，可以避风雨，有田，可以具馇粥，弹琴著书、讲道劝义，自乐也。愿君侯正身一统天下。时和岁丰，则通也受赐多矣，不愿仕也。"（卷三《事君》）

隐居，其实不仅是一种生活状态，更牵涉了生活方式的选择和价值观的执守。芸芸众生大多一生庸碌，与草木同朽，同样名不见经传，却不能算作"隐士"，因为他们并不曾经历"选择"的过程，只有那些有机会有能力选择的，才能在"仕"与"隐"、"进"与"退"之间做出取舍，从而彰显自我的意志与信守的价值观。在此，杨素提问"盍仕乎"就是给予了选择和说明的机会，家有敝庐田地，衣食无虞，也提供了坚持理想的基础，所以能够选择隐居，以实践"弹琴著书、讲道劝义"的理想。"弹琴"能与著书、讲道、劝义并列，可见其重要性。

在此，王通的隐居其实承袭了儒家的隐逸文化。儒家知识分子以经世济民为已任，"士不可以不弘毅，任重而道远"（《论语·泰伯》），"士志于道、据于德、依于仁、游于艺"（《论语·述而》）。既然"士志于道"，面对"无道"世界，有理想有坚持的知识分子应何以自处？有何对应策略？《论语》于此多有阐述，以下是一段重要叙述：

> 笃信好学，守死善道，危邦不入，乱邦不居。天下有道则见，无

① （唐）王绩：《答冯子华处士书》，《全唐文》第131卷。

道则隐。邦有道，贫且贱焉，耻也；邦无道，富且贵焉，耻也。（《论语·泰伯》）

孔子确立了“天下有道则见，无道则隐”的隐逸原则。当面临“天下无道”，政治昏暗、社会动荡，知识分子就应该洁身远蹈，践履“无道则隐”的人生原则，隐居不但是生活方式的选择，也是人生价值观的表露。孔子曾经反复指陈：“贤者辟世，其次辟地，其次辟色，其次辟言。”（《论语·宪问》）“邦有道则仕；邦无道，则可卷而怀之。”（《论语·卫灵公》）所论都是无道世界里，有道士人的生存问题。坚持退隐，卷怀辟世，看来不仅是全身远害的个人抉择，更有横眉冷对乱世以维护所坚持的“道”的积极性在内。上文回答杨素，已显示了以“弹琴著书、讲道劝义”抗衡于“统天下”的“君侯”的对立意识，所谓“以道抗势”。[①] 此种隐退，是为了理想、为了所志之道，出于自觉意识的选择，这应是文中子隐逸的核心思想，道的坚持成为隐逸的重要依据，关于此，《中说》有一段与弹琴有关的生动记载：

子游汾亭，坐鼓琴，有舟而钓者过，曰：“美哉琴意。伤而和，怨而静，在山泽而有廊庙之志。非太公之都磻溪，则仲尼之宅泗滨也。”子骤而鼓《南风》。钓者曰：“嘻，非今日事也。道能利生民，功足济天下，其有虞氏之心乎？不如舜自鼓也。声存而操变矣。”子遽舍琴，谓门人曰：“情之变声也，如是乎？”起将延之，钓者摇竿鼓枻而逝。门人追之，子曰：“无追也。播鼗武入于河，击磬襄入于海，固有之也。”遂志其事，作《汾亭操》焉。[②]

王通抚琴于汾亭，有扁舟钓客经过[③]，称赞琴声悲伤不失温和之致，哀怨不离沉静之风，鼓琴者虽是山野之士却志在天下社稷，其人不是在磻溪垂

① 参见刘方《宋型文化与宋代美学精神》第八章《隐逸的两种类型》，巴蜀书社，2004。

② 《中说·卷六·礼乐篇》，第556页。

③ 这段话立刻令人联想到孔子击磬，《论语·宪问》载：“子击磬于卫，有荷蒉而过孔氏之门者，曰：‘有心哉，击磬乎。’既而曰：‘鄙哉，硁硁乎。莫己知也，斯已而已矣。深则厉，浅则揭。’”以磬石“硁硁”形容孔子坚持自我，不阿谀曲从。王通《中说》有许多记载场景与《论语》颇为神似，此处即为一例，又如卷五《问易》记：“董常死，子哭之，终日不绝。”董常犹如文中子门下的颜渊。《中说》沿袭（甚至模仿）《论语》值得分析，因与本文无关，不暇多论。

钓的姜太公，就是居于泗滨的孔子。在此，琴声表露的是身在江湖、心存朝廷的贤相之心。须知姜太公后来出山辅佐周武王，奠定周朝八百年江山，而孔子一直期待“沽之哉！沽之哉”有机会致君尧舜，两位都是隐而待仕、退而后进，王通的琴声，反映了他虽然隐居在野，其实仍有辅佐王道的一腔热血。接着王通改抚一曲《南风》，这本是虞舜的琴曲，钓者也立刻听出了曲中蕴含的匡时济世的圣王之心，钓者立刻的反应是“非今日之事”，这已非尧舜上古太平之世了，王通抚琴虽志在虞舜，但终究“不如舜自鼓也”，声（旋律）虽犹存，操（曲风）则已变矣。王通对于钓者所评“情之变声”甚有感触，于是就创作了新曲《汾亭操》以寄意。《汾亭操》今已不传，王绩《答冯子华处士书》曾载：“吾家三兄……作《汾亭操》，盖孔子《龟山》之流也。吾尝亲受其调。颇为曲尽。”[①] 据蔡邕《琴操》，孔子作《龟山操》“伤政道之陵迟，闵百姓不能其所”。[②] 然则《汾亭操》琴曲所描绘的也是类似政道陵夷，仿佛季氏专政、龟山蔽鲁的伤感。

由这段资料看来，王通能抚琴、能作曲确然无疑，但本段王通抚琴的记述却不无可疑之处。如众所知，琴的音量甚小，王通在岸上亭中抚琴，河里舟中能够纤芥不遗地听清楚吗？舟中钓者不过自言自语，岸上众弟子也能一一理会吗？撇开这种现实状况的质疑，这段记载首先表现了大环境是乱世，即使能弹古代圣王之曲如《南风》，能存古代圣王之心如虞舜，但时移世易，琴曲的风格仍难以复制圣王格调。王通认为舟中钓者如同春秋时期“播鼗武”“击磬襄”[③]，也暗示了时局多乱，贤人多隐，犹如礼坏乐崩，乐人奔散的东周。回映上文所论知识分子对于隐逸的选择，本则记载其实表现了王通踌躇于仕隐之间的矛盾。现实生活中虽选择了隐逸，内在思维却念念不忘王道；由《中说》记载王通与门生讲学论道的言谈，可说王通时刻未曾忘怀礼乐治平的理想，也从未达到归隐山林的逍遥自适。

---

① （唐）王绩：《答冯子华处士书》，《全唐文》第131卷。

② 《龟山操》者，孔子所作也。齐人馈女乐，季桓子受之，鲁君闭门不听朝。当此之时，季氏专政，上僭天子，下畔大夫，圣贤斥逐，谗邪满朝。孔子欲谏不得，退而望鲁。鲁有龟山蔽之，辟季氏于龟山，托势位于斧柯。季氏专政，犹龟山蔽鲁也。伤政道之陵迟，闵百姓不得其所，欲诛季氏，而力不能，于是援琴而歌云：“予欲望鲁兮，龟山蔽之。手无斧柯，奈龟山何。”见吉联抗辑《琴操（两种）》，《平津馆遗书钞》本，收入《中国古代音乐文献丛刊》（人民音乐出版社，1990）。

③ 见于《论语·微子》：“大师挚适齐，亚饭干适楚，三饭缭适蔡，四饭缺适秦，鼓方叔入于河，播鼗武入于汉，少师阳、击磬襄入于海。”

这种依违于“山泽乎？廊庙乎?”的艰难挣扎，这种身在山泽，心存廊庙的断裂矛盾，是儒家士人“志于道”的理想坚持，也满溢在王通的操缦抚琴及其所作《汾亭操》琴曲里了，《汾亭操》是他的话语策略，这确实是“士族琴”与“儒士琴”的表现。

王通家族还有一位载在《琴史》的琴人，即是初唐诗人王绩（公元590～644年)。他的个性与其兄王通迥异，“性简放，不喜拜揖”，“以周易、老子、庄子置床头，他书罕读也”。深受陶渊明影响，仿陶潜《五柳先生传》作《五斗先生传》，仿《桃花源记》作《醉乡记》。王绩生性好酒，其弟王静问他：“待诏何乐耶?”王绩答：“良酝可乐耳。”其友侍中陈叔达听说，每日送酒一斗，时称“斗酒学士”。因为太乐署史焦革家善酿，因此要求为太乐丞，太乐丞本是乐工之职，自此才有“清流”任职，可见其疏放之一斑。[①]

王绩虽与王通性情不同[②]，但对其“三兄”始终尊重，敬爱之情洋溢于字里行间。[③] 王绩一生“三仕三隐”[④]，最终成了陶渊明式的隐士，但他的隐居方式与王通大异其趣。王通始终弟子环列，著书讲学，劝义重道，而王绩“纵恣散诞，不闲拜揖，糠粃礼义，锱铢功名”。[⑤]“结庐河渚，纵意琴酒，庆吊礼绝十有余年”。[⑥] 完全是一位弃绝人事，纵情恣肆的高人。推究二人隐居生活背后的理念，恐怕也是大相径庭的。王绩不屑功名礼乐，不耐现实烦琐，一味寄情琴酒，很容易让人联想到《庄子·秋水》里那尾情愿曳尾泥涂的乌龟：

> 庄子钓于濮水，楚王使大夫二人往先焉，曰：“愿以境内累矣。”庄子持竿不顾，曰：“吾闻楚有神龟，死已三千岁矣，王以巾笥而藏之庙堂之上。此龟者，宁其死为留骨而贵乎？宁其生而曳尾于涂中乎?”

---

① 以上引文均见《新唐书·卷一九六·隐逸·王绩》，以及吕才《东皋子后序》，《全唐文》第160卷。

② 或以为兄弟二人志趣有儒、道之别，可参见《一门两相龃龉——王通、王绩兄弟不同的研陶取舍》，《九江学院学报》（社会科学版)，2011年第3期，总162期)。然而，王绩生长于儒学世家，仍有深厚的儒学治平之志。只能说，兄弟二人对于儒学的“距离”有远近之别罢了。

③ （唐）王绩《答程道士书》：“吾家三兄，命世特起，光宅一德，续明六经。吾尝好其遗书，以为匡时之要略尽矣。”可见王绩对其兄的敬重。见韩理洲点校《王无功文集》（五卷本会校）卷四，上海古籍出版社，1987，第157～159页。

④ 参见李海燕《王绩仕隐情结新解》，《求索》2012，第188～190页。

⑤ （唐）王绩：《答冯子华处士书》，《全唐文》第131卷。

⑥ （唐）吕才：《东皋子后序》，《全唐文》第160卷。

如果说王通所遵循的儒家隐逸范式是“士志于道”“无道则隐”，那么，王绩更倾向于庄子的隐逸范式，宁可曳尾泥涂逍遥而生，不愿置诸庙堂庄重而死，追求的是生命的绝对自由。

王绩对于琴的爱好更甚于王通，他在《游北山赋并序》自陈：“性嗜琴酒，得尽所怀，幸甚幸甚。”王通不但能弹琴，也能创作新曲，好友吕才作《东皋子后序》，提到王绩“雅善鼓琴，加减旧弄，作《山水操》，为知音者所赏”。[①] 所谓“加减旧弄”大约是改编修订而为新曲，曲名《山水操》，如果不是另有寄托，然则似乎表露他的生活意趣是“在山水之间也”。王绩也曾自述个人试琴、弹琴的情形：

> 裴孔明……自作素琴一张，云其材是峄阳孤桐也，近携以相过，安轸立柱，龙唇凤翮，实与常琴不同。发音吐韵，非常和朗。吾家三兄，生于隋末，伤世搂乱，有道无位，作《汾亭操》，盖孔子《龟山》之流也。吾尝亲受其调，颇为曲尽。近得裴生琴，更习其操，洋洋乎觉声器相得。今便留之，恨不得使足下为钟期，良用耿耿。

王绩之友裴生自作素琴一张，材质甚美，带来给王绩“安轸立柱”，此琴音色“和朗”，王绩以此弹奏王通所作《汾亭操》，觉得“声器相得”，希望有机会也弹给冯子华听。这一段简单叙述可以理解王绩弹琴的状况：（1）王绩在一定程度上可能通晓制琴之法，能够“安轸立柱”，制琴的朋友如裴生也会拿琴的半成品来跟他交流。（2）王绩弹琴曾经亲受王通指导，《汾亭操》也是跟王通学的。（3）王通的琴艺必然有相当造诣，所以还能虑及琴曲与音色的谐配，“和朗”的音色大概比较适合《汾亭操》这类儒家忧时的情怀，所以“洋洋乎声器相得”。这类叙述说明琴在王绩生活中大概是相当重要的一部分，以下王绩诗可为例证：

> 月照山客，风吹俗人。琴声送冷，酒气迎春。闭门常乐，何须四邻。（《郊园》44 页）[②]
>
> ……鹤警琴亭夜，莺啼酒瓮春。颜回惟乐道，原宪岂伤贫。……（《被征谢病》45 页）

---

① （唐）吕才：《东皋子后序》，《全唐文》第160卷。

② 以下所引诗句均出自韩理洲点校《王无功文集》（五卷本会校），页数附在各篇诗题后。

……酒中添药气，琴里作松声。……（《山中独坐》64 页）

……琴曲唯留古，书名半是经。……（《山园》73 页）

抱琴欲隐去，杖策访幽潜。……（《寻苗道士山居》75 页）

……薄暮归来去，松丘横夜琴。（《山中采药》76 页）

……抱琴聊倚石，高眠风自弹。（《山家夏日九首》86 页）

……纵横抱琴舞，狼藉枕书眠。……（《春夜过翟处士正师饮酒醉后自问答》110 页）

这些例子可见琴在王绩生活中的重要性，最常结为良伴的，就是琴与书、琴与酒的组合，琴也或出现在山水之间，与松声奇石共响，表现了徜徉自然山野的闲散之趣。更值得注意的是以下几首诗：

促轸乘明月，抽弦对白云。从来山水韵，不使俗人闻。（《山夜调琴》65 页）

……《幽兰》独夜清琴曲，桂树凌云浊酒杯。……（《北山》206 页）[①]

……卷书藏箧笥，移榻就园林。老妻能劝酒，少子解弹琴。……（《春晚园林》52 页）

《山夜调琴》写王绩月下抚琴，“从来山水韵”，或者即是王绩“加减旧弄”自创的《山水操》。《幽兰》自北魏起已是颇受欢迎的曲目，王绩显然也能弹奏此曲，有趣的是，“老妻能劝酒，少子解弹琴”一句，显示稚子已能弹琴娱乐老父，让王绩颇为得意，可见王氏子弟确有自幼习琴之例，琴是王氏子弟家教才艺的一部分，即是所谓“士族琴”的重要特征之一。

本段讨论王通《汾亭操》及王绩的琴艺概况。由《汾亭操》虽在山泽不忘廊庙，可见王通依违挣扎于身体的隐遁山林及心灵的志道不改，这即是儒士琴切切动人之处。王通与王绩兄弟相形之下，似乎也有山泽与廊庙的对立，王绩之琴萧闲散淡，与儒士琴的距离当然就远多了。

结 论

本文研究太原王氏王通家族之琴，以隋唐之际为中心，认为王通家族

① 此诗收在《王无功文集·补遗》韩理洲校曰：“卷一游北山赋有与此诗略同的八句，颇疑后人据赋改写。”

之琴代表了“士族琴”及“儒士琴”的末流余绪。在研究王通之时，首先须面对王通《中说》真伪等问题。《中说》犹如王氏家史，当然不免揄扬祖先，溢美过度。但仅以音乐而言，《中说》重视礼乐，却只字未提隋文帝时震动朝野，讨论雅乐体系的“开皇乐议”；也不知隋文帝平陈，为取法南朝清商乐以充实隋世雅乐而设的清商署；更对隋代在北周基础上，承袭《周礼·大司乐》观念，为统理胡乐而设的七部乐毫无所悉。为何王通对于上述这些大乱之后试图制礼作乐，与儒学密切相关的事件懵然无知，实在令人不解，或许只能以王通退居河汾，与长安政局隔绝来解释了。以上疑问并不影响本文研究王通家族之琴，但疑问既然存在，因此仍需负责地指出。

北朝胡乐流行，所谓“琵琶及当路，琴瑟殆绝音”，但据个人研究，北朝仍不乏琴人，特别是饱受儒学熏陶的世家，王通之家出身太原王氏，王绩《游北山赋并序》自叙其家：“地实儒素，人多高烈”，王通叔辈王珪也说：“世习《礼》《乐》，莫若吾族。”其家族正是世代相传的儒学世家，表现在琴上，也是典型的儒士琴与士族琴。

大体而言，本文有如下创获：（1）王通家族为士族琴代表，由朱长文《琴史》一门三琴人，及王绩“少子解弹琴”等诗句可以获得确证，王氏诸琴人均以琴表彰个人心志，作为话语策略，更为士族琴特征。（2）王彦“援琴切切”，惋惜其父辅佐魏孝文帝“有志不就”，王通继承《乐记》的礼乐观“重雅不重声”，因“王道不兴”而鼓《荡》之什，如此以天下为忧即是“儒士琴”的特色。（3）王通处身山泽，不忘廊庙；这种隐居在野却心存天下的矛盾表现在《汾亭操》，也是儒士琴明显的表现，但性好琴酒、崇拜陶渊明的王绩之琴就难以称为儒士琴了。

本文认为“士族琴”及“儒士琴”的传承至隋末唐初已日薄西山，王通家族之琴可能是最后的余音。《隋书·乐志》载隋文帝时龟兹之乐“其器大盛于闾闬”，当时众多著名乐工“妙绝弦管，新声奇变，朝改暮易，持其音技，估衒王公之间，举时争相慕尚”。王公贵族子弟风靡于胡乐，琴学传统仅存于乐工之间，隋末唐初赵耶利即为明显例子。对照于颜之推指陈南朝梁武帝大同（公元 535 ~ 545 年）以前，“衣冠子孙，不知琴者，号有所阙”。那个公卿子弟以弹琴为荣的时代，怕是已经永远过去了。

王维《送元二使安西》歌乐传唱探讨

游素凰（台北，台湾戏曲学院，11464）

摘　要：王维《送元二使安西》以《渭城曲》之名开始入乐歌唱，又名《阳关曲》《阳关三叠》《阳关操》等。其由诗入歌，再由歌入曲，自唐朝迄今一千余年仍传唱不衰。究竟是什么因素，使得王维的《送元二使安西》这一首诗，能够由诗转为歌曲，传唱不辍？本文针对《阳关三叠》之叠法，沿着“叠”唱之脉络，音乐表达之需求，列举不同类别各不同叠法，而产生诸多不同吟唱方式。最后，钻研入歌乐相关问题之探讨。《渭城曲》入歌乐相关问题，拟就语言旋律、用韵设计、歌乐之呈现，以及意境的表达四个层面探讨。发现此曲改编为近代歌乐作品后，有倒字、声情与词情未及兼顾；以西方作曲思维创作，而至语言旋律与音乐旋律未能融合；以及采用西方美声的歌唱方法演唱古典诗词，至咬字不清、吐音不明等情况。此等问题，颇值得关切留意。

关键词：渭城曲　阳关三叠　阳关曲　阳关操　歌乐　语言旋律

作者简介：游素凰，女，香港新亚研究所文学博士、台湾师范大学音乐研究所硕士，现任台湾戏曲学院戏曲音乐学系专任副教授。

前　言

文艺作品之产生，多为抒发作者内心情境或反映社会脉动。其反应或抒发方式，通常深受作者切身遭遇、政治现况与社会潮流影响。王维《送元二使安西》诗作，把深沉的情感，借由平淡的话语，精简的文字，准确生动地抓住事件特点，表达对好友衷心的祝福，自然而然流露出的感人力量，成为千古传诵的诗句。

《送元二使安西》一诗创作年代，因无确切文献资料，推测可能是在王维青年时期为官以后，中年信佛之前的诗作。送元二地点在渭城，而渭城距长安仅三十里，故此诗可能是王维任职长安时期的作品。安西都护府，治所在龟兹城（今新疆库车）。渭城，故咸阳城，汉高祖时更名新城，武帝时更名为渭城，在今西安西北，渭水之南；唐朝时，从长安往西行者，多在此送别。阳关，旧址在今甘肃敦煌西南，因位居玉门关南面，故称阳关，为汉地通西域的关口。

唐朝为拓展疆域，勤于边功，用兵频仍，士兵或官员一旦被派遣西域等边疆区域，即生死难料。当代诗人在封建思想之压迫下，不敢正面地对征戍提出抗议，但目睹此种哀情却又让人愤恨不平，只好把此种哀怨、不满心思发抒于诗文。而王维面对好友外调远方安西都护府，更是无法抑制情绪。从此一别，不知何年何日才能再相逢，生死亦未能卜，这样的送别既沉重又哀怨。王维为表达此种依依不舍之情，在饯别时将这首离别氛围浓厚的《送元二使安西》作赠别。全诗如下：

> 渭城朝雨浥轻尘，客舍青青柳色新；劝君更尽一杯酒，西出阳关无故人。

此诗，因从容自在、情真意挚，且风味别具，而被后人誉为唐人七绝的压卷之作。[①] 其用字简单、平淡、自然，而且口语化。自然流露的对好友衷心祝福之情，动人心弦，因而传唱不绝。明·胡应麟《诗薮》云：

> 初唐绝，“葡桃美酒”为冠；盛唐绝，“渭城朝雨”为冠；中唐绝，“回雁峰前”为冠；晚唐绝，“清江一曲”为冠。[②]

可见，在唐朝时，此诗已广为流传，已是经常被歌唱的送行之曲。由于平易、自然，所以流传千载，仍受喜爱，且是爱不忍释的。李东阳《麓

① （清）王士祯撰《带经堂诗话》，收于《续修四库全书·集部·诗文评类》第 4 卷，上海古籍出版社，据清道光十三年吴江沈氏世楷堂刻昭代丛书甲级本影印原书版，第 17 页。

② （明）胡应麟撰《诗薮》，广文书局影印中央图书馆珍藏善本书稿，第 338 页。

堂诗话》中，对于王维此诗如此说道：

> 作诗不可以意徇辞，而须以辞达意。辞能达意，可歌可咏，则可以传。王摩诘“阳关无故人”之句，盛唐以前所未道。此辞一出，一时传诵不足，至为三叠歌之。后之咏别者，千言万语，殆不能出其意之外。必如是，方可谓之达耳。①

表达诗人对其友人的殷勤劝酒，及离别当下依依不舍的深情，温婉含蓄。故而后人采用“一叠”“二叠”“三叠”的唱法，反复吟唱。纵使至今，仍脍炙人口。

《送元二使安西》以《渭城曲》之名开始入乐歌唱，又名《阳关曲》《阳关三叠》《阳关操》等。其由诗入歌，再由歌入曲，传唱迄今；而究竟是什么因素，使得王维的《送元二使安西》这一首诗，能够由诗转为歌曲，传唱不辍？以下，将就此问题进行探讨。

《送元二使安西》乐曲之流传与演变

（一）曲名之演变

《送元二使安西》乃王维送元二出使安西而作，因诗中送别地点为渭城，故又称《渭城曲》。刘禹锡《与歌者何堪》诗云：“旧人唯在何堪在，更与殷勤唱渭城。”由此诗可知，《送元二使安西》曾称作《渭城曲》。宋秦观云：

> 《渭城曲》绝句，近世又歌入《小秦王》，更名《阳关曲》，属双调，又属大石调。

可知，《渭城曲》因原诗中之地名阳关，又称为《阳关曲》，且已合宫调而歌唱了。再从晚唐诗人李商隐的诗：“红绽樱桃含白雪，断肠声里唱‘阳关’。”从以上可知，唐朝时期，已称作《阳关曲》。

王维此诗，因一时传诵不足，以致为三叠歌之。因此《阳关曲》之歌

① （明）李东阳撰《麓堂诗话》，李东阳著《怀麓堂诗话校释》，李庆立校释，人民文学出版社，2009，第45页。

唱方法，将全曲分三大段，以一个曲调为基础进行变化反复，叠唱三次，故称“三叠”。然传唱至宋代，宋人已不知三叠的唱法，《东坡志林》谓：“旧传《阳关》三叠，然今世歌者，每句再叠而已。若通一首言之，又是四叠，皆非是。”① 从苏轼这段文字，可见《阳关曲》在宋朝有各式叠法，其唱法已有所争议。

而后人又将《阳关三叠》当作乐曲名称，显然是以歌唱法为歌名。元·芝庵《唱论》：“凡唱曲有地所。东平唱《木兰花慢》，大名唱《摸鱼子》，南京唱《生查子》，彰德唱《木斛沙》，陕西唱《阳关三叠》《黑漆弩》。”② 在《阳春白雪集》中，也提及大石调《阳关三叠》。由以上可知，元朝已经有以《阳关三叠》为歌曲名称的《阳关曲》。

除前述《渭城曲》《阳关曲》《阳关三叠》等名称之外，明朝谢琳、杨抡所著《太古遗音》，称作《阳关操》③；清《希韶阁琴瑟合谱》④ 称为《小阳关三叠》；《重修真传》则称《秋江送别》等。再，今人黄永熙⑤之歌乐作品，曲名称作《阳关三叠》；林声翕⑥所编合唱曲，称之为《渭城曲》；河洛汉诗吟唱专家，张薪传⑦老先生，亦称《渭城曲》；当代知名作曲家周文中⑧则有钢琴作品，名之为《柳色新》。类此几种名称，至今大多数仍有人沿用，并不因出现新曲名称而废弃原名，形成“同曲异名”现象。

（二）历代流传概况

《阳关三叠》流传甚广，特别是用于送别的离情场合。其送别对象，也由唐代王维对元二男子送男子之别情，增加为运用在女子送女子，或男

① （宋）苏轼撰《东坡志林》第7卷，王松龄点校，中华书局，1981。

② （元）燕南芝庵：《唱论》，《中国古典戏曲论著集成》第1集，中国戏剧出版社，1959，第161页。

③ （明）杨抡编《太古遗音·阳关操》，中央图书馆影印（明）金陵杨氏刊本，盘式缩影卷片资料。

④ （清）《希韶阁琴瑟合谱》，清光绪年间刊本，黄晓珊辑。

⑤ 黄永熙（1917～2003）的作品《阳光三叠》《怀念曲》《斯人何在》等艺术歌曲，脍炙人口，传唱至今。参杨兆祯编《中国艺术名歌选》第1集，文化图书公司，1987，第143～145页。

⑥ 林声翕（1914～1991）跟从萧友梅习和声，随黄自习作曲。《渭城曲》参见《林声翕作品全集·歌乐篇》，乐韵出版社，1993。

⑦ 张薪传老先生，精研河洛汉诗，前台北文山吟社社长，热心于河洛汉诗之薪传工作，现居台北市。

⑧ 周文中之钢琴曲作品《柳色新》，创作于1957年，标题取自王维原作之诗句。

女互道离情。如苏东坡："但遣诗人歌'杖社'，不妨侍女唱'阳关'。"[①] 即为女子歌唱阳关，相互道别之例。汤显祖《紫钗记》中，霍小玉与李益别离时，霍小玉唱"怕奏阳关曲，生寒渭水都"。[②] 则又代表男女间别离之情。

由于吟唱对象的扩增，该曲因而广泛传唱，历久不衰。所影响层面，也因时间、空间与传播媒体而不断复杂化，范围则愈传愈广。现就历代流传与变化情形，简要叙述如下：

五代诗人陈陶的《西川座上听金五云唱歌》[③]："愿持卮酒更唱歌，歌是伊州第三遍，唱着右丞征戍诗……"可见《渭城曲》在五代时期，仍未被人遗忘。宋朝诗人李清照于《凤凰台上忆吹箫》也提到"千万遍阳关也则难留"；而苏东坡不但以前述之诗，表达当时侍女演唱该曲情况，且以"乐府"形式写了以《阳关词》为题之七绝三首。[④] 另，在无名氏小令《古阳关》中开始加字，更以"词"的面貌出现。寇准的《阳关引》[⑤]："塞草烟光阔，渭水波声咽。春朝雨霁，轻尘歇、征鞍发。指青青杨柳，又是轻攀折。动黯然、知有后会甚时节。更尽一杯酒，歌一阕。叹人生，最难欢聚易离别。且莫辞沈醉，听唱阳关彻。念故人、千里自此共明月。"这首离别词，运用王维《渭城曲》诗句，其情景与场景，表达作者深深的惜别之情，仿佛唐人王维神魂之再现。

至元朝，由前所述芝庵《唱论》可知，元朝虽为异族统治，但《阳关三叠》一曲仍流行不衰。及至明朝，《渭城曲》除了大量以古琴演奏外，并在歌词、歌曲上加工；如前所述，被汤显祖引用为戏曲《紫钗记》而出名。至清朝，除历代各种曲谱仍流行外，也开始有合奏方式演奏阳关三叠，如黄晓珊之《希韶阁琴瑟合谱》，李芳园编之《弦索十三套》中均有以合奏方式之《阳关三叠》[⑥]，《九宫大成谱》《碎金词谱》中亦收录有

---

① （宋）苏轼：《次韵王雄州还朝留别》。

② 《紫钗记》第二十五出，《折柳阳关》。

③ 陈陶：《西川座上听金五云唱歌》，《全唐诗》第745卷，中华书局，1960，第8471~8472页。

④ 苏东坡阳关词三首《阳关词·赠张继愿》《阳关词·答李公择》《阳关词·中秋月》。

⑤ 清华大学中文系编写组编《宋词鉴赏大辞典》，中华书局，2011，第5~6页。

⑥ 《弦索十三套》即《弦索备考》，（清）荣斋等编，为器乐合奏曲谱。全书六卷，以工尺谱记写，共十三套乐曲，故称《弦索十三套》。《阳关三叠》为其中乐曲之一。今人译为五线谱，学艺出版社，1982。

《阳关曲》。

民国以后，《琴学入门》[①] 中之《阳关三叠》，改编为各种国乐器演奏，亦有改编为合唱及西洋乐器演奏，如小提琴、钢琴……经常在音乐会上被演奏。如前述黄永熙创作的《阳关三叠》歌曲，由杨兆祯先生编辑为中国艺术名歌之中，因此传唱于台湾各级学校；王震亚编配的《阳关三叠》[②]，根据夏一峰之古琴曲传谱，亦传唱海峡两岸；戴金泉又将之改编为合唱曲，名作《阳关曲》，分三段，各段渐次发展，情绪转折细腻，曲意绵长悠远。[③] 旅美中国作曲家周文中的《柳色新》一曲，受到王维诗作《送元二使安西》之启发而作，他将原始素材的种种变化，编织进钢琴的全部音域，融合书法笔触般的运动，经扩大后反映出的声响，一并绣入此钢琴作品中。[④]《送元二使安西》以《渭城曲》之名开始入乐歌唱，又名《阳关曲》《阳关三叠》《阳关操》等。其由诗入歌，再由歌入曲，自唐朝迄今一千余年仍传唱不已；究竟是什么因素，使得王维的《送元二使安西》这一首诗传唱不朽？以下将针对几项元素进行探讨。

《阳关三叠》之叠法

阳关三叠原诗《渭城曲》本为四句，演变为三叠。为何要叠，以及如何叠法？均关乎《送元二使安西》转换为歌乐传唱缘故。

（一）“叠”唱之缘由

1. 诗词意境的呈现

明朝田艺衡说：“叠者，重也、堕也、明也、积也。……”[⑤] 所谓“叠”也就是重复之意。重复的方式，可分部分重复、全部重复两种。一

---

① （清）张鹤编、陆琮校刊《琴学入门》，民国间影印本，时地不详。

② 王震亚编配、夏一峰传谱《阳关三叠》一曲，收录于成明主编《中国声乐作品选集》，乐韵出版社，1994，第 84 ~ 88 页。又见于张畴主编《中国艺术歌曲选集》上卷，上海教育出版社，2007，第 64 ~ 69 页。

③ 戴金泉：《阳关曲》合唱演出，请参见网址：http：//www. youtube. com/watch？ v = lldye-haFnFI。

④ 《柳色新》一曲演出，恰逢作曲家周文中先生 90 岁庆生音乐会，在台湾由台北市立国乐团办理，于 2013 年 10 月 20 日台北市中山堂中正厅，由诸大明先生担任钢琴演奏。

⑤ （明）田艺蘅：《阳关三叠图谱》，收入周维德集校《全明诗话》第二集，齐鲁书社，台湾大学藏书，出版时间未载，第 1520 页。

般而言，重复之目的乃在强调其重要性，突出效果，进而加深印象。若其气氛原为喜悦，重复后，会更加喜悦；若原为哀伤，重复后，则更加哀怨痛绝。

“曲奏三终”“箫韶九成”[①] 皆言古乐重叠成曲。《诗经》以三章为一首，亦然。此亦南北曲之“幺篇”与“前腔”也。

近人，黄永武《中国诗学·设计篇》谓：

> 重复的节奏，能表达繁琐忙碌、心烦虑乱、铺张夸大、历久不懈，咏叹无穷等情态。……可见复叠的节奏，能使咏别者的千言万语，临岐者的缱绻深情，宛转凄戚，唱叹无穷。[②]

田艺衡在《阳关三叠图谱》一书中也提到：

> 三叠者一歌不足以尽其情，故必至再而至三，犹瑟之有三调，笛之有三弄，鼓之有渔阳三挝也。

该书《絮沾泥》中更把叠唱之情境表达得淋漓尽致：

> 一叠兮酒行频，再叠兮泪沾巾，三叠兮肠欲断，四叠兮摧征轮……[③]

上述黄永武与田艺衡，亦纷纷解释重复唱节奏、旋律之“叠”的意义，其效果用于别情，更能表达依依不尽的情意。复叠的节奏，能使咏别者的千言万语，临岐者的缱绻深情，宛转凄戚，唱叹无穷。《阳关三叠》之“三叠”，因歌不足以尽其情，故必至再而至三，犹瑟之有三调，笛之有三弄，鼓之有渔阳三挝也。因《渭城曲》诗已具有浓郁别离气氛，经过一再叠唱之后，更加强其离别的氛围，而让人感受到泪欲滴、肠欲断，回环不散，依依不舍之离别情愁。

2. 音乐表达之需求

元、白之前，唐太宗、高宗、中宗、玄宗等人，都提倡音乐和喜爱诗

---

① 音乐之三终，即三度奏乐。《仪礼·燕礼》：“笙人三成，遂合乡乐。”郑玄注：“三成，三终也。”《礼记·乐记》：“且夫《武》，始而北出，再成而灭商，三成而南。”郑玄注：“成，犹奏也。每奏《武》曲一终为一成。”

② 黄永武：《中国诗学·设计篇》，巨流图书公司，1976，第 191 页。

③ （明）田艺蘅：《阳关三叠图谱》，收入周维德集校《全明诗话》第二集，第 1526 页。

歌。然，初盛唐时期的乐府诗作品，具独立的文学价值，它们完全摆脱音乐而均未入乐。[①]《全唐诗附录》中也说：

唐人乐府原用律绝等诗，杂和声而歌之。

因乐府律诗绝句，格律有定，难以直接入乐，因而经常添加衬字及重叠绝句以合乐。王圻《续文献通考》论歌曲，谓：

王维渭城曲绝句亦有用散声，谓之阳关三叠。[②]

此处的散声，即是曲中增加余字，或每句叠唱其绝句，以成回环复沓之妙。又，方成培《香研居词尘》云：

唐人所歌，多五、七言绝句，必杂以散声，然后可比之管弦，如《阳关》诗，必至三叠而后成音……[③]

由以上叙述可知，叠唱是为音乐发展所需。因为绝句或律诗的字句太过整齐，有时须杂以和声、散声才能成为音乐，以表达完美的情境。

（二）各种叠法

自唐以来，阳关曲叠唱方式随文人或歌者而异，各具特色，故产生多种不同叠唱方式。以下，依金信庸整理分四类概述之。[④]

第一类：每句全部或部分反复两次，共吟唱三次而称三叠者。

例一，每句三唱：

渭城朝雨浥轻尘，渭城朝雨浥轻尘，渭城朝雨浥轻尘，（叠）
客舍青青柳色新，客舍青青柳色新，客舍青青柳色新；（叠）
劝君更尽一杯酒，劝君更尽一杯酒，劝君更尽一杯酒，（叠）
西出阳关无故人，西出阳关无故人，西出阳关无故人。（叠）

---

① 李祥春主编《乐府诗鉴赏辞典》，中州古籍出版社，1990，第8～9页。

② （明）王圻：《续文献通考》，元明史料丛编，第1辑，第11册，影印明万历刊本，文海出版社，1984。

③ （清）歙西方成培仰松述《香研居词尘》，《读书斋丛书·乙》第1卷。

④ 金信庸：《“阳关三叠”古曲之研析》，台湾师范大学音乐研究所硕士论文，1987，第28页。

以上每句重复两次，以每句唱三次而称为三叠。

例二，阳关飞花滚三叠：

渭城朝雨，渭城朝雨浥轻尘，浥轻尘，（叠）
客舍青青，客舍青青柳色新，柳色新；（叠）
劝君更尽，劝君更尽一杯酒，一杯酒，（叠）
西出阳关，西出阳关无故人，无故人。（叠）

以上每句分作两部分，前四字、后三字分别重复于各句前后，形成一句唱三次而称作三叠。

例三，一串珠三叠：

渭城朝雨浥轻尘，朝雨浥轻尘，浥轻尘，（叠）
客舍青青柳色新，青青柳色新，柳色新；（叠）
劝君更尽一杯酒，更尽一杯酒，一杯酒，（叠）
西出阳关无故人，阳关无故人，无故人。（叠）

以上因各句分作两次减字重复叠唱，每句亦唱三次而称作三叠。

第二类：其中三句因各反复成叠，共叠三次而称作三叠。

例一，古本阳关三叠：

渭城朝雨浥轻尘，客舍青青柳色新，客舍青青柳色新；（叠）
劝君更尽一杯酒，劝君更尽一杯酒，（叠）
西出阳关无故人，西出阳关无故人。（叠）

以上第一句不叠，其余各句每句各自重复一次，共叠三次而称为三叠。

例二，正三叠[①]：

渭城朝雨浥轻尘，渭城朝雨浥轻尘，（叠）
客舍青青柳色新；
劝君更尽一杯酒，
西出阳关无故人。

---

① 杨仲揆又称之为“唐人三叠”。

渭城朝雨浥轻尘，
客舍青青柳色新，客舍青青柳色新；（叠）
劝君更尽一杯酒，
西出阳关无故人。
渭城朝雨浥轻尘，
客舍青青柳色新；
劝君更尽一杯酒，劝君更尽一杯酒，（叠）
西出阳关无故人。

以上第一叠重复第一句，第二叠重复第二句，第三叠重复第三句，共叠三次而称作三叠。三叠，亦指全诗共三段。

第三类：整首反复两次，共三段而称作三叠。

例一，同前述第二类之例二“正三叠”。

例二，连环三叠：前述田艺衡在《阳关三叠图谱》中又云：

> 连环者，取其始终，循环宛转，不断之义也……辘轳相续，故谓之连环，一名移宫阳关。
>
> 渭城朝雨浥轻尘，客舍青青柳色新，劝君更尽一杯酒，西出阳关无故人
>
> 西出阳关无故人，渭城朝雨浥轻尘，劝君更尽一杯酒，客舍青青柳色新（叠）
>
> 客舍青青柳色新，渭城朝雨浥轻尘，劝君更尽一杯酒，西出阳关无故人（叠）

以上除第三句“劝君更尽一杯酒”不移动原诗位置外，其他三句各轮流为句头一次。全诗共三段，而称之为三叠。

第四类：以歌唱法为歌名或其他。

例一，每句再叠：

渭城朝雨浥轻尘，渭城朝雨浥轻尘，（叠）
客舍青青柳色新，客舍青青柳色新；（叠）
劝君更尽一杯酒，劝君更尽一杯酒，（叠）
西出阳关无故人，西出阳关无故人。（叠）

以上每句皆重复一次。类似早期之领唱与和腔方式。因共叠四次，故苏东坡称之为四叠。[①]

例二，阳关四叠：

渭城朝雨浥轻尘，
客舍青青柳色新；
劝君更尽一杯酒，
西出阳关无故人，
西出阳关无故人。（叠）

以上前三句仅唱一次，以第四句重复而为四叠。

综合上述各种不同叠法，自然产生诸多不同吟唱方式。因此，《渭城曲》入歌乐后，相关问题应运而生，下文将继续探讨。

《渭城曲》入歌乐相关问题探讨

音乐有其旋律，语言本身也有旋律。中国语言本身，含有很丰富的旋律感，韵文学的体制规律更予以美化，这种美化了的语言旋律和音乐旋律结合得越密切、融合得越无间，其声情词情就越达到相得益彰的境地。[②]因此，首先针对语言旋律探讨。

（一）语言旋律

曾师[③]就中国韵文学“曲牌”构成“语言旋律”的因素，归纳为正字律、正句律、长短律、音节单双律、平仄声调律、协韵律、对偶律，乃至语法律等八个律则。[④] 本文以王维的《渭城曲》为例：

渭城朝雨浥轻尘

---

① （宋）苏轼撰《东坡志林》，王松龄点校，中华书局，1981。曰：“旧传阳关三叠，然今歌者每句再叠而已。通一首言又是四叠……”

② 曾永义：《诗歌与戏曲》，联经出版事业公司，1988，第1页。

③ 曾教授永义先生为作者业师，文中皆称“曾师”。

④ 见曾永义《论说建构曲牌格律之要素》，《中华戏曲》第44期，2011，第98~137页；及曾师前揭书，第3页，原提及七律，后于台湾大学“戏曲研究”课程中讲授再加入“语法律”，共计为八律。

去平平上入平平
客舍青青柳色新
入去平平上入平
劝君更尽一杯酒
去平去去入平上
西出阳关无故人
平入平平平去平

此诗，就体制而言，它是一首失黏的七言绝句。全诗二十八字，四句，每句七字，每句音节采上四下三的顿法，平仄律为七言仄起式，协韵律为首句起韵协十一“真”韵。前三句四声递换，能够灵活运用平上去入四声。于声调组合方面，一、二、四句押平声真韵，表现平和舒徐之声情；前二句的“轻尘”“青青”“新”等词语，声韵轻柔明快。后二句则写内心蕴藏的哀哀离情、浓浓别愁；第三句以连续三个仄声字，包含着对远行者处境、心情的深情体贴，包含着前行路程珍重的殷勤祝祷；末句，间或连续用几个平声字，描绘临别依依之丰富复杂情感的表达方式。

又，明李攀龙选、日本森大来评释、花县江侠庵译述的《唐诗选评释》卷八《渭城曲》，有这样的评述：

此诗平仄尤关音律之处：第一句“渭城朝雨”四字，必用仄平平仄。若如一般之诗律，将其第一字及第三字，拗转其平仄，作平平仄仄或作仄平仄仄时，则断不谐阳关之调。第二句之“柳色新”三字，“柳”字必用上声，若用他之仄声，则失律矣。第三句“劝君更尽一杯酒”，当为“仄平仄仄仄平仄”，一字不容出入，而“一杯”之“一”字必用入声，“酒”字必用上声。至第四句之平仄为平仄平平平仄平，亦决一字不可淆乱。若不如此，则不得谓之《阳关曲》。[①]

综合以上所述，可见王维《渭城曲》之格律是严密的；换言之，此诗的语言旋律自然流畅，且合于规律。

（二）用韵设计

王维诉说别离之情怀，不仅从用字意象及色彩，其层层离愁、忧伤之

① （明）李攀龙编选、森大来评释《唐诗选评释》，河洛图书出版社，1974。

情，更由于其音韵之表现而更为传神。此诗押的是平声韵，唐《元和韵谱》云：

平声哀而安，上声厉而举，去声清而远，入声直而促。

此韵表达的正是一种悲怨哀凄之情感；押的是十一“真”韵，韵脚有“尘”“新”“人”等字，其声情平舒，发声部位最后结束在舌尖鼻音 n，此部位近似抽噎、啜泣的发音音源之处，极易于表现哀怨悲凄情绪。《渭城曲》一诗充分凝聚了哀哀离情与浓浓之别愁，读之，令人感到凄清、唏嘘不已，酝酿着浓得化不开之离愁，惟有寄托歌唱载走离愁、化解别愁。

（三）歌乐的呈现

关于歌乐呈现的关系，曾师则归纳作五种类型：

（1）诵读。

（2）吟咏。

（3）依腔传字。

（4）依声行腔。

（5）依字定腔。①

又说道，前三种的诵读、吟咏、依腔传字而歌唱三者，可以说只在讲求语言旋律的准确呈现，并未及歌乐的配搭关系。明魏良辅强调音的声调平上去入和一字之音的声母、介音、母音、韵尾的字头、字腹、字尾，所以“水磨调”，事实上是在“以字音定腔”，如此一来，方能将音乐旋律与语言旋律完全融合，不止是成就了最精致优美的歌唱艺术，而且充分发挥了中华民族语言的优美质性。②

这时的“声情”即语言所传达的旋律，“词情”即语言所蕴含的思想情感。它们之间自然要相得益彰。歌乐关系的终极，实在于语言情趣与所承载的旋律之融合。从而使词情与声情互为生发，而终于施以音乐旋律的衬托、渲染、描述、强化而更趋于完美。这其间实亦有赖于语言旋律与音乐旋律的相激相荡而相得益彰。

准此，举张薪传《渭城曲》传谱为例（曲谱如下），并试析之。

---

① 曾永义：《论说“歌乐之关系”》，2013 年 4 月 11 日完稿，尚未发表，第 2 页。

② 曾永义：《论说“歌乐之关系”》，2013 年 4 月 11 日完稿，尚未发表，第 16 页。

文山吟社親子班講義　　　　講師：張薪傳

渭城曲
ūi sêng khiok

作者：唐朝 王維　譜：張薪傳
tsok chía tông tiâu ông ûi

2　23535 3　53　53　3　35656
渭　城　朝　雨　浥　輕　塵，
ūi　sêng　tiau　ú　ip　kheng　tîn

32　1　2　53.5352　216　1 —
客　舍　青　青　柳　色　新。
khek　sià　chheng　chheng　líu　sek　sin

53　53.5353　3　3　2.323　216　0
勸　君　更　盡　一　杯　酒，
khùan　kun　kèng　chīn　it　pai　chíu

3.　1　2　53.5356 6 —　21　61 — . 0
西　出　陽　關　無　故　人。
se　chhut　iông　kuan　bû　kò　jîn

十一真韻　韻脚：塵　新　人。

解釋：1、渭城一在中國大陸的陝西省。2、陽關一在甘肅省。
3、浥一濕潤。4、客舍一休息的客棧。5、全詩描寫王維的朋友元二被派到新疆出差，王維一路送到渭城的心情。

台灣俗諺：在家日日好，出外朝朝難。
tsāi ka iit iit hó chhut gōa tiau tiau lân

此曲歌词，以古河洛语吟唱。首句三仄声字：渭、雨、浥，其音乐旋律配合字声由上往下的声调，如：雨字唱53；浥字唱53；渭字，为句首第一字，谱以2音，紧接阳平声的“城”字，其旋律亦自2音开始向上行进，那么渭字的2音，自然形成仄声字了。同理，第二、三、四句仄声字之音乐旋律均类此。而平声字，其音乐旋律则是由下往上行进。较为特殊的旋律安排是轻尘的“尘”字，唱35656，其曲调仿佛一阵清尘随风轻飘而过。第三句的“劝君更尽”四个字，以较高的5音开始，每字环绕在53两音之中，予人有浓烈的殷勤劝酒之情。第四句末三字“无故人”的“无”字，则唱以低沉而拖长的6——音，暂息片刻，再以21 61——唱“故人”二字，似唱出无限不舍之情，道出了无限的哀怨之意。

可见，张薪传所传之《渭城曲》，使词情与声情互为生发，其语言旋律与音乐旋律，能够相激相荡而相得益彰。

另举一首近人所谱歌曲，其音乐旋律和语言旋律之搭配，似就不是这般巧妙了。以下试析黄永熙所谱之《阳关三叠》曲谱，并以孙少茹之演唱为例①：

① 此曲保存台湾留学意大利的著名声乐家孙少茹演唱录音。孙氏毕业于台湾省立师范学院（今“国立”台湾师范大学）音乐系，其演唱录音，详如以下网址：http://www.youtube.com/watch? v = MrZx1fY53Xo

cresc.
客舍青青柳色新，勸君更盡
Fl.
cresc.
f
dim. rit
一杯酒，西出陽關無故人
w.w.
f
dim.
rit.
mf
rit.
《二疊》
p
渭城朝雨浥輕塵，客舍青青柳色新，
Str. pizz
p
ob.
Cor.
柳色新，勸君更盡
arco
cello
viola
一杯洒，西出陽關無故人
Fl. cl. cel.
Cor.
rit.
Str.

此曲歌词共三叠，其叠法属前述第二类，接近于正三叠。系敦煌写本阳关三叠。其叠法，第一叠重复第一句末三字，第二叠重复第二句末三字，第三叠则重复第三句末三字，共叠三次。因此，全曲据以分三段。歌词如下：

渭城朝雨浥轻尘，浥轻尘，（叠）
客舍青青柳色新；
劝君更尽一杯酒，
西出阳关无故人。
渭城朝雨浥轻尘，
客舍青青柳色新，柳色新；（叠）
劝君更尽一杯酒，

西出阳关无故人。
渭城朝雨浥轻尘，
客舍青青柳色新；
劝君更尽一杯酒，一杯酒，（叠）
西出阳关无故人。

歌曲旋律主要采用一字一音（少数采用一字数音）[以商调式、七声音阶谱曲（此曲歌唱旋律用 La – Si – Do – Re – Mi – Sol 六声，但伴奏加入了 Fa 音，而为七声音阶）]起、毕音均为 La。

全曲分三段，以钢琴为伴奏。乐曲结构采三段式曲体：A – A1 – A2，各段唱一叠歌词，三段的曲调大致相同，不同之处在于各“叠”不同的文字上谱以特殊旋律。第一段叠字“浥轻尘”，其第一字的“浥”乃从原句的“浥”字所落之 La 音开始行腔，至第三字的“尘”，亦落于与原句“尘”字相同的 Mi 音；紧接唱二、三、四句。第二段叠字“柳色新”，其旋律亦相同旋法。至第三叠“一”字，仍以相同手法开始行腔，渐往高音区唱至“酒”字时，停留于全曲最高音 Re，且时间长达四拍半，快速换一口气，以富于感情的音色唱最后一句歌词，至末三字“无故人”，则每字唱两拍的长音，“故”字特别安一“上倚音”强调其仄声，再缓缓自 Si 音滑至商音结束。综观全曲，音乐性之设计，颇为流畅，亦见匠心。惟诗与乐之融合，仍有几个值得商榷的问题。以下逐一罗列：

问题一，第一段曲首的“渭城”二字，旋律为 La – Si，变成了“围城”。“轻尘”二字，旋律为 Si – La – Mi，变成“庆磣”。“客舍”二字，旋律为 Re – Mi，变成“咳社”。这些所谓的“倒字”情形，都是因为忽视语言旋律所致。

问题二，第一叠“浥轻尘”的“浥”字，为一短促的入声字，却谱以长达四拍的拖腔，“浥轻尘”的情境却未表现。第二叠“柳色新”之旋律，同样仅加强第一字的拖腔，同样未将景致清晰的呈现。这些“叠”所增加的文字，若能够依据词情，谱以更动人之旋律，那么诗乐之意境，更能合而为一。这也就是“声情”与“词情”未及兼顾之遗憾。

问题三，究竟古典诗词之吟诵，是否须以作者生活时代所使用之方言歌唱呢？后人将其重新创作，该以何种语言较恰当？

问题四，古典诗词之吟诵与歌唱，其咬字吐音、发声与发音部位，与西方的美声唱法，应有相当差异。到底中国之古典诗词，以及民歌、民谣之演唱，采西方美声的歌唱方法，是否合适呢？

问题五，今所采之西方作曲方式，不合适用于中华民族歌乐编作。而应思考前述“以字音定腔”为前提，方能将音乐旋律与语言旋律完全融合。如此，恐怕得重新检视今日的基础音乐教育问题！

（四）意境的表达

王维以春雨、路途、客舍、杨柳，铺陈即将远行的友人之别离氛围。渭城之绵绵春雨，好似涤净四周的染尘，本应是明朗清新的景象，在诗中刻意营造愁闷抑郁，衬托出心中复杂的情绪。最后，干脆凭借劝酒的话语，表达内心本来欲诉说之不舍的离情与辞别的祝福。其情之真，其意之切，遂成千古绝唱。

郭茂倩《乐府诗集》中把此诗列入《近代曲辞》，题作《渭城曲》。他书亦作《送元二使安西》《赠别》《阳关曲》《阳关三叠》。在当时即腾播众口，交相吟唱，是一篇流传千古、家喻户晓的杰作。其主要的特点是情真意切，殷勤劝酒，不忍遽别，足以动人心弦，感人肺腑。正如前述李东阳《怀麓堂诗话》中所言，此辞一出，一时传诵不足，至为三叠歌之。

综观王维的诗风在淡远中偏于静美，淡远风格的代表作，首推《辋川集》二十首，例如：《鹿砦》《竹里馆》。《辋川集》以外，如《送别》《相思》，最著名者即是《送元二使安西》。[①]

结　论

笔者以为，王维的《送元二使安西》以《渭城曲》之名开始入乐歌唱，又名《阳关曲》《阳关三叠》《阳关操》，乃至当代《柳色新》等。其由诗入歌，再由歌入曲或入乐，自唐朝迄今千余年，无论唱奏，历久不衰。王维在饯别好友时，借酒以浇无尽别恨离愁，暂时沉醉，不话明朝事，奈何“举刀断水水更流，以酒浇愁愁更愁”，殷殷劝酒的结果更是愁上加愁，离别之情又更胜一筹。其诗作《送元二使安西》，颂之、吟之尚且不足，自然而然就歌唱之。

---

① 杨成鉴撰《中国诗词风格研究》，洪叶文化，1995，第168~169页。

《礼记·乐记》中提到：

> 乐者，心之动也；声者，乐之象也。文采节奏，声之饰也。

这告诉我们，语言文字所形成的高低、起伏、强弱等律动，与歌唱者所表达出来的音乐，节节相关。音乐中交替出现有规律的强弱、长短现象，无论是快速流动抑或缓缓而行，必然需要和语言旋律融合无间，不扞格而相得益彰，方为上上之作。

在用字意象、色彩之配合等方面，王维亦均有其独到之处，本文未及碰触。至于，《阳关三叠》的“叠”方面，文献资料可以考证者，仍以文字之各式排列最为丰富可信。而真正古老传统的叠唱方式，却只能依少数传谱揣测，颇为遗憾。但前述研究过程中，所思虑的几项歌唱问题，恐是当前音乐研究与创作者最需关切之处。而《渭城曲》琴歌的歌唱，及其后戏曲离别歌之演唱，亦发觉其中有蛛丝马迹可再钻研，将留待未来继续探讨。

文学研究

傅玄鼓吹曲辞的继承与新变

——兼论西晋鼓吹曲的雅化

张　梅（上饶，江西上饶师范学院文学与新闻传播学院，334001）

摘　要： 傅玄鼓吹曲作于西晋建国伊始，这组曲辞既有对汉魏以来鼓吹曲的继承，也有自身的新变。继承表现为“以诗记史”，新变表现为三方面。从文本看，它由多写先王而一变为多写当世君王，改变了鼓吹曲“多叙战阵”的内容，而是多颂扬赞美。写作手法上改变了魏晋时期叙事中兼具写景抒情的手法，而是直接叙事抒情。具有诗史性质和文献价值。就曲辞与音乐的关系看，傅玄的组诗对鼓吹曲的雅化具有推动作用。

关键词： 傅玄　鼓吹曲辞　继承　新变　雅化

作者简介： 张梅，女，1966年生，汉族，安徽和县人。文学博士，现为江西上饶师范学院文传学院副教授。主要从事汉魏六朝隋唐五代文学研究。曾在《中国韵文学刊》、《广西师大学报》等刊物发表过《杜甫诗歌情景关系论》、《从〈王昌前母服议〉看西晋儒家礼法的困境》等十几篇论文。

一　傅玄鼓吹曲辞对前代的继承：以诗记史

西晋礼仪中的鼓吹乐歌辞，主要是泰始初年傅玄创作的。《晋书·乐志》说“武帝受禅，乃令傅玄制为二十二篇，亦述以功德代魏”。[①] 傅玄的鼓吹乐歌辞，是对汉代的《短箫铙歌》二十二曲的改编。短箫铙歌与鼓吹

① 《晋书》第23卷，中华书局，1974，第702页。

乐的关系，《晋书·乐志》说“汉时有短箫铙歌之乐，其曲有朱鹭[①]……列于鼓吹”，则短箫铙歌是鼓吹乐一种，并且是最主要的一种。《宋书·乐志》说“汉鼓吹铙歌十八曲”[②]，则铙歌与鼓吹是不分的。郭茂倩在《乐府诗集》鼓吹曲辞题注中总结：“短箫铙歌，汉时已名鼓吹，不自魏、晋始也。崔豹《古今注》曰：‘汉乐有黄门鼓吹，天子所以宴乐群臣也。短箫铙歌，鼓吹之一章尔，亦以赐有功诸侯。’然则黄门鼓吹、短箫铙歌与横吹曲，得通名鼓吹，但所用异尔。”[③] 在郭茂倩看来，黄门鼓吹、短箫铙歌与横吹曲都是鼓吹乐，只是使用情况不同罢了。韩宁则认为：“汉以后，黄门鼓吹曲逐步失去了原有的功能和含义，本来被鼓吹取代的短箫铙歌反而能指代鼓吹乐，鼓吹与短箫铙歌真正地同一了。”[④]

在傅玄之前，曹魏时代的缪袭受命改汉短箫铙歌中的十二曲；是时，吴亦使韦昭改制十二曲。这两组乐歌，《乐府诗集》都归在鼓吹曲辞类。缪袭的作品约作于明帝景初元年前后，韦昭的作品作于吴景帝孙休时。[⑤] 韦昭之作晚缪袭约二十年，其作有刻意仿制缪袭的意味。[⑥] 他们组诗的最大特点，就是选取历代君王的重大业绩予以歌颂。

缪袭、韦昭之作，可以说分别是曹魏与东吴的一部开国史，对各自建国中的重大事件都有叙写，从某种角度说，组诗具有诗史意义及文献价值。傅玄的鼓吹曲辞继承了缪袭、韦昭的写作范式，组诗对司马家族四代人的创业都有歌颂，但并非空洞的唱颂歌，它们可以和史书相参看。

《灵之祥》：“孟氏叛，据南疆。”《古今乐录》曰：“用武以诛孟度之逆命。”[⑦] 孟度，当是孟达，其字子度。傅玄鞞舞歌辞中的《天命篇》亦有诗句：“孟度阻穷险，造乱天一隅，神兵出不意，奉命致天诛。”恐因诗句字数所限，省略孟子度中的“子”字而为孟度。诗中所写与史书记载极为相似：

---

① 《晋书》，第701页。

② 《宋书》第22卷，中华书局，1974，第640页。

③ 《乐府诗集》，第16卷，中华书局，1979，第1224页。

④ 韩宁：《鼓吹横吹曲辞研究》，北京大学出版社，2009，第23页。

⑤ 缪袭作品写作时间笔者有文章考证认为在景初元年。韦昭作品创作时间从《宋书·乐志》中史臣的话可推知：又韦昭孙休世上《鼓吹铙歌》十二曲表曰：“当付乐官善哥者习哥。”

⑥ 萧涤非：《汉魏六朝乐府文学史》（人民文学出版社，1984，第162页），韩宁：《鼓吹横吹曲辞研究》（北京大学出版社，2009，第29页），向回：《历朝纪受命功德鼓吹曲的本事分析》（《乐府学》第二辑），对此都有论述。

⑦ 《乐府诗集》第19卷，中华书局，1979，第275页。

初，达与亮书曰：“宛去洛八百里，去吾一千二百里，闻吾举事，当表上天子，比相反覆，一月间也，则吾城已固，诸军足办。则吾所在深险，司马公必不自来；诸将来，吾无患矣。”及兵到，达又告亮曰：“吾举事八日，而兵至城下，何其神速也！”上庸城三面阻水，达于城外为木栅以自固。帝渡水，破其栅，直造城下。八道攻之，旬有六日，达甥邓贤、将李辅等开门出降。斩达，传首京师。（《晋书·宣帝纪》）[①]

司马懿斩孟达，发生在太和元年（公元227年）。从孟达给诸葛亮的信中看，他根本未料到司马懿会亲自出兵，并且以迅雷不及掩耳之势兵临城下，攻破城池。《灵之祥》无疑记载的是这次战役。

《宣受命》：“养威重，运神兵。亮乃震毙，天下宁。”写诸葛亮之死未免夸张，然青龙二年（公元234年）诸葛亮率十万大军出川，的确是在与司马懿的交战中病死兵营的，《晋书·宣帝纪》有载。诸葛亮之死，从此司马懿就少了一个劲敌，对晋室而言是值得大书的喜事。

《征辽东》：“征辽东，敌失据。威灵迈日域，公孙既授首，群逆破胆，咸震怖。”征辽东是司马懿值得大书特书的功劳，景初二年（公元238年），他率四万之兵，彻底铲除了公孙渊的势力，统一了北方。《宣帝纪》对此次战役亦是不吝笔墨。

《时运多难》：“蠢尔吴蛮，虎视江湖。我皇赫斯，致天诛。有征无战，弭其图。”《宣帝纪》“（正始二年）（公元241年）六月，（宣帝）乃督诸军南征，车驾送出津阳门。帝以南方暑湿，不宜持久，使轻骑挑之，然不敢动。于是休战士，简精锐，募先登，申号令，示必攻之势。吴军夜遁走，追至三州口，斩获万余人，收其舟船军资而还。”[②] 这大概就是傅玄所说的“有征无战”吧。

其他诸如《景龙飞》：“逆之者灭夷。”是写景帝司马师正元元年、二年平定淮南三叛，诛李丰、文钦、毌丘俭并夷灭其三族；《因时运》：“长蛇交解，群桀离。势穷奔吴，虎骑厉。”写文帝司马昭甘露二年平诸葛诞之乱[③]；《惟庸蜀》写文帝灭蜀、建五等封侯制等等，诗歌内容都可以在史

① 《晋书》第1卷，中华书局，1974，第5～6页。

② 《晋书》第1卷，中华书局，1974，第14页。

③ 向回：《历朝纪受命功德鼓吹曲的本事分析》中认为傅玄的组曲中，排列次第有问题。他认为第七首《平玉衡》是写文王的，第九首《因时运》是写景王的，第八首《文王统百揆》之事应发生在《因时运》平毌丘俭、文钦之后，不应排在《因时运》之前。并认为发生这样的错误是错简。

书中找到相应的记载。在歌功颂德的文字背后，还有着对历史的回顾，可见傅玄不是纯粹的辞章之臣，这是这组鼓吹乐歌值得肯定的地方。

二 傅玄鼓吹曲辞的新变：少叙战阵之事，多咏盛世之德

傅玄对缪袭、韦昭有继承，也有他自己的创新之处。缪袭、韦昭的乐歌，还保留着汉铙歌的特点，即“多序战阵之事”（《晋书·乐志》）。缪袭、韦昭各改写了十二首，余十首与汉代《短箫铙歌》同。在缪袭改写的十二首中，有九首写曹操的战功，仅《应帝期》《邕熙》《太和》三首是写太平景象，两首写文帝曹丕，一首写明帝曹睿。韦昭改写的乐歌中，前八首与战争有关，两首写孙坚，六首写孙权。后四首《章鸿德》《从历数》《承天命》《玄化》写承平之象，其中两首写孙权，两首写孙休。其中《承天命》尤有特色，将孙吴治国策略具体陈述：“易简以崇仁，放远谗与慝。举贤才，亲近有德。均田畴，茂稼穑。审法令，定品式。考功能，明黜陟。”

对照《三国志·吴书·三嗣主传》，《承天命》所写应该与孙休在位的众多举措有关：

> 永安元年十一月……诏曰：“诸吏家有五人三人兼重为役，父兄在都，子弟给郡县吏，既出限米，军出又从，至於家事无经护者，朕甚愍之。其有五人三人为役，听其父兄所欲留，为留一人，除其米限，军出不从。”……十二月戊辰腊，百僚朝贺，公卿升殿，诏武士缚（孙）綝，即日伏诛。①

此当为“易简以崇仁，放远谗与慝”。

> 永安元年十二月，诏曰：“古者建国，教学为先，所以道世治性，为时养器也。自建兴以来，时事多故，吏民颇以目前趋务，去本就末，不循古道。夫所尚不惇，则伤化败俗。其案古置学官，立五经博士，核取应选，加其宠禄，科见吏之中及将吏子弟有志好者，各令就业。一岁课试，差其品第，加以位赏。使见之者乐其荣，闻之者羡其誉。以敦王化，以隆风俗。”②

---

① 《三国志·三嗣主传》第48卷，中华书局，1959，第1157页。

② 《三国志·三嗣主传》第48卷，中华书局，1959，第1158页。

此为“举贤才”，“定品式”。

永安二年……三月……诏曰：“朕以不德，托于王公之上，夙夜战战，忘寝与食。今欲偃武修文，以崇大化。推此之道，当由士民之赡，必须农桑。……今欲广开田业，轻其赋税，差科强羸，课其田亩，务令优均，官私得所，使家给户赡，足相供养，则爱身重命，不犯科法，然后刑罚不用，风俗可整……”①

此为“均田畴，茂稼穑”。

永安四年……秋八月，遣光禄大夫周奕、石伟巡行风俗，察将吏清浊，民所疾苦，为黜陟之诏。②

此为“考功能，明黜陟”。

永安五年……休锐意于典籍，欲毕览百家之言，尤好射雉，春夏之间常晨出夜还，唯此时舍书。休欲与博士祭酒韦曜、博士盛冲讲论道艺，曜、冲素皆切直……③

此为“亲近有德”（虽然因惧怕张布最终没能使韦曜、盛冲为之讲业）。

这样的一一对照颇有“对号入座”之嫌，但能对上号，也说明《承天命》对孙休施政措施的肯定。之所以详讲《承天命》，就在于，傅玄对《承天命》内容的发扬光大，这是对缪袭、韦昭组诗的革新之处。具体来说就是，组诗的写作重心由写战事转向写文治，由写先王转向写当世君王。试以数字比较说明如下：

缪袭组诗，与战争有关的九首，三首是写文治的，写当世君王的仅一篇。韦昭组诗中与战争有关的八首，写文治的四首，写当世君王的仅两篇。傅玄二十二首乐歌中，《玄云》《钓竿》沿用旧题，但均为新制歌辞。宣帝五首，景帝二首，文帝三首，重在写他们的武功，共十首，其中写文治的有三首《宣辅政》《平玉衡》《文皇统百揆》。写武帝十二首，其中

① 《三国志·三嗣主传》第48卷，中华书局，1959，第1158页。
② 《三国志·三嗣主传》第48卷，中华书局，1959，第1159页。
③ 《三国志·三嗣主传》第48卷，中华书局，1959，第1159页。

《仲春振旅》《仲秋狝田》《顺天道》三首写“文武并用”“治不废武”“武不穷武”；但“武”不是写战阵而是写田猎，是阅兵，可以说十二首几乎无一首与战争有关。上述比较可以说明，傅玄的乐歌改变了汉魏以来鼓吹歌辞“多序战阵之事”的特点，形成了一种新的风貌，即重在歌咏当下的和平盛世，歌咏当下帝王的文治与德化。鼓吹乐歌与战争的关系渐行渐远，与现实的关系越来越近。

不仅如此，写作方法上也有所革新。缪袭、韦昭组诗中，写景抒情手法颇有汉乐府的风味。在情感抒发上也保有了曹魏时代乐府的特征：以乐府写时事，离不开悲哀情绪的抒发，“或述酣宴，或伤羁戍，志不出于杂荡，辞不离于哀思”（《文心雕龙·乐府》）。如《旧帮》：“旧邦萧条，心伤悲。孤魂翩翩，当何依。游士恋故，涕如摧”，抒发了战乱带来的悲凉与悲痛之情。《定武功》：“河水汤汤，旦暮有横流波”，“决漳水，水流滂沱，嗟城中如流鱼，谁能复顾室家”，写出征、渡河的艰难情景，采用了比兴手法。《屠柳城》：“越度陇塞，路漫漫。北逾冈平，但闻悲风正酸”，写征途漫漫，“酸”用拟人手法，情景交融。缪袭组诗中，写曹操战功的同时，也写了出征的艰难、战后的悲凉，不完全是颂赞之声。对应缪袭的《旧帮》，韦昭作《秋风》，以秋风起兴，写出征战士的情感，一方面是离别亲人的悲伤，一方面是渴望立功的壮怀，与盛唐边塞诗颇有相同之处。全诗如下：

> 秋风扬沙尘，寒露沾衣裳。角弓持弦急，鸠鸟化为鹰。边垂飞羽檄，寇贼侵界疆。跨马披介胄，慷慨怀悲伤。辞亲向长路，安知存与亡。穷达固有分，志士思立功。邀之战场。身逸获高赏，身没有遗封。[①]

傅玄诗中已不见这种传统的比兴手法运用，不见情景交融的写法，不以第三人称的视角间接抒发情感。他采用直接赞颂的方式，歌颂帝王业绩，歌颂盛世德音。因为远离战争，所以缪袭、韦昭诗中的感伤情怀、建功立业情怀也都不在傅玄鼓吹曲中出现，其作品完全是唱给朝廷与时代的颂歌。[②]

---

① 《宋书》第22卷，中华书局，1974，第657页。

② 按：曹植《鞞舞歌辞》五首亦有抒写个人情怀之处，傅玄《鞞舞歌辞》则全然是颂词。这说明傅玄的《鞞舞歌辞》与《鼓吹曲辞》一样，在内容上及写作手法上对曹魏乐府作品的改革。

当然，傅玄并不是盲目的歌颂，他的颂辞往往从他自己的政治主张出发。相比较而言，缪袭歌颂帝王文德的篇章太少；韦昭《承天命》则太细，几乎孙休当权的每年大事都有提及。

傅玄崇尚儒学，注重礼乐教化。傅玄对武帝的赞美也多以此为出发点。《傅子・礼乐》中，傅玄提出了“三本”之说：“一曰君臣，以立邦国；二曰父子，以定家室；三曰夫妇，以别内外。三本者立，则天下正；三本者不立，则天下不可得而正。”① 傅玄儒家思想的核心还是“三纲五常”，具体表现在组诗中的就是礼与仁。

傅玄强调以礼治国，推行教化。泰始初，傅玄曾上书武帝：

> “……陛下圣德，龙兴受禅，弘尧、舜之化，开正直之路，体夏禹之至俭，综殷周之典文，臣咏叹而已，将又奚言！惟未举清远有礼之臣，以敦风节；未退虚鄙，以惩不恪，臣是以犹敢有言。”诏报曰：“举清远有礼之臣者，此尤今之要也。”②

这里对武帝以俭治国，以礼治国的方略“咏叹”不已，并且建议武帝重用“清远有礼之臣”，实行教化。其观点在组诗中也可见：《顺天道》就强调了“修典文”“爵俟贤”。

除了礼治还需仁政，组诗中《仲春振旅》《夏苗田》《仲秋狝田》都涉及田猎，但他主张顺天杀伐，田猎以时、为苗除害。这其实就是对仁政的赞颂，读到此，很容易让人联想到《孟子・梁惠王上》中一段关于仁政的经典论述：

> 不违农时，谷不可胜食也；数罟不入洿池，鱼鳖不可胜食也；斧斤以时入山林，材木不可胜用也。谷与鱼鳖不可胜食，材木不可胜用，是使民养生丧死无憾也。养生丧死无憾，王道之始也。五亩之宅，树之以桑，五十者可以衣帛矣；鸡豚狗彘之畜，无失其时，七十者可以食肉矣；百亩之田，勿夺其时，数口之家可以无饥矣；谨庠序之教，申之以孝悌之义，颁白者不负戴于道路矣。七十者衣帛食肉，黎民不饥不寒，然而不王者，未之有也。③

① （清）严可均辑《全晋文》第 47 卷，《傅子》，商务印书馆，1999，第 486 ~ 487 页。

② 《晋书》第 47 卷，中华书局，1974，第 1318 页。

③ （清）焦循注《孟子正义》，上海书店出版社，1986，第 122 ~ 125 页。

傅玄《上疏陈政要务》就有对孟子仁政思想的重申：

> 王人赐官，冗散无事者，不督使学，则当使耕，无缘放之使坐食百姓也。今文武之官既众，而拜赐不在职者又多，加以服役为兵，不得耕稼，当农者之半，南面食禄者参倍于前。使冗散之官为农，而收其租税，家得其实，而天下之谷可以无乏矣。夫家足食，为子则孝，为父则慈，为兄则友，为弟则悌。天下足食，则仁义之教可不令而行也。[①]

傅玄对太平盛世的咏赞，其实很大程度上就是对武帝礼治和仁政的歌颂。儒家礼、仁思想就包含着孝悌，“孝”是儒家礼乐文化的核心内容之一。司马政权主张以孝治天下，傅玄父子都是有名的孝子，因此组诗中同样对孝予以礼赞：“神祇应，嘉瑞章。恭享礼，荐先皇。……神歆飨，咸悦康。宴孙子，祐无疆。大孝烝烝，德教被万方。”（《金灵运》）

傅玄歌颂武帝的十二首诗中，有一半的篇幅是唱着时代的颂歌，歌颂君明臣贤，国泰民安；歌颂普天率土，风清俗化。这里面有夸张、有谀颂的成分，但也有傅玄真实的情感在内。泰始初年，武帝登基，百废待兴，晋武帝希望以儒治国，恢复被破坏了的纲常礼教，傅玄的颂歌与统治者的治国思想合拍，顺应了国情。从百姓来说，经历了多年的战乱与分裂，和平是他们的共同心愿，歌唱盛世与百姓的愿望相符，顺应了民心。因此傅玄对新政权的赞美“应当是发自内心的”，“充满了他由衷的赞美与祝福”。[②] 泰始二年，傅玄与程晓有诗赠答，诗歌写于武帝受禅后的第一个正会节，诗歌同样表现了对新时代到来的欢欣与自豪，同样歌颂了新主、新王朝、新纪元。不妨看《又答程晓诗》：

> 羲和运玉衡，招摇赋朔旬。嘉庆形三朝，美德扬初春。圣主加元服，万国望威神。伊周敷玄化，并世沾天人。洪崖歌山岫。许由嗟水滨。[③]

读这首诗，可以感受到新时代到来之际，傅玄那真心的喜悦。这首诗抒发

---

① （清）严可均：《全晋文》第47卷，《傅子》，商务印书馆，1999，第470页。

② 叶枫宇：《西晋作家的人格与文风》，上海三联书店，2006，第50、51页。

③ 逯钦立：《先秦汉魏晋南北朝诗》，中华书局，1982，第570页。按：此诗魏明安、赵以武《傅玄评传》中作品辑录部分，将其系年于泰始二年（266）。

的是与鼓吹乐同样的情感，但因是写给朋友的诗，而非应制之作，其情感的真实度更可信。不仅是傅玄，我们在皇甫谧、左思、辛旷的作品中都能读到新时代到来时的那份喜悦及憧憬。皇甫谧《释劝论》作于泰始年间，其文回顾泰始初年情形时说："及泰始登禅……宗人父兄及我僚类，咸以为天下大庆，万姓赖之，虽未成礼，不宜安寝，纵其疾笃，犹当致身。"① 辛旷《赠皇甫谧》诗劝皇甫谧出仕，写于晋初。其诗言："明明天子，如日之临。临照四方，探赜幽深。山无逸民，水无潜鳞。爰彼九皋，克量德音。茂哉先生，皇实是钦。"② 皇甫谧的宗人父兄、皇甫谧的朋友劝皇甫谧出仕的理由就是因为新王朝的来临。他们不是朝廷的说客，对朝廷的溢美很大程度上是出自真心的。左思的《三都赋》作于太康年间，诗言："日不双丽，世不两帝。天经地维，理有大归。"③ 更是代表了时代的心声，"洛阳纸贵"与此不无关联。这些作品与傅玄之作相同，都抒发了那个时代士人共同的情感：对新政权的期待与赞美。

罗根泽先生说："庙堂诗歌，无性灵可言，古今皆无佳作。"④ 王运熙先生也有类似看法："汉代以后的朝廷郊庙鼓吹乐章，内容颇多沿袭，在当时虽说是事关国典、无比隆重的乐歌，但今天看来，不过是庙堂文学的僵尸残骸。"⑤ 如果说"古今皆无佳作"尚有一定道理的话，那么"无性灵可言""庙堂文学的僵尸残骸"则有欠公允了，毕竟傅玄在鼓吹曲中除了颂美，还表达了他的思想主张：举贤与能、施仁政、崇孝道。无论是赞美还是他的政治主张，其中都有真实情感的一面，不能一概否定。

傅玄的鼓吹曲，其新变意义表现为三方面。从文本看，它由多写先王而一变为多写当世君王，改变了鼓吹曲"多叙战阵"的内容，而是多颂扬赞美。写作手法上改变了魏晋时期叙事中兼具写景抒情的手法，而是直接叙事抒情。具有诗史性质和文献价值。就曲辞与音乐的关系看，傅玄的组诗对鼓吹曲的雅化具有推动作用，可见下文论述。

---

① 《晋书》第51卷，中华书局，1974，第1411页。

② 《先秦汉魏晋南北朝诗·晋诗》第2卷，中华书局，1983，第586页。

③ 《文选》第6卷，上海古籍出版社，1986，第298页。

④ 罗根泽：《乐府文学史》，东方出版社，1996，第30页。

⑤ 王运熙、王国安：《汉魏六朝乐府诗》，上海古籍出版社，1986，第32页。

三 傅玄鼓吹曲辞的影响兼论西晋宫廷鼓吹乐的雅化历程

鼓吹乐在《汉乐四品》中属于“黄门鼓吹”，本是俗乐，钱志熙先生以大量材料说明，两汉黄门都属少府令，掌俗乐。鼓吹是黄门中的一部乐。“黄门鼓吹”则为黄门所掌的鼓吹乐。① 韩宁认为“鼓吹乐是从少数民族引入中原的乐曲，属于北狄乐”。② 据此鼓吹最初是俗乐，但到西晋它日渐雅化。

首先，从其归属部门的变化可见其雅化的历程。汉魏时，黄门鼓吹隶属少府令，西晋时则改隶太常，《晋书·职官志》载“太常，有博士、协律校尉员，又统太学诸博士、祭酒及太史、太庙、太乐、鼓吹、陵等令。”③ 对此变化，刘怀荣先生的结论是：

> 鼓吹署改隶太常乃是鼓吹曲雅化的必然结果。因为曹魏以后的鼓吹曲已经改变了汉代采用民间歌谣的做法，而多为文士创作，因此，它与太乐所掌的雅乐已没有多少区别。西晋乐府机构的这一变化，发展到后来便是太乐、鼓吹合二为一。④

东晋时，太乐、鼓吹合二为一，鼓吹的雅乐性质逐渐清晰。从《宋书》《南齐书》及《隋书》的《百官志》可知，南朝宋齐时代，鼓吹仍由太乐掌管，太乐隶属太常；南朝萧梁天监七年，鼓吹再次从太乐分离出来，但仍归太常管辖。鼓吹与太乐、太常的关系表明，直到南朝梁时，鼓吹一直是以雅乐的面目出现在朝廷宴飨礼仪上。

其次，从鼓吹的作用也可见其雅化的事实。西晋孙毓有《东宫鼓吹议》一文：

> 盖古之军声，振旅献捷之乐也，施于时事不当，后因以为制，用之期会，用之道路焉。所以显德明功，振武和众，求使后世无亡其章，率而合者也。

---

① 钱志熙：《论蔡邕叙“汉乐四品”之第四品应为相和清商类》，《北京大学学报》2010年第3期，第47页。

② 韩宁：《鼓吹横吹曲辞研究》，北京大学出版社，2009，第5页。

③ 《晋书》第24卷，中华书局，1974，第735页。

④ 刘怀荣、宋亚丽：《魏晋南北朝乐府制度与歌诗研究》，商务印书馆，2010，第11～12页。

闻其音而德合，省其诗而志正；威仪足以化民俗，制度足以和神人。礼乐之教，义有所指，给鼓吹以备典章，出入陈作，因以易风移俗。[①]

文章先溯源，指出鼓吹源于古军乐；再指出其使用场合“用之期会，用之道路焉”；最后强调鼓吹无论曲还是辞都有易风移俗的作用。孙毓，泰山人，曹魏时，仕至青州刺史，入晋为太常博士。《全晋文》载有他 13 篇“议”，均是对礼仪制度的阐释，可见其儒学的造诣。其著述甚丰，有《毛诗异同评》十卷，《春秋左氏传》二十八卷，《孙氏成败论》三卷，《集》六卷。作为西晋人，孙毓对鼓吹乐曲作用的阐释“闻其音而德合，省其诗而志正；威仪足以化民俗，制度足以和神人”，可见鼓吹曲用于朝廷、宣扬教化的作用，足资证明鼓吹乐到西晋已雅化的事实。

再次，从西晋礼乐建设看，鼓吹乐也在逐渐雅化。

马端临《文献通考·乐考》言：“魏晋以来，仿汉短箫铙歌为之，而易其名，于是专叙其创业以来伐叛讨乱肇造区宇之事，则纯乎《雅》《颂》之体，是魏晋以来短箫铙歌，即古之《雅》《颂》矣。”[②] 这指的应该就是缪袭、韦昭、傅玄的鼓吹曲辞创作，这种《雅》《颂》之作，缪袭有开创之功，真正的定型则是由傅玄完成的。傅玄的鼓吹曲辞是受命之作，反映的是朝廷大事，歌咏当世君王，提出自己的政治主张，这种严肃的主题，使他的鼓吹曲具有雅歌的性质，诚如刘勰《文心雕龙·乐府》说“傅玄晓音，创定雅歌”。这种雅歌要凸显的就是德治教化，这与儒家的音乐思想是一致的。《荀子·乐论》言：“乐在宗庙之中，君臣上下同听之，莫不和敬；在族长乡里之中，长幼同听之，莫不和顺；闺门之内，父子兄弟同听之，莫不和亲。”[③] 它强调人伦关系中的“和”，其实也就是强调音乐的教化作用。因此，傅玄鼓吹曲辞的颂歌内容必然带来曲辞的雅化。

汉魏鼓吹多写战阵，其音乐节奏应该比较哀伤急促。随着傅玄鼓吹乐歌一变而为颂声雅歌的面貌，鼓吹曲肯定会以相应的雅音面目出现于朝廷。雅乐的特征就是节奏的舒缓与雅正，这从阮咸对荀勖的批评中可见。泰始九年，荀勖以古尺校音律，曾遭阮咸批评，认为音调高，乐曲节奏哀

① （清）严可均辑《全晋文》第 67 卷，商务印书馆，1999，第 711 页。

② （元）马端临：《文献通考·乐考十四》，中华书局，1980，第 1247 页。

③ （清）王先谦：《荀子集解·乐论》第 20 卷，中华书局，1988，第 379 页。

伤急促，不合雅乐。阮咸因此被荀勖贬官。事实上，阮咸是正确的，荀勖后来改正了音高，也恢复了阮咸的官职。可见雅乐节奏是缓慢庄重的。

泰始九年荀勖校定音律，一定意义上是为了配合雅歌制定雅乐。从《晋书·乐志》的材料记载中，我们看到，荀勖对雅乐是有自己的标准的。“泰始五年，尚书奏，使太仆傅玄、中书监荀勖、黄门侍郎张华各造正旦行礼及王公上寿酒、食举乐歌诗。荀勖云：‘魏氏行礼、食举，再取周诗《鹿鸣》以为乐章。又《鹿鸣》以宴嘉宾，无取于朝，考之旧闻，未知所应。’勖乃除《鹿鸣》旧歌更作行礼诗四篇，先陈三朝朝宗之义。又为正旦大会、王公上寿歌诗并食举乐歌诗，合十三篇。又以魏氏歌诗或二言，或三言，或四言，或五言，与古诗不类，以问司律中郎将陈颀。颀曰：‘被之金石，未必皆当。’故勖造晋歌，皆为四言，唯王公上寿酒一篇为三言五言焉。”①

荀勖改《鹿鸣》旧歌作新诗，原因是因为《鹿鸣》“无取于朝”，换言之，不是对朝廷、君王的颂美，不关乎兴废。可见荀勖的雅歌，要求曲辞雅正，傅玄的鼓吹曲辞无疑是符合荀勖雅乐的标准的。荀勖认为雅歌的另一标准是四言，杂言“被之金石，未必皆当”。傅玄的鼓吹曲辞作于泰始初年，还保留着汉魏杂言的特点；但泰始五年所作的《四厢乐歌》，泰始九年所作的《正德舞》《大豫舞》曲辞基本上为四言。这表明泰始五年开始，西晋的雅歌标准趋向统一，即：四言颂声，这种标准实际上也就是西晋儒家文学观的反映。

西晋雅歌标准的渐趋统一，促进了雅乐的改革进程。泰始九年“光禄大夫荀勖以杜夔所制律吕，校太乐、总章、鼓吹八音，与律吕乖错，乃制古尺，作新律吕，以调声韵。事具《律历志》。律成，遂班下太常，使太乐、总章、鼓吹、清商施用”。② 荀勖校定音律是雅乐改革的进程之一，其中透露了鼓吹乐曲的雅化信息。随着鼓吹乐隶属太常，其雅化进程更为明显。荀勖对雅乐的改革无疑是配合其雅歌标准的，傅玄曲辞的雅歌性质与荀勖的雅歌标准在很大程度上是相同的。从这个意义上说，傅玄鼓吹曲辞的雅化促进了鼓吹乐的雅化，这种雅化是随着礼乐建设的推进而推进的。

再次，从音乐自身发展规律看，西晋的鼓吹乐已具雅乐性质。音乐的

① 《晋书》第22卷，中华书局，1974，第685页。

② 《晋书》第22卷，中华书局，1974，第692页。

雅俗是一个动态发展的过程，乐曲相对于歌辞，其变化会缓慢得多。雅乐更是具有相对的稳定性。但这并不表明雅乐是永恒的，事实上，雅乐与俗乐是相对的，社会环境、时代变化、帝王喜好等众多因素都会导致雅乐与俗乐的相互转化。因此，鼓吹乐的雅化也符合音乐本身的发展规律。《宋书·乐志》记载了东晋的雅乐建设情况，可充分说明鼓吹乐在两晋时的雅乐性质：

> 至江左初立宗庙，尚书下太常祭祀所用乐名，太常贺循答云："魏氏增损汉乐，以为一代之礼，未审大晋乐名所以为异。遭离丧乱，旧典不存，然此诸乐，皆和之以钟律，文之以五声，咏之于哥词，陈之于舞列，宫县在下，琴瑟在堂，八音迭奏，雅乐并作，登哥下管，各有常咏，周人之旧也。自汉氏以来，依放此礼，自造新诗而已。旧京荒废，今既散亡，音韵曲折，又无识者，则于今难以意言。"于时以无雅乐器及伶人，省太乐并鼓吹令。是后颇得登哥，食举之乐，犹有未备。明帝太宁末，又诏阮孚等增益之。成帝咸和中，乃复置太乐官，鸠集遗逸，而尚未有金石也。[①]

从贺循所言，我们可以得知：(1) 周代雅乐是歌舞曲三者的统一，雅乐主要是金石之声"宫悬在下，琴瑟在堂"，曲与歌"各有常咏"。(2) 汉代以后常依雅乐，自造"新诗"。(3) 汉魏雅乐与"大晋乐名"不尽相同。

沈约的叙述，给了两条重要的信息：其一，东晋初立，因无"雅乐器及伶人"，太乐和鼓吹都罢免了，可见太乐与鼓吹均为雅乐。其二，成帝咸和年间复置太乐官，但无金石乐。雅乐自然是用鼓吹乐之类了。

从贺循的言论中，我们找不到鼓吹乐的身影，但至少说明雅乐尤其是乐歌是动态发展的。沈约的叙述则表明雅乐乐曲也是动态的。从史书与文献的记载中，可以看到一个事实：历代的雅乐都是在前代基础上的再创作，正如"'杜夔传旧雅乐四曲'，只不过是其拟古之作而已。"[②] 因为在历朝历次的战乱中，雅乐都失传了，试看：

> 至于六国，魏文侯最为好古，而谓子夏曰："寡人听古乐则欲寐，

---

① 《宋书》第19卷，中华书局，1974，第540页。

② 李婷婷：《"杜夔传旧雅乐四曲"考》，《齐鲁学刊》2012年第1期，第111~115页。

及闻郑、卫，余不知倦焉。”子夏辞而辨之，终不见纳，自此礼乐丧矣。（《汉书·礼乐志二》）[①]

汉末大乱，众乐沦缺。……远考经籍，近采故事，魏复先代古乐，自夔始也。而左延年等，妙善郑声，惟夔好古存正焉。（《宋书·乐一》）[②]

迩及元、成，稍广淫乐。正音乖俗，其难也如此。暨后汉郊庙，惟杂雅章，辞虽典雅，而律非夔、旷。（《文心雕龙·乐府》）[③]

旧京荒废，今既散亡，音韵曲折，又无识者，则于今难以意言。（《宋书·乐志》）[④]

自汉以后，舞称歌名，代相改易，服章之用，亦有不同，斯则不袭之义也。（《魏书·乐志》）[⑤]

战乱带来的破坏是巨大的，古乐辞章往往毁于一旦。所以雅俗也会随着时代的变化而变化。《魏书·乐志》载：太和十一年（公元487年）文明太后令曰：“先王作乐，所以和风改俗，非雅曲正声不宜庭奏。可集新旧乐章，参探音律，除去新声不典之曲，裨增钟县铿锵之韵。”[⑥] 新声也可作为雅曲正声奏于朝廷，这就典型地说明了雅乐的发展变化。

鼓吹乐也同样如此。我们将前文论述再加整理可见：西晋时由于音乐官署的设置变动，鼓吹曲辞的雅化，鼓吹乐已经雅化。沈约论东晋太乐官署的兴废，可充分说明东晋时鼓吹乐依然为雅乐。南朝宋、齐、梁鼓吹与太常官署的关系，也说明鼓吹为雅乐。此外，“在宫廷中吉礼只用雅乐”[⑦]，而南朝谢朓的《齐随王鼓吹曲》十首，其二曰《郊祀曲》，可见鼓吹乐亦用于吉礼，证明南朝齐时鼓吹乐依然为雅乐。

魏永平三年（公元510年），刘芳上言：“窃观汉魏已来，鼓吹之曲亦不相缘，今亦须制新曲，以扬皇家之德美。”“古乐亏阙，询求靡所，故顷年以来，创造非一，考之经史，每乖典制”。[⑧] 于此可见汉魏

---

① 《汉书》第22卷，中华书局，1962，第1042页。

② 《宋书》第19卷，中华书局，1974，第534页。

③ （梁）刘勰撰，范文澜注《文心雕龙》第2卷，第102页。

④ 《宋书》第19卷，中华书局，1974，第540页。

⑤ 《魏书》第109卷，中华书局，1974，第2827页。

⑥ 《魏书》第109卷，中华书局，1974，第2829页。

⑦ 项阳：《礼乐、雅乐、鼓吹乐之辨析》，《中央音乐学院学报》2010年第1期。

⑧ 《魏书》第109卷，中华书局，1974，第1652页。

以来鼓吹曲是不断变化的，但至孝文帝时，虽然“每乖典制”，依然在雅乐的范围。

魏永平三年，刘芳“博采经传，更制金石，并教文武二舞及登歌、鼓吹诸曲”，校就完毕，欲在元日大飨中陈列，报请孝文帝审批，“诏曰：‘舞可用新，余且仍旧。’鼓吹杂曲遂寝焉”。[①] 从记载中看，作为雅乐的鼓吹乐到北魏永平年间似不再演奏。还有一例可资证明。北魏节闵帝普泰年间（公元 531～532 年），孙稚、祖莹上书中有言：“案今后宫飨会及五郊之祭，皆用两悬之乐，详揽先诰，大为纰缪。古礼，天子宫悬，诸侯轩悬，大夫判悬，士特悬。”[②] 上疏中透露的信息是，宫飨会及五郊之祭只用两悬之乐。这当然不妥，古礼，天子用宫悬之乐。但不管是宫悬还是两悬，指的都是悬乐，即以钟、磬为主的金石之乐。这似乎也意味着鼓吹乐作为雅乐在北魏的消停。

鼓吹乐从汉魏至晋，至南北朝一直到北魏，经历了由俗而雅的变化，甚至北魏后期鼓吹乐一度告寝。鼓吹乐的变化与时代、与人们的观念、与统治阶级的趣好等都有关系。在鼓吹乐的雅化过程中，傅玄的鼓吹曲辞的典雅正声应是不容忽视的。

---

① 《魏书》第 109 卷，中华书局，1974，第 1652～1653 页。

② 《魏书》第 109 卷，中华书局，1974，第 1658 页。

陆机的“百年歌”* 考

佐藤利行（广岛，广岛大学研究生院，739－8511）

摘　要：陆机“百年歌”表面上看似乎是诗人对自己一生的回顾，但事实上并非如此。本文从两方面对这一问题试作探讨：(1) 以“百年歌”诗的内容为切入点；(2) 结合陆机生平主要事迹与诗作进行对比。

关键词：百年歌　陆机　生平　生活写照

作者简介：佐藤利行，男，日本广岛县广岛市人。现为广岛大学研究生院教授、广岛大学副校长，广岛大学北京研究中心主任，中日比较语言文化学会会长，六朝学术学会评审员，汉文教育学会理事。专业方向为中国六朝文学、中日比较文化学。主要著作有《西晋文学研究》《陆云研究》《王羲之全书翰》《陆士衡诗集》《孔子语录》《汉文总说和要点》等。

西晋陆机（公元 261～303 年），有题为“百年歌”的诗作。诗中将人生的每十年划分为“一十时”“二十时”，一直到“百岁时”为止，整个作品共由十首诗组成。下面，让我们先来看一下诗的内容吧。

（其一）

一十时

颜如蕣华晔有晖

体如飘风行如飞

娈彼孺子相追随

* 陆机的“百年歌”，在青木正儿的《中华饮酒诗选》（筑摩书房）中被称为“人一代之歌”，收录了其中“一十时”至“六十时”六篇。

终朝出游薄暮归
六情逸豫心无违
清酒浆炙奈乐何
清酒浆炙奈乐何

诗的大意为，十多岁的时候，面容如木槿花般绚烂照人，身体如旋风飞翔般轻盈。美丽的少年们亦步亦趋。早上外出游玩，日暮之时回家。心情愉快，随心所欲。清酒烤肉，快乐无比。清酒烤肉，快乐无比。

（其二）
二十时
肤体彩泽人理成
美目淑貌灼有荣
被服冠带丽且清
光车骏马游都城
高谈雅步何盈盈
清酒浆炙奈乐何
清酒浆炙奈乐何

二十多岁的时候，皮肤光滑，长大成人。美丽的眼神，娇好的容貌，看上去容光焕发。衣着装束，美丽清雅。驾驶着光彩照人的马车，游玩都城。高雅的谈吐与步伐，显得轻盈淑美。清酒烤肉，快乐无比。清酒烤肉，快乐无比。

（其三）
三十时
行成名立有令闻
力可扛鼎志干云
食如漏卮气如熏
辞家观国综典文
高冠素带焕翩纷
清酒浆炙奈乐何
清酒浆炙奈乐何

三十多岁的时候，安居立业，小有名气。力气之大可以举鼎，志气之高直达云霄。食欲旺盛从不知饱，意气更是生气勃勃。离开家乡来到京城，步入仕途，掌管法典文书。头戴高冠，身着白带，看上去光彩照人。清酒烤肉，快乐无比。清酒烤肉，快乐无比。

（其四）

四十时

体力克壮志方刚

跨州越郡还帝乡

出入承明拥大珰

清酒浆炙奈乐何

清酒浆炙奈乐何

四十多岁的时候，体力健壮，意气刚毅。历任州郡之长官，终于回到都城。出入承明门，手中持大珰。清酒烤肉，快乐无比。清酒烤肉，快乐无比。

（其五）

五十时

荷旄仗节镇邦家

鼓钟嘈囋赵女歌

罗衣綷粲金翠华

言笑雅舞相经过

清酒浆炙奈乐何

清酒浆炙奈乐何

五十多岁的时候，肩抗指挥旗，身携虎符，平镇国家之战乱。身着艳丽的衣服，头戴金银翡翠的头饰。谈笑声与歌舞声，交织在一起。清酒烤肉，快乐无比。清酒烤肉，快乐无比。

（其六）

六十时

年亦耆艾业亦隆

骖驾四牡入紫宫

轩冕婀那[①]翠云中
子孙昌盛家道丰
清酒浆炙奈乐何
清酒浆炙奈乐何

六十多岁的时候，年纪已长，功业已建。驾驶驷马之车，直入高殿之门。高官的车乘与冕服相映，仿佛驾驶在翠绿的云霄之中。子孙繁荣，家道兴盛。清酒烤肉，快乐无比。清酒烤肉，快乐无比。

（其七）
七十时
精爽颇损膂力愆
清水明镜不欲观
临乐对酒转无欢
揽形修发独长叹

七十多岁的时候，气力愈衰，体力渐失。不再去看清水或是镜中（的面容）。音乐与美酒，不再带来快乐。正正身子，理理头发，独自一人长叹。

（其八）
八十时
明已损目聪去耳
前言往行不复纪
辞官致禄归桑梓
安车驷马入旧里
乐事告终忧事始

八十多岁的时候，眼睛已经失明，耳朵已经失聪。刚刚说过的话立刻便忘，难以记起。辞去高官厚禄，告老还乡。乘坐驷马之车，回归故里。从此以后，开始整日忧思，毫无开心之事。

① “婀那”二字，在本集（四部丛刊）中作“纳那”，现依据《古诗纪》进行改正。曹植的“洛神赋”中有“华容婀娜，令我忘餐”。“婀娜”同“婀那”，意为优美多姿。

（其九）

九十时

日告耽瘁月告衰
形体虽是志意非
言多谬误心多悲
子孙朝拜或问谁
指景玩日虑安危
感念平生泪交挥

九十多岁的时候，日渐疲劳，月趋衰老。与身体相比，精神上则更为不如。嘴上常说错话，心中尽是悲伤。早上虽然与子孙打招呼，却记不起此人是谁。一天一天，每日忧心忡忡。回想往日之事，不禁泪流满面。

（其十）

百岁时

盈数已登肌肉单
四支百节还相患
目若浊镜口垂涎
呼吸嚬蹙反侧难
茵褥滋味不复安

到了一百岁的时候，寿命将近，身体消瘦。双手双脚，浑身带病。目浊如浑镜，嘴角亦流涎。喘息愈加困难，夜晚翻身苦痛不堪。即使吃饭睡觉，也难得安宁。

以上便是"百年歌"十首的内容。从第一章"一十时"到第六章"六十时"为止的六首中，每章结尾处都重复"清酒浆炙奈乐何，清酒浆炙奈乐何"两句。而第七章"七十时"以后则无此句。

这首诗被收录在《陆士衡诗集》第七卷中。卷七所收录的诗共有二十首，诗题如下：

折杨柳、鞠歌行、当置酒、婕妤怨、燕歌行、梁甫吟、董桃行、月重轮行、日重光行、挽歌三首、百年歌十首、秋胡行、顺东西门行、上留田行、陇西行、驾言出北阙行、泰山吟、棹歌行、东武行吟、饮酒乐。

上述总计二十首诗均为乐府诗。虽然“百年歌”也属于乐府诗，但是在《乐府诗集》中却看不到。

这首“百年歌”将人的一生依照每十年进行划分，对于每个年代的样子逐一进行了描述。《论语》为政篇中，也可以看到孔子相似的内容：

> 子曰，吾十有五而志于学。三十而立。四十而不惑。五十而知天命。六十而耳顺。七十而从心所欲，不逾矩。

这段话为孔子在七十四岁即将离世之际所作，重温往事，回想起一生中经历的点点滴滴。然而，陆机的此首“百年歌”，则并非诗人回顾往日时所作。陆机于西晋太安二年（公元 303 年）时去世，享年四十三岁。假设此诗为其四十多岁时所作的话，诗中“五十时”之后的内容则纯属虚构。“百年歌”的内容究竟是否与陆机四十多岁的一生相吻合，下面就针对这个问题，以及其所具有的意义等，加以具体的论述。

我们先来回顾一下陆机在四十三岁逝世前的人生经历吧。

* 景元二年（公元 261 年）：陆机出生。
* 泰始元年（公元 265 年）：西晋王朝建立。
* 九年（公元 273 年）：父陆抗任吴国大司马。
* 十年（公元 274 年）：陆抗卒。[陆机十四岁]
* 咸宁元年（公元 275 年）：陆机任牙门将军。[十五岁]
* 太康元年（公元 280 年）：吴灭亡。[二十岁]

陆氏兄弟的军队败在王浚率领的晋军之下。兄陆晏、陆景战死沙场。

* 二年（公元 281 年）：与弟陆云退居老家华亭，专心治学。
* 九年（公元 288 年）：“辨亡论”成于此时？[二十八岁]
* 十年（公元 289 年）：在此期间，与弟陆云先后进入洛阳。
* 永熙元年（公元 290 年）：武帝（司马炎）驾崩。惠帝即位。

陆机被杨骏招为祭酒。[三十岁]

* 元康元年（公元 291 年）：任太子洗马。[三十一岁]
* 三年（公元 293 年）：转任著作郎。[三十三岁]
* 四年（公元 294 年）：与弟陆云同被任命为吴王晏的郎中令。[三十四岁]

＊六年（公元 296 年）：任尚书中兵郎，重新入朝。后转任殿中郎。［三十六岁］

＊八年（公元 298 年）：任著作郎。［三十八岁］

＊永康元年（公元 300 年）：任赵王伦的相国参军，由于诛杀贾谧有功，受赐关中爵。［四十岁］

＊永宁元年（公元 301 年）：任赵王伦的中书郎。

被问死罪之际，受成都王颖、吴王晏所救。［四十一岁］

＊太安元年（公元 302 年）：被成都王颖招为平原内史。

＊二年（公元 303 年）：任成都王颖的后将军、河北大都督。因讨伐长沙王乂失败，招致颖怀疑其忠节，与弟陆云一起被杀。［四十三岁］

以上是《晋书》陆机传中记载的主要事迹。下面，将其与前面提到的"百年歌"的内容加以比较。

"百年歌"的第一章"一十时"中，描写了一个十多岁，朝气蓬勃的贵族少年。而此时的陆机本人，出身于名门中的名门，可以想象其每天的生活情景，也许正如诗中描写的一般。然而，这样的生活，仅持续到十五岁前后。陆机十四岁时，任吴大司马的父亲陆抗不幸身亡。之后的生活与之前相比，必定大相径庭。

而后面的第二章"二十时"，虽然诗中形容为"光车骏马游都城，高谈雅步何盈盈"。可实际上，陆机在二十岁时，吴国灭亡，其兄陆晏与陆景也战死沙场。此后，直至二十九岁时入洛，陆机一直退居在老家华亭。所以，事实与诗中的内容出入很大。

第三章"三十时"中写道"辞家观国综典文，高冠素带焕翩纷"。入洛后的陆机，由于祖国吴遭到灭亡，因此生活相当艰辛。但是，他凭借自己杰出的才能以及强烈的自尊，巩固了自己在西晋朝廷中的一席之地。然而，这与诗中所描写的内容却截然不同。

最后，第四章"四十时"中提到"跨州越郡还帝乡，出入承明拥大珰"。四十多岁的陆机，卷入了被称为"八王之乱"的权力争斗之中，实际上每日不得安宁。

从下面的第五章"五十时"至第十章"百岁时"的六章，正如上面所述，并非实际生活的真实写照，属于虚构部分。

这样看来，随着吴国的灭亡，陆机的生活也朝着不同的方向，发生了多种变化。因此，"百年歌"这首诗，可以设定是形成于吴国尚未灭亡之前的。陆氏逐渐壮大，陆机在推测自己未来的人生时所作。此外，陆机还曾以一个死者的身份，为自己创作过“挽歌诗”（《文选》卷二十八）。因此，“百年歌”一诗也同样，陆机仅仅是借助诗，来抒发自己希望一生能够如此的愿望而已吧。这样一来，诗中描写的内容，也许就是陆机为自己设定的一生计划。然而，这个一生计划却随着吴国的灭亡，永远不可能得到实现。陆机原本是计划如此来度过自己一生的，这种想法在“百年歌”中得到了充分的体现。

读乐府诗札记

杜贵晨（济南，山东师范大学文学院 250014）

摘　要：汉魏六朝间夫妻彼此称“卿”、为“友人”，可上溯《诗经》，下及今称恋爱男女为“朋友”；“努力加餐饭”为汉唐以降诗语中套语，其首创为天才的发明；“长跪问故夫”体现的是古代文学写弃妇对“故夫”大度与宽容，两性对爱之本能有别；汉唐乐府言男女成长，女子教育，随年说事，已成俗套。其体似本《论语》“子曰：‘吾十有五而志于学……’”云云，而内容次第等则堪称古代女教的纲要，是今人治史的有益参考。

关键词：《焦仲卿妻》《饮马长城窟行》《上山采蘼芜》《陌上桑》套语

作者简介：杜贵晨，男，山东宁阳人。中国人民大学中文系毕业。现为山东师范大学文学院教授，博士生导师。出版有《传统文化与古典小说》《数理批评与小说考论》《明诗选》等，发表学术论文百余篇。

一　夫妻互称“卿”，为“友人”

《乐府诗集》第七十三卷《杂曲歌辞十三·焦仲卿妻》：“结发同枕席，黄泉共为友。”乃焦仲卿说与刘兰芝夫妇之情，生共枕席，死为鬼友。由此二句可知，汉魏六朝间夫妻可称“友”。此事虽然琐细，但关乎某些文献的理解与注释，举例如下。

（一）陶潜《挽歌》

《乐府诗集》卷二十七《相和歌辞二·挽歌》陶潜三首之二：

有生必有死，早终非命促。昨暮同为人，今旦在鬼录。魂气散何之，枯形寄空木。娇儿索父啼，良友抚我哭。得失不复知，是非安能觉。千秋万岁后，谁知荣与辱。但恨在世时，饮酒恒不足。①

诗中“娇儿索父啼，良友抚我哭”二句，据前句讲父子亲情，可想后句“良友”不会是普通的朋友。但是，即使“良友”作“挚友”解，那么作为“挚友”的“良友抚我哭”以比于“娇儿索父啼”，却也似乎有过情之嫌。所以与“娇儿”相对，“良友”云云，似应指作者的妻子。但是毕竟“良友”亦“友”，以今天的观念，却又不便他想，包括不便断定其为作者的妻子。所以，笔者所见陶潜诗注本于此诗“良友”皆不出注。这不见得都是注家以为读者习见易知，而有可能是阙疑。这就成为一个有待索解的疑点。兹据《焦仲卿妻》“结发同枕席，黄泉共为友”之说，可定陶诗“良友抚我哭”句中“良友”所谓，乃是其妻子。

（二）江淹《从军行》

《乐府诗集》卷三十二《相和歌辞七·从军行》江淹二首之一：

樽酒送征人，踟蹰在亲宴。日暮浮云滋，握手泪如霰。悠悠清水川，嘉鲂得所荐。而我在万里，结友不相见。袖中有短书，愿寄双飞燕。②

诗末句“双飞燕”出《古诗十九首·东城高且长》“思为双飞燕，衔泥巢君屋”。江淹同时稍早鲍令晖（鲍照妹）《古意赠今人》诗有句曰：“北寒妾已知，南心君不见。谁为道辛苦，寄情双飞燕。”③相沿也是以“双飞燕”喻夫妻的。江淹此诗用“双飞燕”当亦不外此意，从而此前“而我在万里，结友不相见”两句中“结友”也是讲夫妻的。但是，以今天的观念，毕竟“结友”不同于结婚，所以在别无其他证据的情况下，也不便遽然断定。但是今因《焦仲卿妻》“结发同枕席，黄泉共为友”之说，即可以断定其所称“结友”之“友”，也就是指其远隔万里的家中独守空

---

① 《乐府诗集》第2册，中华书局，1979，第401页。

② 《乐府诗集》第2册，中华书局，1979，第408页。

③ （陈）徐陵编，（清）吴兆宜注、程琰删补《玉台新咏笺注》上册第4卷，穆克宏点校，中华书局，1985，第154页。

房的妻子了。

江淹此诗又见《江文通集》，据明·胡之骥《江文通集汇注》，“结友”之“友”字他本或作“发”。由此可以推测两字的是非，似不属普通的错讹，而有可能是彼时“结友”在指普通结为朋友之外，还有义同“结发”的用法，即结婚为夫妻之谓。这也从侧面证明彼时“结友”即结婚为夫妇之义。

（三）刘义庆《幽明录·新鬼》

《太平广记》卷三二一《新鬼》写“新死鬼”与“友鬼”之具体关系有令人困惑之处。其文不长，录如下：

> 有新死鬼，形疲瘦顿，忽见生时友人，死及二十年，肥健，相问讯曰：“卿那尔？”曰：“吾饥饿，殆不自任。卿知诸方便，故当以法见教。”友鬼云：“此甚易耳，但为人作怪，人必大怖，当与卿食。”新鬼往入大墟东头，有一家奉佛精进，屋西厢有磨，鬼就推此磨，如人推法。此家主语子弟曰：“佛怜吾家贫，令鬼推磨，乃辇麦与之。”至夕，磨数斛，疲顿乃去，遂骂友鬼：“卿那诳我？”又曰：“但复去，自当得也。”复从墟西头入一家，家奉道。门傍有碓，此鬼便上碓，如人舂状。此人言：“昨日鬼助某甲，今复来助吾，可辇谷与之。”又给婢簸筛。至夕，力疲甚，不与鬼食。鬼暮归，大怒曰：“吾自与卿为婚姻，非他比，如何见欺？二日助人，不得一瓯饮食。”友鬼曰：“卿自不偶耳，此二家奉佛事道，情自难动。今去可觅百姓家作怪，则无不得。”鬼复出，得一家，门首有竹竿，从门入。见有一群女子，窗前共食。至庭中，有一白狗，便抱令空中行，其家见之大惊，言自来未有此怪。占云：“有客鬼索食，可杀狗，并甘果酒饭，于庭中祀之，可得无他。”其家如师言，鬼果大得食，自此后恒作怪，友鬼之教也。（出《幽明录》）①

由篇中新鬼对“友鬼”说“吾自与卿为婚姻，非他比”之语，可知“新死鬼”与“友鬼”生前当为夫妻。但是，以今天的观念，毕竟“生时友人”、“友鬼”之“友”只是朋友，与夫妻别是一伦，

① （宋）李昉等编《太平广记》第7册，第321卷，中华书局，1961，第2544页。

从而此篇中“友鬼”与“新死鬼”的关系仍不甚明确。笔者所见各家注本于“友鬼”均不出注，可能也有不易确解的原因，值得作具体的探讨。

《焦仲卿妻》当为东汉末作品。《幽明录》作者同时是《世说新语》作者刘义庆为刘宋时人，与《焦仲卿妻》成诗相去未远，诸作所反映社会习俗当多可通之处。今由上引“新鬼”曰“吾自与卿为婚姻，非他比”和“友鬼”答以“卿自不偶耳”诸语，更证以《世说新语·惑溺第三十五》载“王安丰妇，常卿安丰”等事，可知刘宋前后或说汉唐之间，有夫妻间私下称“卿”之俗。俞樾《茶香室丛钞》四钞卷六《称妇曰卿》条云：“宋庞元英《文昌杂录》云：晋王戎妻语戎为卿。束皙亦曰：妇皆卿夫子，呼父字。有一士人作诗，谓妇曰‘卿’非也。按此条不可解，岂妇可卿夫，夫不可卿妇邪?”[①] 今由《新鬼》写夫妻彼此称“卿”，这一疑问便有了答案，即那时夫妻彼此皆可以称“卿”；而由《焦仲卿妻》“结发同枕席，黄泉共为友”两句，则可以知道《新鬼》叙事称新、旧二鬼为“生时友人”，“友人”亦夫妻之谓。

综合以上三例的讨论，由《焦仲卿妻》“结发同枕席，黄泉共为友”之说，可证汉魏六朝间夫妻可彼此称“卿”，而夫妻关系可称之谓“友人”。但夫妻间彼此称“卿”之俗，至今早已消失；而夫妻为“友人”之称，虽古今略有异同，但是大体一脉相承，源流约略可见。其上溯似由《关雎》“窈窕淑女，琴瑟友之”而来。原因是虽然《关雎》所写男女仅为爱情，还是由爱情而最后步入了婚姻的殿堂，学界尚有争议，但因爱情而称“友之”，实已与夫妻称“友人”无间，只是不如《焦仲卿妻》“结发同枕席，黄泉共为友”之说更明确罢了。因此《焦仲卿妻》《新死鬼》等写夫妻称“友”或“友人”实为《诗经·关雎》之遗风，而今之恋爱男女称“朋友”之俗，似也与我国古代两情相悦而以“友”相待之俗一以贯之。由此可知近今流行男女“朋友”之义，其来古矣！而《焦仲卿妻》“结发同枕席，黄泉共为友”之说不仅能够证实和补充有关文献注释之疏失，还是彰显我国自古及今以恋爱或婚姻中男女为“友”美风良俗的重要标志。

---

① （清）俞樾撰《茶香室丛钞·四》第6卷，贞凡、顾馨、徐敏霞点校，中华书局，1995，第1569页。

二 “努力加餐饭”

《孟子·告子上》：“告子曰：“食、色，性也。”以“食”为先，即“民以食为天”之义，可见得吃饭的事比得天大；而以“色”居其次，是人生第二个必须满足的基本需求。所以看似简单，却真正称得上是“宇宙真理”。这个真理也屡见于“诗言志”的古乐府中，如《乐府诗集》第三十八卷《相和歌辞十三·饮马长城窟行》云：

> 青青河畔草，绵绵思远道。远道不可思，宿昔梦见之。梦见在我傍，忽觉在他乡。他乡各异县，展转不相见。枯桑知天风，海水知天寒。入门各自媚，谁肯相为言。客从远方来，遗我双鲤鱼。呼儿烹鲤鱼，中有尺素书。长跪读素书，书中竟何如。上言加餐饭，下言长相忆。①

此诗最末两句“加餐”“相忆”即分别讲“食、色”二字，次序也同告子所说，可谓古诗中有关人性需求层次的经典表达。

《古诗十九首·行行重行行》篇与《饮马长城窟行》创作时代当相去不远，对“食、色”需求之次序作了别种形式的诉说：

> 行行重行行，与君生别离。相去万余里，各在天一涯。道路阻且长，会面安可知。胡马依北风，越鸟巢南枝。相去日已远，衣带日已缓。浮云蔽白日，游子不顾返。思君令人老，岁月忽已晚。弃捐勿复道，努力加餐饭。

全诗写妻子对离家远行丈夫的思念，但“浮云”句以下妻子似怀疑丈夫在外有了外遇，把自己抛弃了，这就越多使得她“为伊消得人憔悴”。但生命仍在，日子还要过下去，所以结末曰“弃捐”云云，意谓“会面”所代表之“色”的希冀既已不可能满足，感情一片空虚，但那也还是要自勉多吃一点，坚强地活下去。其所表达对爱的失望与渴望以及对生命的执著，与《饮马长城窟行》末二句有异曲同工之妙：也是吃饭第一，性爱

① 《乐府诗集》第38卷，中华书局，1979。

第二。

笔者据手中电子资料以“加餐”为条件检索，此词似最早出现于东汉。而据《全后汉文》检索可知，“加餐饭”似为后汉代口语，为粮食困乏时期人们相互问候或劝勉的常用语。至今中国人尤其是北方农村人见面打招呼也还是问“吃饭了吗”，或与这“加餐饭”出于同样的人生关怀。但“加餐饭”至晚汉末已经成为朝野书面语言，如《全后汉文》卷三明帝文末云：“君慎疾加餐，重爱玉体。”卷七十二蔡邕《议郎粪土臣邕顿首再拜上书皇帝陛下》末云：“唯陛下加餐，为万生自爱。臣邕死罪。”又《全三国文》卷九魏明帝《与陈王植手诏》：“王颜色瘦弱何意邪？腹中调和不？今者食几许米？又啖肉多少？见王瘦，吾甚惊，宜当节水加餐。”等等。而且对比可见，乐府《饮马长城窟行》与《行行重行行》用“加餐饭”语，与上引《全后汉文》《全三国文》中例同置于篇末，表明乐府中“加餐饭”的用意与用法，与在汉魏朝野实际生活和文章中一脉贯通，乃日常生活与文章用语在诗歌中的化用。

“加餐饭”在后世流为文学套语，也以诗歌中运用为多。据电子资料以“加餐”为条件检索，逯钦立编《先秦汉魏晋南北朝诗》中有4首，除上引《饮马长城窟行》和《行行重行行》之外，另外两首分别是《梁诗》卷八柳恽《赠吴均诗三首》之三有句云：“徭役命所当，念子加餐饭。”同卷何逊《赠族人秣陵兄弟诗》有句云：“愿子加餐饭，良会在何辰。”并且“加餐饭”也都是出现在全诗的结末。可见至南北朝诗人师法汉乐府以“加餐”入诗，已使“加餐饭”开始成为套语，尽管尚不十分流行。

“加餐饭”作为文学套语，至唐诗大为流行。今据电子资料《全唐诗》《全唐诗补编》检得40首，涉及诗人有张说、齐己、杜甫、秦系、独孤及、孟郊、白居易、李白、岑参等，以杜甫运用最多；《全宋诗》检得19首，涉及诗人有苏辙、梅尧臣、王安石、秦观、黄庭坚、贺铸、张耒、陈师道等，以苏辙、梅尧臣最多；《元诗选》检得18首，涉及诗人有泰不华、吴莱、元好问、萨都剌、杨维桢、耶律楚材、鲜于枢、傅若金等。唐宋人用“加餐饭”多依《全后汉文》、乐府、古诗之旧放在篇末，自宋代王安石、秦观、黄庭坚、贺铸、张耒、陈师道等始移用于篇中，元诗中则多用于篇中，显示了在运用方式上的变化。

虽然明清诗歌不便检索，但是仅就以上数代诗歌检索可知，“加餐饭”

自汉乐府中始见，六朝隋唐以降，逐渐成了诗歌中关怀劝勉他人的套语。宋代以后这一套语的沿用还蔓延到词曲，这里也不拟赘述。而总之可说我国自唐以后文学中，“加餐饭”作为套语成为一个较为普遍和突出的现象。乃至清末民国诗人近体之作，也还偶有参用。如祖籍安徽桐城的济南诗人左次修（1887～1962）《和景伯言自寿诗》尾联云：“祝君不噎加餐饭，会赠雏鸡十二篮。”① 可见自汉至近今二千余年，“加餐饭”在中国文学中的运用一以贯之，历久未绝。

虽然“套语”几乎就意味着陈旧刻板和平庸，“加餐饭”在中国文学中大体可谓陈陈相因的存在也不足为贵，但是这一说法能够被创造出来并成为一个套语，并不单纯是一个偶然，而是一个复杂深刻的文化现象，值得关注。而且“加餐饭”作为汉乐府作者的首创，与后来的仿效也不可同日而语，正如波德莱尔在《火箭》中对这类现象的评价：“创造一个窠臼，这是天才的象征。”②

三　“长跪问故夫”

古诗《上山采蘼芜》，《太平御览》卷五二一作《古乐府》，《乐府诗集》未收，其辞云：

> 上山采蘼芜，下山逢故夫。长跪问故夫，新人复何如。新人虽言好，未若故人姝。颜色类相似，手爪不相如。新人从门入，故人从阁去。新人工织缣，故人工织素。织缣日一匹，织素五丈余。将缣来比素，新人不如故。

这是一首著名的弃妇诗。诗写妇人已经被弃出门，但因“上山采蘼芜，下山逢故夫”，偶然遭遇，仍不改其旧往执故妇之礼，“长跪”而问“新人复何如”。故夫答以比较“颜色”和“手爪”等，总之是“新人不如故”。读来似乎这一对离异夫妻感情上仍有些藕断丝连，甚至还可以想到他们或有破镜重圆的一丝可能。

---

① 左次修：《五五诗存》手稿，左孝辉藏。

② 转引自〔法〕吕特·阿莫西、安娜·埃尔舍博格·皮埃罗著《俗套与套语——语言·语用及社会的理论研究》，丁小会译，天津人民出版社，2003，第12页。

但这首诗同时也使人产生另外的疑问，即弃妇既已被逐出夫门，还有必要“长跪问故夫，新人复何如”吗？弃妇如此，是否太不够自尊甚至自轻自贱了呢？实际不然。这至少是中国古代诗歌的一个思想传统，此诗前后涉及此一题材诗作多能佐证。如《诗经·卫风·氓》写弃妇对氓之喜新厌旧颇怨望，但结末仍归于“反是不思，亦已焉哉”；而唐人小说元稹《莺莺传》结末写莺莺送张生诗亦云：“弃置今何道，当时且自亲。愿将旧时意，怜取眼前人。”都展示了对男性负心行为的大度宽容。这种宽容似非出于女性的软弱，而更像是对人生更高一层意义的看破，有居高临下鄙视男子天性弱点的姿态与意味。当然也不完全排除是古代男性作者出于根深蒂固之异姓占有欲望的一厢情愿。

总之，无论出于何种动机或愿望，中国古代文学中除有如《霍小玉传》等少数写被弃女子向负心男性寻求报复的作品问世流行之外，多数作品写婚姻离异中受害女性对“故夫”能持宽恕的态度。这应当是有原因的，而《乐府诗集》第六十三卷《杂曲歌辞三》后汉辛延年《羽林郎诗》中曾有所触及。其诗曰：

> 昔有霍家姝，姓冯名子都。依倚将军势，调笑酒家胡。胡姬年十五，春日独当垆。长裾加理带，广袖合欢襦。头上蓝田玉，耳后大秦珠。两鬟何窈窕，一世良所无。一鬟五百万，两鬟千万余。不意金吾子，娉婷过我庐。银鞍何煜爚，翠盖空踟蹰。就我求清酒，丝绳提玉壶。就我求珍肴，金盘脍鲤鱼。贻我青铜镜，结我红罗裾。不惜红罗裂，何论轻贱躯。男儿爱后妇，女子重前夫。人生有新故，贵贱不相逾。多谢金吾子，私爱徒区区。①

诗中“男儿爱后妇，女子重前夫”，根本是说男子感情容易转移，而女子感情则较为专一。刘禹锡《竹枝词》云：“花红易衰似郎意，流水无限似侬愁。”明杂剧《投梭记》中有句道白讲得更明白：“常言道：‘男子痴，一时迷；女子痴，没药医。”都是讲这个道理。由此而想中国古代文学写弃妇多如《上山采靡芜》中女主人公对“故夫”的态度，实乃自古现实生活中女性之常；而《上山采靡芜》结末“故夫”能说“将缣来比素，新人不如故”，还可以说是一次难得的明智。故笔者推想二人有破镜重圆

① 《乐府诗集》第3册，第63卷，中华书局，1979，第909页。

的可能虽然太过渺茫了些，但男女之间的关系与感情也确实复杂微妙，纵然夫妻已经反目离异，相互之间也不仅是恨与遗憾，有的也许还残存爱的火种，所谓“一日夫妻百日恩”，即道出此意。而清人吴大受《诗筏》论此诗也推阐此义：

此诗将“手爪不相如”截住，分为两段咏之，见古人章法之奇。后段即前段语意，复说一遍，更觉浓至。此等手法，在文字中惟《南华》能之，他人止作一股，便觉意竭，倘效为之，则重复可厌矣。“新人复何如”一问，最婉。“从阁”一去，更冷而媚，虽有妒意，然妒而不悍，妒而有情，妒又安可少哉！妇人处新故之间，惟有温柔一道，能令男子回心。彼以悍怒开衅，令薄情人心去不复留者，皆不善于妒者也。“颜色虽相似，手爪不相如”，谑语也，岂有手爪可辨妍媸乎？聊以慰其问耳。“将缣来比素，新人不如故”，亦谑语也，岂有缣素可别优劣乎？聊以慰其去耳。一种缱绻亲昵之意，在此二谑，不独委屈周旋，慰故人以安新人也。通篇总是一“情”字，认真不得。大率东汉敦尚气节，得气之先，莫如诗人。不独《焦仲卿妻》、《陌上桑》诸篇凛然难犯，有《汉广》、《柏舟》遗风，即如此等诗，字字温厚，尤得好色不淫之意。若魏、晋以后，浸淫于桑、濮矣。谁谓诗文无升降乎？[①]

此论体贴备至，细致入微，陈义无余。终清之世，研议此诗者似再无人能以过之，可供今之学者参考。

四　女教的阶次与内容

《乐府诗集》卷二十八《相和歌辞三·陌上桑三解》之三：

东方千余骑，夫婿居上头。何用识夫婿，白马从骊驹……十五府小史，二十朝大夫。三十侍中郎，四十专城居……座中数千人，皆言夫婿殊。[②]

卷七十二《杂曲歌辞十二》李白《长干行二首》之一：

---

① （清）吴大受撰《诗筏》，民国 11 年（1922）刘氏嘉业堂刻《吴兴丛书》本。

② 《乐府诗集》第 2 册，第 28 卷，中华书局，1979，第 412 页。

十四为君妇，羞颜尚不开……十五始展眉，愿同尘与灰……十六君远行，瞿塘滟滪堆。①

卷七十三《杂曲歌辞十三·焦仲卿妻》：

十三能织素，十四学裁衣。十五弹箜篌，十六诵诗书。十七为君妇，心中常苦悲。②

又：

阿母大拊掌："……十三教汝织，十四能裁衣。十五弹箜篌，十六知礼仪。十七遣汝嫁，谓言无誓违……"③

卷八十五《杂歌谣辞三》梁武帝《河中之水歌》：

莫愁十三能织绮，十四采桑南陌头，十五嫁为卢郎妇，十六生儿字阿侯。④

卷九十一《新乐府辞二》崔颢《邯郸宫人怨》：

邯郸陌上三月春，暮行逢见一妇人……五岁名为阿娇女。七岁丰茸好颜色，八岁黠惠能言语。十三兄弟教诗书，十五青楼学歌舞。⑤

以上以《乐府诗集》卷次杂引汉唐诸诗言男女成长，特别是女子教育，随年说事，已成套语。而其体似本《论语·为政》："子曰：'吾十有五而志于学，三十而立，四十而不惑，五十而知天命，六十而耳顺，七十而从心所欲，不逾矩。'"唯是与孔子"平生我自知"（《三国演义》诸葛亮诗句）的平静自述不同，上引诸例都略带夸饰，乃性灵摇荡的诗性表达，而作为套语的表达方式最容易引起读者的注意。

但这里还值得注意的是，上引诸诗例中除第一例之外皆叙女子，显其自幼至长成受教育及生活的内容阶次。大约十三岁正式受教，教育内容包

① 《乐府诗集》第3册，第73卷，第1030页。
② 《乐府诗集》第3册，第73卷，第1034页。
③ 《乐府诗集》第3册，第73卷，第1036页。
④ 《乐府诗集》第4册，第85卷，第1204页。
⑤ 《乐府诗集》第4册，第91卷，第1277页。

括纺织、缝纫、诗书、礼仪、音乐等。农家或有采桑的劳动，欲入青楼则“学歌舞”。十五岁左右，早至十四晚至十七岁出嫁生子等等，堪称古代女子教育与人生次第安排的纲要。其意义有三：

一是由此可知，古代重男轻女，一般家庭于女子教育，虽然不如对男儿的重视，但父母之爱和为了使女儿将来能够嫁入高门，“宜其室家”，以增进家庭从联姻得到的利益，也并未至于不闻不问，而是有针对性地给予一定重视。

二是这些描述虽然不同于史书的记载，又显见是一种套语化的表达，但是正因其历代相沿而能成为套语之故，也才显示其内容为中晚唐以前女教内容与阶次的真实概括，是今天治古代女性教育史的有益参考。

三是这种套语化的表达对于一般了解相关历史有重要的作用，值得相关阅读与教学注意。

二〇一三年六月十日星期一初稿

二〇一三年七月十二日星期五改定

春天之歌

——张若虚《春江花月夜》的生成及其诗学意义*

廖美玉（台中，逢甲大学中国文学系，40724）

摘　要： 在季节感知上，历来研究侧重在悲秋传统，惟溯自《诗》三百篇，在风调雨顺、农业生产稳定的物候环境下，所谓"春女思，秋士悲"，系以大自然为舞台，展演出青春生命的故事。由此来看张若虚《春江花月夜》，直到宋郭茂倩《乐府诗集》才有著录，清末王闿运更许以"孤篇横绝"，此中缘由，值得探究。本文乃由"《诗经》中与自然物候相呼应的水岸情歌""汉乐府《白头吟》的蜕变：刘希夷《代悲白头翁》""南朝乐府《西洲曲》：江南水岸情歌的浮现""隋唐乐府《春江花月夜》：春、江、花、月、夜的合体""张若虚《春江花月夜》：以人巧臻化工""细推物理：士/女春思在修复抒情传统上的意义"六个小节，探讨张若虚《春江花月夜》的生成及其诗学意义，尝试梳理出记忆青春的水岸情歌，如何由欢唱、失落到重现的发展历程。而呼应着大地之春的两性青春故事，显然有着比悲秋传统更久远的记忆，蕴涵着人类生存的无穷奥秘，成了人人共有的永恒青春恋曲。

关键词： 春女思　秋士悲乐府　水岸情歌　春江花月夜

作者简介： 廖美玉，女，台湾人。现为逢甲大学中国文学系教授。曾任成功大学中文系教授兼主任、逢甲大学唐代研究中心主任、逢甲大学人文社会学院院长、台湾"中国唐代学会"会长等职务。专业方向为中国古典诗学、唐代文学、台湾古典诗学。主要著作有《回车：中古诗人的生命

---

* 基金项目：本文系国科会101年度三年期专题研究计划："知常、体变与书异：唐诗中的物候感知与诗学反应（NSC 101－2410－H－035－026－MY3）"部分成果。

印记》《中古诗人夜未眠》等，编撰有《台湾古典诗选注：区域与城市》（合著）、《台湾古典文学大事年表·明清编》（合著）等。

一 前言

初步统计《全唐诗》前100卷的季节（公元618～715年，其中卷17～29为乐府诗），春天有614首，夏天有79首，秋天有392首，冬天有52首，可见冬、夏两季并未获得诗人太多关注，而春季则明显高于秋季。再统计101～201卷的季节（止于岑参，～770年），春天有998首，夏天有106首，秋天有828首，冬天有61首，冬、夏两季仍未获得太多关注，而秋季受到关注的频率已趋近春季。[①] 在季节感知上，松浦友久《中国诗歌原理》（1990年）指出，中国的自然风土是春秋短而冬夏长，相对于冬夏，春秋更富变化与流动的特质，也更容易深化节候印象而有更丰富的风物感知。而春秋两季中，学者又一面倒地以悲秋传统为论述主轴，如何寄澎《悲秋——中国文学传统中时空意识的一种典型》直言："悲秋文学为中国文学传统中之一种重要类型"[②]，郁白《悲秋：古诗论情》更直言中国古代诗歌："自我认同的问题几乎永远以同一季节——秋天，作为背景而展开的。……人们还指出：该类诗的巅峰之作同样是出现于8世纪的唐朝。"[③] 萧驰则直接提出"所谓'感物'诗多发生于秋冬季节的夜晚的悲歌"的论述[④]，把时间点聚焦在秋冬之夜。

溯自《诗经》，在风调雨顺、农业生产稳定的物候环境下，诗人关心两性之间的关系，还没有出现类似"悲秋""不遇"的士人情怀。是以郑玄笺《七月》"女心伤悲"乃云："春女感阳气而思男，秋士感阴气而思女，是其物化，所以悲也。悲则始有与公子同归之志，欲嫁焉。"[⑤] 刘安

① 统计对象包括（清）彭定求等编《全唐诗》增订本，中华书局，1999。陈尚君辑《全唐诗补编》，中华书局，1992。

② 何寄澎：《悲秋——中国文学传统中时空意识的一种典型》，《台大中文学报》1995年第7期，第77～92页。

③ 〔法〕郁白著《悲秋：古诗论情·引言》，叶萧、全志刚译，广西师范大学出版社，2004，第9页。

④ 萧驰：《"书写声音"中的群与我，情与感：〈古诗十九首〉诗学特质与坐标意义的再检讨》，《中国文哲研究集刊》30，中研院中国文哲所，2007，第45～85页。

⑤ （唐）孔颖达疏《毛诗正义·豳风·七月》，十三经注疏本，第8～1卷，艺文印书馆，1982，第281页。

《淮南子·缪称训》概括为："春女思，秋士悲，而知物化矣。"[①] 以大自然为舞台，展演出青春生命的故事。事实上，不论是《易经》的"有天地然后有万物，有万物然后有男女，有男女然后有夫妇，有夫妇然后有父子。"[②] 或者《礼记·礼运》所云："饮食男女，人之大欲存焉。"乃至为延续子嗣的婚姻功能如《周礼·媒氏》所谓："中春之月，令会男女，于是时也，奔者不禁。"[③] 呼应着大地之春的两性青春故事，显然有着比悲秋传统更久远的记忆。

探讨乐府诗中的春天，还有二个意义：其一是寻回人与土地的关系。顾炎武《日知录》即指出："三代以上，人人皆知天文。……后世文人学士，有问之而茫然不知者矣。"[④] 而开发较晚的美国，历史学者亨利·纳什·史密斯也在《处女地》中指出："能对美利坚帝国的特征下定义的，不是过去的一系列影响，不是某个文化传统，也不是它在世界所处的地位，而是人与大自然的关系。"[⑤] 若再检视宋祁《新唐书·五行志》，显庆四年（公元659年）首先发生"二月…大雨雪…近常寒也。"而中唐时期（公元765～835年）气候异常现象更明显加剧，尤其是春天的雨雹、平地数尺大雨雪，乃至三月大雪、仲春二月的"海州海水冰，南北二百里，东望无际"[⑥]，春天有逐渐寒化现象[⑦]，遂使诗人寻春、惜春、留春之作增多。因此，乐府诗中的春天，就显得弥足珍贵而耐人寻味。

其二是把"乐府诗"摆回诗学传统中。在古典诗学中，"乐府"为诗之一体固无疑义，惟诗选家各有旨趣，如沈德潜《古诗源·例言》虽指出"昭明独尚雅音，略于乐府，然措词叙事，乐府为长。"[⑧] 观其选目，仍采以诗系人，仅于汉、魏、梁、北魏、北齐诗别立"乐府歌辞""杂歌谣辞"，以收佚名之作。至其《唐诗别裁集·凡例》则直言："唐人达乐者已

---

① （汉）刘安：《淮南子》，《四部备要》卷10本，中华书局，1981，第7页。

② （唐）孔颖达疏《周易正义·序卦第十》，十三经注疏本，第9卷，艺文印书馆，1982，第187页。

③ （唐）孔颖达疏《周礼正义》，十三经注疏本，第14卷，艺文印书馆，1982，第217页。

④ 顾炎武：《日知录》第30卷，台南唯一书业中心，1975。

⑤ 亨利·纳什·史密斯著《处女地（The Virgin Land）》，薛蕃康等译，上海外语教育出版社，1991，第192页。

⑥ （宋）宋祁、欧阳修：《新唐书》第34～36卷，鼎文书局，1985，第871～958页。

⑦ 笔者另有《韩白对中唐寒燠异常的感知与书写》一文，见《西北师大学报》第50卷，2013年第5期。

⑧ （清）沈德潜：《古诗源》，《中国历代诗歌别裁集》，山东文艺出版社，1995，第5页。

少，其乐府题，不过借古人体制，写自己胸臆耳，未必尽可被之管弦也。故杂录于各体中，不另标乐府名目。"① 其选诗又依五古、七古、五律、七律、五排、五绝、七绝分体排列，"乐府诗"的存在遂被抹去。把"乐府诗"重新摆回诗学传统中，在诗歌文本的阅读上，宜可看到更丰富的蕴涵及其在诗学上的意义。

由此来看张若虚（约公元660～720年）《春江花月夜》，沈德潜《唐诗别裁集》评以"题中五字安放自然，犹是王、杨、卢、骆之体"。② 摆在初唐创作环境来看，并未见其独绝处。清末王闿运《论唐诗诸家源流答陈完夫问》从乐府诗的角度切入，乃许以"孤篇横绝"的造诣：

> 张若虚《春江花月夜》，用《西洲》格调，孤篇横绝，竟为大家。李贺、商隐，挹其鲜润；宋词、元诗，尽其支流，宫体之巨澜也。③

由"孤篇横绝"的大家，进而衍生成"孤篇盖全唐"的盛誉，甚至引领晚唐二李、宋词与元诗而再度掀起宫体的巨澜，在文学史上宜有其指标性意义。尤其耐人寻味者，张若虚虽与李杜同享文章盛名，却直到晚唐才见诸载籍，存诗二篇，其中的《春江花月夜》要到宋·郭茂倩《乐府诗集》才有著录，此中缘由，值得探究。本文尝试从《诗经》的水边恋情开始，旁及关涉张若虚《春江花月夜》几首乐府诗，在长逾千年的漫漫历史长河中，爬梳出以男女为抒情主轴的吟咏，如何由欢唱到失落，又如何修复与建构。

二　《诗经》中与自然物候相呼应的水岸情歌

《诗经》始于《关雎》，全诗五章，首章以河洲上雌雄和鸣的雎鸠声，触发"窈窕淑女，君子好逑"的男子心愿。唐·孔颖达《毛诗正义》引郭璞曰："鹛类也，今江东呼之为鹗，好在江边沚中。"④ 近人颜重威在《诗

---

① （清）沈德潜：《唐诗别裁集》，《中国历代诗歌别裁集》，山东文艺出版社，1995，第159页。

② （清）沈德潜：《唐诗别裁集》第5卷，第235页。

③ （清）王闿运：《湘绮楼说诗》第1卷，鼎文书局，1979，第11页。

④ （唐）孔颖达疏《毛诗正义·豳风·七月》，十三经注疏本，卷8～1，艺文印书馆，1982，第281页。

经里的鸟类》中指出“鹗科仅有鱼鹰 1 种”，属于依季节性变化而南来北返的候鸟，并分析其繁殖习性云：

> 分布于寒温带的鱼鹰是候鸟，通常于春天雪融时返回寒温带繁殖。……鱼鹰筑巢于滨海、河川和湖泊等近水域的高大乔木顶上，或无人海岛的沙滩上。……一般而言，雌鸟伏窝孵蛋的时间较多，而雌鸟和雏鸟的食物都是雄鸟负责供给。……鱼鹰在繁殖前，雌雄都会经过一段配对的过程，而此过程以飞舞和鸣叫最令人印象深刻：飞舞是雄鸟在空中作波浪式的飞行表演；鸣叫不仅在吸引异性的注意与配偶的沟通，也是一种防御，警告有入侵者闯入。①

以起源于黄河流域的二十四节气来看，立春为春季开始，惟地理位置的关系，华北地区属于温带气候，要到一个半月后的春分节气才算入春，雄性雎鸠也在此时进入求偶与育雏的繁殖期。接下来四章都有荇菜的存在，借由荇菜而引发“寤寐求之”“寤寐思服”“琴瑟友之”“钟鼓乐之”的身心反应与愿景。荇菜为多年生水生植物，繁殖能力很强，除了种子，也可用根茎芽繁殖，秋冬枯萎，入春后再度萌发新芽，潘富俊《诗经植物图鉴》指出：

> 水生多年生草木，茎多分枝，沉入水中，生长许多不定根。上半部叶对生，其余互生；叶漂浮水面，叶近圆形，径 5 ~ 10 厘米，基部心形；叶柄细长而柔软，基部变宽抱茎。……茎和叶均柔软滑嫩，可以供作蔬菜食用；加米煮羹，是江南名菜。②

接近心形的叶子，牵系着长条根茎，柔软滑嫩，荡漾成一片春景，杜甫《曲江对雨》乃有“水荇牵风翠带长”之句。③ 青年男女就在河洲水岸，与雎鸠、荇菜共沐春光，同谱爱情与生育之歌。类似的作品，还有《周南·汉广》的游女，诗人反复唱叹着“不可求思”“不可泳思”“不可方思”的怅惘难舍之情。④ 乃至《秦风·蒹葭》的错过了春天，依然徘徊

---

① 颜重威、陈加盛：《诗经里的鸟类》，乡宇文化事业公司，2004，第 14 ~ 18 页。

② 潘富俊：《诗经植物图鉴》，上海书店出版社，2003，第 17 页。

③ （清）彭定求等编《全唐诗》第 225 卷，中华书局，1999，第 2410 页。

④ （唐）孔颖达疏《毛诗正义》第 1 ~ 3 卷，艺文印书馆，1982，第 41 页。

在白露秋霜的水畔，叹息着伊人由“在水一方”而在水中央、水中坻、水中沚[1]，难以忘怀伊人身影的内心煎熬，与行吟秋江的身体寒意，相互激荡出人生最难割舍的情意。至于《楚辞》的《湘君》《湘夫人》[2]，更只剩下无垠的洞庭秋波，望穿秋水依然不见伊人身影。影响所及，曹植的《洛神赋》[3]、陶潜的《闲情赋》[4]，借由创作来追寻/记忆着已然失落的士与女的亲密关系。

历来每冠以“好色”二字形容《国风》[5]，随手翻检，处处可见嬉游于春水之滨的男女，如《陈风·泽陂》诗云：

> 彼泽之陂，有蒲与荷。有美一人，伤如之何！寤寐无为，涕泗滂沱。[6]

全诗三章迭唱，在蒲、荷、兰、菡萏等水泽植物的映带下，“有美一人”始终在目，求之不得而又无可奈何，以致“涕泗滂沱”的激情演出。又如《郑风·溱洧》诗云：

> 溱与洧，方涣涣兮。士与女，方秉兰兮。女曰“观乎?”士曰“既且。”“且往观乎!”洧之外，洵吁且乐。维士与女，伊其相谑，赠之以芍药。[7]

春来水涨，百花盛开，成群的男女相邀观览自然美景，尤以开于春末的芍药，士与女的相谑相赠，显得更为无忌而和乐。至如《毛诗·序》诠解为“男女及时”的《召南·摽有梅》，以暮春黄熟的梅子为喻，表达“求我庶士”的急切之情[8]，一般视为《诗经》诸多“春女思”的代表。

---

① （唐）孔颖达疏《毛诗正义》第6~3卷，艺文印书馆，1982，第241页。

② （先秦·楚）屈原撰、（清）蒋骥注《山带阁注辞》第2卷，宏业书局，1972，第53~57页。

③ （清）严可均辑《全上古三代秦汉三国六朝文》，《全三国文·陈王植》第13卷，中华书局，1991，第1122~1123页。

④ （晋）陶潜撰、龚斌校笺《陶渊明集校笺》第5卷，里仁书局，2007，第438~440页。

⑤ （清）王先谦：《荀子集解·大略》云：“国风之好色也”，第19卷，世界书局，1971，第336页；（汉）司马迁：《史记·屈原列传》引述淮南王《离骚传》也称：“国风好色而不淫。”，第84卷，鼎文书局，1986，第2482页。

⑥ （唐）孔颖达疏《毛诗正义》第7~1卷，艺文印书馆，1982，第256页。

⑦ （唐）孔颖达疏《毛诗正义》第4~2卷，艺文印书馆，1982，第182页。

⑧ （唐）孔颖达疏《毛诗正义》第1~5卷，艺文印书馆，1982，第63页。

晚清黄遵宪《山歌·题记》即以后世的视角指出女性口吻的意义：

> 十五国风妙绝古今，正以妇人女子矢口而成，使学士大夫操笔为之，反不能尔。以人籁易为，天籁难学也。①

衡诸《楚辞》所开启的悲秋传统，以及魏晋文人自觉所形塑的士人群体，在功名之思与创作意识的发扬下，学士大夫主导了诗歌创作的走向，妇人女子呼应自然物象、出口成章的天籁，乃告失落。

三　汉乐府《白头吟》的蜕变：刘希夷《代悲白头翁》

张若虚《春江花月夜》在郭茂倩《乐府诗集》著录之后，并未受到重视，检视历代诗话，张若虚《春江花月夜》的浮出诗学地表，关涉着其他几首乐府诗。最早提及张若虚《春江花月夜》的诗话，乃明·胡应麟《诗薮》，直接把张若虚《春江花月夜》与刘希夷《白头翁》归为同一类型作品，云：

> 张若虚《春江花月夜》，流畅宛转，出刘希夷《白头翁》上，而世代不可考。详其体制，初唐无疑。②

刘希夷（公元651～679年），字廷芝，汝州（今河南省临汝）人，后为人所害，卒时年未及三十，孙昱（公元713～741年）撰《正声集》，以刘希夷诗为集中之最，由是大为时所称赏。③ 刘希夷《白头翁》又称《代悲白头翁》，《乐府诗集》作《白头吟》，属相和歌辞楚调曲，源自汉乐府古辞《白头吟》④，本是女子感叹男儿重钱刀而弃爱情的决绝辞，以自然物象“山上

---

① 详见黄遵宪撰、钱仲联注《人境庐诗草笺注》第1卷《山歌》所附题记，源流出版社，1986，第54～55页。

② （明）胡应麟：《诗薮·内篇》第3卷，正生书局，1973，第49页。

③ （唐）刘肃：（公元820？唐元和时人）《大唐新语·文章》：“刘希夷一名挺之，汝州人。少有文华，好为宫体，词旨悲苦，不为时所重。曾掐琵琶，尝为《白头翁咏》曰：‘今年花落颜色改，明年花开复谁在？’既而自悔曰：‘我此诗似谶，与石崇“白首同所归”何异也？’乃更作一句云：‘年年岁岁花相似，岁岁年年人不同。’既而叹曰：‘此句复似向谶矣，然死生有命，岂复由此！’乃两存之。诗成未周岁，为奸所杀。或云宋之问害之。后孙昱撰《正声集》以希夷为集中之最，由是稍为时人所称。”《唐五代笔记小说大观》第8卷，上海古籍出版社，2000，第291页。

④ 《乐府诗集》第41卷，里仁书局，1984，第599～600页。

雪”“云间月”为指标的“皑如”“皎如”纯洁爱情，就在男性的家族利益考虑下，使“愿得一心人，白头不相离”的两性关系成为绝响。依《乐府诗集》解题引《宋书·乐志》《古今乐录》，李骜考订《白头吟》五解之外，原有《乱》曰：

〔乱曰：川下〕马啖萁，川上高士嘻。今日相对乐，延年万岁期。(一本云：“乱曰：上有紫罗，咄咄奈何！”)①

汉乐府的“乱曰”，既是尾声，也具有点明诗旨的性质，尝试召唤川原上由“士”所主导的“相对乐”记忆，把两情相悦的幸福感延伸成永恒。另一本的“乱曰”，则感叹在以紫罗官服为喻的社会价值取向下，两性幸福感逐步失落的无奈。宋鲍照、陈张正见拟作并为五言，大抵为恩衰情尽、心赏难恃之叹②，刘希夷一变而为七言，内容随之大幅改变：

洛阳城东桃李花，飞来飞去落谁家？洛阳女儿惜颜色，行逢落花长叹息。今年花落颜色改，明年花开复谁在？已见松柏摧为薪，更闻桑田变成海。古人无复洛城东，今人还对落花风。年年岁岁花相似，岁岁年年人不同。寄言全盛红颜子，应怜半死白头翁。此翁白头真可怜，伊昔红颜美少年。公子王孙芳树下，清歌妙舞落花前。光禄池台文锦绣，将军楼阁画神仙。一朝卧病无人识，三春行乐在谁边？宛转蛾眉能几时，须臾鹤发乱如丝。但看古来歌舞地，惟有黄昏鸟雀悲。③

以韵脚来分，首四句设定洛阳古城的春天，“女儿”成了唯一的主角，叹息着桃李花的盛开与凋落。次四句由花开花落拉向时间与历史共同汇聚的长河，人类在大地上经营的桑田、城市与坟墓，诗人以墓树为薪、家园成海，解构了人为努力的意义。接下来的六句，以古人/今人、红颜/白头的对照，映现出“年年岁岁花相似，岁岁年年人不同”的物理，以花/人的对照凸显出人生的无常。接着以八句放手写“士”的人生：以芳树落花为背景，挥洒出红颜少年、公子王孙的意气风发；以华丽的池台楼阁为舞

① 李骜：《〈宋书·乐志〉所载〈白头吟〉曲辞校笺—兼论大曲的体制及对有关音乐文献的理解》，吴相洲主编《乐府学》第七辑，第121~137页。

② 《乐府诗集》第41卷，里仁书局，1984，第600~601页。

③ 《乐府诗集》第41卷，第601~602页。《全唐诗》本文字略有不同，第82卷，中华书局，1999，第886页。

台，树立文官、武将的彪炳勋业；却终究抵不过老病缠身，只能眼睁睁看着依然灿烂的三春时节。最后四句回归到女子身上，在“士”的彪炳勋业中被遗落的“女”，也以鹤发呼应着白头，共同面对黄昏的鸟雀悲鸣，各自懊恼着生命中无可弥补的残缺。古辞《白头吟》中尚且期盼“白头不相离”的两性一心，在诗中已成了各自搬演的两套故事。贺裳《载酒园诗话》指出：

> 刘庭芝藻思快笔，诚一时俊才，但多倾怀而语，不肯留余。[①]

刘希夷采取倾怀而不肯留余的表达方式，若检视刘诗中的“花”字，共计出现了六次，又特别侧重在花落时节，可见其所深切哀悼者，乃失落在春花中的两性青春恋歌。

四　南朝乐府《西洲曲》：江南水岸情歌的浮现

《诗经》的水岸情歌，在地域上并没有跨过江汉，男性又在迫于钱刀与寻求知遇的双重生存压力中，逐步丧失了低吟“窈窕淑女，君子好逑”“所谓伊人，在水一方”的情致，“感士不遇”与“志士悲秋”遂成为汉魏六朝的两大文学主题。水岸情歌的再度引起注目，已是渡江后的南方民歌——吴歌与西曲。前言引王闿运《论唐诗诸家源流答陈完夫问》指出：“张若虚《春江花月夜》用《西洲》格调”，《西洲曲》最早著录于徐陵《玉台新咏》，题为江淹作；郭茂倩《乐府诗集》收入“杂曲辞类”，题为古辞；或以为梁武帝萧衍作，或以为晋辞，迄无定论。诗云：

> 忆梅下西洲，折梅寄江北。单衫杏子红，双鬓鸦雏色。
> 西洲在何处？两桨桥头渡。日暮伯劳飞，风吹乌臼树。
> 树下即门前，门中露翠钿。开门郎不至，出门采红莲。
> 采莲南塘秋，莲花过人头。低头弄莲子，莲子青如水。
> 置莲怀袖中，莲心彻底红。忆郎郎不至，仰首望飞鸿。
> 鸿飞满西洲，望郎上青楼。楼高望不见，尽日栏干头。
> 栏干十二曲，垂手明如玉。卷帘天自高，海水摇空绿。

---

① （清）贺裳：《载酒园诗话·又编》，《清诗话续编》，木铎出版社，1983，第301页。

海水梦悠悠，君愁我亦愁。南风知我意，吹梦到西洲。①

梅花属于早春的记忆，由梅花到梅实恰是三春物候的变化，《召南·摽有梅》清楚映现梅实将尽、春光将逝的景况，女子“求我庶士”的呼唤逐章急切，即毛亨作《序》所直言“男女及时”的诗旨。② 商周时期气候较为温暖，随着气候的变迁，文人咏梅始于南朝陆凯，其《赠范晔》诗云：

折花逢驿使，寄与陇头人。江南无所有，聊赠一枝春。③

已以梅花作为江南春回的指标。《西洲曲》以“忆梅下西洲，折梅寄江北”开端，借由折梅寄北的动作，唤起士对女的青春记忆，一样的江水渡船，当时的红杏单衫、鸦雏双鬓，如今只剩伯劳暮飞、乌臼叶舞，不时浮现的“开门郎不至”“忆郎郎不至”“望郎上青楼”等话语，全都指向男士的缺席，其余的诸多铺设，特别是一连七句的“莲”字，从采莲花到莲子，已经过了一年的春夏秋三季，望穿秋水，只剩下满西洲的飞鸿、满天地的海水，以及满眼的惆怅与满怀的绮梦，连接着士与女的不尽愁绪。全诗以四句为单位，沈德潜《古诗源·梁诗·武帝》以此诗为张若虚、刘希夷七言古的源头，云：

续续相生，连跗接萼，摇曳无穷，情味愈出。

似绝句数首攒簇而成，乐府中又生一体，初唐张若虚、刘希夷七言古，发源于此。④

由数首五言绝句攒簇而成的乐府新体，续续相生，连跗接萼，无法分割，既保留绝句的情味，又扩大绝句短篇的容量。全诗语言质朴，不避重出与反复，也无明确的人物、故事，季节上跨越了春夏秋，时间上的日暮与夜梦，甚至结尾的“南风知我意，吹梦到西洲”，揭穿了首句的“忆梅下西洲”仍是虚写，都显得思绪缭乱却又郑重其事，使一位女子对所欢的

① 《乐府诗集》第72卷，里仁书局，1984，第1027页。

② （唐）孔颖达疏《毛诗正义》第1～5卷，1982，第62～63页。

③ 丁福保编《全汉三国晋南北朝诗》，世界书局，1969，第732页。题下引《荆州记》曰：“陆凯与范晔交善，自江南寄梅花一枝，诣长安与晔，兼赠诗曰。”

④ （清）沈德潜：《古诗源》，《中国历代诗歌别裁集》第12卷，山东文艺出版社，1995，第119页。

思忆具有无穷无尽的伸展性，陈祚明直指为“言情之绝唱”①，成了《诗经》时代“男女及时”的水岸情歌失落以后，残存在士与女彼此猜想所缔造的绮怀遐思。

五 隋唐乐府《春江花月夜》：春、江、花、月、夜的合体

郭茂倩《乐府诗集》所录《春江花月夜》，属于清商曲辞·吴声歌曲，武周时犹存其曲，共辑入五题七首，作者分别为隋炀帝杨广、诸葛颖、张子容、张若虚与温庭筠，并引《旧唐书·音乐志二》曰：

> 清乐者，南朝旧乐也。……武太后之时，犹有六十三曲……《春江花月夜》、《玉树后庭花》、《堂堂》，并陈后主所作。叔宝常与宫中女学士及朝臣相和为诗，太乐令何胥又善于文咏，采其尤艳丽者以为此曲。②

依此，《春江花月夜》本为宫廷音乐之尤丰丽者，现存最早为杨广（公元569~618年）所作二首，连缀春、江、花、月、夜五个元素，殷殷召唤水岸游女：

> 暮江平不动，春花满正开。流波将月去，潮水带星来。
> 夜露含花气，春潭漾月晖。汉水逢游女，湘川值两妃。③

诗为五言绝句，第一首着力铺设由暮至夜的繁春盛景，充沛的江水，滋润着两岸盛开的春花，入夜后的星月，映照水面，流水与星月交会成变动不居中的永恒。第二首仍是春、江、花、月、夜的交会，春夜春水孕育着春花春月，感官上嗅到的是带着春露的花气，注目的是沐浴在春水中的月光，诗人的视线都只在地平面上游移，为的是寻觅汉水游女与湘川两妃，意图召唤士与女的青春欢情，重回男女及时的大地风光。此后诸葛颖所作云：

---

① （清）陈祚明：《采菽堂古诗选》，《续修四库全书》第15卷，上海古籍出版社，2002，第121页。

② 《乐府诗集》第47卷，里仁书局，1984，第678页。此处引文据（五代）刘昫撰《旧唐书·音乐志二》第29卷，鼎文书局，1985，第1062~1063页。

③ 《乐府诗集》第47卷，里仁书局，1984，第678页。

花帆渡柳浦，结缆隐梅洲。月色含江树，花影覆船楼。[①]

全诗二十个字，以柳浦、梅洲、江树三个物象代指春江水岸，比较特别的是用了花帆、结缆、船楼三个词汇，凸显出船行的漂泊感，而白日奔波的人，就隐没在月色花影中，任由春光兀自流转。至于张子容所作二首为五言六句，云：

林花发岸口，气色动江新。此夜江中月，流光花上春。分明石潭里，宜照浣纱人。

交甫怜瑶佩，仙妃难重期。沉沉绿江晚，惆怅碧云姿。初逢花上月，言是弄珠时。[②]

第一首着力摹写春江水涨、春花盛绽的繁春景色，而“此夜江中月，流光花上春”十个字更绾合了春、江、花、月、夜，形塑出彼此缠绵的良辰美景，结尾则把如此良辰美景设定在少女西施的石潭浣纱。至此，《春江花月夜》已由陈后主、隋炀帝创作的宫廷色彩，回归到浣纱少女的民间情味。第二首借郑交甫遇神女的两个典故，先是曹植《洛神赋》的解佩空怀[③]，后为张衡《南都赋》的游女弄珠[④]，感叹属于春江花月夜的两性青春故事，已然失落而难觅。

当士人的人际关系完全向朝廷的君臣同僚与社交的文人社群倾斜时，蓦然回首，属于自然本能的两性燕好关系，竟已遗落在遥远的上古，只能借着《诗经》的《汉广》与《楚辞》的《湘君》《湘夫人》的教习，留存些许记忆。直到江南民歌的启发，借由乐府诗的创作，抒发潜藏内心深隐处的个人私秘情怀。在人我关系的抒写上，两性燕尔乃得与君臣同僚、文人社群鼎足并列而为三。

① 《乐府诗集》第47卷，里仁书局，1984，第678页。

② 《乐府诗集》第47卷，里仁书局，1984，第678~679页。

③ （梁）萧统编、（唐）李善注《昭明文选》第19卷，文化图书公司，1969，第255页。于曹植《洛神赋》的“感交甫之弃言兮，怅犹豫而狐疑”注引《神仙传》曰：“切仙一出，游于江滨，逢郑交甫。交甫不知何人也，目而挑之，女遂解佩与之。交甫行数步，空怀无佩，女亦不见。”

④ （梁）萧统编、（唐）李善注《昭明文选》第4卷，第50页。于张衡《南都赋》的“游女弄珠于汉皋之曲”注引《韩诗外传》曰：“郑交甫将南适楚，遵彼汉皋台下，乃遇二女，佩两珠，大如荆鸡之卵。”

六　张若虚《春江花月夜》：以人巧臻化工

张若虚《春江花月夜》最早著录于宋·郭茂倩《乐府诗集》，而生平资料最早见于晚唐郑处诲（公元834年?）《明皇杂录》：

> 天宝中，刘希夷、王昌龄、祖咏、张若虚、孟浩然、常建、李白、杜甫，虽有文章盛名，俱流落不偶，恃才浮诞而然也。[①]

在唐人眼中，张若虚是与王、孟、李、杜等人同享文章盛名的诗人，他们的共通性是“流落不遇，恃才浮诞”，都是主流菁英社会的边缘人。复依新、旧《唐书》记载，张若虚为扬州人，与贺知章、张旭、包融有“吴中四士”之称。[②] 综合唐宋之间的史料，张若虚为吴越才士，因浮诞而流落不遇，却又以文词名扬上京，凸显出文坛与官场的区分。

张若虚的《春江花月夜》把短暂的邂逅、缥缈虚幻的青春恋情，写得深情款款、缠绵芬芳。张若虚《春江花月夜》最早著录于宋郭茂倩《乐府诗集》，全诗长达252字，由九首七绝连缀而成，云：

> 春江潮水连海平，海上明月共潮生。滟滟随波千万里，何处春江无月明。
>
> 江流宛转绕芳甸，月照花林皆似霰。空里流霜不觉飞，汀上白沙看不见。
>
> 江天一色无纤尘，皎皎空中孤月轮。江畔何人初见月，江月何年初照人。
>
> 人生代代无穷已，江月年年望相似。不知江月待何人，但见长江送流水。
>
> 白云一片去悠悠，青枫浦上不胜愁。谁家今夜扁舟子，何处相思明月楼。

---

① （唐）郑处诲撰《明皇杂录·辑佚》，田廷柱点校，中华书局，1994，第64页。

② （五代）刘昫：《旧唐书·文苑中·贺知章传》“先是神龙（706～707年）中，知章与越州贺朝、万齐融，扬州张若虚、邢巨，湖州包融，俱以吴越之士，文词俊秀，名扬于上京”，第190卷，鼎文书局，1985，第5035页。又宋祁、欧阳修《新唐书》，《刘晏传》附《包佶传》：“（包）融，集贤院学士，与贺知章、张旭、张若虚有名当时，号吴中四士。”第149卷，鼎文书局，1985，第4798页。

可怜楼上月徘徊，应照离人妆镜台。玉户帘中卷不去，捣衣砧上拂还来。

此时相望不相闻，愿逐月华流照君。鸿雁长飞光不度，鱼龙潜跃水成文。

昨夜闲潭梦落花，可怜春半不还家。江水流春去欲尽，江潭落月复西斜。

斜月沉沉藏海雾，碣石潇湘无限路。不知乘月几人归，落月摇情满江树。①

南方海洋的湿暖空气，最早带来春天的讯息，第一首张若虚就把春江延伸到海上，一轮明月紧紧依偎着永不止息的波涛浪潮，场景显得更为浩渺，却依然蕴藉，使春江春月成为无处不有的存在。第二首书写丰沛的春水涵育出繁盛的春花，用了“霰”“霜”两个天文用语，都是小水蒸气遇冷的细微冰粒，一个在高空，一个在地表，形容繁花因为月色而褪去艳丽缤纷，有如凝结般更显得冰清而迷人。第三首是一个转折，聚焦在月，由汉乐府《白头吟》的“皎如云间月”化出，由春江拉向远天，更把浮云拆解，使一轮孤月成为惟一的存在，尽情绽放出洁净清辉；句句有月，成为永恒，全篇首度出现的“人”，追问着“人”与“月”的最初邂逅，一个已然被遗忘的“原初”。第四首延续着“人”与“月”的纠葛，变动不居而又生生不息，缠绵成无穷无尽，惟一不变的是有如长江东流的逝水年华。第五首又是一个转折，为第三首拆解开来的浮云安排了去处，涂抹在思妇楼头，思念着航向远方的游子；“青枫”句化用屈原《招魂》的“湛湛江水兮上有枫，目极千里兮伤春心，魂兮归来哀江南”。② 一样的春江，遂有了两样愁怀。第六首续写思妇，不论男儿走向四方的理由是什么？女子独守空闺的孤寂长夜，月光是唯一长相伴随者。第七首再度转折，把长相伴随的月光框限在思妇狭小的生活圈，框限以外的月光照耀处，思妇完全碰触不着，更以看似同样沐浴江水与月光下的鱼龙与鸿雁作对照：江水是实的，龙鱼得水而激出美丽浪花；月光是虚的，逢春北归的鸿雁带不走这一片月光，思妇望月毕竟只能是单向的执著。第八首运用快转的手法，前两句把思妇夜复一夜的望

① 《乐府诗集》第47卷，里仁书局，1984，第679页。《全唐诗》本文字略有不同，第117卷，第1184页。

② （先秦·楚）屈原撰、（清）蒋骥注《山带阁注辞》第6卷，宏业书局，1972，第169页。

月徘徊，定格在春花开得最盛的时候，更以梦境揭露内心的焦虑感，化用汉《古诗》的“伤彼蕙兰花，含英扬光辉。过时而不采，将随秋草萎”①；后两句让时光继续流转，守过一夜又一夜的月出月落，年华逝水是大自然揭示的物理定律，水岸边却只剩下“窈窕淑女”，独自反刍着“琴瑟友之”“钟鼓乐之”的残余滋味。最后一首依然是迎接着海上月出，随着气温的上升，寒暖流交界处的海雾，傍晚逐渐转浓，月色也显得有些沉重，而不论是帝王霸主东巡海上的碣石，或帝子迁客谪居的潇湘地，对游子而言都是不归路，春花春月遂被遗落在江南水岸，任由晓风落月映照着瑟瑟江树，以及无数“一位”没有姓名与脸孔的不眠女子。全诗九首，一气呵成，聚焦在夜晚，每一首都有月，清楚映现月色中的春江与春花，抒情主体“诗人”几近隐匿，遣词用字极为平浅，放任感知在春江花月夜中探寻，捕风捉影而又缠绵蕴藉，化约成人人共有之情。明清之际，诗评家给予高度评价，如：

> 浅浅说去，节节相生，使人伤感，未免有情，自不能读，读不能厌。将春、江、花、月、夜五字炼成一片奇光，分合不得，真化工手。②
>
> 句句翻新，千条一缕，以动古今人心脾，灵愚共感。其自然独绝处，则在顺手积去，宛然成章，令浅人言格局、言提唱、言关锁者，总无下口分在。③
>
> 张若虚《春江潮水》篇，不著粉泽，自有腴姿，而缠绵蕴藉，一意萦纡，调法出没，令人不测，殆化工之笔哉。④

三者诗学主张不同，对张若虚《春江花月夜》则有相同会心：在用字造句上，不著粉泽，顺手浅浅说去，句句翻新，将春、江、花、月、夜五字炼成一片奇光；在谋篇布局上，节节相生，千条一缕，一意萦纡，调法出没，分合不得，自然独绝，令人不测，真化工手；在情思感染力上，缠绵蕴藉，自不能读，读不能厌，动古今人心脾，使灵愚共伤感。大抵从表

---

① （汉）佚名：《古诗十九首·冉冉孤生竹》，见丁福保编《全汉三国晋南北朝诗·汉诗》第12卷，世界书局，1969，第331页。

② （明）锺惺（1574～1624）、谭元春：（1586～1637）《唐诗归》，《续修四库全书》第6卷，上海古籍出版社，2002，第599页。

③ （清）王夫之（1619～1692）：《唐诗评选》，第1卷，文化艺术出版社，1997，第9页。

④ （清）毛先舒（1620～1688）：《诗辩坻》，《四库全书存目丛书补编》第3卷，齐鲁书社，2001，第195页。

现手法着眼，在六朝以来讲究声律偶对等人为技巧之际，推许张若虚《春江花月夜》能超越人巧而臻化工，以自然质朴的文字感动所有读者，在抒情诗歌的发展史上，具有极独特的坐标意义。[①]

七 细推物理：士/女春思在修复抒情传统上的意义

张若虚的浮诞不偶，连带一曲《春江花月夜》终唐之世孤寂无闻，入宋后方以乐府诗被著录，至清末乃以“孤篇横绝”称霸唐诗，名篇之寥落，莫此为极，恰可据以捡拾掉落在历史长河中的珍珠，磨洗曾被刻意遗落的生命印记，约略可得者有：《诗经》的春日水岸情歌，由汉佚名《白头吟》蜕变而来的初唐刘希夷《代悲白头翁》，南朝乐府的《西洲曲》，隋唐之际的《春江花月夜》，到了张若虚的《春江花月夜》，更是把无常幻化的风花水月，写得一片缤纷，一意沉酣，浑然天成。

从《诗经》时代就已建构出一套抒情模式：花开鸟鸣，男女及时；花谢子落，青春短暂易逝；和鸣偕老的两情相悦，失时无偶的生命残缺，交织成《诗》三百的主旋律。《诗》三百篇之后，士的“自觉”大幅度朝向官僚体系与文人社群倾斜，留存下来的汉魏女性声音，不论是佚名的《白头吟》《陇西行》《孔雀东南飞》或蔡琰的《悲愤诗》，都映现出女性存在空间的艰辛，而《羽林郎》《陌上桑》更把女性的自尊依附在对夫婿的忠诚与夫婿的成就上。至于六朝的两性关系，更退缩到男性作者的宫体诗中。清陈延韡《论诗绝句》即指出：

> 诗要纯情本大难，缘情便可霸词坛，古今流派分明在，始变风骚是建安。[②]

男性作者致力于取得诗人社群的认同，“纯情”之作乃告失落，其中又以珍惜有限青春、渴望两性相悦的春天之歌，逐步被感士不遇的悲秋传统所取代。因此，张若虚《春江花月夜》及其所关涉的几首乐府诗，借由

---

① 并非所有诗评家都能接受这样孤峰独耸的坐标，如（清）贺裳《载酒园诗话》云：“《春江花月夜》，其为名篇不待言，细观风度格调，则刘希夷《捣衣》诸篇类也。此诚盛中之初唐。”（又编，第306页）前引沈德潜《唐诗别裁》的“犹是王、杨、卢、骆之体”，都只把张若虚《春江花月夜》摆在初唐诗来看待。

② 郭绍虞、钱仲联编《万首论诗绝句》，人民文学出版社，1991，第1756页。

水月风花等自然物象，回归“春女思”的诗性特质与抒情传统，以七绝连章组诗的形式，蝉联而下，重叠复沓，回环呼应，展现最温柔的爱意，抒发人人共有之情，蕴藉空灵，情韵婉畅。春与女的合体，可借《罗丹艺术论·女性美》加以说明：

> 它变迁极速，我不说女性美如风景般跟着阳光而转变，但是譬喻却很近似。真正的青春，就是成熟的处女时代，洋溢着清新的生命力，肉体却显著骄矜之美，同时又似乎畏缩，似乎求爱的羞怯心理，这个时期只有几个月。[①]

真正的青春，是无常与永恒的结合，洋溢着清新饱满的生命力，如风景般跟着阳光而迅速转变。诗人之情，乃在回归自然本质，对美好而难以捉摸的人与物，一往情深，沉酣而不能自已，虽不得亦不放弃。闻一多即以“诗中的诗，顶峰上的顶峰”形容张若虚《春江花月夜》，云：

> 这里是一番神秘而又亲切的，如梦境的晤谈，有的是强烈的宇宙意识，被宇宙意识升华过的纯洁的爱情，又由爱情辐射出来的同情心，这是诗中的诗，顶峰上的顶峰。[②]

把《春江花月夜》的“春女思”主题，扬升到具有强烈宇宙意识的人人共有之情，纯洁、神秘而又亲切。李泽厚《美的历程》特别立了《青春、李白》一小节，对《春江花月夜》有如下解读：

> 春花春月，流水悠悠，面对无穷宇宙，深切感受到的是自己青春的短促和生命的有限。它是走向成熟期的青少年时代对人生、宇宙的初醒觉的“自我意识”，对广大世界、自然美景和自身存在的深切感受和珍视，对自身存在的有限性的无可奈何的感伤、惆怅和留恋。……是一种少年式的人生哲理和夹着感伤、怅惘的激励和欢愉。[③]

---

① 〔法〕奥古斯特·罗丹（Auguste Rodin，1840~1917）述，葛赛尔著《罗丹艺术论》第6章，傅雷译，好读出版有限公司，2003，第112~113页。

② 闻一多：《宫体诗的自赎》，收入氏著《唐诗杂论》，详见《闻一多全集·诗选与校笺》，九思出版社，1978，第21页。

③ 李泽厚：《美的历程》，元山书局，1985，第129~130页。

跳脱士人群体的励志、力学与求仕等上进模式，把建安以来向官僚体系与文人社群倾斜的“自觉”，重新摆回无穷宇宙中，重回青少年的“自我意识”，任由春情与春花春月共颉颃，深切感受到流年似水、江月永恒，而青春的无常、惆怅和欢愉，交织成生命中最隽永的记忆。

把刹那记忆成永恒，毕竟难得，李白把《古诗十九首·冉冉孤生竹》的“与君为新婚，兔丝附女萝”两句，演绎成寓言式的《古意》，诗云：

> 君为女萝草，妾作兔丝花。轻条不自引，为逐春风斜。百丈托远松，缠绵成一家。谁言会面易，各在青山崖。女萝发馨香，兔丝断人肠。枝枝相纠结，叶叶竟飘扬。生子不知根，因谁共芬芳。中巢双翡翠，上宿紫鸳鸯。若识二草心，海潮亦可量。[①]

兔丝与女萝虽同为攀附性植物，女萝属着生植物，仅附着在树木枝干上，可自行光合作用以维生；兔丝则为藤蔓状寄生植物，本身无叶绿素，必须吸收其他植物的水分及养分。[②] 李白以寓言方式呈现“为逐春风”的兔丝与女萝，多了许多故事，即使“轻条不自引”“生子不知根”，仍然珍惜机缘、及时缠绵，在彼此纠结中展现生意，结语更以二草推衍出无限深情。而杜甫的《新婚别》更直接套入人物情节：

> 兔丝附蓬麻，引蔓故不长。嫁女与征夫，不如弃路旁。结发为妻子，席不暖君床。暮婚晨告别，无乃太匆忙。君行虽不远，守边赴河阳。妾身未分明，何以拜姑嫜。父母养我时，日夜令我藏。生女有所归，鸡狗亦得将。君今往死地，沈痛迫中肠。誓欲随君去，形势反苍黄。勿为新婚念，努力事戎行。妇人在军中，兵气恐不扬。自嗟贫家女，久致罗襦裳。罗襦不复施，对君洗红妆。仰视百鸟飞，大小必双翔。人事多错迕，与君永相望。[③]

背景为战争，人物除了新婚夫妻，还有父母姑嫜，时间从暮到晨的一夕之间，场景从原生家庭到婚姻家庭，故事从养在深闺的少女，到嫁与征夫的新妇，再到预期一生守候的思妇，动作更是频繁，有夜眠、晨别、诉

① （唐）李白著《李白集校注》第8卷，瞿蜕园、朱金城校注，里仁书局，1981，第583页。
② 潘富俊：《中国文学植物学》，猫头鹰出版社，2011，第49～50页。
③ （唐）杜甫著、仇兆鳌注《杜诗详注》第7卷，里仁书局，1980，第530～534页。

苦、叮咛、弃罗襦、洗红妆、送行及盟誓等，絮絮叨叨，层层转折，而一韵到底，一气呵成。以一夜夫妻而具金石永固之情，同样是记忆刹那以成永恒，若与张若虚《春江花月夜》相较，杜诗固然章节细密，曲体人情，顺情合礼，字字有据，却是少了“读不能厌”的肆情缠绵、空灵蕴藉。

八 结语

检视乐府诗中映现记忆青春的水岸情歌，可以梳理出欢畅、失落与重现的发展历程。大抵乐府诗中的春花，以梅、莲为代表，多指涉花的开/落以至结子的完整生态，既是经济作物的属性，而由花到实的物候变化与自然生态，也分别映现两性爱情与生命延续的自然生存法则。相形之下，宋以后文人好尚梅、莲的比德观，取其傲雪寒梅、出污泥而不染的“君子”象征，观赏性质的“花”覆盖了民生日用的梅实莲子，其间分野，自是判然。

从《诗经》的水边恋情到张若虚的《春江花月夜》，在长逾千年的漫漫历史长河中，春水兀自涣涣，荇菜或者替换成蒲、荷、兰、菡萏、莲等水泽植物，或者标示着特殊地域的春梅青枫，甚至概括成一片无名春花，没有人物姓名，也无须故事情节，属于自然本能的两性燕好关系，散落在广袤无垠的天地之间，浩渺幽邃，洁净飘逸，不染不群，如怨如慕，可感可泣，究其实无非是绮怀遐思，一般捡拾不得，却又如月之恒，如日之升①，是一切的开端，绵延着无限的生命力，涵蕴着人类生存的无穷奥秘，成了人人共有的永恒青春恋曲。

尤其当《诗经》中以大自然为舞台，展演出的“春女思，秋士悲”青春生命故事，在宋玉悲秋与董仲舒士不遇的引导下，魏晋文人乃自觉地向经国大业与诗人群体靠拢，以“志士”为核心的悲秋传统乃成为诗学主流。因此，借由细读文本，重新检视张若虚《春江花月夜》及其所关涉的几首乐府诗，以及历来对张若虚《春江花月夜》的见解，剔抉出由水月风花等自然物象，回归“春女思”的诗性特质与抒情传统，把刹那记忆成永恒，乃能一往情深，不能自已，虽不可得亦不放弃，缠绵芬芳，一片化工，宜可在悲秋传统之外，重新建构属于春天的诗性特质。

---

① （唐）孔颖达疏《毛诗正义·小雅·天保》：“如月之恒，如日之升”，旨在慎重对待初生萌发的契机，第 9 ~ 3 卷，第 330 ~ 331 页。

论盛唐郊庙歌辞

雷乔英（北京，清华大学附属中学国际部，100084）

摘　要： 由于创制背景、统治者政治追求以及创作主体文学修养的不同，盛唐郊庙歌辞在数量和面貌上与唐代其他阶段表现出很大的不同。盛唐郊庙歌辞不仅在数量占有优势，而且在艺术上大胆革新，表现出诗意化的特点。盛唐郊庙歌辞在精神气质、体式、技巧与风格等多方面影响着盛唐乐府和盛唐诗歌的发展，为盛唐之音的形成埋下了种子。

关键词： 唐代郊庙歌辞　盛唐郊庙歌辞　盛唐之音

作者简介： 雷乔英，女，文学博士，现任清华大学附属中学国际部中文教师。

《左传·成公十三年》曰："国之大事，在祀与戎"，由此可见郊庙祭祀的重要性。因此作为郊庙祭祀的歌辞，便相应地成为统治者意志的体现。郊庙歌辞因其意义的重大和作者地位的特殊，常常影响到当时的文学创作。盛唐郊庙歌辞在传统的诗经体、楚辞体之外，吸纳齐梁以来新体诗的实践技巧进行创制，在一定程度上促进了近体诗的发展与成熟；同时盛唐郊庙歌辞所表现出的庄重典雅以及阔大浑融，为盛唐诗歌注入了力量。总之，盛唐郊庙歌辞在体式、技巧与风格等多方面影响着乐府和诗歌的发展，为盛唐之音的形成埋下了种子。

一　盛唐郊庙歌辞概说

盛唐郊庙歌辞在唐代郊庙歌辞中的影响较大，若要全面了解盛唐郊庙歌辞的情况，需将其放到唐代郊庙歌辞的大背景中加以考察。

按《旧唐书·音乐志》及《乐府诗集》的记载，唐代郊庙歌辞共计59章。其中初唐37章，占绝大多数，盛唐15章居次，中唐7章，晚唐阙如。从绝对数量来看，初唐明显居首。但初唐百余年郊庙歌辞计37章，而盛唐五十余年郊庙歌辞计15章。①

而具体到各个小的阶段，唐代郊庙歌辞的数量也分布不均。初唐郊庙歌辞创作的时段分别集中在武德初、贞观中、高宗则天时期，以及中宗时期。武德间制郊庙歌辞计11章，那些被称作"太乐旧有"的乐章多创于此间。这些乐章曲辞虽然相对简陋，也只涉及11种祭祀类目，却为其后的续造打下了基础。贞观中所创的郊庙歌辞计14章，为唐代各时期各阶段之最。高宗则天时所创郊庙歌辞计7章，其中武则天亲撰的即占5章，中宗时亦5章。盛唐郊庙歌辞的创制集中在开元天宝时期，计11章，其次是睿宗时期，计4章。中唐郊庙歌辞创制没有特别集中的时期。因此从更小的阶段而言，盛唐郊庙歌辞在其高峰期仍有着数量上的优势。

其次，从郊庙歌辞的类目来看。初唐共计34种居首，盛唐17种居次，而中唐仅为7种。而具体到更小的阶段，则高祖武德时为11种，太宗贞观时增至16种，高宗则天时7种，中宗时为5种，睿宗时为3种，玄宗时为10种，代宗时仅1种，德宗时稍微上升，为6种。如果考虑到初唐与盛唐的时间比，那么盛唐郊庙歌辞祭祀的类目其实与初唐大抵持平。详见下表。

由表1可知，唐代各种类目下的祭祀程序，与前代相比基本未变，但是小程序却越来越细，分工越来越严，说明唐人对于礼乐态度之谨严。

二　盛唐郊庙歌辞的特点

唐代郊庙歌辞各阶段类目和数量的多少，与各阶段郊庙歌辞的创制背景及统治者特定的政治追求有着深刻的联系。同时，盛唐君臣与初唐君臣不同的文学修养和文学追求，也决定了盛唐郊庙歌辞和初唐郊庙歌辞面貌的不同。

---

① 如果再加上《大唐郊祀录》《唐会要》以及《乐府诗集》收录在其他类目中的作品，实际上的数量要更多。参见孙晓辉《唐代太常乐章研究》，《云南艺术学院学报》2001年第4期。

表 1　唐代郊庙歌辞类目数量分布表

种　类	名　称	高　祖	太　宗	中　宗	则　天	睿　宗	玄　宗	代　宗	德　宗
郊祀 26	祀圆丘		贞观 8				开元 30		
	郊天	1							
	享昊天			10	12				
	封泰山						开元 14		
	祈穀		贞观 8						
	明堂		贞观 8		12				
	雩祀	2	贞观 8						
	五郊	10	贞观 40						
	朝日	2	贞观 8						
	夕月		贞观 8						
	蜡百神	2	贞观 8						
	祀九宫贵神						天宝 15		
	祀风师								5
	祀雨师								5
	祭方丘		贞观 8			8			
	大享拜洛				15				
	祭汾阴						开元 11		
	禅社首						开元 8		
	祭神州	2	贞观 8						

续表

种　类	名　称	高　祖	太　宗	中　宗	则　天	睿　宗	玄　宗	代　宗	德　宗
郊祀 26	祭太社	2	贞观 8						
	享先农	1	贞观 8						
	享先蚕		显庆 5						
	释奠文宣王	2①							贞元 5
	释奠武成王								贞元 5
	享龙池						开元 10		
庙祀 14	享太庙	3	贞观 10 永徽 10	21	10		开元 16	16	
	太清宫						天宝 11		
	德明兴圣庙						天宝 7		
	仪坤庙					12			
	昭德皇后庙								贞元 9
	让皇帝庙						天宝 6		
	享隐太子庙	2	贞观 6						
	享章怀太子庙					6			
	享懿德太子庙					6			
	享节愍太子庙					6			
	享文敬太子庙								贞元 6
	享惠昭太子庙								贞元 6
	享先庙				1				
	韦氏褒德庙					神龙 5			
总		11	16	2	5	6	11	1	6

① 按：《旧唐书·音乐志》卷 30："太乐又有孔子庙迎送神二章，不详所起"（中华书局，1975，第 1124 页）；又《旧唐书》卷 24："高祖武德二年，国子利周公、孔子庙……丁酉，幸国子学，亲释奠"（中华书局，1975，第 916 页）。

玄宗时期的政权回复平定，其郊庙祭祀亦回归到贞观时正常的轨道中。玄宗时的郊庙歌辞仍分郊歌辞与庙歌辞两类，按内容分则主要涉及四个方面：第一是祭祀天地以告其成功，如开元十一年的《唐祀圆丘乐章》（30 首）、开元十三年的《唐封泰山乐章》（14 首）。与此相关的则是向上帝宣扬其政教的乐章，如开元二年的《唐享龙池乐章》（10 首）。第二是祭祀先代帝王的乐章，以缅怀那些对皇族有重大贡献的先祖，表示不忘其恩德并述继往开来之志，如开元七年的《唐享太庙乐章》（16 首）及天宝二年的《唐德明兴圣庙乐章》（7 首）。与此相关的则是对在宫廷斗争中逝去的家族成员表示祭奠和怀念的乐章，如睿宗景云中的《唐享懿德太子庙乐章》（6 首）、天宝时的《唐让皇帝庙乐章》（6 首）。第三是对与农业有关之神及人的祭祀，以祈农业之风调雨顺以及社稷之平安。由此可见盛唐君王对农业与民生的重视。如开元十一年的《唐祭汾阴乐章》（11 首）、开元十三年的《唐禅社首乐章》（8 首）和天宝中的《唐祀九宫贵神乐章》（15 首）。第四是祭祀先圣先师的乐章，如天宝二年祭奠道家老子的《唐太清宫乐章》（11 首）。参见表 2：

表 2　玄宗时郊庙歌辞一览表

乐　章	时　间	功　用
唐享龙池乐章，10 首	开元二年，714	郊祀歌辞
唐享太庙乐章，16 首	开元七年，719	庙祭歌辞，祭祀祖先
唐祭汾阴乐章，11 首	开元十一年，723	郊祀歌辞，祭皇地祇于汾阴
唐祀圆丘乐章，30 首	开元十一年，723	郊祀歌辞，祭天
唐封泰山章，14 首	开元十三年，725	郊祀歌辞
唐禅社首乐章，8 首	开元十三年，725	郊祀歌辞
唐太清宫乐章，11 首①	天宝二年，743	庙祭歌辞，祭奠老子
唐德明兴圣庙乐章，7 首	天宝二年，743	庙祭歌辞，追尊皋繇为德明皇帝，凉武昭王为兴圣皇帝
唐让皇帝庙乐章②，6 首	天宝中	庙祭歌辞
唐祀九宫贵神乐章，15 首	天宝中	郊祀歌辞

其后肃宗时期，郊庙祭祀相对废弛。这之后的郊庙祭祀，亦再没重现

① 按：《乐府诗集》。

② 指唐玄宗李隆基的大哥宁王李宪。

和超越初唐与盛唐时期的规模。

盛唐郊庙歌辞与初唐郊庙歌辞是唐代郊庙歌辞中最重要的两个阶段。初唐郊庙歌辞在诸多方面为盛唐郊庙歌辞奠定了基础，盛唐郊庙歌辞则在初唐郊庙歌辞的基础上开始了新的创造。比如盛唐郊庙歌辞在初唐郊庙歌辞的基础上新增了八组乐章，分别是《唐封泰山乐章》（开元十三年，14首）、《唐祀九宫贵神乐章》（天宝中，15首）、《唐祭汾阴乐章》（开元十一年，11首）、《唐禅社首乐章》（开元十三年，8首）、《唐享龙池乐章》（开元二年，8首）、《唐太清宫乐章》（天宝二年，11首）、《唐德明兴盛庙乐章》（天宝二年，7首）和《唐让皇帝庙乐章》（天宝时，6首）。

盛唐郊庙歌辞与初唐郊庙歌辞同为祭祀乐章，但盛唐人的创作也表现出新的特点。如《唐祀圆丘乐章》（贞观8首、开元30首）和《唐享太庙乐章》（贞观10首、永徽10首；开元16首）两组乐章。盛唐郊庙乐章中的四言体较初唐郊庙的四言体语意更加浅显，但是气象不凡。如开元七年张说作《唐享太庙乐章》之《长发舞》中的“神兴王业，天归帝功”，《大成舞》中的“天地合德，日月齐光”，《大明舞》中的“旱望春雨，云披大风”，《凯安四首》中的“百年神畏，四海风行”。同时，盛唐郊庙歌辞中的四言体对于对偶这种修辞手法的使用也更加自然工整。如开元十一年《唐祀圆丘乐章》之《雍和》中的“千品其凝，九宾斯会……六变爰阕，八阶载虔”；《舒和》中的“福以德昭，享以诚接。六艺云备，百礼斯浃”。

至于盛唐郊庙歌辞中的五言体、六言体及七言体，则比初唐郊庙歌辞更加注重诗歌整体气势的渲染和意境的营造，使得盛唐郊庙歌辞更加具有诗意的色彩，而不仅仅是刻板的礼仪。譬如睿宗景云中的《唐享节愍太子庙乐章·武舞作》中描写道：“武德谅雄雄，由来扫寇戎。剑光挥作电，旗影列成虹。雾廓三边静，波澄四海同。”其中后四句用意象的叠加营造出战争的紧张以及和平的宁静，表现了征战之豪迈以及四海之归服。又如睿宗时的《唐仪坤庙乐章·安和》中写道：“校猎长杨苑，屯军细柳营。将军献凯入，歌舞溢重城”，用美好的景色烘托将军凯旋之豪迈，显得刚柔相济、回味悠长。这种诗意的句子在开元二年的《唐享龙池乐章》（10首）中更是屡屡出现。如第一章姚崇的“独有前池一小雁，叨承旧惠入天津”，在庄重中注入一丝灵动。第二章蔡孚的“昔日昔时经此地，看来看去渐成川。歌台舞榭宜正月，柳岸梅洲胜往年”，用柳岸梅州烘托出龙池的美丽。第五章姜皎的“日日芙蓉生夏水，年年杨柳变春湾。……原以飘飖五云影，从来从去九天间”，用芙蓉、杨柳、云影等众多美好的景致烘托龙池的光彩。第六章崔日用的“岸上丰茸五花树，波中的皪千金珠。……风色云光随隐见，赤云神化像江湖”，则以开阔的意象渲染了龙池的神奇和美丽。第十章裴璀的“始看鱼跃方成海，即睹龙飞利在天。洲渚遥将银汉接，楼台直与紫微连”，在上天入地的诸多动词中，表现了龙池富于动感的一面。

总之，盛唐郊庙歌辞在郊庙歌辞诗意化的道路上进行了大胆有效的探索，对盛唐乐府和诗歌的意象化与场景化有一定的促进作用。

盛唐郊庙歌辞表现出的这些新特点，与其创作者的身份有关。唐代郊庙歌辞的作者主要由三类人组成：第一类是作为最高统治者的君王本身，唐太宗、武则天、唐玄宗几位极具政治才能和文学追求的君王都曾经亲身参与郊庙歌辞的创作。他们这种亲身示范的作法，具有政治和文学的双重引导力，他们是郊庙歌辞创作的最高指示和风向标。在初唐和盛唐的几位君王中，唐玄宗的文学修养和艺术品位无疑是最高的。因此玄宗时期的郊庙歌辞进行了许多大胆的革新，使盛唐郊庙歌辞比初唐郊庙歌辞更富于文学色彩。

唐代郊庙歌辞的第二类作者是馆阁文人，包括弘文馆学士、崇文馆学士、翰林学士为首的台阁文人。他们是郊庙歌辞创作的主体。《旧唐书·音乐志》载：“贞观二年（628 年），太常少卿祖孝孙既定雅乐，至六年（632 年），诏褚亮、虞世南、魏徵等分制乐章。其后至则天称制，多所改易，歌辞皆是内出。”[①] 这些人一方面在朝廷内身兼要职，具有极大的政治影响力；另一方面，他们也有着极高的文学修养，在当时文坛上享有举足轻重的地位。在郊庙歌辞的创制中，他们身受多种因素的影响：一是现实语境中统治者的行政意志及创作示范；二是前代郊庙歌辞的传统，除了《诗经》《楚辞》的古老源头，还包括汉、魏、晋、南北朝郊庙歌辞在流变中积淀的精华；此外，盛唐文坛中新的诗歌技艺和审美范式也植入到郊庙歌辞的创作中，并反过去影响诗歌本身的发展。唐代参与郊庙歌辞创制的诗人数量超过前朝，因此大大刺激了文人学士们制礼作乐、参与政事的热情。相较于初唐而言，盛唐参与郊庙歌辞创作的馆阁文人包括姚崇（晚

① 《旧唐书》第 30 卷，中华书局，1975，第 1089 页。

年）、沈佺期（晚年）、蔡孚、卢怀慎、姜皎、崔日用、李乂（晚年）、姜晞、裴璀、苏颋（晚年）、张说（晚年）和张九龄等长于诗艺的大臣，其较初唐的褚亮、魏徵等人更多地具有诗人的气质和文采。盛唐郊庙歌辞馆阁文人类作者中最突出的当属张说。开元七年与开元十三年，张说以一己之力分别创作了《唐享太庙乐章》（16 首）和《唐封泰山乐章》（14 首）两组乐章。如此的壮举非张说这样的德才兼备者不能胜任。相较于初唐的郊庙歌辞而言，张说的这两组乐章让严谨肃穆的郊庙歌辞也具有了诗歌的气象和韵味。

唐代郊庙歌辞创作的第三类主体是太常寺里的专职乐官。他们的任务是按照皇帝的旨意，根据歌辞的功能和用途，用特定类别的音乐，创造出相宜的郊庙旋律及歌辞。太常寺中的高级管理人员太常卿与太常少卿往往具有较高的音乐才能，因此参与到郊庙歌辞的创作中。太常少卿何鸾在开元十一年（723 年）创作了《唐祭汾阴乐章·舒和》。如开元十三年（725 年）贺知章为太常少卿时参与创作了《唐禅社首乐章》（8 首）。另外，太常寺中实际从事音乐工作的官员协律郎亦参与郊庙歌辞的创作。据左汉林《唐代乐府制度与歌诗研究》考证：协律郎的职责包括充任乐队指挥，创制乐曲、创作歌辞以及选词入乐四种。[①] 因此，协律郎也可以参与郊庙歌辞的创制。而太常寺中的其他乐工如太乐令、太乐丞等则只是负责一些事务性的辅助工作和表演，不会参与郊庙歌辞及乐曲的创作。据左汉林《唐代乐府制度与歌诗研究》附录中对唐代协律郎、太乐令、太乐丞的考录，盛唐不仅有郑虔这样诗书画通晓的协律郎，有刘贶这样博通经史、律历、音乐的太乐令，还有像王维这样诗书画造诣皆深的太乐丞。[②] 因此，盛唐参与郊庙歌辞创作的专职乐官，也较初唐有更高的艺术修养和诗艺才华，这就为盛唐郊庙歌辞的诗化提供了有利的主体条件。

总之，盛唐郊庙歌辞作者身份之特殊、艺术修养之广博深厚，在很大程度上提升了盛唐郊庙歌辞的艺术水准。

三　盛唐郊庙歌辞与盛唐之音的关系

如前所论，盛唐郊庙歌辞在祭祀天地自然神灵和先圣先师的话语体系

---

① 左汉林著《唐代乐府制度与歌诗研究》，商务印书馆，2010，第 15～19 页。

② 左汉林著《唐代乐府制度与歌诗研究》，商务印书馆，2010，第 279～280、329、333～334 页。

中，展现了盛唐人鼎立天地、继往开来、积极进取的精神面貌。这些郊庙歌辞以其意义之重大，作者身份之特殊，无疑会对盛唐诗人产生一定的影响。盛唐郊庙歌辞对盛唐诗歌的影响涉及多个方面，以下拟从精神气质、体式与风格等方面分论之。

盛唐郊庙歌辞言辞间彰显了历史之命运、皇权之尊贵、道德之崇尚、礼乐之繁盛、国家之强盛、风云之气象、征战之豪迈、胜利之喜悦、四海之归服。而不管何种题材，都洋溢着盛唐人风发之意气、高昂之斗志、不衰之气骨、从容之气魄以及灵动之妙想，而这正是盛唐人在精神上区别于前代之所在。这些在汉代郊庙歌辞中曾经偶然闪现的光彩，经过南朝的沉寂与北周的酝酿，终于在盛唐人这里以更加刚健明朗的姿态复活、壮大。这种积极向上的精神，乐观的态度，因其不可抗拒的感染力，不仅对盛唐燕飨歌辞有一定的影响，而且对于盛唐的其他诗歌也有广泛的渗透。因此，盛唐人诗歌中的力量、勇气、自信与乐观，不仅得益于统治者政策的引导，亦受到盛唐郊庙歌辞的暗示与鼓舞。

盛唐郊庙歌辞除了在精神气质上对盛唐乐府及盛唐之音有较大的影响，还在体式上对郊庙歌辞有里程碑式的意义，对盛唐乐府诗以及盛唐诗歌体式的近体化也产生了极大的影响。

关于乐府对于诗体的影响，萧涤非《汉魏六朝乐府文学史》曾言“一切诗体皆由乐府生也”,[①] 这话也许尚需考量。但赵敏俐先生《汉代乐府制度与歌诗研究》已考证出“五言出于乐府”。[②] 七律是否出于乐府，古人也有讨论。如清人管世铭《读雪山房唐诗·序例》言：“七言律诗出于乐府，故以沈云卿《龙池》、《古意》冠篇。初篇之作，皆当以是求之。张燕公《舞马千秋万岁词》，崔司勋《雁门胡人歌》，尤显然乐府也。王摩诘：‘秦川一半夕阳开’，为乐府高调。”[③] 今人赵谦在《初唐七律音韵风格的再考察》一文中曾具体考察了音乐对七律发展的促进作用。[④] 同门韩宁还注意到：七言古意诗中明确为乐府诗者，也出现了七律的形式。[⑤] 笔者以

① 萧涤非著《汉魏六朝乐府文学史》，人民文学出版社，1984，第126页。

② 赵敏俐著《汉代乐府制度与歌诗研究》，商务印书馆，2010，第399页。

③ 管世铭著《读雪山房唐诗·序例》，转引自裴斐、刘善良编《李白资料汇编》（金元明清之部）第1册，中华书局，1994，第971页。

④ 赵谦：《初唐七律音乐风格的再考察》，《文学遗产》1990年第3期。

⑤ 韩宁：《古意诗论》，《第二届乐府与歌诗国际学术研讨会论文集》，首都师范大学文学院与中国诗歌研究中心主办，2009。

为，对诗体与乐府关系的考察，从历代郊庙歌辞格律的情况中也可窥知一二。

但是，与南朝诗坛酝酿着新体诗的现实相比，这些郊庙歌辞中并没有形成新的成熟体式。当然，这之中滞留北周的庾信可能是个例外，其《周祀圆丘歌·昭夏》《周祀五帝歌·黄帝云门舞》《周祀五帝歌·配帝舞》等五七言歌辞中那些精巧的对偶与和谐的押韵，本是源自南朝的诗歌技艺，其后却又反过去影响北周及隋唐诗坛，而且对唐代郊庙歌辞的修辞也不无影响。而让人更为惊讶的是，庾信郊庙歌辞中那些引人共鸣的悲慨，在气势与风骨上已遥启盛唐，譬如：

函谷风尘散，河阳氛雾晞。——庾信《周宗庙歌·皇夏》
终封三尺剑，长卷一戎衣。——庾信《周宗庙歌·皇夏》
卷舒云泛滥，游扬日浸微。——庾信《周宗庙歌·皇夏》
戎衣此一定，万里更无尘。——庾信《周宗庙歌·皇夏》

唐代诗坛在多方面受惠于庾信，其实还包括郊庙歌辞这个常常被忽略的领域。虽然庾信对郊庙歌辞的技艺有如此重要的提升，但是从唐前的郊庙歌辞里，我们还是很难看到新体诗前进的影子。

但是这一格局到盛唐时期有了很大的改观，对此不妨从唐代郊庙歌辞近体化的情况来看。唐代郊庙歌辞在体式上的特点可以概括为以下四方面：

其一，唐郊庙乐章 59 章中，除去七言楚辞体，有五七言体者为 39 章 85 首；

其二，其中律诗、绝句共 13 首，占 15%，其创作时间大都在则天、睿宗、玄宗初期，即初唐盛唐之交；

其三，其中包含一联及以上对仗的有 41 首，占 48%，其中包括几首仅几处出律的；

其四，其中全部为粘式律的有 26 首，占 31%，局部为粘式律的有 31 首，占 36%，即是说局部或整体使用到粘式律的占 67%。

因此，在唐代的几个阶段中，盛唐郊庙歌辞在诗歌近体化及律诗定型过程中起了极大的促进作用，特别是开元二年（714 年）《龙池乐》组诗的集体创作。除了被选入乐的十首合律之作外，其余的 120 首诗歌，亦是对七言律诗的一次大规模示范。[①]

贾晋华在《唐代集会总集与诗人群研究》认为君臣唱和、律诗定格与进士试诗的同步实现以及类书编撰，[②] 对于诗歌的近体化有很大影响。笔者认为，盛唐内廷诗歌声律水平之高，与盛唐郊庙歌辞近体化的实践也是分不开的。实际上，如前面统计表明的那样，在盛唐郊庙歌辞的影响下，盛唐乐府和盛唐诗歌的近体化也加快了步伐。

总之，盛唐郊庙歌辞在汉代、北周与初唐的创新后，再一次以更大强度展开了近体化的尝试，与当时宫廷诗坛的趋向大体一致。同时在对偶、意象选择、场景铺设等修辞技艺上，盛唐郊庙歌辞也汲取了庾信及初盛唐诗坛的因子，为古奥板滞的郊庙歌辞带来了生机与活力。全新的内容、精神气质、体式与技巧，最终使盛唐郊庙歌辞呈现出不同以往的风格。其中的庄重典雅、意兴豪迈、气象阔大以及意境浑融之作，对盛唐乐府诗风格的形成有极大的促进作用。同时，这些风格也是盛唐之音的典型特点。

综合上述，在唐代郊庙歌辞中，由于创制背景、统治者政治追求以及创作主体文学修养的不同，盛唐郊庙歌辞在数量和面貌上与其他几个阶段表现出很大的不同。盛唐郊庙歌辞不仅在数量占有优势，而且在艺术上大胆革新，表现出诗意化的特点。盛唐郊庙歌辞与盛唐诗歌有着紧密的联系。首先，盛唐郊庙歌辞在内容和气质上所表现出的从容与自信，与盛唐诗歌的精神有着内在的一致。其次，在传统的诗经体与楚辞体之外，盛唐郊庙歌辞吸纳齐梁以来新体诗的实践技巧进行创制，在一定程度上促进了近体诗的发展与成熟。此外，盛唐郊庙歌辞还汲取了庾信及唐代诗坛的诗歌技艺，表现出庄重典雅与大气浑融的风格，为盛唐诗歌风骨的形成起了很大的作用。总之，盛唐郊庙歌辞在精神气质、体式、技巧与风格等多方面影响着盛唐乐府和盛唐诗歌的发展，为盛唐之音的形成埋下了的种子。

---

① 赵谦在《初唐七律音韵风格的再考察》一文中曾谈到《龙池乐》组诗在七律发展中的重要作用，并进一步分析了这些歌辞合律之因乃是方便入乐。（《文学遗产》1990 年第 3 期）

② 参见贾晋华《唐代集会总集与诗人群研究》，北京大学出版社，2001，第 12～33、63～65，490～495、495～498 页。

李白“乐府诗”押韵的音律之研究

耿志坚（彰化，台湾彰化师范大学，50001）

摘　要：乐府诗在特质上属于“歌诗”，是具有音乐生命的创作，因此在音乐的风格上呈“繁音促节，迂回往复”的变化。由于唐代设有“采诗官”制度，以及具有掌管音乐的“教坊”，加上文献中多有“乐府诗”传唱的记载，另外唐代的敦煌变文里，出现在故事后面多有“唱”的曲词，由于唐乐府其句式、押韵形式与之相近似，陈寅恪认为唐乐府是具备“音乐”性质的作品。

又因为盛唐时期的李白工于音律，在诗集中所收录的乐府诗作约近百篇，因此本论文希望从这些语料上看出端倪。在经过翻查后的归纳与分析，发现李白在七言乐府诗里，所存在的律动现象，七言诗多为四句一小节，每小节第1、2、4句为韵脚，和杜甫的押韵韵律相同，并且呈现规律性的变化，近似修辞手法里的“类迭”“顶真”“回文”。五言诗则不全是四句一节，但却出现二首呈平、上、去、入声具备、且为规律形式的转换。

至于五、七言交错的诗作，大致是以平、仄交替的形式转换韵脚，和七言诗押韵形式近似，亦为偶句押韵。三、七言交错的诗作，亦多为平、仄交替的形式转换韵脚，和七言诗押韵形式更为相似。

关键词：押韵　乐府诗　歌诗　李白诗　韵律

作者简介：台湾彰化师范大学教授，祖籍河北省固安县，1952年出生于台湾，1982年毕业于台湾政治大学博士班，并获文学博士。学术专长“汉语音韵学”“语文科教学法”“语言表达艺术”，自2010年以后开始运用音韵学、语言风格学研究乐府诗的音律现象。

一 前言

继2011年于本会发表《中唐“新乐府”与“新乐府”押韵韵脚四声音律之比较研究——以白居易、元稹、刘禹锡为例》之后，又于2012年在厦门大学发表《杜甫“七言乐府诗”押韵的音律之研究》，目的是借音韵学、语言风格学来探究“乐府诗”在创作上的“律”。

在前面二文中，笔者多次引述学者们的论点，认为“乐府”可称其为“歌诗”，以及唐人于诗作里即表示诗的“音乐性”，因此不再赘述，本文系承去年在厦门召开的音韵学会之后，再次以“李白”为题，作一系列的探索。

在前二文里，首先发现中唐白居易“新乐府”的音律为：

（1）首句多呈以37、337、3377、7777开头。

（2）韵脚的小节多呈2句、2句、4句、4句，或为2句、2句、4句、2句的转换。

（3）小节为2句则句句押韵，小节是4句则第1、2、4句押韵。

（4）押韵韵脚呈平、仄转换，甚至呈平上、平去、平入四声轮换；或阴声韵、阳声韵交替。有时不但是四声交替，并且还是阴声韵、阳声韵转换。

（5）韵脚转换的规律近似修辞学里的“对仗”“排比”“类迭”“顶真”“回文”。

至于杜甫的乐府诗作，多位学者称中唐白居易的“新乐府”，在其音律的风格上，受其影响至深，由于“新乐府”多呈七言，而杜甫之诗作又以七言诗作品最多，且具明显的音律，是以大胆的往上挖掘，所得到的发现，扣除一韵到底的韵例之后，分别为：

（1）首句多呈以37、337、3377、7777开头，和新乐府相同。

（2）韵脚的小节多呈2句、2句、4句、4句；2句、2句、4句；4句、4句、4句、4句；8句、8句、4句、4句。

（3）小节为句则句句押韵，小节是4、6、8句，则多为首句及偶句押韵，即第1、2、4句、1、2、4、6句、1、2、4、6、8句押韵。

（4）押韵脚大多呈平仄转换，可以看出呈四声轮换，或阴声韵、阳声韵的转换。

（5）部分作品呈现修辞学里的“对仗”“排比”“类迭”“顶真”“回文”。

杜甫的七言“乐府诗”作，毕竟比白居易的“新乐府”早了许多，因此没有那么严谨的“律”，可是却也隐隐约约地发掘到他的“音律风格”。至于李白，他和杜甫创作风格不同，传统的说法是杜甫工于“格律”，李白工于“意象”，但是李白的诗作，多处称之被歌咏传唱，显见他的诗作大多为富有音乐性的“歌诗”，为了解开这一谜团，所以本文继续往下探索，沿用前文的手法，从李白的“乐府诗”作里一探究意。

二　韵谱制作

（一）凡例

（1）韵谱依清圣祖御定《全唐诗》为底本，语料自卷 163 ~ 167。校本为清·钱谦益、季振宜辑本《全唐诗稿本》（屈万里、刘兆佑主编，联经版景印本）。

（2）校本：《全唐诗稿本》为《李翰林集，东吴·毛晋重订》本。

（3）《全唐诗稿本》于卷 162 注“古乐府”，自卷 163 ~ 167 为“乐府”，因本论文撰写之目的在探索唐乐府诗的韵律，故卷 162 之语料不收录。

（4）韵谱所收录之语料，凡诗集内的五言四句、六句、八句，七言四句、六句、八句，形式近似绝、律，且一韵到底者，因无特殊的讨论价值，皆不附录，仅于后文讨论时以数字呈现。

（5）韵脚翻查以《诗韵》为依据。

（6）韵谱之设计：

①依《全唐诗》出现的顺序标示序号。

②序号后为“诗题”，诗题后为“韵脚”内容，韵脚后（）内为押韵之“韵目”，韵目内若为合用通押，则同时标示合用的韵目及韵字，韵字并以 8 号字呈现。

③韵谱之次行，依押韵的小节分段，并以“/”做区隔。又各小节里所标示的数字，为韵脚在各小节内的句数。

④韵谱之第三行，为该小节押韵韵脚的声调，为明显看出四声之变

化，仄声部分，再标示上、去、入，即“仄上”“仄去”“仄入”。

（二）韵谱

(1)《关山月》山间关湾还颜闲（删） 5 言

—1、2、4、6、8、10、12

—平

(2)《独漉篇》月没（月）渡路（遇）风同（东）开猜（灰）鸣生名（庚）鸢天（先） 5、7、4 言

—2、4／2、4／2、4／2、4／2、4／2、4

—仄入／仄去／平／平／平／平

(3)《登高丘而望远》海在彩待（海）凭登能乘（蒸） 3、5、7 言

—2、4、6、8/2、4、6、8

—仄上／平

(4)《阳春歌》空风红中（东）过歌何（歌） 3、7 言

—1、2、3、4／2、4、6

—平／平

(5)《杨叛儿》酒柳（有）花家霞（麻） 5 言

—2、4／1、2、4

—仄上／平

(6)《双燕离》燕羡见（霰）宫空雄中（东） 5、7 言

—1、2、4/2、4、6、8

—仄去／平

(7)《山人劝酒》皓草好老（皓）争惊成情清倾（庚） 5、7 言

—2、4、6、8/2、4、6、8、10、12

—仄去／平

(8)《于阗采花》似死比里齿（纸） 5、7 言

—2、4、6、8、10、12

—仄上

(9)《鞠歌行》李耻毁鬼（纸尾鬼）妻奚泥（齐）中东翁鸿（东）5、7 言

—1、2、4、6/2、4、6/2、4、6、8

—仄上／平／平

(10)《幽涧泉》琴深寻吟襟音今林(侵) 5、7言

—2、3、6、8、10、12、14、16

—平

(11)《王昭君二首之一》妃归(微)出日(质)花沙嗟(麻) 5、7言

—2、4/1、2/1、2、4

—平/仄入/平

(12)《王昭君二首之二》颊妾(叶) 5言

—2、4

—仄入

(13)《中山儒子妾歌》珍人春身尘辛(真) 5、7言

—2、4、6、8、10、12

—平

(14)《荆州歌》波过蛾多何(歌) 7言

—1、2、3、4、5

—平

(15)《雉子斑》惊成鸣生争生情名清(庚) 5、7言

—1、2、3、5、7、9、11、13、15

—平

(16)《有所思》隅壶珠姑(虞) 5、7言

—2、4、6、8

—平

(17)《久别离》家花嗟(麻)绝结雪(屑)台催来来苔(灰) 5、7言

—1、2、4/1、2、3/1、2、4、5、6

—平/仄入/平

(18)《白头吟》鸯芳张(阳)妒暮赋(遇)金心吟林(侵)倒抱草(晧)丝时(支)杯回台(灰) 5、7言

—2、4、6/1、2、4/1、2、4、6/2、4、6/2、4/1、2、4

—平/仄去/平/仄上/平/平

(19)《采莲曲》女语举(语)郎杨肠(阳) 7言

—1、2、4/1、2、4

—仄上／平

(20)《临江王节士歌》稀飞（微）苦浦雨主（麌）生鲸（庚） 3、5、7言

—1、2/2、3、4、6/2、4

—平／仄上／平

(21)《司马将军歌》台雷开（灰）目蜀屋（屋）魁鬼孩回梅垓台（灰） 3、5、7言

—2、3、4、6/1、2、4/1、2、4、5、6、8、10

—平／仄入／平

(22)《君道曲》至臂二地（寘） 5、7、9言

—2、4、6、8

—仄去

(23)《结客少年场行》瞳鬉东公鸿风丰中虹宫功（东） 5言

—1、2、4、6、8、10、12、14、16、18、20

—平

(24)《长干行二首之一》额剧（陌）来梅猜开回灰台堆哀苔（灰）扫早草老（晧）巴家沙（麻） 5言

—1、2/1、2、4、6、8、10、12、14、16、18/1、2、4、6/1、2、4

—仄入／平／仄上／平

(25)《长干行二首之二》识色（职）兴陵（蒸）起子（纸）何多波（歌）度树处（遇御处）骢东中红风（东） 5言

—2、4/1、2/1、2/1、2、4/1、2、4/1、2、4、6、8

—仄入／平／仄上／平／仄去／平

(26)《古朗月行》盘端团餐残安观肝（寒） 5言

—2、4、6、8、10、12、14、16

—平

(27)《上之回》宫通空风中虹东童穷（东） 5言

—1、2、4、6、8、10、12、14、16

—平

(28)《独不见》儿时池悲眉枝知（支） 5言

—2、4、6、8、10、12、14

—平

(29)《白纻辞三首之一》齿子水起（纸）空鸿终蒙（东） 5、7 言
—1、2、3、4/1、2、3、4
—仄上／平
(30)《白纻辞三首之二》沉金音吟心心（侵）赏上（养） 3、7 言
—1、2、3、4、5、6/1、3
—平／仄上
(31)《白纻辞三首之三》衣晖飞稀归微违（微） 7 言
—1、2、3、4、5、6、7
—平
(32)《鸣雁行》山关间还（删）吴枯呼吁乎（虞） 3、5、7 言
—2、3、5、6/1、2、3、4、5
—平／平
(33)《妾薄命》屋玉（屋沃玉）疏车（鱼）收流（尤）草皓（晧） 5 言
—2、4/2、4/2、4/2、4
—仄入／平／平／仄上
(34)《幽州胡马客歌》冠干端兰难残餐寒盘鞍攒丹叹安（寒） 5 言
—全诗 28 句，偶句皆为韵脚，一韵到底。
—平
（以上卷 163）
(35)《门有车马客行》宾轮亲辛巾春身尘滨人邻秦仁钧（真） 5 言
—全诗 26 句，首句及偶句皆为韵脚，一韵到底。
—平
(36)《君子有竹思行》色极直息绝域力逼昃匿臆（职） 5 言
—全诗 22 句，偶句皆为韵脚，一韵到底。
—仄入
(37)《东海有勇妇》倾情卿星生诚兵行明庭瀛荣萦刑英成轻声名（庚青星庭刑） 5 言
—全诗 38 句，偶句皆为韵脚，一韵到底。
—平
(38)《黄葛篇》幂尺绤客掷迹（陌） 5 言
—全诗 12 句，偶句皆为韵脚，一韵到底。

—仄入

(39)《白马篇》毛豪袍高猱刀遨洮逃曹蒿（豪） 5 言

—全诗 20 句，首句及偶句皆为韵脚，一韵到底。

—平

(40)《凤吹笙曲》笙鸣京（庚）里已指（纸）闻分云（文）关山还（删） 7 言

—1、2、4/1、2、4/1、2、4/1、2、4

—平／仄上／平／平

(41)《怨歌行》宫红中风穷蓬空龙桐忡（东冬龙） 5 言

—全诗 18 句，首句及偶句皆为韵脚，一韵到底。

—平

(42)《来日大难》身薪唇春（真）学岳角握（觉）促木（沃屋木）成生声（庚） 4 言

—1、2、4、6/2、4、6、8/2、4/2、4、6

—平／仄入／仄入／平

(43)《塞上曲》桥骄（萧）极侧色（职）河多波（歌） 5 言

—2、4/1、2、4/1、2、4

—平／仄入／平

(44)《入朝曲》京卿城行星亭荣（庚青星亭） 5 言

—全诗 14 句，偶句押韵，一韵到底。

—平

(45)《秦女休行》花家霞遮加牙沙赊嗟（麻） 5 言

—全诗 18 句，偶句押韵，一韵到底。

—平

(46)《秦女卷衣》央裳床当光妨（阳） 5 言

—全诗 10 句，首句及偶句皆为韵脚，一韵到底。

—平

(47)《东武吟》风功躬中通虹东丰桐宫穷公蓬空雄终翁（东） 5 言

—全诗 34 句，偶句押韵，一韵到底。

—平

(48)《邯郸才人嫁为厮养卒妇》阙歇没月发（月） 5 言

—全诗 10 句，偶句押韵，一韵到底。

—仄入

(49)《出自蓟北门行》荒芒光行扬场苍傍伤霜王亡阳（阳） 5 言

—全诗 24 句，首句及偶句皆为韵脚，一韵到底。

—平

(50)《北上行》行苍冈方裳阳乡肠柔长霜浆伤光（阳） 5 言

—全诗 28 句，偶句押韵，一韵到底。

—平

(51)《空城雀》促族延逐粟欲（沃屋族逐） 5 言

—全诗 12 句，偶句押韵，一韵到底。

—仄入

(以上卷 164)

(52)《发白马》河波歌沱那峨多戈（歌） 5 言

—全诗 16 句，偶句押韵，一韵到底。

—平

(53)《陌上桑》作络谑（药）敷都隅胡梧愚蹰（虞） 5 言

—2、4、6/1、2、4、6、8、10、12

—仄入／平

(54)《枯鱼过河泣》制帝势噬（霁）入识（缉职识） 5 言

—2、4、6、8 ／1、2

—仄去／仄入

(55)《丁督护歌》贾苦土雨浒古（麌） 5 言

—全诗 12 句，偶句押韵，一韵到底。

—仄上

(56)《相逢行》台开回来杯（灰）扇见见（霰）深心衾（侵）帏时迟思丝悲期（支微帏） 5 言

—2、4、6、8、10/1、2、4/1、2、4/1、2、4、6、8、10、12

—平／仄去／平／平

(57)《树中草》里死（纸）情生荣（庚） 5 言

—2、4/1、2、4

—仄上／平

(58)《君马黄》白隔陌赫容厄益（陌） 3、5 言

—全诗 14 句，偶句押韵，一韵到底。

—仄入

(59)《豫章行》关还颜间攀山闲顽艰湾斑（删） 5言

—全诗22句，偶句押韵，一韵到底。

—平

(60)《对酒行》海在彩改待（海） 5言

—2、4、6、8、10

—仄上

(61)《捣衣篇》余居书（鱼）息北（职）流洲楼（尤）歇发月（月）长堂香（阳）锦寝枕（寝）君氲云（文） 7言

—1、2、4/1、2/1、2、4/1、2、4/1、2、4/1、2、4/1、2、4

—平／仄入／平／仄入／平／仄去／平

(62)《少年行》客掷惜尺（陌）过罗歌（歌）有久酒（有）己李（纸）春新人（真）命病（映）身尘民（真）丈往（养）城缨名（庚） 3、7言

—1、2、3、4/1、2、4/1、2、4/1、2/1、2、4/1、2/1、2、4/1、2/1、2、4

—仄入／平／仄上／仄上／平／仄去／平／仄上／平

(63)《长歌行》年言泉鞭宣（先元言）日失质（质）后酒柳（有） 5言

—2、4、6、8、10/2、4、6/1、2、4

—平／仄入／仄上

(64)《长相思之一》仙眠弦传然天泉前（先） 5、7言

—1、2、4、5、6、7、9、11

—平

(65)《长相思之二》堂床香（阳）来苔（灰） 5、7言

—1、2、4/2、4

—平／平

(66)《猛虎行》行吟琴（侵庚行）道倒草（皓）兵城宁（庚青宁）时止市（纸）贫臣人（真）此士（纸）鳞尘人（真）客石掷（陌）奇知随时（支）春人尘宾亲（真） 5、7言

—1、2、4/1、2、4/1、2、4/1、2、4/1、2、4/1、2/1、2、4/1、2、4/1、2、4、6/1、2、4、6、8

—平／仄上／平／仄上／平／仄上／平／仄入／平／平

(67)《去妇词》妇处去路（御遇路）旋千天川怜年泉（先）扫道老好草（晧）妻西啼（齐）久厚偶久柳（有）颜还攀（删）绝月结（屑月月）投流（尤）妾业（叶业业）床长（阳）姑夫（虞） 5 言

—1、2、4、6/2、4、6、8、10、12、14/1、2、4、6、8/1、2、4/1、2、4、6、8/1、2、4/1、2、4/2、4/1、2/2、4/1、2

—仄去／平／仄上／平／仄上／平／仄入／平／平

（以上 165 卷）

(68)《襄阳歌》西迷鞮泥（齐）杯杯醅台梅催罍苔哀推（灰）铛生声（庚） 3、7 言

—1、2、4、6/2、4、6、8、10、12、14、16、18、20/2、3、5

—平／平／平

(69)《南都行》关阛山攀间颜闲还湾斑（删） 5 言

—全诗 20 句，偶句押韵，一韵到底。

—平

(70)《江上吟》舟头留鸥丘洲流（尤） 7 言

—1、2、4、6、8、10、12

—平

(71)《侍从宜春苑奉诏赋龙池柳色初青听新莺百啭歌》草好（晧）青城楹鸣情声京清行莺笙（庚） 7 言

—1、2/1、2、3、4、5、7、8、9、11、13、15

—仄上／平

(72)《玉壶吟》年涟筵贤鞭仙（先）嚬身人（真） 5、7 言

—2、4、6、8、10、12/1、2、4

—平／平

(73)《豳歌行上新平长史兄粲》柯波多（歌）客碧石（陌）辉衣归（微）旭玉烛（沃）霞嗟华（麻） 7 言

—1、2、4/1、2、4/1、2、4/1、2、4/1、2、4

—平／仄入／平／仄入／平

(74)《西岳云台歌送丹丘子》哉来雷（灰）彩在海（贿）摧开台（灰）冥生轻（庚青冥）户语（语）辉归飞（微） 7 言

—1、2、4/1、2、4/1、2、4/1、2、4/1、2/1、2、4

—平／仄上／平／平／仄上／平

(75)《元丹丘歌》丘流（尤）仙烟旋旋（先）虹风通穷（东） 3、7言

—1、3/2、4、5、6/1、2、3、4

—平／平／平

(76)《扶风豪士歌》沙嗟麻赊鸦花家（麻）奇移期吹时知谁眉离（支）帽笑（啸）吟心（侵） 3、7言

—1、2、4、6、7、8、10/1、2、4、6、7、8、10、12、13/1、2/2、4

—平／平／仄去／平

(77)《同族弟金城尉叔卿烛照山水壁画歌》瀛清嵘城（庚）灭雪（屑）喧源魂猿（元）歇发渤（月） 7、9言

—1、2、3、4/1、2/1、2、3、4/1、2、4

—平／仄入／平／仄入

(78)《白毫子歌》子里（纸）髓开回杯苔来（灰）起耳（纸）亲人（真） 3、7言

—1、2/1、2、3、5、7、8/1、2/2、4

—仄上／平／仄上／平

(79)《梁园吟》山间（删）多歌波（歌）国得（职）愁楼秋（尤）设雪洁（屑）君坟云（文）在待海（贿）衣归辉（微）远晚（阮） 3、7言

—2、4/1、2、4/1、2/1、2、4/1、2、4/1、2、4/1、2、4/1、2、4/2、4

—平／平／仄入／平／仄入／平／仄上／平／仄上

(80)《鸣皋歌送岑征君》皋劳舠嘈涛号嶅（豪）作阁鹤洛崿壑（药）氲纷闻云（文）呻人邻珍薪尘秦身亲（真） 4、6、7、8、9、11言

—1、2、4、6、8、13、15/2、4、6、8、10、12/1、2、4、6/2、4、6、8、10、12、14、16、18

—平／仄入／平／平

(81)《鸣皋歌奉饯从翁清归五厓山居》还间山关（删）早好道草（皓）真人尘（真）处路去树（遇御去） 5、7言

—1、2、3、4/1、2、3、4/1、2、3/1、2、4、6

—平／仄上／平／仄去

(82)《劳劳亭歌》堂傍杨霜章郎长（阳） 7言

—1、2、4、6、7、8、10

—平

(83)《金陵城西楼月下吟》发越月（月）归稀晖（微） 7言

—1、2、4/1、2、4

—仄入／平

(84)《东山吟》山安寒欢冠（寒删山）时时奇（支） 5、7言

—1、2、4、6、8/1、2、3

—平／平

(85)《僧伽歌》伽车沙（麻）竺国色（职）棱增藤（蒸）久有垢（有） 3、7言

—1、2、4/1、2、4/2、4、6/1、2、4

—平／仄入／平／仄上

(86)《白云歌送刘十六归山》云君（文）里水（纸）衣归（微） 3、5、7言

—1、2/2、3/2、3

—平／仄上／平

(87)《金陵歌送别范宣》踞去树（御遇树）秋流囚（尤）哉来灰（灰）嗟麻花（麻）道草老（晧） 7言

—1、2、4/1、2、4/1、2、4/1、2、4/1、2、4

—仄去／平／平／平／仄上

(88)《笑歌行》钩侯（尤）弦边田（先）曲已读（沃屋读）平谷成（庚）酒有（有）时知锥（支）臣薪人（真） 3、7言

—2、4/1、2、4/1、2、4/1、2、4/2、4/1、2、4/1、2、4

—平／平／仄入／平／仄上／平／平

(89)《悲歌行》斟吟心琴金（侵）久守有酒（有）图奴夫（虞）悔外退（队泰外）名经生（庚青经） 3、7言

—1、2、4、6、8/1、2、4、6/1、2、4/1、2、4/1、2、4

—平／仄上／平／仄去／平

(以上166卷)

(90)《当涂赵炎少府粉图山水歌》天连前烟沿年旋边巅泉湲绵蝉仙（先）子士里（纸）珍身人（真） 7言

—1、2、4、6、7、8、10、11、12、14、16、18、20、22/1、2、4/1、2、4

—平／仄上／平

(91)《峨眉山月歌送蜀僧晏入中京》时眉随（支）白客陌（陌）天川玄（先）越阅月（月） 7言

—1、2、4/1、2、4/1、2、4/1、2、4

—平／仄入／平／仄入

(92)《赤壁歌送别》雄空公（东）碧迹魄（陌） 7言

—1、2、4/1、2、4

—平／仄入

(93)《江夏行》姿持思（支）贾苦土（麌）州楼流秋悠（尤）发月绝（月屑绝）船年（先）妻凄啼（齐）儿随离知（支） 5、7言

—1、2、4/1、2、4/1、2、4、6、8/1、2、4/2、4/1、2、4/1、2、4、6

—平／仄上／平／仄入／平／平／平

(94)《怀仙歌》海在待（贿）惊轻行（庚） 7言

—1、2、4/1、2、4

—仄上／平

(95)《酬殷明佐见赠五云裘歌》语雨（语麌雨）空公虹（东）离为滋（支）岛草造（晧）违晖衣霏（微）物郁拂（物）鹴方香苍皇肠（阳） 7言

—1、2/1、2、4/1、2、4/1、2、4/1、2、4、6/1、2、4/1、2、4、5、6、8

—仄上／平／平／仄上／平／仄入／平

(96)《古意》花斜家厓（麻佳厓）香肠扬芳鸯量（阳） 5言

—2、4、6、8/1、2、4、6、8、10

—平／平

(97)《草书歌行》素步兔（遇）凉堂厢光床张茫（阳）手斗走（有）电战遍（霰）英名（庚）数古舞（麌） 3、7言

—1、2、4/1、2、3、4、5、6、8/1、2、4/1、2、4/1、2/1、2、4

—仄去／平／仄上／仄去／平／仄上

(98)《和卢侍御通塘曲》溪西堤（齐）出日一（质）塘郎（阳）幽

流羞（尤）回来（灰）子起（纸）河波多（歌）　5、7 言

—2、4、6/1、2、4/2、4/1、2、4/2、4/1、2/1、2、4

—平／仄入／平／平／平／仄上／平

（以上 167 卷）

依照句式，李白的乐府诗有以下的几种形式：

（1）整首为 7 言：

分别是第 14、19、31、40、61、70、71、73、74、82、83、87、90、91、92、94、95，共计 17 首。

（2）整首为 5 言：

分别是第 1、5、12、23、24、25、26、27、28、33、34、35、36、37、38、39、41、42、43、44、45、46、47、48、49、50、51、52、53、54、55、56、57、59、60、63、67、69、96，共计 38 首。

（3）为三、七言，呈 37、337、3377 句式：

分别是第 4、30、62、68、75、76、78、79、85、88、89、97，共计 12 首。

（4）为五、七言，呈 5577、5777 句式：

分别是第 6、7、8、9、10、11、13、15、16、17、18、29、64、65、66、72、81、84、93、98，共计 20 首。

（5）其他（杂言）

分别是第 2、3、20、21、22、32、58、77、80、86，共计 10 首。

李白的乐府诗作，明显的以五言诗为多数，五、七言混用次之，七言及三、七言混用的较少，这是那个时代里共同的特色。如果用李白和杜甫的诗作比较，杜甫的七言诗作不但多，在诗律方面也更加严谨。尤其就乐府诗的写作形式来看，他们的五言乐府诗，几乎是一韵到底，即使有换韵，押韵小节的句数，韵目的转换要求，大多未见到整体的通则（呈规律性的转变）。但是李白在五言、七言上，似乎同样的隐隐约约有一个“律”的存在。以下即根据前面的表列，做如下的统整。

1. 五言诗

以李白的乐府诗而言，五言诗押韵，一韵到底的共 26 首，其他则分别是：

（1）8 句，4 句一节，平转平（第 96 首）。

（2）8句，4句一节，上转平（第5、57首）。

（3）8句，4句一节，入转平（第53首）。

（4）8句，4句一节，去转入（第54首）。

（5）12句，4句一节，呈平、入、平转韵，（第43首）。

（6）16句，4句一节，呈入、平、平、上转韵（第33首）。

（7）分3小节，分别为10、6、4句，呈平、入、上转韵（第63首）。

（8）分4小节，分别为10、4、4、12句，呈平、去、平、平转韵（第56首）。

（9）分4小节，分别为2、18、6、4句，呈入、平、上、平转韵（第24首）。

（10）分6小节，分别为4、2、2、4、4、8句，呈入、平、上、平、去、平转韵（第25首）。

（11）分10小节，分别6、14、8、4、8、4、4、2、4、2句，呈去、平、上、平、上、平、入、平、平转韵（第67首）。

2. 七言诗

七言诗押韵，一韵到底4首，其他分别是：

（1）8句，4句一节，韵脚都是第1、2、4句，上转平（第19、94首）。

（2）8句，4句一节，韵脚都是第1、2、4句，平转入（第83首）。

（3）8句，4句一节，韵脚都是第1、2、4句，入转平（第92首）。

（4）16句，4句一节，韵脚都是第1、2、4句，呈平、上、平、平转韵（第92首）。

（5）20句，4句一节，韵脚都是第1、2、4句，呈平、入、平、入、平转韵（第73首）。

（6）20句，4句一节，韵脚都是第1、2、4句，呈去、平、平、平、上转韵（第87首）。

（7）22句，4句一节，韵脚都是第1、2、4句，其中第5小节为2句、两句都押韵，呈平、上、平、平、上、平转韵（第61首）。

（8）26句，4句一节，韵脚都是第1、2、4句，其中第2小节为2句、两句都押韵、呈平、入、平、入、平、去、平转韵（第61首）。

（9）分3小节，分别为22、4、4句，4句部分韵脚都是第1、2、4句，呈平、上、平转韵（第90首）。

（10）分 7 小节，分别为 2、4、4、4、6、4、8 句，4 句部分韵脚都是第 1、2、4 句，2 句部分、两句都押韵，6、8 句部分，首句及偶句都押韵。呈上、平、平、上、平、入、平转韵（第 95 首）。

（11）分 2 小节，分别为 2、15 句，呈上、平转韵（第 71 首）。

3. 五七言诗

五、七言诗，一韵到底 7 首，其他分别是：

（1）8 句，4 句一节，前面是第 2、4 句后面是第 1、2、4 句押韵，呈上、平转韵（第 6 首）。

（2）8 句，4 句一节，句句都押韵，呈上、平转韵（第 29 首）。

（3）分 2 小节，分别为 8、12 句，偶句押韵，呈去、平转韵（第 7 首）。

（4）分 2 小节，分别为 8、3 句，前面是首句及偶句押韵，后面是句句押韵，呈平、平转韵（第 84 首）。

（5）分 2 小节，分别为 12、4 句，前面是偶句押韵，后面是第 1、2、4 句押韵，呈平、平转韵（第 72 首）。

（6）分 3 小节，分别为 6、6、8 句，第一节首句及偶句押韵，其他为偶句押韵，呈上、平、平转韵（第 9 首）。

（7）分 3 小节，分别为 4、2、4 句，第一节押偶句，第二节为句句押韵，后面是第 1、2、4 句押韵，呈平、入、平转韵（第 11 首）。

（8）分 3 小节，分别为 4、3、6 句，每一节的首句都押韵，呈平、入、平转韵（第 17 首）。

（9）分 4 小节，分别为 4、4、3、6 句，每一节的首句都押韵，呈平、上、平、去转韵（第 81 首）。

（10）分 6 小节，分别为 6、4、6、6、4、4 句，每 2、3、6 节的首句及偶句押韵，其他 1、4、5 节为偶句押韵。呈平、去、平、上、平、平转韵（第 18 首）。

（11）分 7 小节，分别为 4、4、8、4、4、4、6 句，第四节为偶句押，其他每一节都是首句及偶句押韵，呈平、上、平、入、平、平、平转韵（第 93 首）。

（12）分 7 小节，分别为 6、4、4、4、4、2、4 句，第 1、3、5 句为偶句押，其他每一节都是首句及偶句押韵，呈平、入、平、平、平、上、平转韵（第 98 首）。

4. 三七言诗

三、七言诗，一韵到底0首其他则分别是：

（1）分2小节，分别为4、6句，前面是句句押韵，后面是偶句押韵，呈平、平转韵（第4首）。

（2）分2小节，分别为6、3句，前面是句句押韵，后面是1、3押韵，呈平、上转韵（第30首）。

（3）分3小节，分别为6、20、5句，第一节是第1、2、4、6句押韵，第二节是偶句押韵，后面是2、3、5押韵，呈平、平、平转韵（第68首）。

（4）分3小节，分别为2、3、3句，第一节是第1、2句押韵，第二、三节是2、3句押韵，呈平、上、平转韵（第85首）。

（5）分3小节，分别为3、6、10句，第一节是第1、3句押韵，第二节是2、4、5、6句押韵，第三节是1、2、3、4句押韵，呈平、平、平转韵（第75首），这首诗每一句都押韵。

（6）分4小节，分别为10、13、2、4句，第一节是首句及偶句押韵，第二节是首句、偶句、末句押韵，第三节是1、2句押韵，第四节是偶句押韵，呈平、平、去、平转韵（第76首）。

（7）分4小节，分别为2、8、2、4句，第一、三节是句句押韵，第二节是首句及偶句押韵，第四节是偶句押韵，呈上、平、上、平转韵（第78首）。

（8）分5小节，分别为8、6、4、4、4句，每一节都是首句及偶句押韵，呈平、上、平、去、平转韵（第89首）。

（9）分7小节，每节皆为4句，除第一、五小节是偶句押韵，其他每一节都是首句及偶句押韵，呈平、平、入、平、上、平、平转韵（第88首）。

（10）分6小节，分别为4、8、4、4、2、4句，每一小节都是首句及偶句押韵，呈去、平、上、去、平、上转韵（第97首）。

在以上四类的写作形式里，七言诗多为四句一小节，每小节第1、2、4句为韵脚，和杜甫的押韵韵律相同，并且呈现规律性的变化，近似修辞手法里的“类迭”“顶真”“回文”，如果用中唐诗人白居易、刘禹锡的“新乐府”押韵韵律比较，似乎“新乐府”更接近李白的押韵韵例。

五言诗和七言诗相较，明显的并不全是四句一节，但却出现二首（第

25、67首）呈平、上、去、入声具备，且为规律形式的转换，虽然并不是二句、四句的换韵，但这种四声俱全，呈入平、上平、去平（仄平、仄平、仄平）的转换，杜甫及中唐的白居易都一再出现，应该说这是乐府诗的押韵特征。

五、七言交错的诗作，以前面的12例来看，也大致是以平、仄交替的形式转换押韵的韵脚，其中第7、8、9、10、11、12等6例最明显，和七言诗押韵形式近似，亦为偶句押韵，四句为一单位时，多呈第1、2、4为韵脚。

三、七言交错的诗作，以前面的10例来看，亦多为平、仄交替的形式转换押韵的韵脚，其中第7、8、9、10等4例，和七言诗押韵形式更相似，甚至和杜甫、白居易相同，呈现2句4句8句为一个单位，且首句及偶句押韵。

三　结论

李白的诗作虽然以五言诗为主，然就其为数不多的七言诗来看，和杜甫的音律是非常近似的，这说明七言乐府诗在李、杜时期，已经约略地存在一个音乐性的“律”，往下传至中唐，“音律”的要求越来越具体，越来越严格。至于五言乐府诗部分，李白竟然也有四声的转换、韵律的节奏，并且和七言诗相同，这应该是较之杜甫诗作后的又一个新发现。

由于唐代是一个音乐极普及、极成熟的时代，具有音律感的诗歌，必然反映了当时的乐曲和音乐的节奏。只是在传统上受了前人的影响，以为“乐府诗”和“古体诗”是差不多的，它不但不能唱，押韵也是自由的，可以随意地转换。笔者即是透过音韵学的概念，以及语言风格学的方法，分析韵脚，借此能有所发现，并以这项尝试，就教于各位专家学者，并请指正。

论白玉蟾的乐府诗创作

刘　亮（海口，海南大学人文传播学院，570228）

摘　要：白玉蟾是一位道士，但更是一位诗人、文学家。白玉蟾共有旧题乐府诗42首，使用过14个乐府旧题，其选用的《妾薄命》等五题皆上追晋宋而有古意；另外白玉蟾一共自制了33个乐府诗题，作品数量多达86首。从思想内容的角度来说，主要包括七个方面：对前代同题乐府诗的模仿与追步，师友之间的交际应酬，"自传"式地介绍自己生平经历及游历活动，对于炼气炼丹等道教活动的记述和对于道教思想理念的阐述，游仙，写自然山水田园景物之美及展现遁世隐居生活的乐趣，表现作为一个普通人所有的感伤哀怨情绪等。从艺术成就上看，白玉蟾乐府诗继承并发展了传统乐府诗中的叙事表现手法，形成质朴通俗的叙事效果；其古体乐府诗在风格上以学习李白豪放飘逸的诗风为主，同时兼采苏轼、杜甫等诸家之长；其绝句体乐府诗继承了杨万里"诚斋体"活法诗的特点，写景真切，生动活泼，读起来给人轻松风趣之感。

关键词：白玉蟾　乐府　诗歌

作者简介：刘亮，男，1978年生，江苏宿迁人，文学博士、博士后。现为海南大学人文传播学院副教授、副院长，硕士生导师。研究方向为唐宋诗词、乐府文学、道教文学等。

白玉蟾，原名葛长庚，祖籍福建闽清，出生于琼州（今海南），是南宋后期著名的道士、文学家。根据笔者考证，其生卒年分别为1153年前后及1243年前后（见拙作《白玉蟾生卒年新证》，《文学遗产》2013年第3期）。他除了继承南宗四祖陈楠的衣钵，在道教史上影响深远外，其文学创作也非常丰富，具有很高的研究价值。然而，在已有的白玉蟾研究中，绝大多数学者还主要是从道教这个角度切入，主要开展对其生卒年的考证、对其道教思想的研究等，其文学创作却一直没有成为学界关注的重点。已经发表的一些研究白玉蟾文学的论文包括詹石窗《诗成造化寂无声——武夷散人白玉蟾诗歌与艮背修行观略论》（《世界宗教研究》1997年第3期）、孙燕华《烟霞供啸咏，泉石瀹精神——白玉蟾诗文特色散论》（《中国道教》2000年第2期）、马石丁《白玉蟾杂记类散文特色简论》（《岱宗学刊》2007年第3期）、王丽煌《南宋方外词人白玉蟾词略论》（《乐山师院学报》2007年第1期）等。另外，厦门大学硕士研究生尤玉兵的硕士学位论文《白玉蟾文学研究》从诗、词和散文创作方面探讨了白玉蟾的文学创作。综观以往的研究，虽然不乏精彩的论述，但又有一定的局限性，比如主要是将白玉蟾作为一位道士来研究，完全从道家、道教思想出发来解读白玉蟾的文学创作，这样就导致对白玉蟾文学本身的探讨还远不够深入。比如，白玉蟾的诗歌创作超过千首，却还缺少真正全面、细致、深入的研究，对其诗歌的类别研究更是一片空白。笔者以为，白玉蟾是一位道士，但更是一位诗人、文学家，王时宇《重刻白真人文集叙》就曾经称赞白玉蟾“固天仙才子，合而为一”[①]，因此，白玉蟾文学的研究一定不能脱离文学本身，更不能让白玉蟾文学研究成为其道教思想研究的附庸。正因为如此，本文试图从“乐府诗”这个特殊的角度切入，来揭示白玉蟾诗歌创作的内容和特点。

一　白玉蟾乐府诗创作概况

笔者依据周伟民先生等点校《白玉蟾集》统计（海南出版社，2005），白玉蟾共有旧题乐府诗42首。笔者在这里评判旧题乐府诗的标准，主要还是依据郭茂倩的《乐府诗集》。

从表1中我们可以看出，白玉蟾一共使用过14个乐府旧题。从诗歌数量上看，其中属相和歌辞的最多，为23首；杂曲歌辞次之，为14首；再次是属琴曲歌辞的，共3首。最少的是属鼓吹曲辞的，为2首。

从白玉蟾所选用的乐府旧题上我们可以看出，他对乐府旧题的选用是带有比较明显的倾向性的，而从这种倾向性中我们又可以看出白玉蟾的乐

① 周伟民等点校《白玉蟾集》，海南出版社，2006，第7页。

府诗学的思想与取向。这42首旧题乐府诗虽然同为拟乐府，但白玉蟾主要使用了相和歌辞、鼓吹曲辞、杂曲歌辞与琴曲歌辞中的14个诗题。而乐府诗史上另外三个非常重要的类别“清商曲辞”“杂歌谣辞”与“新乐府辞”，却一个诗题都没有选用。尽管杂曲历代有之，但白玉蟾在创作中选用的《妾薄命》《少年行》《古别离》《步虚》《行路难》五题皆上追晋宋而有古意。即使是《妾薄命》一题，也与汉魏古诗之意相通。

表1　白玉蟾旧题乐府诗统计

序　号	题　名	数　量	所属曲调	共　计
1	妾薄命	2	杂曲歌辞	14
2	少年行	1	杂曲歌辞	
3	古别离	5	杂曲歌辞	
4	步虚	5	杂曲歌辞	
5	行路难	1	杂曲歌辞	
6	长歌行	1	相和歌辞（平调曲）	23
7	短歌行	1	相和歌辞（平调曲）	
8	棹歌	20	相和歌辞（瑟调曲）	
9	公无渡河	1	相和歌辞（瑟调曲）	
10	明妃曲	1	琴曲歌辞	3
11	易水辞	1	琴曲歌辞	
12	琴歌	1	琴曲歌辞	
13	将进酒	1	鼓吹曲辞	2
14	有所思	1	鼓吹曲辞	
合　计		42		

至于白玉蟾为何没有使用“清商曲辞”“杂歌谣辞”与“新乐府辞”中的诗题，笔者认为原因如下：首先来看清商曲辞。尽管郭茂倩同意将清商乐看作汉代相和歌的继承者，也是“华夏之正声”。但郭氏显然也不能回避一个事实，就是传统的清乐因为晋室南迁而分散，并因宋武定关中而不复存于中原。从此之后，清乐流传于南方，而“民谣国俗，亦世有新声”。这实际上就说明了后来所说的清商曲辞与传统的清乐之间已经有很大的差别，染上了鲜明的江南色彩。从《乐府诗集》中所记载的南朝清商曲辞来看，绝大多数都与男女风情有关，而且唐代的多数相关拟作也是如

此。白玉蟾作为一代名道，当然不适合在乐府诗创作中直接去写男欢女爱、男女风情之内容。因此，他也不太可能选用清商曲辞中的题目。再来看杂歌谣辞。杂歌谣辞多来自于里巷民间之歌者，与其他曲调相比，审美趣味更偏重于通俗一类。而白玉蟾对于乐府古题的选用，显然更追求古雅，故也未选用杂歌谣辞之诗题。

至于新乐府辞，“皆唐世之新歌也。以其辞实乐府，而未常被于声，故曰新乐府也。”唐代新乐府最典型的代表就是元稹和白居易的创作，元、白等人将对现实的关注和对时政的抨击融入新乐府创作，一时影响极大。唐代新乐府辞最主要的特点就是鲜明的时代色彩和新制的乐府诗题。所以，后世的诗人如果也想通过“新乐府”的形式来反映现实，那么最好的办法不是照搬唐人的诗题，而是继承唐人的精神而自制诗题。因此，白玉蟾并未选用《乐府诗集》中的新乐府辞诗题，而是采取了自制诗题的方式。

在白玉蟾的诗歌作品中，除了上述42首旧题乐府诗外，还有很多其他题目末尾为“歌”“曲”“行”的诗作。正如上文已经指出，认定唐以后新乐府诗，绝不能以《乐府诗集》中“新乐府辞”的诗题作为标准，否则就造成刻舟求剑、生搬硬套的后果。既然唐人能自制新题乐府，宋人为何不可以？最关键的还是要调整思路，打破成见。笔者以为，白玉蟾所创作的那些“歌”“曲”“行”完全可以认定为其自制的新题乐府诗。根据笔者统计，白玉蟾新题乐府诗情况如下：

表2　白玉蟾新题乐府诗统计

序　号	诗　题	数　量	序　号	诗　题	数　量
1	孤鹤辞	1	18	冥鸿辞	1
2	红楼曲	1	19	仙岩行	1
3	暮云辞	1	20	云游歌	2
4	黄叶辞	1	21	快活歌	2
5	明月曲	1	22	必竟恁地歌	1
6	琼姬曲	1	23	安分歌	1
7	枫叶辞	1	24	茶歌	1
8	孤雁叹	1	25	大道歌	1
9	悲风曲	1	26	画中众仙歌	1
10	孤鸿曲	1	27	祈雨歌	1

续表

序号	诗题	数量	序号	诗题	数量
11	清夜辞	10	28	武夷歌	1
12	怀仙吟	3	29	西林入室歌	1
13	见鹤吟	1	30	万法归一歌	1
14	杜鹃行	1	31	行春辞	9
15	悲秋辞	1	32	山歌	4
16	闻鹤叹	1	33	华阳吟	30
17	观鱼歌	1		共计	86

从表2中可以看出，白玉蟾一共自制了33个乐府诗题，作品数量多达86首。其中根据具体的诗歌体裁大概又可以分为三类：一是古体诗，如以《孤鹤辞》《黄叶辞》为代表的五古，以《枫叶辞》《悲风曲》为代表的七古，以《孤雁叹》《清夜辞》为代表的杂言古诗；二是以《杜鹃行》《大道歌》为代表的歌行体诗；三是以《行春辞》《华阳吟》为代表的七言绝句体。从诗歌数量上看，七言绝句共39首，几乎占到了全部新题乐府诗的一半。从诗歌长度上看，歌行体的作品大都较长。比如《云游歌》《大道歌》等。詹石窗先生就说前者“诗分两首，共有1292字。如此大幅的篇幅在宋代以前中国诗坛上是少见的”。[①] 当然这种说法并不十分准确，在宋代以前也有《孔雀东南飞》《长恨歌》这样的长篇杰作。但《云游歌》二首确实很长，而且保留了很多研究白玉蟾生平经历的重要资料。另外，《万法归一歌》也长达千字以上，《大道歌》也超过800字。

在白玉蟾的新题乐府诗中，咏物之作较多，特别是歌咏鹤、鸿等鸟类的。如《孤鹤辞》《见鹤吟》《杜鹃行》《冥鸿辞》等。另外还有很多是以作者自己的游历、炼丹、修道生活作为创作题材，如《云游歌》《万法归一歌》《大道歌》《华阳吟》等。与他的旧题乐府诗相比，新题乐府创作显然更加灵活和广泛。而两种乐府数量相加，达到了128首，占其诗歌总数约十分之一，这个比例在宋代诗人中是相当高的。这也说明白玉蟾对乐府诗创作的偏好。

---

① 詹石窗：《诗成造化寂无声——武夷散人白玉蟾诗歌与艮背修行观略论》，《世界宗教研究》1997年第3期。

二 白玉蟾乐府诗的思想内容

白玉蟾乐府诗的数量达到 128 首，涉猎的题材又非常广泛，所以从思想内容上来说，想用一两句话概括不太现实。詹石窗先生曾提出："白玉蟾诗词所涉及的内容较多。那么，其主题思想到底是什么呢？笔者以为，这就是'艮止为门，先命后性，性命兼达'的修行观。"① 试图用"艮背止止"的修行观来概括白玉蟾诗词的思想内容。本文以为，尽管白玉蟾诗词创作中的确有不少作品是和其修行观有密切关系的，但如果认为修行观就是白玉蟾诗词创作的全部指导思想的话，未免就太简单化、机械化了。白玉蟾的确是位道士，而且是南宗五祖。但同时他也是一位文学家，一个有血有肉的普通人。尽管他的一些诗歌是以仙幻、炼丹等为题材，但也有大量作品是抒发个人情感的。除了道教思想，他还有另外一个属于自己的情感世界，也会有平常人都有的喜、怒、哀、乐。他的诗词创作也是丰富多彩的，既有和修道相关的内容，也有其他多种复杂的思想内容。我们必须在这个前提下，再来看白玉蟾的文学创作，才有可能得出更加全面也更加客观的结论。白玉蟾的乐府诗从思想内容的角度来说，主要包括以下几个方面。

一是对前代同题乐府诗的模仿与追步，或完全承袭原意而加以改写，或总结历史上同一诗题作品的思想内容。这主要体现在他的旧题乐府诗创作中。前者如《陌上桑》："春深陌上桑，群蚕赖以食。鞠蚕妾之事，采桑妾之职。……使君一问桑。妾固愿相从，妾夫不足惜。安得以妇人，而灭使君德。使君勿内热，妾心坚如石。"白玉蟾的这首《陌上桑》，与汉乐府古辞的内容大致相同，而减去了古辞中夸赞罗敷美丽的那部分内容，语言也显得更加简练、平实。后者如《明妃曲》："行行莫敢悲，一死复千怨。脱身歌舞中，姊姒不足恋。蛮帐紫茸毡，虽卑固不贱。昔在后宫时，几见君王面。君王有凤偶，不数芹边燕。……请行安得辞，心心存汉殿。所怜毛延寿，既杀不可谏。马蹄蹴胡尘，晓月光灿灿。凄怆成琵琶，千古庶自见。他时冢草青，汉使或一奠。"白玉蟾的这首《明妃曲》，将历史上相同

① 詹石窗：《诗成造化寂无声——武夷散人白玉蟾诗歌与艮背修行观略论》，《世界宗教研究》1997 年第 3 期。

诗题的内容进行了一定程度上的总结，有批判，有同情，夹叙夹议，有很强的感染力。

二是师友之间的交际应酬。白玉蟾一生交游甚为广泛，其中既有很多道士高人，也有不少达官贵人。他的一部分乐府诗就作为与师友交际应酬之用了，如《古别离》五首。按照郭茂倩的说法，《古别离》一题应为后人拟《楚辞》及《古诗》所作，内容上一般为诉说别离之苦及别后思念等。白玉蟾的这五首《古别离》，奇就奇在每一首的末尾都有一个小标题，用来注明本诗的写作指向。由小标题我们可以知道，这五首诗分别是写给李訦、谯令宪、彭演、黄庸和苏森的。这五人皆为当时官宦名流。白玉蟾在这五首诗中所写的内容主要是对五人高风亮节的推崇，无论是写梅、松、兰还是龙、凤，无不推崇备至，而且诗中还常常流露出自己的感恩之情与向往之心，如“所至蒙恩多”“怅无与同心”等。由此可见，白玉蟾可能曾在相当长的一段时间里作为这些官宦名流的门客，故诗中才会有这样的内容。另外还有一首《妾薄命》，诗题下面注明“有感故先师而作”，因此我们能知道白玉蟾写这首诗的目的是为了纪念已经去世的师父陈楠。《妾薄命》一题历代作者众多，内容上多写女子婚姻爱情之不幸。白玉蟾此诗在题材上并无新意，写的仍然是女子对远行丈夫的思念和对自身不幸的哀叹。然而只因作者在诗题下注明“有感故先师而作”，则诗中的女子即具有比兴象征之义。陈楠是白玉蟾的授业恩师，也是改变其人生命运的关键人物，故其去世后白玉蟾一直对其念念不忘。当然，在这首诗里，白玉蟾用夫妇之关系来比喻师徒之关系，也可以说是独具一格了。

三是“自传”式的介绍自己生平经历及游历活动的乐府诗作品。由于流传下来的关于白玉蟾生平经历的研究资料极少，仅有的几篇，如彭耜《海琼玉蟾先生事实》、朱权《重编海琼玉蟾先生文集原序》、彭竹林《神仙通鉴白真人事迹三条》等，在真实性上又有很大的疑点，所以我们只能更多地从白玉蟾自己的作品中去寻找线索。幸运的是，白玉蟾给后人留下了几篇带有自传性质的乐府诗，这在他的旧题乐府诗和新题乐府诗创作中都有反映，前者如《长歌行》一首，自述诗人生平的大致经历，年少时的气宇轩昂，长大后的文采斐然，后得高人传授，与官宦名流交往，然终觉“红尘刺人眼，名利交相煎”，最终决心归于湖山，享受无边之乐。从这首诗我们可以大致看出白玉蟾的志向所在与生平经历。

后者的代表作则是《云游歌》其一。与《长歌行》相比，这首

《云游歌》对白玉蟾生平经历的描述无疑更加详细具体。这首诗大致勾勒了其在拜陈泥丸为师前的大概行踪。由此诗可知，白玉蟾拜师前的行踪为：海南—漳城—兴化军—罗源—支提峰—剑浦—建宁—龙虎山—上清宫—江浙（淮西、武林）、两湖、西蜀。而白玉蟾拜陈泥丸为师的时间大约是在癸丑年中秋左右。这对研究白玉蟾生平经历来说无疑是极为重要的材料。

四是对于炼气炼丹等道教活动的记述及对于道教思想理念的阐述。白玉蟾继承陈楠衣钵，并成为道教南宗五祖，他一生的道教活动极多，如隐居、炼丹、云游、祈禳等，他的很多诗词作品也都和这些活动相关。在他的乐府诗作品中，主要有几首新题乐府诗作品的内容属于此类。如《祈雨歌》一首，尽管这首诗写得神乎其神，有故弄玄虚之嫌，然而其背后却一定真有其事。一定是某个地方发生过严重的旱灾，白玉蟾作为知名道士前往祈雨而作。在这首诗里，诗人认为“天上快活人诉苦”，并希望自己能“驱雷公，役雷电”，让人间普降甘霖，这种对天下苍生的关爱之情还是值得肯定的。

另外，白玉蟾在多首新乐府诗里，还表达了自己对于道教教义的理解，并记录了自己对于丹道的体会。其中既有长篇歌行体作品，也有短小的绝句作品。前者如《大道歌》，在这首诗里，作者首先指出——得道须苦修，那些“丹经未读望飞升，指影谈空相诳吓”的人是根本不可能成仙得道的。炼丹修道最大的敌人不是别人而是自己，“三尸六贼本来无，尽从心里忙中有”，人世的忙碌名利之心是修道大忌。诗人认为“形神与性命，身心与神气。交媾成大宝，即是金丹理”。人的自我身心神气调节才是金丹之至理。白玉蟾是内丹派的大家，他的丹道思想除了集中表现在《道德宝章》等专门性著作中以外，这些新题乐府诗也是研究其丹道思想的重要资料。

在一些短小的绝句体新题乐府诗中，也能够看出白玉蟾的炼丹炼气活动及对于丹道思想的阐述，如《华阳吟》三十首中的三首：“人身自有一蓬莱，十二层楼白玉阶。姹女金翁常宴会，堂前夜夜牡丹开。”“片饷工夫炼汞池，一炉猛火夜烧天。忽然神水落金井，打合灵砂月样圆。”“只将戊己作丹炉，炼得红丸化玉酥。漫守火爻三百日，产成一颗夜明珠。”第一首诗将人体自身比喻成一个自成系统的小天地，姹女、金翁的交会实际上指的就是自我精气神的锻炼。后两首则更侧重于介绍外丹的炼制，其中包括炼丹的容器、时间、火候以及炼出的成果等。

五是带有游仙性质的作品。这一类作品与前面所说的表达丹道思想的作品虽然有一定的近似之处，但内容上仍然有明显的区别。丹道思想的表达毕竟还属于一种理性的表述，而游仙性质的作品中，诗人所表现的更接近于一种感性的对现实的超越。如《步虚》四章，在这四首诗里，诗人幻想自己可以上天入地，直达白玉之京，感受天宫生活的高妙与超脱，这种飘飘欲仙的感觉的确令人神往。又如《华阳吟》三十首中的一首："移将北斗过南辰，两手双擎日月轮。飞趁昆仑山上去，须臾化作一天云。"在这首诗里，诗人想象翱翔于天空之中，穿越北斗南辰，双手握住日月双轮，飞越昆仑之山，片刻间又化作满天白云。虽然这只是一种幻想，但诗人思想却已经进入无拘无束的自由状态。这种思想上的自由状态，也正是道家思想的精髓。

六是写自然山水田园景物之美，展现遁世隐居生活的乐趣。白玉蟾常年生活在福建武夷山、山西龙虎山一带，而且足迹遍布江、浙、湖、广，所见之美景数不胜数。且其多年居住于山林，对山水之乐的体会也超越常人。正如诗人自己所云：

> 以清净为道场，以恬退为法事，以安乐为眷属，不欲与世交，不欲与物累。其修身也，不事乎百骸；其养形也，不溽乎五味。视死之日如生之年，执有之物如无之用。其安禅也，云溪烟垄；其经行也，月洞风林。有麋鹿以为朋，有松竹以为邻。有春韭秋菘之富有，晨霞晚露之贵。语其衣也，编草而纽蒲，辑茅而缀蕙；语其食也，炊参而粮苓，饭松而饲桧。饮石骨之冷泉，哺山肝之腴泥。行枯木之前，坐古崖之下。住深林邃谷之间，卧长松幽石之上。日则长啸于泉云之幽，夜则孤眠于烟霭之深。①

这种思想反映到他的乐府诗创作里，就产生了那些优美的写景诗和一些反映隐居生活的娴静和逸趣的作品。如《九曲棹歌》十首中的两首："三十六峰真奇绝，一溪九曲碧涟漪。白云遮眼不知处，谁道神仙在武夷?""万顷秋光无著处，满潭清水莹青铜。金鸡叫落山头月，淡淡寒烟飒

① （宋）白玉蟾：《海琼传道集》，影印《道藏》本，第33册，文物出版社、上海书店、天津古籍出版社，1988，第143～144页。

飒风。”白玉蟾常年在武夷山盘桓，并建有“止止庵”。诗人对武夷的山山水水饱含深情。前一首总写武夷三十六峰之奇绝及九曲碧波之美。后一首则专写四曲之妙，满潭清水，淡淡寒烟，读之令人物我两忘。

除了青山碧水，白玉蟾的乐府诗中还有几首是写田园之趣的。如《九曲棹歌》的最后一首：“山市晴岚天打围，一村鸡犬正残晖。稻田高下如棋局，几点鸦飞与鹭飞。”这首诗写了夕阳西下时分村中觅食的鸡犬和村外高下不平的稻田，并将稻田比喻为棋局，鸦和鹭一黑一白，比喻为棋子，的确是一首妙手偶得的小诗。再如《山歌》三首，写了山村百姓简单质朴的生活，并在诗中寄寓了对古往今来、人世沧桑的深刻思考，让人读起来饶有兴致。

在山水田园的景色之外，诗人在隐居生活中还有别的乐趣，如《茶歌》一首介绍了采茶烹茶的工艺和要领，并引用了历史上陆羽、苏轼等名人品茶的典故，最后还叙述了自己的“茶经”。从诗人对茶的喜爱中，实际上可以看出隐藏在背后的隐逸之趣。

七是表现白玉蟾作为一个普通人所有的感伤哀怨情绪的作品。正如上文所说，白玉蟾虽然是一代名道，但他同时也是一个普通人，也会有普通人的喜怒哀乐之情。在漫长的修道生活中，也难免会体会到孤独与寂寞。在看到美好的事物逝去时，也难免会感伤。这也是一个人所应该有的正常情感。如《暮云辞》一首：“云行太虚中，薄暮何冥冥。仰望青松梢，上有白雪翎。……夫我何凄其，怅哉此幻形！注目玉霄峰，青猿一声声。”诗人于薄暮时分行走于山野之中，抬头仰望青松白鹤，看到千岩落叶，万树以屏，耳听流水呜咽，嗅科蘅草之香，诗人不禁油然兴起怀乡之情，感到无限凄清惆怅。

除了怀乡之情，白玉蟾的乐府诗中还有部分以男女爱情作为题材的作品，从中我们似乎可以感受到诗人对于爱情的渴望。如《黄叶辞》一首：“男儿铁石肠，遇秋多凄凉。节物遽凋变，今古堪悲伤。西来白帝风，暗惊万叶黄。拼与舞零落，此意付夕阳。堪叹远行子，只影天一方。佳人去不返，苍烟冥八荒。对此一黯然，两鬓沾吴霜。自顾蒲柳姿，渺在烟水乡。晚汀慨鸿雁，夜浦羞鸳鸯。何当从宋玉？问路游高唐。”铁石心肠的男儿也不能免于悲秋之凄凉，古今一理；佳人一去不返，杳无音信，不知不觉自己已经是两鬓风霜了。如何才能像当年的宋玉一样，兴起高唐之游呢？除了这首《黄叶辞》，诗人还有一首《悲秋辞》，诗中也提到了“佳人一去不复返，顾影度此时光难”，而且最后发出感叹，“何人为我调素琴，叠叠为我写孤襟？庶令鬼神伴伊泣，山空树冷风萧森。”这分明是在哀悼一位死去的女性。在以往的白玉蟾研究中，从未有人提及白玉蟾诗歌对于爱情的描写，这很可能就是受到先入为主的影响，认为白玉蟾不可能有爱情。但从诗人的作品来看，白玉蟾是应该有过爱情经历的。了解了这一点，呈现在我们面前的才是一个更完整、更真实的白玉蟾。

以上七个方面，就是白玉蟾乐府诗创作的主要内容。因为作品数量较多，所以这七种类别也许无法涵盖所有的作品，但从大的类别上看应该不会有大的偏差。

三　白玉蟾乐府诗的艺术成就

白玉蟾的乐府诗数量不少，在诗歌艺术上虽然称不上大家，但也有自己的一些成就和特点。总的说起来，白玉蟾乐府诗的艺术成就主要体现在三个方面。

一是继承并发展了传统乐府诗中的叙事表现手法，形成质朴通俗的叙事效果。尽管中国是一个抒情诗大国，中国古典诗歌也是以抒情诗为主，但乐府诗却是一个非常特殊的类别。与其他诗歌类别相比，乐府诗自身具有更典型的叙事特点。实际上我们的古人早已发现乐府诗在“叙事”这一点上与一般诗歌的不同。如“乐府往往叙事，故与诗殊”①，“乐府体不尚论宗而叙事”（《李诗纬》），“乐府之异于诗者，往往叙事。诗贵温裕纯雅，乐府贵遒深劲绝，又其不同也”（《师友诗传录》），“盖乐府多是叙事之诗，不如此不足以尽倾倒。且铁荡宜于节奏，而真率又易晓也”。② 这些论述都告诉我们，在中国古典诗歌中，乐府诗的叙事特征是较为明显的。从乐府诗的接受史来看情况确实如此，汉乐府一直被奉为经典，连像李白这样的伟大诗人都被认为无法超越，主要也是因为汉乐府在叙事上取得的高超成就。在白玉蟾的乐府诗创作中，特别是那些篇幅较长的古体诗中，很好地继承了汉乐府和唐代新乐府诗的叙事手法，如上文已经介绍过的《陌上桑》一首。另外，白玉蟾还创造性地将这种手法用于自我身世及云

① （明）徐祯卿：《谈艺录》，见何文焕《历代诗话》，中华书局，1981，第769页。

② （明）许学夷：《诗源辩体》，人民文学出版社，1987，第67页。

游经历的叙述上，并通过浅显的诗歌语言，造成质朴通俗的叙事效果。如《云游歌》其二："尝记得洞庭一夜雨，无蓑无笠处。偎傍茅檐待天明，村翁不许檐头住。又记得武林七日雪，衣衫破又裂。不是白玉蟾，教他冻得皮迸血，只是寒彻骨。……贤哉翠虚翁，一见便怜我。说一句痛处针便住，教我行持片饷间骨毛寒。心花结成一粒红，渠言只此是金丹。"这首诗叙述了白玉蟾云游经历过程中的几个片段，如洞庭雨夜无处遮蔽，武林大雪衣衫破裂，江东酷暑无扇摇风，青城月夜独步松阴，潇湘梦远，淮西兵乱等，最后还讲到了如何拜入陈楠门下，修成金丹，解除痛苦。这些诗人云游当中的片段依照时间顺序有条不紊地一一道来，诗歌语言上极为通俗浅易，接近日常口语。读起来不仅可以了解诗人早年云游过程中的一些经历，更能体会到诗人饱尝世态炎凉的辛酸。

二是古体乐府诗在风格上以学习李白豪放飘逸的诗风为主，同时兼采苏轼、杜甫诸家之长。白玉蟾与李白之间存在着不少相似之处，比如，两个人都是诗人兼道士的身份，两个人的交游都极为广泛，其中既有官宦权臣，也有方外之士，两个人都爱好自然山水等。今天虽然已经看不到白玉蟾直接评论李白诗歌创作的作品，但从白玉蟾自己的诗歌作品中我们还是可以发现他对李白的向往与模仿。在李白的创作中，豪放飘逸的乐府歌行占有重要地位，白玉蟾在创作乐府诗时显然也是有意在学习李白。如《将进酒》："秋山苍苍秋云黄，鸦浴咸池忽扶桑。一月二十九日醉，百年三万六千场。嗟君千丈擎天手，而有万卷悬河口。乱花飞絮心扰扰，不如中山千日酒。黄凿落，赤叵罗，姑射真人注宝雪，广寒仙子行金波。玉蛆初泛松花露，琼螺再荐椒花雨。米大功名何足数，鸿毛利害奚自苦？醉则已，睡则休！水浩浩，天悠悠。君知否？昔在甲辰尧嗣位，迄今嘉定之辛巳。其中三千六百年，几度寒枫逐逝川？"与李白的名作《将进酒》相比，这首同题的乐府诗明显是有意在向李白学习，除了思想内容同样是蔑视功名利禄外，诗歌在艺术手法上也很接近李白。比如诗中多用反问、设问句，"米大功名何足数，鸿毛利害奚自苦"，"其中三千六百年，几度寒枫逐逝川"。诗人还表现出惊人的想象与夸张力，如"一月二十九日醉，百年三万六千场"，"姑射真人注宝雪，广寒仙子行金波"。另外时空呈现出大范围跳跃的特点。这些本来都是李白乐府歌行的特点，白玉蟾显然是在故意仿效。再如《短歌行》一首，为了表现澎湃流荡的情感，不仅大量列举了一系列时空跨越很大的历史上和名人有关的典故，还使用了歌行体诗中常用的提唱手法“君不见”。《乐府诗集》引《乐府题解》曰：“《行路难》，备言世路艰难及离别悲伤之意，多以‘君不见’为首。”① 这种手法鲍照、李白乐府经常使用。到了宋朝，虽然也有王安石《明妃曲》“君不见咫尺长门闭阿娇”这样的句子，但总的来说较为少见。白玉蟾有意在乐府诗创作上追步李白，故除了这首《短歌行》外，还有《公无渡河》一首中“君不见，猿啼苍梧烟，风卷潇湘水。双蛾无处挽重瞳，粉篁点点凝春泪。又不见，鹤饮瑶池月，露泣龟台花”之句；《观鱼歌》一首中又有“君不见，东海有鲤钓不上，冯夷翻江春浩荡。渔者归舟载月明，一声雷震桃花浪。又不见，北溟有鲲能吞舟，浪屋涛山相拍浮”之句。白玉蟾在一首《促拍满庭花》词中曾经说：“多才夸李白，美貌说潘安”，认为李白是古往今来文人才子中的翘楚，可见对李白的推崇和向往。

北宋中期以后，由于黄庭坚及江西诗派的崛起，杜甫越来越受到重视。特别是金兵入侵、宋室南迁后，杜诗忧国忧民的特点刚好适应了时代精神的需要，地位日高。相比之下，南宋前期称道学习李白者不多。然李白豪放飘逸的诗风和伟大的诗歌成就终不能为时代所忘记，南宋大诗人陆游即有“小太白”之称，到了南宋后期，越来越多的人开始推崇李白。如著名的诗词评论家、《瀛奎律髓》的作者方回，就高度评价李白，特别是李白的乐府诗，认为李白的乐府诗不但有豪放、富丽的一面，还有“朴”的一面，而所谓的“朴”就是指真性情流露于诗歌创作中，为情造文而不为文造情。方回曾说：“人言太白豪，其适富以丽。乐府信皆尔，一扫梁隋腐。余编细读之，要自有朴处。最于赠答篇，肺腑露情愫。何至昌、谷生，一一雕丽句。亦焉用玉溪，纂组失天趣。沈宋非不工，子建独高步。画肉不画骨，乃以帝闲故。”② 可见，白玉蟾对于李白的学习和追步一方面是个人兴趣爱好，同时也有深刻的时代背景。读白玉蟾的乐府诗，虽不如李白乐府歌行那样动人心魄，然自有其魅力。

除了学习李白，白玉蟾的古体乐府诗还兼采众家之长。如《长歌行》一首颇有杜甫五古自叙诗顿挫曲折的特点，诗中“顾我非六六，荷天良拳拳。幼时气宇壮，长日文彩鲜”及“肩依洪崖右，道在灵运前。所得既天秘，与交又国贤。可图大药资，以办买山钱”等句，与杜甫《奉赠韦左丞

① 《乐府诗集》第70卷，中华书局，1979，第997页。

② （宋）方回：《桐江续集》第2卷，见《中国美学史资料选编（下）》，中华书局，1981，第9页。

丈二十二韵》《北征》等诗非常相似。另外白玉蟾对苏轼清旷超迈的古体诗似乎也很推崇，他的一些创作明显带有模仿苏轼的痕迹，如《清夜辞》十首，其一云：“霜清兮露冷，暮天碧兮微云飞。北风兮吹我衣，梅花下兮明月来几时。”其二云：“月明兮星稀，烟漠漠兮风悲。空阶兮竹影，悄无人兮萤飞。”这种似诗非诗，似赋非赋的文体，表现的又是高风绝尘的情调，与苏轼的作品非常接近。另外一首《棹歌联句》则更加明显：“西风起兮，落叶黄兮，黍稷香兮白。击空明兮，溯流光兮，天一方兮白。彼美人兮，遥相望兮，彼苍茫兮黎。系孤舟兮，蓼花傍兮，啼寒螀兮黎。”这首诗几乎完全就是从苏轼《赤壁赋》中“桂棹兮兰桨，击空明兮溯流光。渺渺兮予怀，望美人兮天一方”几句敷衍而来，可见白玉蟾对苏轼文学的一瓣心香。

三是绝句体乐府诗继承了杨万里“诚斋体”活法诗的特点，写景真切，生动活泼，读起来给人轻松风趣之感。“活法”最初是禅宗里的一个命题，后来被移植到了诗歌里。诗歌创作中的“活法”最早由《江西诗社宗派图》的作者吕本中提出。吕本中是江西诗派的重要人物，但又倡导变化江西。他认为，“学诗当识活法。所谓活法者，规矩备具而能出于规矩之外，变化不测，而亦不背于规矩也。是道也，盖有定法而无定法，无定法而有定法。知是者，则可以与语活法矣。谢玄晖有言：‘好诗流转圆美如弹丸’，此真活法也。”（《夏均父集序》）。身处南宋中期的杨万里，以其深厚的理学、禅学造诣和几十年孜孜不倦的诗学探索，终于悟得“活法”，成就了“活法”诗的典范。杨万里的诚斋体最突出的特点就是善于巧妙地摄取自然景物的特征和动态，并用拟人的手法和平易浅近、自然活泼的诗歌语言加以突出表现，使之生动而饶有风趣。

身处南宋后期的白玉蟾，虽然我们从今天的记载中看不到他的学诗经历和体会，也看不到他和同时代其他著名诗人之间的交往，但从他的创作中我们可以发现，他的绝句体乐府诗与杨万里的“诚斋体”之间存在密切联系。如《行春辞》九首其一云：“园园是日是花开，我又何朝不醉来。井有人焉蛙两部，日之夕矣蝶三台。”其五云：“几日春功似有加，晓来万象尽排衙。群莺主管园林事，一雨巡行桃李花。”这九首《行春辞》，对景物的描写可谓细致入微而又生动传神，如“夜雨揩磨好山色，晓风抬举旧花枝”，“风条舞绿水杨柳，雨点飞红山海棠”等句，将本来没有生命的雨和风写得生机勃勃，将原本是静态的杨柳花枝写得富有动态美，含味隽永。俞弁《逸老堂诗话·卷上》载："朱子儋《存馀堂诗话》云：'顾仲瑛《和刘孝章游永安湖》诗，其警联云："啄花莺坐水杨柳，雪藕人歌山鹧鸪。"极为杨铁崖所称许。'余记宋白玉蟾有《春日游冶》诗云：'风条舞绿水杨柳，雨点飞红山海棠。'亦自隽永。惜无赏音者拈出。"[①] 可见俞弁对白玉蟾诗句的欣赏。另外，九首《行春辞》中处处渗透着幽默诙谐的美感，在诗人的眼中，处处都是美景，处处都饶有风趣，这正是杨万里"诚斋体"的突出特点。对于白玉蟾诗歌所具有的这种对客观景物准确表现的能力，以往的研究者都没有注意到诗人学习继承"诚斋体"这个问题，如詹石窗先生主要是从白玉蟾"止止"修行观来分析："在白玉蟾的心目中，止止修命法，不是一刹那而过，而是贯穿于生活的一切方面。一个修道者应该懂得在日常生活起居中运用外界事物作媒介，来抑止不正之念，使自己的心灵定位在求道的轨道上。从这个立场出发，那就可以把周围的一切事物都看成行止止之道或锻炼自己心性的'熔炉'。所以，他把青山白云、落花流水以及啼鸟哀猿都当做'止止'。事实上，这就是借助外物以炼意的思想。这种思想导致了他'遇境而止，止而反观'的举动。他从'止止'动静中捕捉诗歌意象，架构其艺术殿堂，并且形成自己的风格。"[②] 詹石窗先生显然还是试图从"止止修命法"来分析白玉蟾的文学创作，来解释白诗中对于外界事物的描写以及诗歌意象的构建。但正如本文前面所说，白玉蟾不仅仅是个道人，也不能只从道教思想来分析他的文学创作。我们还必须从文学本身出发，来探寻其诗歌创作的特点。白玉蟾的乐府诗，正是在向李白、杨万里等前辈诗人学习的基础上，并加以创造变化产生的结果。如果仅仅从道教这个角度切入，就会得出片面的结论，如"关于白玉蟾诗歌创作的总体评价，如此倚重文学来说明丹道玄趣的倾向，与通常道教传经文字的叙述风格大相径庭，这仅仅是他文学才气的显露，还是反映了他把道理玄趣融入文理意趣的倾向？这或许正是白玉蟾的诗文所以无法独立于中国正统文学主流之中的原因之一。"[③] 这种说法将白玉蟾

① （明）俞弁：《逸老堂诗话》卷上，见丁福保《历代诗话续编》，中华书局，1983，第1300页。

② 詹石窗：《诗成造化寂无声——武夷散人白玉蟾诗歌与艮背修行观略论》，《世界宗教研究》1997年第3期。

③ 孙燕华：《烟霞供啸咏，泉石瀹精神——白玉蟾诗文特色散论》，《中国道教》2000年第2期。

文学主要看成用诗文手段来说明丹道玄趣，无疑有以偏概全的嫌疑，而说白玉蟾的诗文“无法独立于中国正统文学主流之中”更是主观臆断之语。白玉蟾的诗歌成就虽然未能跻身于一流诗人行列，但他的诗歌创作与前代诗人之间的联系还是非常清楚的。

白玉蟾的乐府诗内容丰富，手法多样，本文只是粗陈梗概，抛砖引玉，希望引起更多学界同仁对白玉蟾研究的关注。

韩国乐府诗的演变与特征

金昌庆（韩国国立釜庆大学人文学院）

摘　要： 韩国乐府诗是在中国古典诗歌影响下的韩国诗歌的典型代表。它形成于统一新罗末期到高丽末期，到朝鲜后期达到它创作的鼎盛阶段。它对古诗的再认识和其在创作中的唐诗风指向，使它成为朝鲜时期的一种重要的诗歌流派。韩国乐府诗从类型上可以分为拟古乐府、小乐府、纪俗乐府和咏史乐府四种。

关键词： 韩国乐府诗　变迁　特征　类型

作者简介： 金昌庆，男，1962 年生，韩国釜山人。现为韩国国立釜庆大学人文学院教授、博士生导师，负责大韩中国学会编审、东北亚文化学会编辑理事，主要研究方向为唐宋文学和韩中比较文学。主要专著和译著有《中国文化》《彩色插图中国文学史》《洙泗考信录》《中国人的精神》《梦的迷信与梦的探索》《断裂》等。

一　绪论

汉文学与中国古典文学对韩国古典文学有着深厚的影响关系。其中，与中国诗歌有着深厚文化渊源的韩国汉诗，在中国各朝代作家的影响下不仅开辟了合适的文学土壤，而且经历了日新月异的发展。在中国古典诗歌的直接熏陶下发展而成的韩国汉诗，在形式和内容层面上遵循着中国文人的创作典范，并不断发展、更新。

现在对中国文学史或韩国汉文学史中诗歌部分的研究已经达到了相当高的水平。现存的研究成果一般是通过对各诗人的诗集和文集进行以个别作者为中心的研究。但是对汉文学史的研究，特别是中国和韩国的比较研究中，一般只是以中国为中心探究各时期和各作者之间的相关联系，关于中韩乐府诗比较研究的成果却寥寥无几。

因此，本文作为对中韩乐府诗比较研究的前瞻性研究，拟探究韩国乐府诗的发展状况和特征。

二　韩国乐府诗的变迁和特征

（一）乐府诗的概念

乐府诗这一名称本来是指中国秦代名为“乐府”的官衙里收集的民谣和文人作品以及乐曲原辞与后人仿作。乐府诗曾在魏晋时期和六朝时期盛行一时，随着唐代近体诗的发展慢慢衰退，在各个时期形成了诸多形态。

乐府作为一种文学体裁可分为古乐府和新乐府，又可按照音乐曲调的有无分为入乐者和不入乐者。入乐者又可分为经过音乐家修改而成的民间歌谣和文人诗赋、音乐家自编歌词、按旧谱制词者（包括用旧谱而存其名者和用旧谱而改其名者）和改换声谱者；不入乐者又可分为用乐府旧名者、摘乐府歌词为题者和自拟题制词者。[①] 这些分类只适用于从汉代到唐代的古乐府。汉、魏晋时期的乐府诗比较重视音乐性，而唐代以后的乐府诗倾向于不考虑音乐性而强调文学的层面。

在掌管乐府和音乐的官厅名下，中国乐府诗的变化经历了从在乐府（官厅）演奏的音乐到乐谱消失的唱词，从模仿音乐唱词所作的诗到不效仿古乐府的新长短句诗（新乐府），一直变化发展为和古乐府或新乐府截然不同的长短句唱词。

按照中国乐府诗的变化轨迹，韩国的乐府诗也呈现出多种形态。

（二）韩国乐府诗的变迁

1. 高丽时期

韩国乐府诗的出现以统一新罗末期和高丽初期崔致远的《江南女》和

---

① 罗根泽：《乐府文学史》，文史哲出版社，1974，第11页。

《乡乐杂咏》为开端，到高丽时期李奇贤和闵思平的小乐府又有所发展。韩国的高丽时代正值中国的宋代，所以确定韩国的乐府诗是采用了当时宋代乐府诗的内容。当时宋代的乐府中古乐府的乐曲已经消失，创作中出现了不入乐的乐府诗，作为乐府另一形式的词空前繁盛。因此，笔者认为可能在高丽时期不能创作入乐的乐府，所以创作了把韩国诗歌汉诗化的小乐府。

从这点来看，可以把以民间风俗或演戏为题材的乐府诗的创作时期定在汉诗被普遍创作的高丽中后期。这个时期的乐府诗具有以下两种倾向：其一，宫中御歌所中整理制作的乐歌。这主要可以从《破闲集》《双明斋集序》《牧隐集》《高丽史》《太宗实录》《世宗实录》等作品中找到先例，主要是指《紫霞洞》《受宝录》《觐天庭》《受明命》《宗庙》《社稷》《圆丘乐章》等。这些乐章正像《播丝竹以传乐府》（《破闲集》）、《今乐府有谱》（《高丽史》）、《今乐府用其调不用其词》（《世宗实录》）等作品中表现的那样，特别重视协律性和乐曲，但在内容层面上却大部分是赞扬皇帝功绩或君臣间酬答合唱的内容。而且按照特别的用途规定乐歌，已经规定的乐歌会被反复使用。作者的社会阶层也只是局限于极少数的官僚或在相关官厅就职的专家。其二，文人们把当时的俗歌改为汉诗或模拟中国诗人们的乐府。这可以从林椿、李齐贤、闵思平等的作品中得知。林椿在《西河集》中指出把附上歌、词、调、引等命题的一些作品看作是一种独立的作品倾向。① 即像李白乐府和白乐天新乐府等作品。李齐贤和闵思平认为乐府诗的主要属性在于采诗入乐，他们采集高丽俗谣，经过汉译，创作出短型小诗样式的小乐府。特别是李齐贤以当时的俗歌为素材，创作了七言绝句 11 章，并把其命名为小乐府。② 虽然对“小乐府”这一名称有很多争议，但是从此可知他认为的乐府具有民间歌谣的性质。此外，还发现了《妾薄命》（李穑）、《塞上曲》（洪侃）和《明妃曲》《蚕妇曲》（李穑）等模仿古乐府命题而创作的作品。

从中可知从统一新罗末期到高丽末期是乐府诗的形成期。

---

① 林椿：《西河集》（卷 4）《与皇甫若水书》：“至后世，作歌词调引，以合之律吕者，皆是也。若李白之乐府，白居易之讽喻之类，非复有辨清浊审疾舒度长短曲折之异也，皆可以歌之，则何独疑于此乎。”

② 像这样的小乐府被收录在《盆斋乱藁》卷 4 诗篇目里，并且和同本书的卷 10 里收录的长短句里的词有明确的区分。我们也可以知道它很确切地将乐府和诗区分开来。

2. 朝鲜时期

从朝鲜前期开始乐府诗的创作在量和质上都有了飞跃发展。换句话说韩国乐府诗的价值被承认是始于高丽武臣之乱之后。在朝鲜前期的个别文集中仿照乐府诗命题的作品零星地出现后，到了 15 世纪末和 16 世纪初这种情况有了很大改变。首先是被称为乐府的强调入乐风格的乐章消失了。[①] 与此相反，以拟作性或采诗性为基础的具有一般诗风的乐府诗开始大规模出现。这一时期的代表作家有成侃、姜希孟、崔淑精、金宗直、成俔等。他们按照《采莲曲》《竹枝曲》《美人篇》《宫怨》《陇头吟》《飞龙引》等多种中国乐府诗的命题创作了大量的拟作作品，而且把这类作品进行精选，然后按照歌、行、曲、篇、怨等乐府诗的命题进行分类和整理，从而形成了一种独特的作品倾向。成俔的《虚白堂风雅录》中拟作的乐府诗一共有150 余首，它们都按照乐府诗的命题进行了整理。而且金宗直拟作过李白的乐府诗，在创作《东城雀拟太白乐府》《东武吟拟太白乐府》等的同时，又创作了《东都乐府》《凝川竹枝曲九章》《梅龙引》《雅栖曲》等以韩国传统歌谣和地方风俗为内容的作品。

乐府诗在朝鲜时期能够成为一种重要的诗流派有以下两个原因：其一，是对古诗的再认识。对在朝鲜初期形成文坛主流的近体诗风的批判和强调古诗的反省态度对乐府诗的出现起到了关键性作用。

成俔的《虚白堂集》卷六《风骚轨范序》中记载如下：

> 我国诗道大成，而代不乏人，然皆知律而不知古，其间难有能知者，未免有对偶之病，而无纵横捭阖之气，以嫫母之姿，而效西子之颦，实今日之痼疾，而不能医者也。
>
> 汉苏子卿李少卿始制五字，逮建安黄初，曹子建父子，继而振之，王仲宣刘公干之徒，从而羽翼之，自是厥后，作者继出，历魏晋宋齐隋唐极矣，当是时也，去古未远，元气尚全，故其词雄浑雅建，不无规模而自有规模。

成俔在这篇文章中指出当时韩国文坛特别强调律诗，并把其比喻成嫫母对西施的效颦。对此他指出如果诗人们只追求律诗的形式美，结果不仅

① 虽然徐居正的《东人诗话》等作品中称词为乐府，但是在其他文集里把词称为诗或者乐府二者是分开收录的。

不能成就形式美，而且被形式美所局限，连最基本的个性和意气都会丧失。他在正确指明了当时诗坛的固习性弊端后，建议把汉魏晋南北朝时期的古诗当做克服此弊端的最具模范性的样本。他认为这一时期的古诗元气完好，诗词雄浑雅健，不无规模而自有规模。因此他把其称为“夫古诗譬之水木，则根本渊源也，而律乃柯条支派也”。

在他的这些主张之后，相当多的古诗集被编写，特别重要的是古诗集中收录的大量作品都是古乐府诗。在反省当时律诗中过度强调形式倾向的过程中，同时强调汉魏晋南北朝古诗的这一倾向也引起了当时对古乐府诗的重视。

其二，从16世纪开始显现的唐诗风指向的新诗风潮也与乐府诗的出现有密切联系。对于唐诗和宋诗的区分，李睟光认为“唐人作诗，专主意兴，故用事不多，宋人作诗，专尚用事，而意兴则少，至于苏黄，多用佛语，务为新奇，未知于诗格如何?”[①] 从中显示出唐诗和宋词不同的倾向。

如果说在16世纪之前宋诗风形成了主流，那么从16世纪初则开始出现了批判宋诗风而指向唐诗风的新倾向。即从高丽到朝鲜初期崇尚苏黄，在成宗（1469~1494年）和中宗（1506~1544年）时期开始从宋诗转移到了唐诗。这一点可从“穆庙之世，文士蔚兴，学唐者寖多”[②] 的话中得知。

唐诗风的重要特征之一就是拟作古乐府诗，并创作继承其风格的新乐府诗。在16世纪初随着唐诗风兴起，这种唐乐府诗就开始在诗坛中引起瞩目。

对此车天辂的《乐府新声跋》和许筠《国朝诗删》卷八中有如下记载：

> 唐人为诗，多仿古乐府，如宫词、闺怨、塞下曲、游仙词等题目尽好，此古人所谓望其题目，亦知为唐者，宋以下至我东，则鲜有此体，故今取数家汇为一帙。以俟夫继而有作者。[③]
>
> 国初诸人，俱尚苏长公，独此君（成侃）知法盛唐，如此作（《老人行》），难非王岑之比，无愧张王乐府。[④]

---

① 李睟光著《芝峰类说》第9卷，载赵钟业编《韩国诗话总编》（二），东西文化院，1989，第39页。

② 金昌协著《农岩杂识》第34卷，载赵钟业编《韩国诗话总编》（四），东西文化院，1989，第606页。

③ 转引自黄渭周《对于乐府新声》的论文注4，载《国语教育研究》第21卷，1989，第96页。

④ 《韩国汉诗选集》（一），亚细亚文化社，1980，第598页。

从中可知当时的文人们拟作宫词、闺怨、塞下曲、游仙词等古乐府诗，而且想继承其诗风。也就是说他们这样做是认识到了唐诗的重要特征。虽然在朝鲜初期没有受到瞩目，但是通过对像《新乐府诗》这样诗集的编撰，显现出了当时诗人们想扩大乐府诗风的强烈意愿。

随着历史整体情况的变化，诗人们开始试图摸索新的文学体裁。在警戒律诗中过度倾向的同时，也开始重新认识包括古乐府诗在内的魏晋南北朝时期的古诗。对高丽时代以后一直主导文坛的宋诗风进行反省的同时，学习唐诗的创作倾向也开始出现。拟作唐乐府诗和继承其诗风就是其重要特征之一。

以这些为基础的韩国乐府诗开始出现。作为其开端性的作品就是金宗直的《东都乐府》和成伣的《虚白堂风雅录》。前者是以韩国的民歌和史话为基础创作的朝鲜乐府，后者是集中模仿前代乐府诗的拟古乐府。特别是后者，代表了当时在文坛逐渐扩散的中国乐府诗的拟作倾向，同时142首作品充分地再现了乐府诗的各种形式和特征。

之后有柳希龄的《诗林乐府》和车天辂的《乐府新声》。前者是当时创作的综合乐府诗选集，后者是车天辂汇集的在宣祖（1567－1608年）时期活动的崔昌庆、白光薰、林悌、李逵等追求唐诗风的乐府诗。这些作品集整体上都收录了与中国乐府诗创作倾向相关的作品，从这一点来看与成伣的《虚白堂风雅录》有一脉相传的特征。之后有许筠、申钦、沈光世的诗作，这些成为18世纪和19世纪乐府诗大量出现的前奏。

进入朝鲜后期，韩国乐府诗开始大量出现，以致达到鼎盛。这一时期韩国的乐府诗在一定程度上脱离了中国乐府诗的羁绊，典型的土俗乐府开始在韩国生根。到现在为止大概有4000余首韩国乐府诗流传下来，除去朝鲜初中期创作的300余首，其余的3500余首都是朝鲜后期创作的。

三　韩国乐府诗的类型

韩国乐府诗可以分为拟古乐府和非拟古乐府。拟古乐府是完全仿照中国的乐府诗题拟作的，而非拟古乐府不借用中国的乐府诗题，其内容与韩国的土俗或历史有关。对此本文将其分为以下4种类型进行考察。

其一，拟古乐府。这是忠实地模仿中国的乐府诗所拟作的。这些作品基本上是拟作郭茂倩的《乐府诗集》中记载的诗题所创作的，大部分是拟作汉魏晋南北朝时期的古乐府，而且也有拟作在唐代新创作的乐府诗题的作品。这些作品各时代均有创作，特别是在朝鲜的前期和中期创作开展得很活跃。

其二，小乐府。这指的是把当时流行的民谣、俗谣和时调用七言绝句汉译的诗。首先使用这一诗体的人就是李齐贤。申纬对李齐贤的小乐府有“高丽李齐贤先生，采曲为七绝，命之曰小乐府”的评价，他指出了李齐贤采取七言绝句的形式并把其命名为小乐府的独创性。他对当时的歌谣没有流传下来而流失的现象感到惋惜，就仿照李齐贤的小乐府把收集的时调以七言绝句汉译，创作了小乐府40首。这样的小乐府作家群除了他们之外还有闵思平和李裕元也用七言绝句进行了汉译。

其三，纪俗乐府。这指的是对民间的风俗或百姓的生活样态进行仔细观察而创作的作品，重点在于批判当时的生活旧习或社会风俗。因此，这种诗体不受体裁或形式的局限，可以自由表现，按照作品的主题和思想内容展开。

其四，咏史乐府。这指的是吟唱韩国特定的历史事实、过去的历史人物、过去的民间故事或风俗的作品。这些咏史乐府和其他类型的乐府诗不同，是进入朝鲜王朝之后由金宗直和沈光世所创立的。这起源于明代李东阳把咏史乐府编辑成乐府诗的类型。特别是沈光世在阅读了李东阳所作的《西涯乐府》后，有感而发，把本国历史中值得赞咏鉴戒的内容，而且对后代儿童有教育价值的部分创作为诗，其作品就是《海东乐府》。

他们所使用的本国历史中的主要事件以后被咏史乐府作家更加广泛地采纳，在朝鲜后期又出现了更加丰富多彩的内容。

四　结语

中国乐府诗从收集民间歌谣开始，后来上升到文化层面，它本身起初是强调音乐性的，后来发展到强调文学性了。随着这样的发展，韩国乐府诗同样也受到了中国的影响。韩国乐府诗的形成期（新罗末期到高丽末期）的乐府诗具有以下两种倾向：其一，宫中御歌所中整理制作的乐歌。

其二，文人们把当时的俗歌改为汉诗或模拟中国诗人创作的乐府诗。从这里我们可以得知在一定程度上存在采诗入乐的要素。

到朝鲜前期，乐府诗的创作已经在质和量方面取得了飞速的发展。首先是被称为乐府的强调入乐风格的乐章消失了，同时开始大规模出现以拟作性或采诗性为基础的具有一般诗风的乐府诗。乐府诗在朝鲜时期能够成为一种重要的诗流派与以下两个原因有关：其一，是对古诗的再认识。其二，从 16 世纪开始显现的唐诗风指向的新诗风潮也与乐府诗的出现有密切联系。

由于这些原因，进入朝鲜后期，韩国乐府诗达到了鼎盛时期。

新 书 评 介

“乐府诗要素研究”丛书评介

韩　宁（保定，河北大学文学院，071002）

“乐府诗要素研究丛书”是吴相洲教授主持的北京市“十一五”社科规划项目和北京市教委重点项目“乐府诗构成要素研究”的系列成果。丛书共包括四本专著，分别是《乐府诗题名研究》（张煜著）、《乐府诗本事研究》（向回著）、《乐府诗音乐形态研究——以曲调考察为中心》（曾智安著）以及《乐府诗体式研究》（周仕慧著），由北京大学出版社于2013年9月出版。这是吴相洲教授带领学术团队对自己所提出的“乐府学”研究理念的落实，也是学界首次自觉地对乐府诗的构成要素进行系统深入的研究，具有重要的学术意义。

吴相洲教授曾经指出，乐府学研究理念的基本内容包括三个层面（文献、音乐、文学）和五个要素（题名、本事、曲调、体式、风格）。在这套丛书的“总序”中，他对乐府诗要素的重要性进行了进一步的说明：“‘乐府诗构成要素’是乐府学的核心概念……这些要素使乐府诗具有区别于其他诗体的根本特性，约束该作品创作时回归和保持自身传统。分析五个要素，是解读一首乐府诗的基本方法。”这意味着，正是凭借这五个要素，乐府诗才形成了独特的艺术特质和稳定的创作传统，进而在中国古典诗歌中独树一帜。故而对这五个要素的探讨，无疑是深入把握乐府诗艺术特质的关键所在。

“乐府诗要素研究丛书”的四本专著，分别对应乐府诗的四个要素，即题名、本事、曲调和体式。至于“风格”的研究，据吴相洲教授说，是因为当时没有找到合适的承担者，所以暂时付诸阙如。即便如此，我们仍然可以看到，四本专著从不同对象切入，各守专攻，纷呈新见，取得了一系列学术成果，很好地推动了乐府诗乃至中国古典诗歌的发展。

乐府诗的题名历来少被注意。只有一些特定的种类如“歌”“行”等，因为在古典诗歌领域影响较大，才受到诗体研究者的关注，但也主要是局限于文学领域。《乐府诗题名研究》首次较为深入地对乐府诗的题名进行探讨，并创造性地将乐府诗题名分成“类名”和“个名”两种类型，具体考察各种题名的所依之据、所含之义、所属之类、所历之变，令人信服地说明了乐府诗题名与音乐之间的密切关系，取得了诸多学术创获。如认为乐府的“歌”字题名源于乐府定音伴奏乐器“歌钟”；“曲”字题名与“曲”字的含义有关，是从最初的像盛放器物的宛曲之形辗转演变为宛曲之曲、合乐之曲，因而凡是以“曲”为题的乐府诗，大都篇幅短小、风格宛转；“引”字题名的乐府诗是因弹奏竖箜篌而来，动作与引弓相似；“行”被用作乐府题名是一种假借，在甲骨文中“行”与“永”通，而“永”与“咏”通等，多为人所未道。这些结论不仅很好地揭示了大多数乐府诗题名形成的艺术背景，而且为传统的诗歌体式研究提供了很好的音乐学思路，值得特别注意。

《乐府诗本事研究》对乐府诗本事展开了专门而深入地研究，在分析乐府诗本事内容的基础上，尤其侧重于乐府诗本事的来源、流变、功用等内容，创见良多。该著将乐府诗本事总结为单曲本事与组歌本事、始辞本事与拟辞本事、辞内本事与辞外本事三大组的六种类型，首次较为全面地建构起了乐府学本事研究的理论框架。该著特别强调了本事对乐府诗体最终形成的决定性作用及其在维护乐府歌辞自身传统、承载乐府曲调文化内涵方面的重要意义，指出乐府诗本事一直处于不断地变化发展过程当中，往往呈现出“层累型”的发展状态，不仅对乐府的传播，甚至对后世的戏曲创作都产生了一定影响，启人良多。本事不仅是乐府诗的构成要素之一，还存在于不少唐诗、宋词作品之中。这本专著应该能为相关的本事研究提供很好的参考思路。

《乐府诗音乐形态研究——以曲调考察为中心》以曲调为核心内容，结合碑志、诗文、笔记小说等各种史料对乐府诗的音乐形态进行深入考察，不仅描述现象，而且深究原因，提出了不少新见。如其指出《朱鹭》曲辞所述情境为汉代画像石、画像砖及器物造型中的流行构图，寓意男女欢合、子孙繁衍；《精列》中的“精列”实为“蜻蛚”的二音，与时令有关，进而指出汉魏时期的相和歌为组曲，曹操所作七首相和歌是一套主题明确的组曲等，均是利用新材料推翻旧说法，令人耳目一新。又该书论汉代鼓吹曲的形态、运用场合及其与短箫铙歌之间的关系，也多不同于前人。书中又指出《晋鼓吹歌曲二十二篇》音乐形态与其他各朝鼓吹曲均不相同，是由三套组曲构成，政治内涵深厚；梁代《相和引》从六引变为五引的形态变化实则源于梁朝拟则天道的礼乐观念等，都是发人所未发，很好地揭示了乐府诗不为人知的音乐形态。此外，该书还对鼓吹曲、相和歌、清商三调以及梁鼓吹横吹曲中大量乐曲的形态、流传及演变情况做出了新的考述。

《乐府诗体式研究》以乐府诗的体式为重点研究内容，充分利用音乐学、音韵学知识以及各种考古发现材料，对乐府诗中对话体、对唱体、套语、声辞合写、三字节奏、五言四句体、声律等体式现象进行了深入考察，取得不少收获。如其认为，所谓对话体、对唱体的语体性质都属于和歌唱表演相关的剧语，是指某些乐府诗因为用作戏剧脚本或演唱底本而形成的特殊的用语方式；有些乐府诗具有故事性、表演性，它们有一定的人物、情节，并且是诗、乐、舞相配的表演艺术；乐府诗中三言节奏所反映的辞乐关系以及五言四句体的演变表明乐府诗句度和音乐节奏、曲调之间有着密切关联，歌诗字数、句数都要符合乐曲的节奏和旋律，乐府诗对格调、声律的追求在唐代近体诗形成和完善过程中起到了不容忽视的作用等，无不充分显示出乐府诗的体式、语言形式与音乐歌舞表演之间存在的密切关系，发人深思。此外，该著还对乐府诗体式的形成、功能、意义作出了深入阐述，足资相关研究借鉴。

应该指出，作为对乐府学研究理念的实践，尤其是具体乐府诗作品的考察方面，还有很大的空间。正如吴相洲教授指出的那样："乐府诗构成要素研究是个大课题，目前所作还只是一个开头，还带有概述性质，众多具体作品要素分析才是研究任务的主体。"关于这一点，我们期待着作者们能够再接再厉，续有新得；也期待着学界广泛参与，推动乐府学研究取得更大成绩。

“乐府诗断代研究”丛书评介

曾智安（石家庄，河北师范大学文学院，050091）

由吴相洲教授主编的“乐府诗断代研究”丛书，包括《两汉乐府诗研究》（陈利辉著）、《魏晋乐府诗研究》（王淑梅著）、《齐梁乐府诗研究》（王志清著）、《北朝乐府诗研究》（王淑梅著）、《初唐乐府诗研究》（韩宁著）5部著作，2013年8月由社会科学文献出版社出版。这是迄今为止第一次分朝代、大规模地对各代乐府诗进行全面系统的研究。

近些年吴相洲教授一直在倡导乐府学，主要做了两方面的工作：一是乐府学相关学术课题的研究，一是乐府学会的成立和建设。对于乐府学相关学术课题，吴相洲教授为他的研究团队拟定了合理的研究规划，包括“乐府诗分类研究”“乐府诗构成要素研究”“乐府诗断代研究”“乐府诗史写作”“乐府学概论”“《乐府诗集》整理”“《乐府诗集》续编”“乐府学全书编纂”等课题。其中“乐府诗分类研究”丛书9部著作已于2009年在北京大学出版社出版，“乐府诗构成要素研究”4部著作也与此套《乐府诗断代研究》同时出版，“《乐府诗集》整理与补编”课题成功申请立项2013年度国家社科基金重大项目。乐府学相关研究可谓初具规模。而成立乐府学会是乐府学研究日益扩大并被学界日益接受和重视的必然结果。2007年8月第一届乐府歌诗研讨会于北京召开，会议向学术界发出“关于筹建中国乐府学会的倡议”，得到了海内外学术界同仁积极的响应，历经六年，直到2013年3月民政部下发同意成立的批复，2013年8月召开了成立大会，吴相洲教授任会长。至此，乐府学研究不仅有了完善的蓝图、合法的组织机构，而且已经脚踏实地地深入开展起来。

在乐府学研究规划里，“乐府诗断代研究”是分类研究的综合，是要素研究的运用，是乐府诗史写作的准备。对于乐府诗断代研究的目的，吴相洲教授在丛书总序中有明确阐述："目的在于深化对汉唐诗歌史的认识。乐府诗最为兴盛的汉唐时期也是中国诗歌史上最为辉煌的时期。深入认识汉唐乐府对于更加清晰地描述汉唐诗歌史有着重要意义。乐府诗是诗中的精品，在诗歌发展史上往往具有标志性意义，离开这些诗中精品去描述诗歌史是无法想象的。"这套丛书遵循乐府学的研究理论，从文献、音乐、文学三个层面对一个特定时段的乐府诗创作进行深入考察，关注乐府诗的文本留存，辨清某些乐府诗类别，界定相关乐府名词概念，描绘乐府诗的音乐形态，包括曲调创制、表演、流传情况，从而将这一时段的乐府文学特点更为清晰、更为本色地描述出来。

《两汉乐府诗研究》一书以《诗经》《楚辞》作为参照，把汉乐府的研究置于先秦两汉诗歌发展的大背景下与先唐音乐文学发展的流脉中，以一种历史的、动态的视角对汉乐府的题名、配器、体式、题材几个问题进行研究，考察了汉乐府与《诗经》《楚辞》之间存在的继承与创新关系，揭示了汉乐府在相关层面的回复与变化，凸显了其时代特征。将汉乐府和《诗经》进行系统比对，是学界很少涉及的，在这一方面此项成果可谓颇有建树。如其指出汉乐府在继承《诗经》部分题材的同时，形成了四类独有题材，充分体现了汉代独特的时代风采；汉郊庙乐歌乐器显示出对前代音乐的继承，其俗乐配器则深受楚国音乐文化影响；相和歌以打击乐器和吹管乐器合奏为主，并非如沈约所说主要采取"丝竹更相和，执节者歌"的方式等，都多有新见。

《魏晋乐府诗研究》从文献、音乐、文学三个层面对魏晋乐府诗及其中的一系列关键问题进行系统研究，取得不少创获。文献研究方面，在魏晋乐府诗补录基础上，集中考察了"西山一何高"的曲调问题、魏晋乐府诗的著录形体问题。音乐学方面，考察了魏晋的音乐机构、乐府诗创作主体及其分工情况，并考察了相和歌辞、鼓吹曲辞、杂曲歌辞的入乐表演情况、音乐性质；文学方面，考察了魏晋鼓吹、挽歌、艳歌、游仙诗的特点及其对汉乐府传统的继承与发展。其中对缪袭鼓吹曲辞创作时间的考辨、对魏晋鼓吹树立创作范式的评价、对曹植杂曲歌辞创作与宫廷乐舞关系的考证等，都发前人所未发，令人信服。

《齐梁乐府诗研究》通过对齐梁雅乐歌辞、俗乐歌辞文献著录情况的考察，揭示乐府文献著录背后的音乐观念、创作情境、创作风尚以及齐梁乐府创作的阶段性特征，并认为梁代乐府艺术、乐府诗歌与宫廷关系密切，但宫廷雅乐和俗乐分属不同的音乐体系，产生机制、音乐性质、地位、用途，以及歌辞的呈现状态和文学特点均有不同，故从两个角度分别进行研究，颇有见地。书中重点考察了宫廷音乐建设的状况，同时还以专题形式研究了齐梁时期重要乐府类型的发展和新变，以此揭示齐梁乐府诗的独特面貌及其在乐府诗史上的特殊地位。其中对萧齐、萧梁宫廷音乐创建与乐府文学发展过程的考察，中原旧曲、流行新声、鼓吹曲、北方乐歌、杂曲音乐传播等情况的描述，新见迭出，足以为中国古代诗歌研究提供新的参考。

《北朝乐府诗研究》是对北朝乐府诗所作的专题研究。该著重点考察了北朝乐府诗的著录以及在北朝乐府内的入乐情况、北朝乐府的音乐来源、北朝的雅俗乐观念、北朝皇后与乐府建设以及乐府的采诗制度等音乐体制问题，在此基础上，分别考察了北狄乐的起源、发展及乐种概念的产生，北狄乐兴起的历史契机及其特色，“真人代歌”的辑集背景、乐歌性质及其著录问题，“梁鼓角横吹曲”的概念、分解入乐及其新变，北朝文人群体与乐府的创制环境、北朝的旧题与新题乐府创作以及南北融合下北朝文人乐府的演进关系，多有新见。该著是首次从乐府学的角度对北朝这一特定时期乐府诗进行的系统研究。

《初唐乐府诗研究》运用乐府学研究方法从文献辑考、曲调流传、创作特点、与诗歌史关系四个方面，全面、系统地考察了初唐乐府。界定了初唐乐府中杂诗、古意等概念，辨析了《白头吟》《回波乐》《浑脱》等曲调，关注了历来不受人重视的郊庙歌辞，分析了初唐乐府曲调的流传与初唐诗风形成之间的关系，并且通过对初唐时期各个阶段、诸多作家的代表作品进行整合分析和归纳研究，确立了初唐乐府诗创作在诗歌发展史上所具有的标志性意义，多有创见。其中对《回波乐》《浑脱舞》等乐府曲调的考证，对宫廷郊庙歌辞的讨论，对初唐代表性乐府诗的分析和定位等，都颇有新意。

当然，乐府诗研究所涉及的问题是无法穷尽的，这是乐府学这一学术事业的价值和魅力所在。对于丛书中所探讨的历史时段的乐府研究也仍然有需要深入的地方，但此套丛书以乐府学的研究方法对各段研究尽可能地做到全面、充分，这在完善古代文学研究方法、开拓乐府研究领域方面具有重要意义。

《乐府歌诗论集》述评

吴振华　黄金灿（芜湖，安徽师范大学文学院，241000）

《乐府歌诗论集》（商务印书馆，2013 年 8 月第 1 版）是吴相洲先生十多年来殚精竭虑建构乐府学，致力于乐府歌诗研究，运用传统文献考证和系统论思维方法研究乐府歌诗的重要成果。这部论集全面而深刻地发掘了乐府歌诗作为文学精品在文学史上的意义，为学界对文学史认识的深化提供了强大助力。论集由《乐府编》《歌诗编》《诗史编》三个部分组成，共收录吴相洲先生不同时期的 19 篇论文。每一编都先从理论的宏观概括，逐步展开对各论题的微观研究。

本论集具有鲜明的个性特色和重要的学术价值，主要体现在以下几个方面。

一　新领域的开拓

《关于建构乐府学的思考》对“乐府学”这一新领域有开拓之功。乐府，作为一种古老的诗歌体裁，源远流长。宋人郭茂倩编辑的《乐府诗集》，收录宋代之前的乐府诗可谓洋洋大观，问世千年以来，一直以“征引浩博，援据精审”的学术品格著称。但是，学界对《乐府诗集》的研究并不充分，不像《诗经》《楚辞》《文选》、唐诗等早已成为显学。因此，吴先生本着为民族“继绝学”的使命感，孜孜不倦地吁请学人关注这门学问。他认为“乐府本有专门之学”，指出建立现代乐府学具有深厚的历史基础，接着探讨了乐府学研究的意义：（1）乐府研究价值极高，认为中国是一个诗的国度，而诗往往又与乐和舞共生，回到其原生态是揭示这些诗歌特点的必由之路；（2）乐府研究分量极重，《乐府诗集》一书所收乐章歌谣共百卷，数量远远超过《诗经》《楚辞》《文选》；（3）乐府研究所需知识极繁富，《乐府诗集》征引了大量文献，涉及历史、典章、名物、地理、民俗等方面知识，尤其是音乐舞蹈知识显得特别重要。因此吴先生呼吁对《乐府诗集》展开全面的研究。吴先生把乐府学研究分为三个层面。第一是文献研究，包括：①《乐府诗集》的版本、校勘、注释、笺证、编年；②《乐府诗集》的成书、引述、来源、演变等研究；③《乐府诗集》的分类依据、收录标准、资料来源、作品补正等。第二是音乐研究，包括：①所涉音乐体制研究；②曲调、术语的考证；③各类乐府诗流传变化过程的描述；④各曲调音乐特点及其对曲辞的决定作用。第三是文学研究，包括：①内容上，不仅要关注作品的题材，同时还要考察它的人物，看它与作者之间的联系；②形式上，应该关注句式、体式、用韵、对话的插入等等；③风格上，通过文学批评方法的运用，探求其艺术风格的丰富性和多样性。在文献、音乐、文学三个层面研究中，文献研究是基础，音乐研究是核心，文学研究是目的，三者缺一不可。吴先生还认为建构现代意义上的乐府学是文学史研究之必然，诗乐之间的内在联系是乐府学的学理基础，从音乐角度研究乐府具有可能性。这些思考是我们研究乐府学的航标。

对新领域锐意开拓还体现在《歌诗研究的理论思考》一文中，吴先生认为，中国古代许多诗歌都是与音乐共生的，歌唱是古代诗歌一种重要存在形式，诗歌很多特点都与歌唱密切相关，这就是研究歌诗的原因所在。吴先生指出，诗歌与音乐之间的天然联系是歌诗研究的学理基础；歌诗研究与传统诗歌理论必须实现对接。这篇论文为歌诗研究指示了方向及探寻路径。

二　老问题的出新

“温故知新”是古人提倡的重要研习方法。学术研究中如何在老问题上提出新见解，一直是考验研究作者学术能力的标尺。如对陆机《文赋》中提出的“绮靡”问题，可谓见仁见智，吴先生《“绮靡”新解》一文避开传统的文字学的角度，认为，“绮靡”声律上的含义应该得到更深入的挖掘，只有这样才能把“缘情”和“绮靡”两个概念顺畅地连接起来，才能给“诗缘情而绮靡”这句话以准确的历史定位。通过考察“沈宋”两位诗人在近体诗律的最后完成方面的重要作用，认为他们是“缘情绮靡之功”的集大成者。通过翔实的考证后指出：陆机受到指责是一个误会，而这一误会出在“文华者宜于咏歌”上。讲究声律的诗便于入乐歌唱，而入乐歌唱的常常是以娱乐为主要内容的诗歌，批评者在批评这样的诗歌时，往往连带形式一概加以反对。吴先生指出：声韵绮靡并没有错，错就错在这种声韵绮靡的诗被大量运用到民间娱乐歌唱当中，从而远离了风雅传统。“绮靡”一词的新解，对研究陆机的诗学思想，进而对探讨魏晋文学思想的发展脉络都具有重要意义。

《唐诗繁荣原因重述》一文也明确体现了这一特点。吴先生指出，要想揭示唐诗繁荣原因，首先应该明确什么是唐诗的繁荣？是诗歌活动，还是诗歌活动的结果？事实上，我们今天是通过诗歌活动结果感受到唐诗繁荣的，而要想揭示唐诗繁荣的原因，则应该着眼于唐诗活动本身。看诗歌活动在唐人社会生活中所处的位置，从而发现唐人对这一活动的关注程度和参与热情。吴先生认为：首先，要分析诗歌活动的功能；其次，要分析诗歌活动的价值；再次，要分析诗歌活动的机制。因为诗歌在唐代不仅仅是诗人的个人行为，而是群体性活动，创作往往是在集会、酬唱当中完成，在相互交流切磋中，相互认证，提高技艺；最后，要分析诗歌活动的人员，诗歌在唐代不仅仅是文人学士的行为，还有朝廷的组织和提倡，还有广大歌者、商人和教师的传播，他们共同促进了诗歌的繁荣。这样一来，之前许多说法的不足和偏颇就显露出来：（1）所谓经济繁荣为诗人们提供了四处漫游的物质基础，只能用来解释盛唐诗歌繁荣的某一方面，对唐代其他时段并不适用。（2）所谓诗赋取士吸引了众多士子致力于诗艺探索的表述也过于简单，诗赋取士确实吸引了众多士子致力于诗艺探索，但诗赋取士绝不能仅仅理解为科举考试一端，许多诗人都是由于诗名高著而直接步入仕途的。（3）所谓政治相对开明使诗人们敢于直抒胸怀的表述也很不准确，因为唐代统治者本来就没有钳制诗人思想的动机，他们积极鼓励诗人们参与社会政治文化建设，充分尊重他们的个性。（4）所谓相关艺术的繁荣为诗歌艺术繁荣提供了滋养，并没有特别强调歌者以歌传诗的作用；所谓佛教道教的兴盛促使诗人对人生和艺术有了更加深入的思考和前代诗人的各种创作试验为诗人们提供了丰富的借鉴经验，都难以看做是促使唐诗繁荣的特别条件，因为这些显然不是唐代特有的。吴先生从唐人的生活方式、精神文化角度探寻唐诗繁荣的原因，以还原唐诗原生态的方式，直奔唐诗繁荣的主题，给这一问题以新鲜而且令人信服的答案。

《刘希夷历史地位重估》一文也是对老问题进行新探索，对刘希夷诗歌的价值给予了充分的肯定。吴先生指出，刘希夷是初唐后期诗坛上出现的唯一一位开始兼具“骨力遒劲”“兴象玲珑”“神采飘逸”“平易自然”四大特点的诗人。盛唐诗歌总体风貌也叫盛唐之音，恰好也由这四点构成。这些特点经初唐不断积累，到盛唐全面形成，到中晚唐发生变化。刘希夷是作为初唐诗歌创作总结者出现的，这是刘希夷诗作所应该享有的诗史地位。

还有《论孟郊诗的表述方式》一文，吴先生认为，孟郊诗有一种独特的表述方式，即统分结合，意象裂变；这种表述方式能给人以清晰深刻的印象，但也剥夺了读者的想象空间；这既是孟郊性格使然，也体现了韩孟诗派的审美追求；既是对乐府诗表述方式的继承，也可能受到了元结诗的启发，对同派诗人以及晚唐诗人都有影响，宋人更把这一表述方式当做“孟郊体”的重要内涵。吴先生通过对孟郊诗作全面而深入的分析，有助于推进孟郊诗歌艺术研究的深入。

三　浅研究的深入

《论李白乐府诗》一文将学界对李白乐府诗歌的研究向前推进了一步。李白最负盛名的是乐府歌诗。历代诗人当中，创作数量最多和使用曲调最多的就是李白。吴先生指出，李白精通乐府之学，对流行曲调也很熟悉，包括从边疆或国外传入的曲调，还很擅长音乐。这是他被召入京的直接原因，他为宫廷写作歌诗是初唐以来宫廷诗人乐府创作传统的延续。吴先生认为，李白古乐府诗创作的成功，关键在于他巧妙地掌握了与古乐府的离合关系，既有对古题回归，也有大胆创新，使得这一逐渐消失的艺术重新焕发活力，也使自己情志得到了充分表达。李白怀着“将复古道，非我而谁”的使命感，将大部分古题一一模拟，在创作时往往抛开后人增加或衍生的主题，努力恢复原始主题。

《论王维乐府诗》一文也是如此。吴先生对王维乐府诗进行了全面考察，进一步深化了对王维乐府诗的认识。通过排查王维乐府诗的文献留存情况，并就王维歌诗被乐府诗集中采录的可能性、他人乐府诗误入《王维集》、传世《王维集》与《乐府诗集》所收王维乐府诗差异三个问题进行辨析。认为近代曲辞是当时流行曲调，入乐传唱几率远远高于“未常被于声”的新乐府，传唱机率越高，被改造机会就越多，与诗人原作差异就越远。然后探讨了王维乐府诗的音乐形态：（1）创调情况，包括乐调创立时间、本事背景、所属曲调等；（2）表演情况，包括表演者、表演方式、表演场所、表演时间、表演目的、表演功能、表演效果等；（3）流变情况，包括哪些乐府诗是选词入乐、哪些乐府诗是依声作词、哪些乐府诗曾借用过别的乐调、哪些乐调曾经导致过乐府诗的割裂与拼凑等。最后得出结论：第一，王维乐府诗具有很强的音乐性；第二，王维诗歌多被艺人选词入乐，说明王维在当时具有很高的诗名；第三，王维许多乐府是当时的音乐精品，影响深远。王维不仅为中国诗歌史作出了贡献，也为中国音乐史作出了贡献。

《论唐代诗人的歌唱活动》《论元白乐府创作与歌诗传唱关系》和《论元白对古乐府传统的颠覆》三文对唐人歌唱活动的考索和描述，有助于推进对唐代诗人之歌及其传唱情况的研究。吴先生强调，歌唱是唐诗的一种存在形态，其中有诗人之歌，有乐人之歌，有大众之歌。研究诗人歌唱活动具有重要的意义。对元白诗派创作新乐府的动机，学界一致认为是要“补察时政”。吴先生认为元白新乐府是对盛唐以来朝廷音乐反思的结果，元白固然是要实现其“补察时政”的目的，但他们所采取的形式有很强的针对性，即意在以这种新的歌诗取代朝廷的大雅颂声和乐府艳歌，元白写新乐府就是创作新歌诗。三文让我们对唐代诗人歌诗创作的渊源与创新、表现与传播都有了深入的了解，这对发掘唐诗的文学史价值有很大的帮助。

四　偏见解的勘正

《论永明体与音乐的关系》对20世纪以来盛行不衰却偏离真实情况的一些论点进行辨正。吴先生指出，自永明体产生之后，许多诗评家、词论家、曲学家都认为诗歌韵律与音乐有关，如同词曲有谱一样，诗也有“谱”，诗律同词律、曲律一样，都是诗歌与音乐结合的产物。但进入20世纪以来，学界却认为永明体产生是诗乐分离的产物。吴先生经过多年研究发现，永明体创立是诗歌与音乐相结合的产物，认为永明体是诗歌与音乐分离的产物的观点没有事实根据。首先，在《宋书·谢灵运传论》《答陆厥书》《答甄公论》三篇文章中，沈约对诗歌音韵与音乐关系做了完整的阐述，即发明了一种新的作诗方法：诗歌声律受到音乐旋律的启发，诗韵通过合理组合能够合于音乐之旋律；因为诗律与乐律之间存在某种对应关系；讲究音韵的诗便于入乐歌唱。其次，吴先生对永明体产生与音乐关系进行了历史的考察，并对“诵读说”和“转读说”进行了辨析，对永明体产生与音乐关系的历史考察，从选诗入乐的需要、四声八病的知识源于民间歌诗传唱、永明新体诗多为入乐歌词、来自唐人的印证等四个方面的考察，还原了永明体产生的历史背景，厘清了其与音乐与生俱来的紧密关系。最后得出结论：永明体是诗歌与音乐结合的产物；沈约等人提出的以“四声”“八病”为主要内涵的声律说，不仅是出于方便诵读的考虑，也是出于方便入乐的考虑，由永明体发展而来的近体诗是适合入乐歌唱的最佳形式；永明声律说的巨大意义在于为那些不擅长音乐的人找到了一种简单的便于合乐的作诗方法；永明体创立与诗歌入乐有着密切联系，它的创立和完善从某种程度上说是在歌词创作中完成的；那种认为永明体创立只是为了追求“内在音乐”以便诵读的说法没有事实依据；永明体产生或许与佛经转读有关，但目前尚未发现直接证据。这些令人信服的结论，对中国传统诗歌及其理论的研究，具有重要意义。

《永明体始于诗乐分离说置疑》《永明体与佛经转读关系再探讨》等也是对永明体与音乐关系的进一步探讨，使结论更为圆通、全面、深刻。

《论唐代古题乐府入乐问题》紧扣唐代古题乐府的入乐问题，对一些偏见也进行了令人信服的勘正。吴先生根据唐人乐府作品的实际情况，把古题乐府创作形式分为四种：（1）为了适应古题演唱需要，在内容和形式上均按原来曲调要求进行创作；（2）为了适应古题演唱需要，只在形式上按原来曲调要求进行创作；（3）不考虑古题演唱的需要，在内容和形式上均模仿原来曲调要求创作；（4）不考虑古题演唱需要，只在精神上模仿古题乐府，希望以入时下流行曲调而进行的创作。这样的分类厘清了唐人古题乐府的不同形式，便于学界进行研究，也避免了一些不必要的概念混淆，对唐人古题乐府的研究具有指导意义。

综上所述，吴相洲《乐府歌诗论集》所收的文章，在新领域的开拓、老问题的出新、浅研究的深入、偏见解的勘正诸方面均成果卓著，集中反映了吴先生卓绝的问题意识和解决问题的高超方法。此外，《五大概念说杜甫》《略说李商隐》《略说李贺》等，是吴先生《中国诗歌通史·唐五代卷》的部分章节，也是新见迭出。通观这本学术论集，既有宏观整体性的全局把握，又有微观具体的钻研探讨。吴先生把作家及其作品与社会历史、诗学文化、时代精神贯通起来，这种博而能专、精而能通的学术视野与研究方法，时常把我们带入一种高远开阔、沉着深邃的学术境界。

理解乐府诗的重要途径

——评向回《乐府诗本事研究》

何江波（北京，首都师范大学文学院，100089）

向回副研究员的《乐府诗本事研究》（北京大学出版社，2013）是吴相洲教授主持的北京市“十一五”社科规划项目和北京市教委重点项目“乐府诗构成要素研究”的系列成果之一。该著以乐府诗本事为研究对象，主要从乐府诗本事的内容与类型、本事来源、本事流变和本事价值等四个方面，对乐府诗本事进行全面研究和考察，作为理解乐府诗的重要途径，本事研究具有十分重要的学术价值和意义。

全书共分绪论及四章内容。在绪论部分，作者将本事定义为：“与乐府曲调、曲名或歌辞的创作、传播、变化等有关的历史事实或民间传闻，它是对于具体作品直接相关的作者（或故事主人公）行事（包括遗闻逸事）及其创作、传播过程的真实记录，或者是对它们的艺术化处理。”第一章辨析了本事的内容与类型及与乐府诗其他构成要素之间的关系；第二章讨论了本事的三种来源以及《乐府诗集》对于本事文献的处理方式；第三章梳理了本事的流变以及“层累型”的发展方式；第四章探究了本事的传播价值和文学价值。

分类是该著的一大特点。分类包含两方面的内容，一为不同层面的问题，一为同一层面的不同类型。先分层，后归类，可以使问题清晰明了。该著正是在这样的思路下展开的。在第一章中，虽然作者将章节设置为“本事的内容”与“本事的类型”，但其实是将本事分为两个层面，一为内容层面，一为音乐层面。在内容层面，又分为“故事型本事”和“背景型本事”以及其他内容的本事，而在故事型和背景型本事层面之下又分为各种具体内容的本事。在音乐层面，作者将本事分为“组歌本事与单曲本事”“始辞本事与拟辞本事”“辞内本事与辞外本事”三组类型来讨论，其中第一组属于音乐体制方面，而第二、三组虽然涉及内容方面，但其仍以音乐层面为本位。“始辞本事与拟辞本事”讨论的是同曲异辞的本事问题，“辞内本事与辞外本事”讨论的是歌辞与本事的内外关系问题，而非本事具体内容问题。在第二章中，作者将乐府诗本事来源分为现实生活、历史事件和历史文献三个方面。其中现实生活与历史事件来源是曲调创制之前即以客观存在的事件或文化因子，是曲调创制的直接影响源。而历史文献来源是曲调既成之后被文人或史学家以文献形式加以记录，用于解释曲调的本义。这三种来源运用的是一种历时性的分类标准，同时也是根据不同性质划分的不同类型，前两种是根据创作性质，后一种是记录性质。分类的目的是使研究对象从纷杂繁芜的混沌状态离析出来，进而针对不同类型的问题进行分类研究，使问题进一步清晰化、简单化，最后达到解决问题的最终目标。很明显，该著在分类问题上无疑是十分成功的。

解决实际问题是该著的核心内容。分类只是手段，而非目的。在分类的基础上与具体研究中的实际问题相关联，才能认清问题的实质。该著正是以这种研究方法进行论述的。在第二章中，作者首先讨论了乐府诗本事的三种来源，在辨析三种本事来源之后，作者联系郭茂倩在《乐府诗集》具体乐府诗题名解题中的实际运用情况，分析其对于本事文献的处理方式。通过对比作者将郭茂倩的处理方式分为三类：援引前人对曲调本事的直接记载；采用文人诗歌及其序、注、引或整理者所撰说明；钩稽史料自撰解题。在这三种处理方式中，郭茂倩或总合前人记载最后得出自己的结论，如“盖取此也”“盖出于此”“其取诸此”等话语，这说明郭茂倩在做解题时并非机械照搬前人记述，而是在材料基础上有自己的判断。又郭茂倩在杂曲歌辞部分多自行钩稽史料，由于杂曲歌辞乐调多不明所起，故而郭茂倩从曲名出发，寻找能对曲名之关键词汇进行训诂的文献材料。郭茂倩这种做法恰恰说明了乐府诗本事与曲名之间的密切关系。通过这种对比，既丰富了本事的来源类型，又弄清了郭茂倩在编辑《乐府诗集》时的具体操作方法。这不仅有助于理解乐府诗的具体内容，更有助于理解《乐府诗集》的成书过程。而在第三章中，“层累型”本事的发展是该章的核心问题。一直以来，乐府诗本事的流变问题是乐府诗研究的重点，而其中“层累型”本事的具体演化原因及其过程不够透彻。作者在研究乐府诗本事的全局视野之下，在讨论了本事与史实的背离及其原因、本事的异说及其原因之后，重点分析了“层累型”本事的发展过程及其原因。通过分析，作者将“层累型”本事分为四种情况：民间传说或文人诗文的增衍；人物事迹的融合；历史事件的附会；乐府诗构成要素的变化。根据这四种情况我们可以知道，乐府诗在创作过程中一方面遵循本事对于乐府诗本身的约束，同时又在不断翻新演变，正是在相对稳定又不断演变过程中，构成了上千年漫长的乐府诗发展史。同时也反映了不同时代对于乐府诗的不同要求，不同时代的时尚风范以及乐府诗本身的发展脉络。正是以实际问题为核心与研究目标，以宏观视野带动具体问题，作者将繁杂的研究对象条分缕析，清理出十分清晰的研究思路，进而解决了实际问题。

独特的研究切入点。乐府诗作为一种主要通过动态表演与欣赏来实现价值的艺术，本事包含作品的信息最多，也是读者与听众了解作品最有效的切入点。了解本事的价值无疑是十分必要的。作者将本事价值分为两种：传播影响价值和文学创作价值。在传播价值方面，本事对乐曲把握和情感传递有重要影响。在文学创作方面本事对文人乐府古题以及非乐府诗创作有重要影响。乐府诗动态的乐舞表演与静态的文字传播，能在一定程度上扩大其本事的影响，并逐渐地使这种本事成为一个重要的文化积淀，从而对后世文人的文学创作产生重大影响。而文本形态的乐府诗也常常被后人作为文学创作练习的读本，因而自然会影响到文人的各种文学创作。包括后世的小说戏曲创作，无不受到本事的影响。从这一层面来看，本事不仅仅是读者听众理解乐府诗作品的重要途径，也是研究者研究乐府诗、小说、戏曲的重要途径。故而本事成为一个进入乐府诗的独特切入点，同时也是作者研究工作的独特切入点。

乐府诗本事研究涉及问题众多，涉及研究层面十分广泛。这是一部功力深厚的著作，将乐府诗研究提升至新的研究层面，开拓了新的研究领域，为乐府诗研究工作做了十分重要的铺垫及示范。

学会纪事

乐府学会机构名单

顾问（以年龄为序）

王运熙　傅璇琮　李健正　曾永义　葛晓音　何寄澎

理事（以姓氏拼音为序）

曹胜高　杜兴梅　范子烨　方　铭　高人雄　韩　宁　黄震云
李　骜　李昌集　李　玫　刘　刚　刘　航　刘怀荣　刘　亮
龙文玲　卢盛江　苗　菁　亓娟莉　王传飞　王德华　王福利
王立增　卫亚浩　吴相洲　向　回　项　阳　许云和　杨晓霭
姚小鸥　曾智安　张国星　张树国　张　煜　赵敏俐　左汉林

常务理事（以姓氏拼音为序）

曹胜高　范子烨　李昌集　李　玫　刘怀荣　王福利　吴相洲
杨晓霭　姚小鸥　曾智安　张树国　张　煜　赵敏俐

境外理事（以姓氏拼音为序）

长谷部刚　金昌庆　李宝玲　廖美玉　吕正惠　沈　冬　施议对
谢海平　佐藤利行

会长

吴相洲

副会长

赵敏俐　姚小鸥　李昌集

秘书长

张　煜

副秘书长

曾智安

法人代表

吴相洲

乐府学会理事简介

（以姓名拼音为序）

曹胜高，男，1973 年生，河南省洛阳市人。2001 年于兰州大学获文学硕士学位，师从张崇琛教授。2005 年于北京大学获文学博士学位，师从袁行霈教授。现为东北师范大学文学院教授、亚洲文明研究院教授，中国古代文学专业博士生导师，专业方向为中国古代文学与文化。2011 年任中国河洛文化研究会理事，2012 年任中国赋学会理事，2013 年任乐府学会常务理事，吉林省国学研究会副会长。主要著作有《中国文学的代际》《国学通论》《汉赋与汉代制度：以都城、校猎、礼仪为例》《从汉风到唐音：中古文学演进论稿》《中国的修养》《汉赋与汉代文明：汉服与两汉史料比较研究》等。

长谷部刚，男，1970 年生，日本东京人。1996 年于日本早稻田大学获文学硕士学位，师从松浦友久教授。2000 年于早稻田大学读完博士课程。现为日本关西大学文学系教授、硕士生导师、关西大学亚洲文化研究中心研究员，专业方面为唐代诗歌研究。主要论文有《从“连章组诗”的视点看钱谦益对杜甫〈秋兴八首〉的接受与展开》（载《杜甫研究学刊》1999 年第二期）、《简论〈宋本杜工部集〉中的几个问题—附关于〈钱注杜诗〉和吴若本》（载《杜甫研究学刊》1999 年第四期）、《初盛唐至中唐间“古乐府”概念衍变刍论》（载《唐代文学研究》第十四辑）等。

杜兴梅，女，1950 年生，河南郑州人，广东韩山师范学院中文系教授，南粤优秀教师，广东省作家协会会员。专业方向为古代音乐文学与写作学。主要著作有《中国古代音乐文学精品评注》《学术论文写作 ABC》；

合作主编或参与撰写著作有：《学术论文指导》《乐府诗鉴赏辞典》《写作技巧辞典》《百年百优中国文学作品导读》等。在《文艺研究》《中央音乐学院学报》《舞蹈》《学术研究》《河南大学学报》《音乐探索》《乐府学》等刊物发表学术论文50余篇。

范子烨，男，1964年生，内蒙古莫力达瓦旗人。1988年6月于哈尔滨师范大获得文学硕士学位，师从王伯英教授。1994年6月于陕西师范大学获得文学博士学位，师从霍松林教授。现为中国社会科学院文学研究所研究员，中国社会科学院研究生院文学系教授、中国古典文学专业博士生导师。兼任中国《文选》学会理事、中华文学史料学会理事、中国魏晋南北朝史学会理事和乐府学会理事以及中国作家协会会员。主要研究方向为魏晋南北朝文学与文化。主要著作有《春蚕与止酒——互文性视域下的陶渊明诗》《竹林轩学术随笔》《中古文学的文化阐释》《悠然望南山——文化视域中的陶渊明》《中古文人生活研究》《〈世说新语〉研究》等，曾发表学术论文二百余篇。

方铭，男，1964年12月出生于甘肃省环县，甘肃省庆阳市人。1980年起，先后在兰州大学、武汉大学、北京大学学习，文学博士。1994年起，任北京语言大学副教授、教授。校学术委员会委员。中国屈原学会副会长兼秘书长，法人代表，《中国楚辞学》主编。并兼任教育部人文社科基地首都师范大学中国诗歌研究中心兼职研究员，天津师范大学古籍整理研究所兼职研究员。主要从事先秦两汉文学及文献的教学与研究工作。

高人雄，女，1957年生，浙江杭州人。兰州大学古代文学专业研究生毕业，文学硕士。西北民族大学文学院二级教授、“中国语言文学”省级重点学科带头人，兼任中国辽金文学学会常务理事、中国词学研究会理事，中国文学地理学会筹委会成员，甘肃省唐代文学学会副会长。兰州市哲学社会科规划项目评审专家、教育部学位中心评审专家、国家社科基金成果评审专家。兰州市社会科学院特约研究员等职务。主要著作有《北朝民族文学叙论》（上、下）、《山水诗词论稿》、《古代少数民族诗词曲家研究》和《唐代文学与西北民族文化研究》等论著。被评为甘肃省领军人才（第一层次）。

韩宁，女，1974年生，内蒙古呼和浩特市人。1999年于河北大学获文学硕士学位，师从詹福瑞教授。2006年于首都师范大学获文学博士学位，师从吴相洲教授。2008～2011年于河北大学汉语言文学博士后流动站做博士后，联系导师詹福瑞教授。现为河北大学文学院副教授、硕士生导师，专业方向为魏晋南北朝唐五代文学和乐府诗研究。主要著作有《鼓吹横吹曲辞研究》、《心书》（合著）、《初唐乐府诗研究》。

黄震云，男，江苏连云港人，文学博士，中国政法大学中文系教授，学科带头人，发表著作10余部，论文400多篇；致力于中国传统文化与文学的交叉综合研究。代表著作为《辽代文学史》《汉代神话史》《先秦诗经学史》《楚辞通论》《经学与诗学研究》《立法语言学研究》，代表论文为《论辽代宗教文化》等。

金昌庆，男，1962年生，韩国釜山人。1991年于韩国忠南大学获文学硕士学位，师从禹峻浩教授。1998年于北京大学获文学博士学位，师从陈贻焮教授。现为韩国国立釜庆大学人文学院教授、博士生导师，负责大韩中国学会编审、东北亚文化学会编辑理事，主要研究方向为唐宋文学和韩中比较文学。主要专著和译著有《中国文化》《彩色插图中国文学史》《洙泗考信录》《中国人的精神》《梦的迷信与梦的探索》《断裂》等。

李骜，男，1973年4月生于山东临沂。2008年于首都师范大学获文学硕士学位，师从李勤印副教授；2012年于首都师范大学获文学博士学位，师从赵敏俐教授。现为湖北文理学院文学院讲师，专业方向为乐府歌诗、中国古代诗歌和屈宋研究。主要著作有《两宋鼓吹歌曲考述》和《清商三调歌诗考论》。

李宝玲，女，于台湾政治大学获硕士学位，东海大学获文学博士学位，台湾逢甲大学人文社会学院副教授。主要研究领域：诗学、词学及现代文学。学术著述主要有《仪法与舆论——武则天的君主文化表现》《武则天郊庙歌辞的政治观察》《唐代文宗现象观察》《唐代长安佛寺诗歌的写作风格》《商山道上的白居易》等。

李昌集，男，1949 年生，扬州人，1978 年考入原扬州师院中文系，1982 年毕业留校，执教中国古代文学。1989 年师从任中敏先生攻读博士学位，1992 年获文学博士学位。1996 年为硕士生导师。1998 年江苏师范大学文学院特聘教授、博导。

李玫，女，文学博士。研究方向为中国古代戏剧。1991 年获中国艺术研究院研究生部戏剧学系硕士学位，1994 年获中国社会科学院研究生院文学系文学博士学位。现任中国社会科学院文学研究所研究员、中国社会科学院研究生院教授、博士生导师。发表过专著《明清之际苏州作家群研究》等。

廖美玉，女，1955 年生，台湾人。1979 年获东海大学文学硕士，师从柳作梅教授。1983 年获台湾大学文学博士，师从张敬教授。现为逢甲大学中国文学系教授。曾任成功大学中文系教授兼主任、逢甲大学唐代研究中心主任、逢甲大学人文社会学院院长、台湾“中国唐代学会”会长等职务。专业方向为中国古典诗学、唐代文学、台湾古典诗学。主要著作有《回车：中古诗人的生命印记》《中古诗人夜未眠》等，编撰有《台湾古典诗选注：区域与城市》（合著）、《台湾古典文学大事年表明清编》（合著）等。

刘刚，男，1951 年 10 月生于辽宁沈阳，黑龙江省哈尔滨市人。1982 年 1 月毕业于沈阳师范大学，获学士学位。现为湖北文理学院教授，任中国屈原学会湖北文理学院宋玉研究中心主任，主要从事先秦两汉文学与古代文献学研究。2007 年任中国屈原学会常务理事、副秘书长，2013 年被推选为中国屈原学会副会长，兼副秘书长。主要著作有《宋玉辞赋考论》《宋玉研究资料类编》《中国古代文学史料学要论》《先秦文选》《杜牧·李商隐》等。

刘航，女，1970 年 9 月生，江苏武进人。1997 年 7 月于北京大学获文学硕士学位，师从程郁缀教授、孙静教授。2001 年 7 月于复旦大学获文学博士学位，师从王水照教授。现为首都师范大学文学院教授。专业方向为魏晋唐宋文学。专著有《中唐诗歌嬗变的民俗观照》《汉唐乐府中的民俗因素解析》。

刘怀荣，男，1965年生，山西岚县人。1992年于陕西师大获文学博士学位，师从霍松林先生。现为青岛大学特聘教授，博士生导师，文学院院长，山东省强化建设人文社科研究基地东亚文学与文化研究中心主任。主要研究中国诗歌与诗学、魏晋南北朝唐代文学。2004年任中国诗经学会理事，著有《赋比兴与中国诗学研究》《魏晋南北朝乐府制度与歌诗研究》等。

刘亮，男，1978年生，江苏省宿迁市人。2005年于南京师范大学获文学博士学位，师从潘百齐教授。2008～2010年为上海大学博士后，师从董乃斌教授。2011年任中国韵文学会常务理事。现为海南大学人文传播学院副教授、副院长、硕士生导师，专业方向为唐宋文学和乐府文学研究。主要著作有《晚唐乐府诗研究》《白玉蟾生平与文学创作研究》《中国文学叙事传统研究》（合著）等。

龙文玲，女，1969年生，广西壮族自治区龙胜县人。1994年于广西师范大学获文学硕士学位，师从张葆全教授、樊运宽教授。2006年于首都师范大学获文学博士学位，师从鲁洪生教授。2011年于中国社会科学院文学研究所博士后出站，师从刘跃进研究员。现为广西大学文学院教授、硕士生导师，专业方向为先秦两汉文学、先秦两汉文献学。主要论著有《汉武帝与西汉文学》《汉武帝的诗歌观念与西汉诗歌的演进》《汉昭帝时期乐府研究——以〈盐铁论〉为中心考察》等。

卢盛江，男，1951年生，江西省南康市人。1985年于江西师范大学获文学硕士学位，师从胡守仁教授和陶今雁教授。1989年于南开大学获文学博士学位，师从罗宗强教授。2012年任唐代文学学会副会长。现为南开大学文学院教授、博士生导师，专业方向为六朝唐文学和古代文论研究。主要著作有《文镜秘府论研究》《文镜秘府论汇校汇考》《魏晋玄学与中国文学》《正说三国》等。

吕正惠，男，1948年生，台湾嘉义人。台湾大学中文系学士、硕士，东吴大学中国文学博士，曾在台湾清华大学中文系任教 23 年，在淡江大学中文系任教 10 年，现已退休。专研古典诗词与现代小说，著有：《杜甫与六朝诗人》《抒情传统与政治现实》《小说与社会》《战后台湾文学经验》《殖民地的伤痕》《CD 流浪记》等书。

苗菁，男，1963 年 10 月生于山东聊城。1985 年山东师大中文系本科毕业，1988 年郑州大学古代文学专业硕士生毕业。现为聊城大学文学院副院长，教授，古代文学学科学术带头人，硕士生导师。系中国音乐文学学会理事，中国词学研究会理事，中国李清照、辛弃疾研究会理事，山东省古代文学学会常务理事。长期从事诗词、音乐文学研究。曾主持国家社科基金项目两项，即“乐声中的文学——20 世纪中国歌词研究”“新时期以来歌曲文化研究”。发表学术论文 50 余篇，著作有《唐宋词体通论》《中国歌诗研究》《现代歌词文体学》《中国现代歌词流变概观》《新时期以来歌曲文化研究》等。

亓娟莉，女，1970 年生，陕西咸阳人，2005 年师从李浩教授学习古代文学，获西北大学文学硕士学位，2009 年获西北大学文学博士学位。现为咸阳师范学院文学与传播学院副教授，硕士生导师。主要从事唐代乐府文学与文献研究。主持完成省部级科研项目两项，主持教育部哲学社会科学后期资助项目“《乐府杂录》校注”，国家社会科学基金项目“唐人乐府论著辑考与研究”。在《文献》等期刊发表学术论文十余篇。

沈冬，女，台北市人，1991 年台湾大学中国文学研究所博士，1989 年美国马里兰大学（University of Maryland，Baltimore County）民族音乐学研究所博士候选人。现任台湾大学艺文中心主任，音乐学研究所教授。曾任台大国际事务长（Dean of International Affairs），台大音乐学研究所所长、台大中文系教授。自幼学习古筝、琵琶、古琴；研究兴趣为中国古代音乐史、中国音乐理论，近年转向近现代中国音乐文化，以及 1950、1960 年代台湾国语流行歌曲。著有《宝岛回想曲——周蓝萍与四海唱片》《唐代乐舞新论》《不能遗忘的杜鹃花——黄友棣》《隋唐西域乐部与乐律考》《南管音乐体制及其历史初探》等书。

施议对，男，台湾彰化人。1940年出生于福建泉州。福建师范学院中文系毕业、杭州大学语言文学研究室研究生结业。中国社会科学院研究生院文学硕士、文学博士。中国社会科学院文学研究所原副研究员、香港新亚洲出版社总编辑、澳门大学原中文学院副院长。澳门大学社会科学及人文学院中文系副教授、教授，中国社会科学院比较文学研究中心学术顾问、河南大学兼职教授、国立华侨大学兼职教授。现为澳门大学荣休教授。曾师从夏承焘、吴世昌，专攻词学。有《词与音乐关系研究》《施议对词学论集》《人间词话译注》，以及《当代词综》等多种著作行世。

王传飞，男，1970年生，江苏省邳州市人。1997年于吉林大学获文学硕士学位，师从张松如等教授。2006年于首都师范大学获文学博士学位，师从赵敏俐教授。现为北京师范大学珠海分校文学院副教授，硕士生导师。专业方向为先秦两汉文学、中国古代诗歌史和中国古代语文教育史研究。主要著作有《相和歌辞研究》。

王德华，女，1965年9月生，安徽滁州人。1987年毕业于安徽师范大学获学士学位，1990年毕业于湖南师范大学获硕士学位，师从马积高先生。2001年毕业于浙江大学获博士学位，师从崔富章先生。现为浙江大学人文学院中国古代文学与文化研究所教授、博士生导师，主要研究周秦汉魏晋南北朝文学。2007年任中国屈原学会常务理事、副秘书长；2012年任中国赋学会常务理事；2011年任中国《诗经》学会理事。代表著作《屈骚精神及其文化背景研究》《唐前辞赋类型化特征与辞赋分体研究》等。

王福利，男，1965年生，江苏省沛县人。2002年于扬州大学获博士学位，师从王小盾教授。2006年首都师范大学博士后流动站出站，联系导师为吴相洲教授。现为苏州大学文学院教授、硕士生导师。专业方向为音乐文献学和中国古代音乐文学。主要著述有《辽金元三史乐志研究》《郊庙燕射歌辞研究》《〈摩诃兜勒〉曲名含义及其相关问题》、《国学四十讲·传注学》（合著）等。

王立增，男，1975年生，甘肃天水人。2001年于西北师范大学获文学硕士学位，2004年于扬州大学获文学博士学位。现为江苏师范大学文学院教授，专业方向为中国古代音乐文学研究。已完成国家社科基金青年项目“中国古代诗歌音乐传播研究”，发表论文主要有《乐府诗题“行”、“篇”的音乐含义与诗体特征》《论汉代诗歌的音乐传播》等。

卫亚浩，男，1968 年生，陕西省西安市人。2004 年于湘潭大学获文学硕士学位，师从蒋长栋教授。2007 年于首都师范大学获文学博士学位，师从赵敏俐教授。现为西安财经学院文学院副教授，副院长，专业方向为唐宋文学和乐府学研究。

吴相洲，男，1962 年 9 月生，辽宁省义县人。1995 年毕业于北京大学，获文学博士学位，导师为陈贻焮和葛晓音先生。现为首都师范大学文学院二级教授、首都师范大学国学院院长。主要社会兼职有乐府学会会长、中国唐代文学学会副会长、中国王维研究会会长、《唐代文学研究年鉴》主编。主要著作有《中唐诗文新变》《传统的批判》《唐诗创作与歌诗传唱关系研究》《永明体与音乐关系研究》《中国诗歌通史·唐五代卷》《乐府歌诗论集》等。

向回，男，1978 年 11 月生，苗族，湖南沅陵人。2008 年于首都师范大学获文学博士学位，师从吴相洲教授。现为河北省社会科学院语言文学研究所副研究员，研究方向为魏晋南北朝隋唐五代文学及乐府学。主要专著有《杂曲歌辞与杂歌谣辞研究》《乐府诗本事研究》。

项阳，男，1956 年生，祖籍湖北宜昌，生于山东淄博。山东师大本科，师从孙继南与刘再生教授。厦门大学硕士，师从周畅教授。中央音乐学院博士，师从袁静芳教授。现任中国艺术研究院音乐研究所研究员、博士生导师，代所长，《中国音乐学》主编。为中国传统音乐学会常务理事，中国音乐史学会理事。主要研究方向为中国音乐文化遗产研究。发表学术论文逾百篇，主要学术著作有《中国弓弦乐器史》、《山西乐户研究》、《中国音乐文物大系山西卷》（合著）、《乐户：中国传统音乐文化的承载者》（日文版，大阪）、《当传统遭遇现代》、《以乐观礼》、《接通的意义——历史人类学视域下的中国音乐文化史研究》。

谢海平，男，文学博士，台湾逢甲大学人文学院院长、教授。主要研究领域：唐代文学。出版著作《讲史性之变文研究》《唐代留华外国人生活考述》《唐代诗人与在华外国人之文字交》《唐代文学家及文献研究》等。

许云和，男，1962 年生，云南曲靖人。南京大学中文系文学博士（1996）。先后在云南大学中文系、海南大学文学院任教，现为中山大学中国古文献研究所教授。

杨晓霭，女，1962 年生，甘肃省秦安县人。1988 年于西北师范大学获文学硕士学位，师从匡扶、胡大浚教授。2003 年于扬州大学获文学博士学位，师从王昆吾教授。2004 年任唐代文学学会理事。现为西北师范大学教授、博士生导师，西北师范大学国际文化交流学院副院长、甘肃汉语国际推广办公中心室主任，专业方向为唐宋文学、中华文化与传播。主要著作有《宋代声诗研究》、《历代赋评注·唐五代卷》（合著）、《令狐楚集点校》、《河海昆仑录点校》、《瀚海驼铃——丝绸之路的人物往来与文化交流》、《欢乐的日子——中国传统节庆文化》（合著）等。

姚小鸥，男，1949 年生，河南省镇平县人。1982 年于郑州大学获文学学士学位。1985 年于河南大学获文学硕士学位，导师华锺彦教授。1993 年于东北师范大学获文学博士学位，导师杨公骥教授。2007 年起任中国屈原学会副会长。现为中国传媒大学文学院教授、博士生导师，从事中国古代文学与戏剧戏曲学研究。主要著作有《诗经三颂与先秦礼乐文化》、《吹埙奏雅录》（学术论文自选集），论文有《论大武乐章》《巾舞歌辞校释》《成相杂辞考》《汉鼓吹铙歌十八曲的文本类型与解读方法》等。

曾智安，男，1976 年 4 月生，湖北省公安县人。2006 年于首都师范大学获文学博士学位，师从吴相洲教授。现为河北师范大学文学院教授，硕士研究生导师。主要从事乐府学研究、唐代文学研究。在《文学评论》《文学遗产》等刊物发表论文 20 余篇，出版专著《清商曲辞研究》《乐府诗音乐形态研究》。

张国星，男，1952年生于北京。1982年毕业于华东师范大学中文系，现任中国社会科学院文学研究所文学评论编辑部编委、编审、研究生院教授，兼任全国哲学社会科学基金、中国博士后科学基金、国家出版基金学科评审专家。

张树国，男，1965年12月生于辽宁阜新，1986年7月于锦州师院毕业，先后于1989~1992、1998~2001年在北京大学攻读硕士、博士学位，师从褚斌杰先生。现为杭州师范大学古代文学与文献中心教授，专业古代文学，研究方向主要集中于先秦—唐代文学与文化研究。主要著作有《宗教伦理与中国上古祭歌形态研究》《汉—唐国家祭祀形态与郊庙歌辞研究》《春秋贵族社会衰亡期的历史叙事——以〈左传〉为中心》等。

张煜，女，1970年9月生，北京人。2002年于首都师范大学获文学硕士学位，师从吴相洲教授。2005年于首都师范大学获文学博士学位，师从吴相洲教授。现为首都师范大学中国诗歌中心副教授、硕士生导师，主要从事乐府学研究、唐代文学研究。在《文学评论》《文艺研究》等刊物上发表论文20余篇。出版著作《新乐府辞研究》《乐府诗题名研究》。

赵敏俐，男，1954年生，内蒙古赤峰市人。1978年3月考入沈阳师范学院中文系，1982年1月获文学学士学位，1984年12月获文学硕士学位。1985年3月考入东北师范大学，师从杨公骥教授，1987年12月毕业，获文学博士学位。1987年12月起任职青岛大学，1994年晋升为教授。1997年3月调入首都师范大学，现为文学院教授、博士生导师，教育部人文社会科学重点研究基地——首都师范大学中国诗歌研究中心主任，国家级重点学科中国古代文学学科带头人。2000年起先后兼任国家社会科学基金中国文学学科评审组专家，中国《诗经》学会副会长、中国屈原学会副会长，日本广岛大学客座教授等。主要研究方向为中国古代诗歌、先秦两汉文学、中国古代文化。主要著作有《两汉诗歌研究》、《文学传统与中国文化》、《汉代诗歌史论》、《先秦君子风范》、《周汉诗歌综论》、《汉代乐府制度与歌诗研究》、《20世纪中国古典文学研究史》（合著）、《中国古代歌诗研究——从〈诗经〉到元曲的艺术生产史》（合著）、《中国诗歌通史》（主编兼汉代卷著者）、《中国诗歌史通论》（主编）等。

左汉林，男，1968 年生，河北省保定市人。2003 年于河北大学获文学硕士学位，师从韩成武教授。2006 年于首都师范大学获文学博士学位，师从吴相洲教授。2007 年于北京师范大学博士后出站，师从赵仁珪教授。2012 年任中国杜甫研究会理事。现为中央财经大学文化与传媒学院教授，郑州成功财经学院杜甫研究所客座研究员。专业方向为唐宋文学研究和乐府学研究。主要著作有《求学集》《唐代乐府制度与歌诗研究》等。

佐藤利行，男，1957 年生，日本广岛县广岛市人。1982 年于广岛大学获文学硕士学位。1993 年于广岛大学获文学博士学位。师从森野繁夫博士。现为广岛大学研究生院教授、广岛大学副校长，广岛大学北京研究中心主任，中日比较语言文化学会会长，六朝学术学会评审员，汉文教育学会理事。专业方向为中国六朝文学、中日比较文化学。主要著作有《西晋文学研究》《陆云研究》《王羲之全书翰》《陆士衡诗集》《孔子语录》《汉文总说和要点》等。

乐府学会筹备申请纪事

张　煜（北京，首都师范大学中国诗歌研究中心，100089）

“乐府学会”从筹备申请到最终获得批复，历时四年，其间很多事情令人难忘，这里检其要者陈述一二，作为将来回顾学会历史时一点备忘材料。

2007 年，第一届乐府歌诗国际学术研讨会召开，傅璇琮先生提出成立乐府学会的建议。

2009 年，第二届乐府歌诗研讨会召开，傅璇琮先生再次提议成立乐府学会。会上选出了乐府学会筹备机构，发出了《筹建中国乐府学会的倡议》。大会委托首都师范大学文学院吴相洲教授负责申报工作，具体事务由我来完成。由于全国性学会获批难度非常大，陕西艺术研究所的李健正先生热心地建议利用已停止活动的中国梨园学会，看能否借其名义重新登记。有学者建议挂在某个一级学会名下做二级学会。也有学者建议干脆就以学会名义直接活动，不用注册……总之，申报工作还没开始，就有了无形压力。我向吴老师建议：“没有尝试，怎么知道不行？做着看吧，遇到阻力，总有原因，到时候再尽力想办法解决。”吴老师同意了我的看法，于是开始了申报工作。

由于对具体申报程序一无所知，只知道全国性社团最终需在民政部注册登记，我首先跑到民政部办公大厅了解申报程序，知道了申报重要前提是需经过部级业务主管单位批准，而我们首都师范大学对应的部级业务主管单位理所当然是教育部。我马上到教育部了解请求教育部作为业务主管单位所需条件。经询问得知，首都师范大学是市属高校，在申报程序上比部属高校多了一道手续，需先经过北京市教委同意。

2010 年春节前几天，我拿着学校同意成立学会的文件到市教委社团办说明来意，记得当时教委负责此事的崔老师很高兴但是很踌躇地说：“我们从来还没有碰到市属高校要成立全国性社团的事情，不知道该怎么处理，也许要等一段时间。”终于在这一年的秋天，得到了教委同意申请的答复。在我取回教委批件时，崔老师表示因为没有处理过这类事耽误了时间，也替我们咨询了教育部相关部门，婉转地告诉我非常难，如果注册一个市级的社团要容易得多，但是还是衷心希望我们能申报成功。拿着市教委的批复，我径直到了教育部社团司递交了早已准备好的申请材料。

由于“乐府”这一概念，相对于诗经、楚辞来说有些生僻，因此我每到一个部门必须首先解释什么是乐府，然后表达成立乐府学会的目的：只为广大乐府学研究者搭建一个交流学习平台。这样的表述得到了有关部门领导及负责同志的理解和支持，教育部郑处长逐步了解情况之后曾由衷地感叹说：“现今社会，还能有这样一批学者单纯为了学术研究而做出如此努力，而且取得了这么大的成果，太不容易了，应该大力支持。”然而因为缺少相关经验，其间多次因为申报书措辞、格式、内容问题往返学校、教育部之间递送修改材料。学校办公室的红头文件就为此事多次修改重出，这恐怕也是学校有史以来少有的事情。幸赖学校领导和校办老师们的全力支持，申报工作才得以在并不平坦的道路上一直向前。

2011 年 7 月的一天，我欣喜地接到了教育部的电话，告知申请顺利通过了部里审批，只是因为民政部刚出新政，全国性学术性社团一律不再采用“中国”“全国”字样，因此在名称问题上需作修改，这就意味着需要重出所有相关文件，重新走流程。此时已经距离最初申报时间过了将近 2 年。说到这里，我由衷地感激教育部社团司当时负责此事的彭老师，他告诉我，如果拿着“中国乐府学会”的申报书到民政部，最终一定会被驳回重新命名。为了替我们节约申报时间，出批件时就周到地加了一句话：“同意中国乐府学会更名为乐府学会申报”，这样我就可以拿着教育部批件直接到民政部民间组织管理局递交申请了。当见到民政部柯处长时，他对我说他已经在网上认真学习了解乐府了，随后细致地查看并指出各项材料的问题，甚至我改过多遍的申请书，他都字斟句酌，提出完善意见。接下来的等待比以往任何时候都觉得漫长，因为知道此时距离申报成功已经不太遥远。

2012 年 11 月，我心里盘算着该接到民政部批复的那段日子，每天忐忑不安地等待着。果真有一天下午，我和吴老师还有从河北师范大学来的曾智安师弟正在首都师范大学中国诗歌中心四楼商议《乐府诗集》整理具体事宜，突然接到柯处长电话，告知经过初步讨论，国务院领导建议乐府学会的申报还需再经文化部审查复议。我心里既高兴又焦虑，高兴的是乐府作为古代礼仪文化的典型代表，不断被人了解和重视，才会提出这样的异议，焦虑的是三年过去了，好不容易到了最后关头，是不是意味着又将原路折返重新努力？

2013 年 1 月底，文化部在征询了有无社会团体与乐府学会性质相同相似之后，很快给教育部回函，同意申报。这一过程比我们预计的时间快了很多。3 月 8 日上午，正值全国“两会”期间，柯处长打来电话，他只说了一句“张老师”，我从语气立即预感有最终结果了，他高兴地告知乐府学会刚刚通过国务院办公会议讨论，同意筹备成立了。他深知我长期以来心情的迫切，所以将这一喜讯提早告诉我，让我再静待几日就可以拿到民政部正式批文。

4 月 15 日，我终于从民政部办公大厅拿到了大家期待已久的成立批件。站在民政部门前的台阶上，我反复翻看着这一纸公文。阳光下，“同意筹备成立”几个字简洁、有力、醒目，鲜红的国徽章神圣、庄严、悦目。不由得想起最初向市教委、教育部、民政部申请筹备成立时说的第一句话“我们要成立一个学会”。今天，终获成功！

二〇一四年一月

于首都师范大学校本部

九十九泉草原即兴

曾永义

作者简介：曾永义，台湾省台南县人，1941 年生。现任杰出人才讲座教授、世新大学中文系讲座教授、台湾大学名誉教授、中研院文哲所咨询委员、中华民俗艺术基金会董事长等职。著有学术著作《台湾歌仔戏的发展与变迁》《民艺》《俗文学概论》《戏曲本质与腔调新探》《戏曲现歌剧》等十余种；散文集有《莲花步步生》《人间愉快》等六种。并从事中国现代歌剧、京昆戏曲等剧本创作工作，有多种剧作被搬上舞台。

甘泉错落草芳菲，望里青青碧四维。
骏马解鞍争捷足，苍雕疾眼自高飞。
穿云红日悠悠下，似钻繁星熠熠垂。
篝火熊熊踏歌舞，余酣伴得残月归。

二零一三年八月二十三日
书于北京首都机场

《乐府学》稿约

《乐府学》是由教育部高校人文社会科学重点研究基地首都师范大学中国诗歌研究中心和国家一级学会“乐府学会”共同主办，是乐府学会会刊。专门收录有关乐府学研究文章的学术丛刊。诚邀海内外学人赐稿。举凡有关乐府研究的学术文章，不拘长短，均欢迎赐稿。文稿一经采用，即赠样书，并付稿酬。

注意事项：

（1）请于文末附作者学术简介和联系方式。

（2）文章具体格式请参照本书最新一辑。

（3）请附文章题目的英文翻译。

（4）来稿 3 个月未收到本刊编辑部回复，即可自行处理。

（5）电子稿投稿即可，来稿请寄：yuefuxue@126. com

联系电话：010－68901622　010－68901621

联系人：张煜　曾智安

Manuscript

Research on Yuefu is sponsored by Chinese Poetry Research Centre CNU which is a key base built by Education Ministry humanities and social sciences of university and National level society "Association of Yuefu". It is proceedings of association. We invite articles from home and abroad. So long as articles about Yuefu research, whether long or short, please contribute to us. If adopted, we will send stylebook and remuneration.

Matters need attention:

1. Please add authors brief introduction and contact information.
2. Article form please according to the newest *Research on Yuefu*.
3. Please provide English translation of titles.
4. If you can't get reply in 3 months, you can deal with by yourself.
5. Welcome electronic version. Please kindly mail to Yuefuxue@126.com.

Contact number: 010 - 68901622 010 - 68901621.

Contact person: Zhang Yu, Zeng Zhi'an.

勘　误

《乐府学》第七辑

《乐府学》第七辑李健正《中华雅乐音律乐调及其作曲方法研究》一文部分乐谱排版有误，特此更正如下：

1. 第 7 页图表更正为下图：

十二律吕：黄　林　太　南　姑　应　蕤　大　夷　夹　无　仲　㊣

音　　分：0　702　　906　　1110　　114　　318　　522

1200　　204　　408　　612　　816　　1020　　24

七声音名：c　g　d　a　e　b　#F　#c

简　　谱：1　5　2　6　3　7　#4　#1

五声音名：宫　徵　商　羽　角　㊣　㊣

㊣——清黄钟。　　㊣——变宫。　　㊣——变徵。

2. 第 14 页：第三段第一行标题下脱一行文字："历史上真正顽固的'反逆派'出现在宋朝。首先是宋太宗赵光义命钱尧卿"。

3. 第 31 ~ 33 页"南风歌"谱更正为下图：

南风歌

（外调）3 / 4　4 / 4　　　朱载堉传谱　李健正解译

一、黄钟五调　　（1=黄钟=C）'南林姑太黄'为五音

（一）、南吕为羽（羽调）南吕起调毕曲

南林姑太黄　南林姑　太黄南林姑　　太黄南 林姑　太黄南　林姑太黄　南

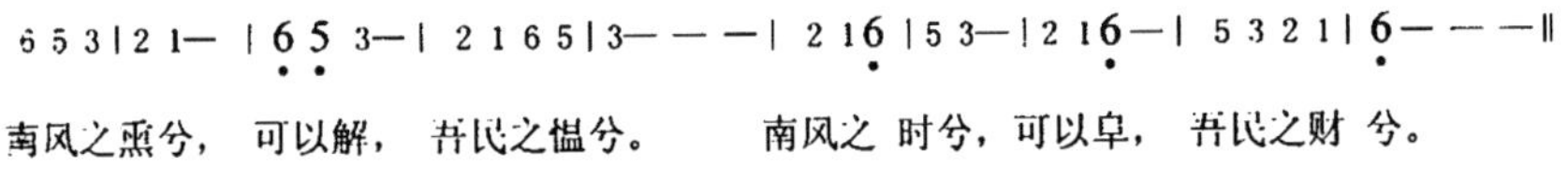

6 5 3 | 2 1— | 6 5 3— | 2 1 6 5 | 3— — — | 2 1 6 | 5 3— | 2 1 6— | 5 3 2 1 | 6— — — ‖

南风之熏兮，可以解，吾民之愠兮。 南风之 时兮，可以阜，吾民之财 兮。

（二）、林钟为徵（徵调）林钟起调毕曲

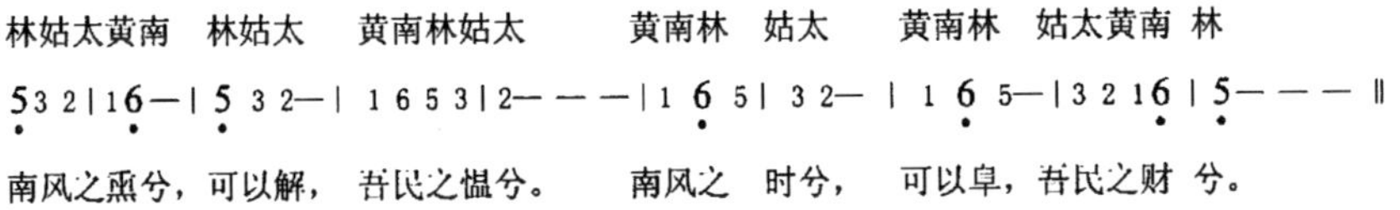

林姑太黄南 林姑太 黄南林姑太 黄南林 姑太 黄南林 姑太黄南 林

5 3 2 | 1 6— | 5 3 2— | 1 6 5 3 | 2— — — | 1 6 5 | 3 2— | 1 6 5— | 3 2 1 6 | 5— — — ‖

南风之熏兮，可以解，吾民之愠兮。 南风之 时兮， 可以阜，吾民之财 兮。

（三）、姑洗为角（角调）姑洗起调毕曲

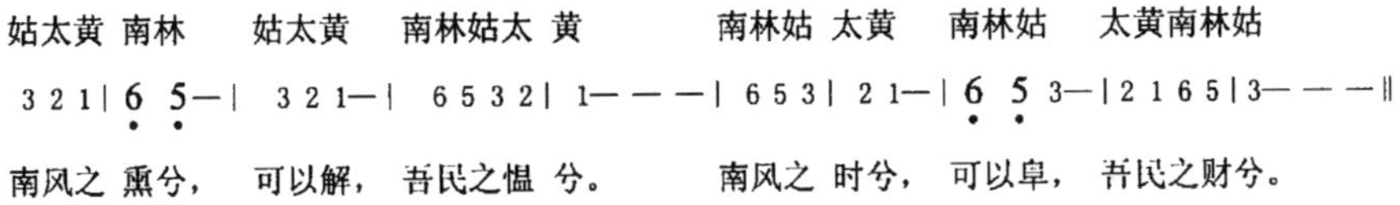

姑太黄 南林 姑太黄 南林姑太 黄 南林姑 太黄 南林姑 太黄南林姑

3 2 1 | 6 5— | 3 2 1— | 6 5 3 2 | 1— — — | 6 5 3 | 2 1— | 6 5 3— | 2 1 6 5 | 3— — — ‖

南风之 熏兮， 可以解， 吾民之愠 兮。 南风之 时兮， 可以阜， 吾民之财兮。

（四）、太簇为商（商调）太簇起调毕曲

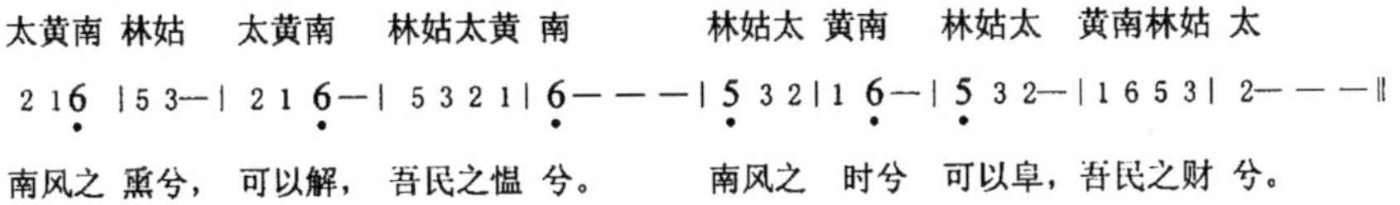

太黄南 林姑 太黄南 林姑太黄 南 林姑太 黄南 林姑太 黄南林姑 太

2 1 6 | 5 3— | 2 1 6— | 5 3 2 1 | 6— — — | 5 3 2 | 1 6— | 5 3 2— | 1 6 5 3 | 2— — — ‖

南风之 熏兮， 可以解， 吾民之愠 兮。 南风之 时兮 可以阜，吾民之财 兮。

（五）、黄钟为宫（宫调）黄钟起调毕曲

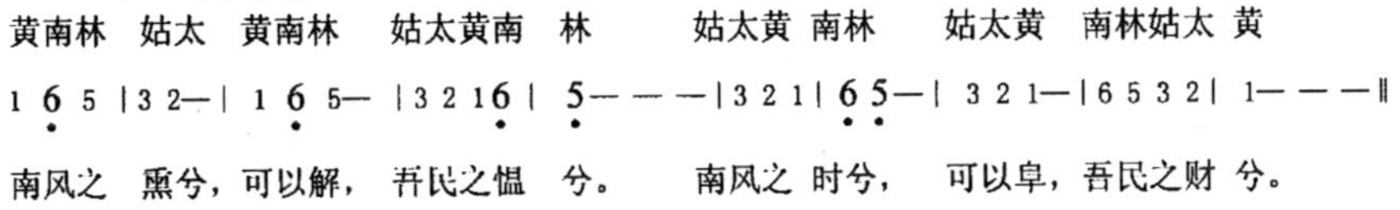

黄南林 姑太 黄南林 姑太黄南 林 姑太黄 南林 姑太黄 南林姑太 黄

1 6 5 | 3 2— | 1 6 5— | 3 2 1 6 | 5— — — | 3 2 1 | 6 5— | 3 2 1— | 6 5 3 2 | 1— — — ‖

南风之 熏兮，可以解， 吾民之愠 兮。 南风之 时兮， 可以阜，吾民之财 兮。

二、大吕五调 （1=大吕=#C）‘无夷仲夹大’为五音

（一）、无射为羽（羽调）无射起调毕曲

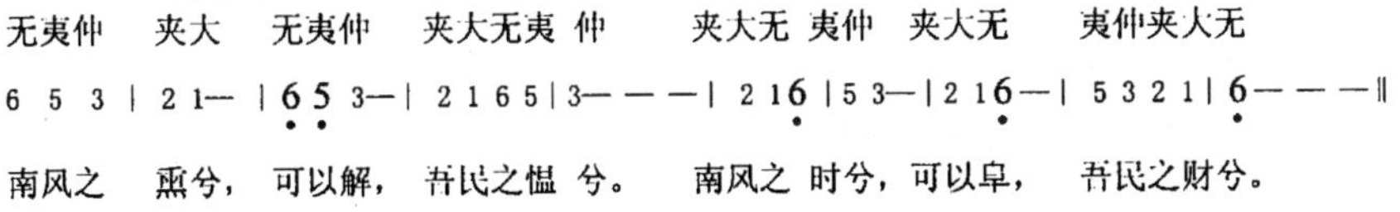

无夷仲 夹大 无夷仲 夹大无夷 仲 夹大无 夷仲 夹大无 夷仲夹大无

6 5 3 | 2 1— | 6 5 3— | 2 1 6 5 | 3— — — | 2 1 6 | 5 3— | 2 1 6— | 5 3 2 1 | 6— — — ‖

南风之 熏兮， 可以解， 吾民之愠 兮。 南风之 时兮，可以阜， 吾民之财兮。

（二）、夷则为徵（徵调）夷则起调毕曲

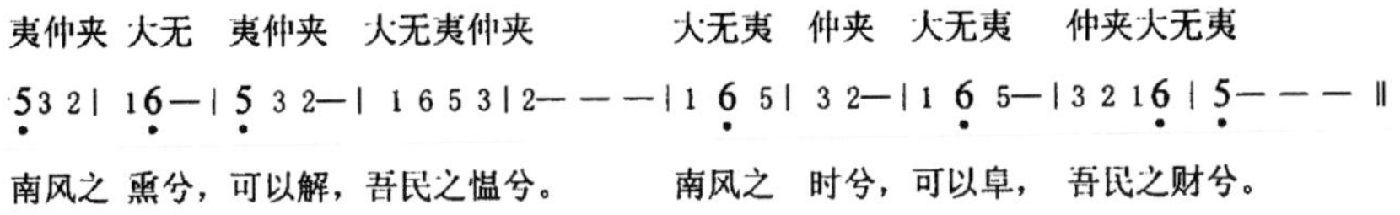

夷仲夹 大无 夷仲夹 大无夷仲夹 大无夷 仲夹 大无夷 仲夹大无夷

5 3 2 | 1 6— | 5 3 2— | 1 6 5 3 | 2— — — | 1 6 5 | 3 2— | 1 6 5— | 3 2 1 6 | 5— — — ‖

南风之 熏兮，可以解，吾民之愠兮。 南风之 时兮，可以阜， 吾民之财兮。

（三）、仲吕为角（角调）仲吕起调毕曲

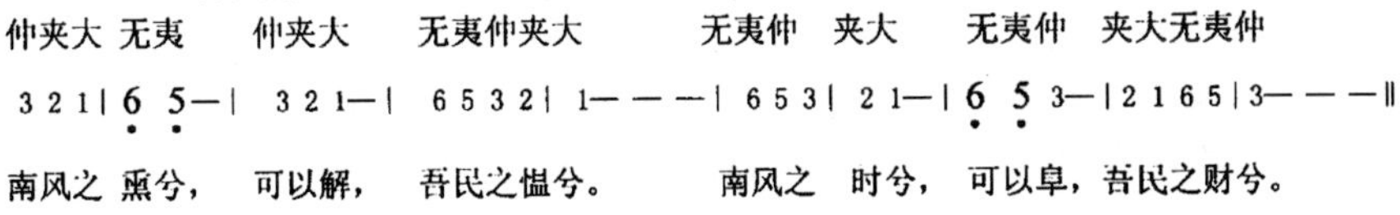

仲夹大 无夷 仲夹大 无夷仲夹大 无夷仲 夹大 无夷仲 夹大无夷仲

3 2 1 | 6 5— | 3 2 1— | 6 5 3 2 | 1— — — | 6 5 3 | 2 1— | 6 5 3— | 2 1 6 5 | 3— — — ‖

南风之 熏兮， 可以解， 吾民之愠兮。 南风之 时兮， 可以阜，吾民之财兮。

（四）、夹钟为商（商调）夹钟起调毕曲

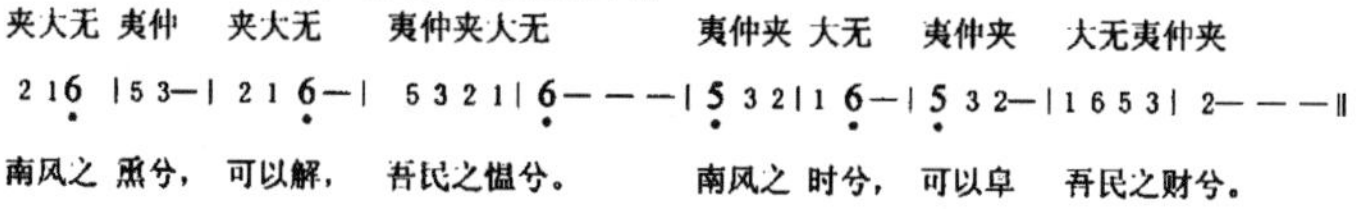

夹大无 夷仲 夹大无 夷仲夹大无 夷仲夹 大无 夷仲夹 大无夷仲夹

2 1 6 | 5 3— | 2 1 6— | 5 3 2 1 | 6— — — | 5 3 2 | 1 6— | 5 3 2— | 1 6 5 3 | 2— — — ‖

南风之 熏兮，可以解，吾民之愠兮。 南风之 时兮，可以阜 吾民之财兮。

（五）、大吕为宫（宫调）大吕起调毕曲

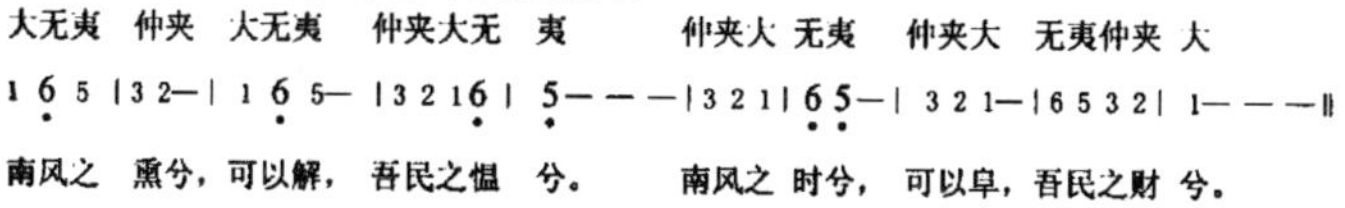

大无夷 仲夹 大无夷 仲夹大无 夷 仲夹大 无夷 仲夹大 无夷仲夹 大

1 6 5 | 3 2— | 1 6 5— | 3 2 1 6 | 5— — — | 3 2 1 | 6 5— | 3 2 1— | 6 5 3 2 | 1— — — ‖

南风之 熏兮，可以解，吾民之愠 兮。 南风之 时兮，可以阜，吾民之财 兮。

看复印原谱，《南风歌》外调“黄钟五调”中包括“南吕为羽”“林钟为徵”“姑洗为角”“太簇为商”“黄钟为宫”这五个“为调”。古人用词，非常简练。我们现在把他省略了的字，再给它加上，即：

黄钟 均之 羽 调，是以 南吕 作 为 羽 声

黄钟 均之 徵 调，是以 林钟 作 为 徵 声

黄钟 均之 角 调，是以 姑洗 作 为 角 声

黄钟 均之 商 调，是以 太簇 作 为 商 声

黄钟 均之 宫 调，是以 黄钟 作 为 宫 声

圈外之字，全都是省掉的。原谱中仅写“黄钟五调”，连前边一些圈内的字也都省掉了。我们总结一下，那就是：

某某均之某调，是以某某（律名）作为某（声名）声。也就是说：同均中，主音多变，先“之”后“为”者是“为调”、“外调”。

4. 第34～37页“南风歌”更改为下图：

南风歌

（内调）3/4 4/4 朱载堉传谱 李健正解译

一、黄钟五曲（皆以黄钟起调毕曲）1＝黄

（一）、黄钟之宫（宫调）

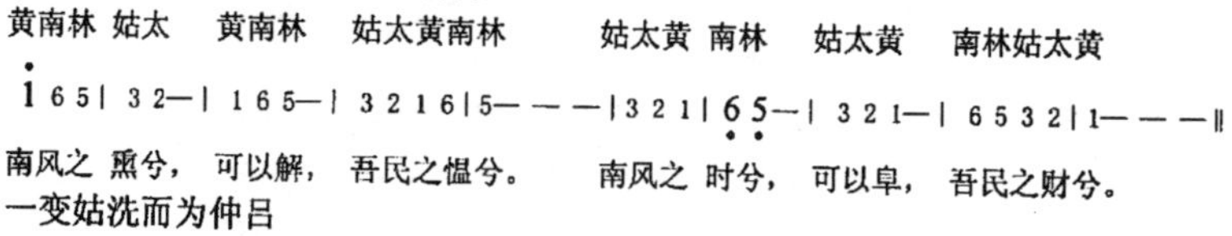

黄南林 姑太 黄南林 姑太黄南林 姑太黄 南林 姑太黄 南林姑太黄

1 6 5 | 3 2— | 1 6 5— | 3 2 1 6 | 5— — — | 3 2 1 | 6 5— | 3 2 1— | 6 5 3 2 | 1— — — ‖

南风之 熏兮，可以解，吾民之愠兮。 南风之 时兮，可以阜，吾民之财兮。

一变姑洗而为仲吕

（二）、仲吕之徵（徵调）

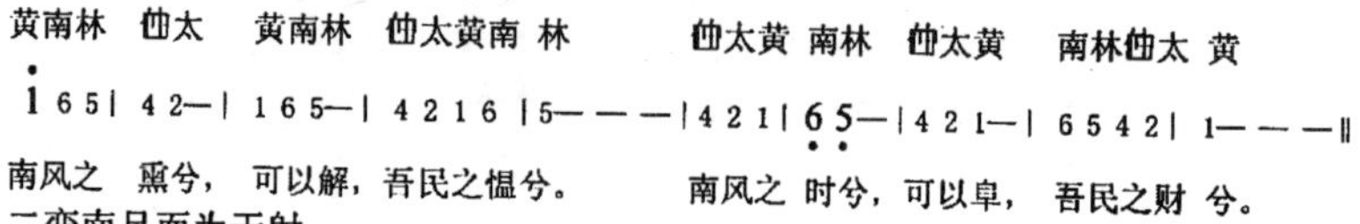

黄南林 仲太 黄南林 仲太黄南 林 仲太黄 南林 仲太黄 南林仲太 黄

1 6 5 | 4 2— | 1 6 5— | 4 2 1 6 | 5— — — | 4 2 1 | 6 5— | 4 2 1— | 6 5 4 2 | 1— — — ‖

南风之 熏兮，可以解，吾民之愠兮。 南风之 时兮，可以阜，吾民之财 兮。

二变南吕而为无射

5. 第44～45页“阳春”更改为下图：

《阳春》、《白雪》的替身乐曲

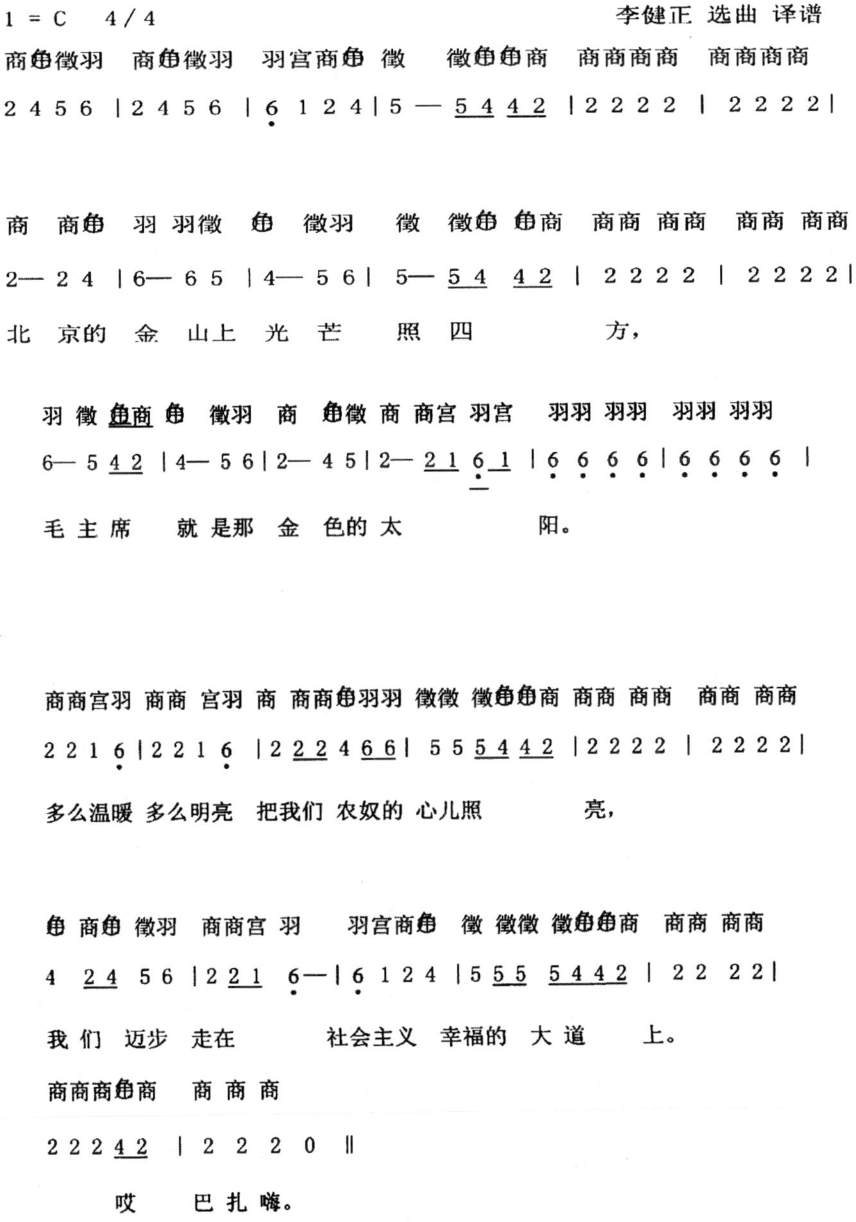

1 = C　4/4　　　　　　　　　　　　　　李健正 选曲 译谱

商角徵羽　商角徵羽　羽宫商角　徵　徵角角商　商商商商　商商商商

2 4 5 6 |2 4 5 6 | 6 1 2 4 | 5 — 5 4 4 2 |2 2 2 2 | 2 2 2 2|

商　商角　羽 羽徵　角　徵羽　徵　徵角　角商　商商 商商　商商 商商

2— 2 4 |6— 6 5 |4— 5 6| 5— 5 4 4 2 | 2 2 2 2 | 2 2 2 2|

北　京的　金　山上　光　芒　照　四　　方，

羽 徵 角商 角 徵羽 商 角徵 商 商宫 羽宫 羽羽 羽羽 羽羽 羽羽

6— 5 4 2 |4— 5 6|2— 4 5|2— 2 1 6 1 |6 6 6 6|6 6 6 6 |

毛 主 席　就 是那　金　色的 太　　阳。

商商宫羽 商商 宫羽 商 商商角羽羽 徵徵 徵角角商 商商 商商 商商 商商

2 2 1 6 |2 2 1 6 |2 2 2 4 6 6| 5 5 5 4 4 2 |2 2 2 2 | 2 2 2 2|

多么温暖 多么明亮 把我们 农奴的 心儿照　　亮，

角 商角 徵羽 商商宫 羽 羽宫商角 徵 徵徵 徵角角商 商商 商商

4 2 4 5 6 |2 2 1 6— |6 1 2 4 |5 5 5 5 4 4 2 | 2 2 2 2|

我 们 迈步 走在　社会主义 幸福的 大 道　上。

商商商角商　商 商 商

2 2 2 4 2 | 2 2 2 0 ‖

哎　巴 扎 嗨。

注：角 —— 清角。

6. 第 46 页“阳春”更改为下图：

《阳春》、《白雪》替身乐曲谱例：

（乄[qie]工谱）　　　　　　　　李健正　选曲　译谱

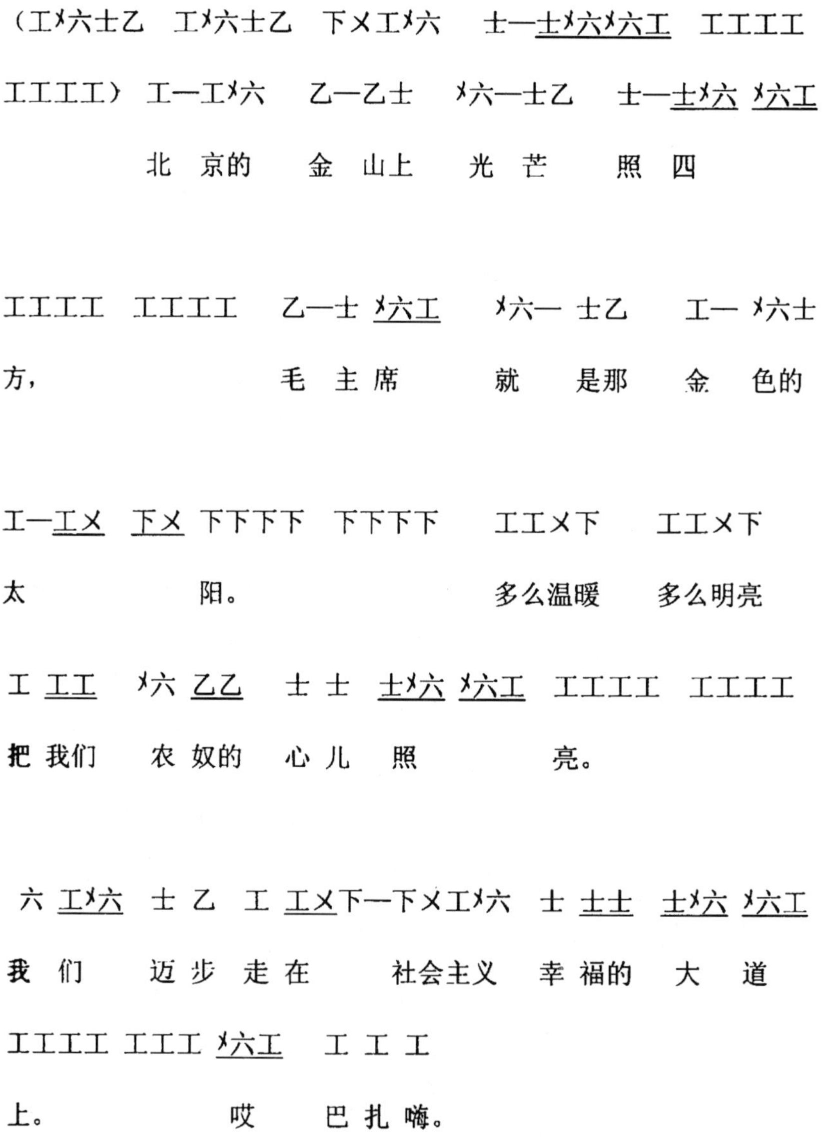

（工乄六士乙　工乄六士乙　下乄工乄六　士—士乄六乄六工　工工工工

工工工工）　工—工乄六　乙—乙士　乄六—士乙　士—士乄六　乄六工

北　京的　金　山上　光　芒　照　四

工工工工　工工工工　乙—士　乄六工　乄六—　士乙　工—　乄六士

方，　　　毛　主　席　就　是那　金　色的

工—工乄　下乄　下下下下　下下下下　工工乄下　工工乄下

太　　　阳。　　　多么温暖　多么明亮

工　工工　乄六　乙乙　士　士　士乄六　乄六工　工工工工　工工工工

把　我们　农　奴的　心　儿　照　　亮。

六　工乄六　士　乙　工　工乄下—下乄工乄六　士　士士　士乄六　乄六工

我　们　迈　步　走　在　社会主义　幸　福的　大　道

工工工工　工工工　乄六工　工　工　工

上。　　　哎　巴　扎　嗨。

《乐府学》第八辑

《乐府学》第八辑李健正《中华雅乐音律乐调及其作曲方法研究》一文部分乐谱排版有误，特此更正如下：

1. 第 29 页图表把带圈的“起”字从“蕤宾”上移到“黄钟”上。

奏黄钟歌大吕

（外调）　　（南风歌）　　朱载堉　传谱

黄钟 = 1 = C　　李健正　解译

3/4　4/4

一、黄钟五调　（1=黄钟=C）‘南林姑太黄’为五音

（一）、南吕为羽（羽调）南吕起调毕曲

南林姑 太黄 南林姑 太黄南林姑 太黄南林姑 太黄南 林姑太黄 南

6 5 3 | 2 1 – | 6 5 3 – | 2 1 6 5 | 3 – – – | 2 1 6 | 5 3 – | 2 1 6 – | 5 3 2 1 | 6 – – – |

（二）、林钟为徵（徵调）林钟起调毕曲

林姑太 黄南 林姑太 黄南林姑 太 黄南林姑太 黄南林 姑太黄南林

5 3 2 | 1 6 – | 5 3 2 – | 1 6 5 3 | 2 – – – | 1 6 5 | 3 2 – | 1 6 5 – | 3 2 1 6 | 5 – – – |

（三）、姑洗为角（角调）姑洗起调毕曲

姑太黄 南林 姑太黄 南林姑太 黄 南林姑 太黄 南林姑 太黄南林 姑

3 2 1 | 6 5 – | 3 2 1 – | 6 5 3 2 | 1 – – – | 6 5 3 | 2 1 – | 6 5 3 – | 2 1 6 5 | 3 – – – |

（四）、太簇为商（商调）太簇起调毕曲

太黄南林姑 太黄南 林姑太黄 南 林姑太黄南 林姑太 黄南林姑 太

2 1 6 | 5 3 – | 2 1 6 | 5 3 2 1 | 6 – – – | 5 3 2 | 1 6 – | 5 3 2 – | 1 6 5 3 | 2 – – – |

（五）、黄钟为宫（宫调）黄钟起调毕曲

黄南林 姑太　黄南林　姑太黄南 林　　姑太黄 南林　姑太黄　南林姑太 黄

1 6 5 | 3 2 – | 1 6 5 – | 3 2 1 6 | 5 – – – | 3 2 1 | 6 5 – | 3 2 1 – | 6 5 3 2 | 1 – – – ‖

前$\dot{1}$ = 后 7

大吕 = 1 = ♯C

二、大吕五调　（1=大吕=#C）‘无夷仲夹大’为五音

（一）、无射为羽（羽调）无射起调毕曲

无夷仲夹大　无夷仲 夹大无夷仲　　夹大无 夷仲 夹大无　夷仲夹大无

6 5 3 | 2 1 – | 6 5 3 – | 2 1 6 5 | 3 – – – | 2 1 6 | 5 3 – | 2 1 6 – | 5 3 2 1 | 6 – – – |

南风之熏兮，可以解，吾民之愠兮。　南风之时兮，可以阜，吾民之财兮。

（二）、夷则为徵（徵调）夷则起调毕曲

夷仲夹大无　夷仲夹　大无夷仲 夹　　大无夷仲夹　大无夷　仲夹大无夷

5 3 2 | 1 6 – | 5 3 2 – | 1 6 5 3 | 2 – – – | 1 6 5 | 3 2 – | 1 6 5 – | 3 2 1 6 | 5 – – – |

南风之熏兮，可以解，吾民之愠 兮。　南风之时兮，可以阜，吾民之财兮。

（三）、仲吕为角（角调）仲吕起调毕曲

仲夹大 无夷 仲夹大　无夷仲夹大　　无夷仲 夹大 无夷仲　夹大无夷仲

3 2 1 | 6 5 – | 3 2 1 – | 6 5 3 2 | 1 – – – | 6 5 3 | 2 1 – | 6 5 3 – | 2 1 6 5 | 3 – – – |

南风之 熏兮，可以解，吾民之愠兮。　南风之时兮，可以阜，吾民之财兮。

（四）、夹钟为商（商调）夹钟起调毕曲

夹大无夷仲　夹大无 夷仲夹大无　　夷仲夹大无　夷仲夹 大无夷仲夹

2 1 6 | 5 3 – | 2 1 6 – | 5 3 2 1 | 6 – – – | 5 3 2 | 1 6 – | 5 3 2 – | 1 6 5 3 | 2 – – – |

南风之熏兮，可以解，吾民之愠兮。　南风之时兮，可以阜　吾民之财兮。

2. 第 35 ~42 页乐谱更正为下图：

奏黄钟歌大吕

（内调）　　（南风歌）　　朱载堉　传谱

黄钟 = 1 = C　　李健正　解译

3/4　4/4

一、黄钟五曲（皆以黄钟起调毕曲）

（一）、黄钟之宫（宫调）

黄南林姑太　黄南林　姑太黄南林　姑太黄南林　姑太黄　南林姑太黄

i 6 5 | 3 2 - | 1 6 5 - | 3 2 1 6 | 5 - - - | 3 2 1 | 6 5 - | 3 2 1 - | 6 5 3 2 | 1 - - - |

一变姑洗而为仲吕

（二）、圃吕之徵（徵调）

黄南林仲太　黄南林　仲太黄南林　仲太黄南林　仲太黄　南林仲太黄

i 6 5 | 4 2 - | 1 6 5 - | 4 2 1 6 | 5 - - - | 4 2 1 | 6 5 - | 4 2 1 - | 6 5 4 2 | 1 - - - |

二变南吕而为无射

（三）、因射之商（商调）

黄团林仲太　黄团林　仲太黄团林　仲太黄团林　仲太黄　团林仲太黄

i ♭7 5 | 4 2 - | 1 ♭7 5 - | 4 2 1 ♭7 | 5 - - - | 4 2 1 | ♭7 5 - | 4 2 1 - | ♭7 5 4 2 | 1 - - - |

三变太簇而为夹钟

（四）、囡钟之羽（羽调）

黄团林仲囟　黄团林　仲囟黄团林　仲囟黄团林　仲囟黄　团林仲囟黄

i ♭7 5 | 4 ♭3 - | 1 ♭7 5 - | 4 ♭3 1 ♭7 | 5 - - - | 4 ♭3 1 | ♭7 5 - | 4 ♭3 1 - | ♭7 5 4 ♭3 | 1 - - - |

四变林钟而为夷则

（五）、圉则之角（角调）

黄团夷仲囟　黄团夷　仲囟黄团夷　仲囟黄团夷　仲囟黄　团夷仲囟黄

i ♭7 ♭6 | 4 ♭3 - | 1 ♭7 ♭6 - | 4 ♭3 1 ♭7 | ♭6 - - - | 4 ♭3 1 | ♭7 ♭6 - | 4 ♭3 1 - | ♭7 ♭6 4 ♭3 | 1 - - - ‖

五变黄钟而为大吕

二、大吕五曲（皆以大吕起调毕曲）

大吕 = 1 = #C

（一）、大吕之宫（宫调）

大无夷仲夹 大无夷 仲夹大无夷 仲夹大无夷 仲夹大 无夷仲夹大

i 6 5 | 3 2 - | 1 6 5 - | 3 2 1 6 | 5 - - - | 3 2 1 | 6 5 - | 3 2 1 - | 6 5 3 2 | 1 - - - |

南风之 熏兮，可以解，吾民之愠兮。 南风之时兮，可以阜，吾民之财兮。

一变仲吕而为蕤宾

（二）、蕤宾之徵（徵调）

大无夷蕤夹 大无夷 蕤夹大无夷 蕤夹大无夷 蕤夹大 无夷蕤夹大

i 6 5 | 4 2 - | 1 6 5 - | 4 2 1 6 | 5 - - - | 4 2 1 | 6 5 - | 4 2 1 - | 6 5 4 2 | 1 - - - |

南风之 熏兮，可以解，吾民之愠兮。 南风之时兮，可以阜，吾民之财兮。

二变无射而为应钟

（三）、应钟之商（商调）

大应夷蕤夹 大应夷 蕤夹大应夷 蕤夹大应夷 蕤夹大 应夷蕤夹大

i ♭7 5 | 4 2 - | 1 ♭7 5 - | 4 2 1 ♭7 | 5 - - - | 4 2 1 | ♭7 5 - | 4 2 1 - | ♭7 5 4 2 | 1 - - - |

南风之 熏兮，可以解，吾民之愠兮。 南风之时兮，可以阜，吾民之财兮。

三变夹钟而为姑洗

（四）、姑洗之羽（羽调）

大应夷蕤姑 大应夷 蕤姑大应夷 蕤姑大应夷 蕤姑大 应夷蕤姑大

i ♭7 5 | 4 ♭3 - | 1 ♭7 5 - | 4 ♭3 1 ♭7 | 5 - - - | 4 ♭3 1 | ♭7 5 - | 4 ♭3 1 - | ♭7 5 4 ♭3 | 1 - - - |

南风之 熏兮，可以解，吾民之愠兮。 南风之时兮，可以阜，吾民之财兮。

四变夷则而为南吕

（五）、南吕之角（角调）

大应南 蕤姑 大应南 蕤姑大应 南 蕤姑大应南 蕤姑大 应南蕤姑大

i ♭7 ♭6 | 4 ♭3 - | 1 ♭7 ♭6 - | 4 ♭3 1 ♭7 | ♭6 - - - | 4 ♭3 1 | ♭7 ♭6 - | 4 ♭3 1 - | ♭7 ♭6 4 ♭3 | 1 - - - ‖

南风之 熏兮，可以解，吾民之愠兮。 南风之时兮，可以阜，吾民之财兮。

五变大吕而为太簇

引商刻羽清角流徵

（《阳春》、《白雪》的替身乐曲）

李健正
选曲并解译

1 = C 4/4

商角徵羽 商角徵羽 羽宫商角 徵 徵角角商 商商商商 商商商商

2 4 5 6 | 2 4 5 6 | 6̣ 1 2 4 | 5 - 5 4 4 2 | 2 2 2 2 | 2 2 2 2 |

商 商角 羽 羽徵 角 徵羽 徵 徵角角商 商商商商 商商商商

2 - 2 4 | 6 - 6 5 | 4 - 5 6 | 5 - 5 4 4 2 | 2 2 2 2 | 2 2 2 2 |

北 京的 金 山上 光 芒 照 四 方，

羽 徵角商 角 徵羽 商 角徵 商 商宫羽宫 羽羽羽羽

6 - 5 4 2 | 4 - 5 6 | 2 - 4 5 | 2 - 2 1 1 6̣ | 6̣ 6̣ 6̣ 6̣ |

毛 主席 就 是那 金 色 的太 阳。

羽羽羽羽 商商宫羽 商商宫羽 商商商角羽羽 徵徵徵角角商

6̣ 6̣ 6̣ 6̣ | 2 2 1 6̣ | 2 2 1 6̣ | 2 2 2 4 6 6 | 5 5 5 4 4 2 |

多么温暖 多么明亮 把 我们农奴的 心儿照

商商商商 商商商商 角商角徵羽 商商宫羽 羽宫商角

2 2 2 2 | 2 2 2 2 | 4 2 4 5 6 | 2 2 1 6̣ - | 6̣ 1 2 4 |

亮， 我们 迈步 走在 社会主义

徵徵徵徵角角商 商商商商 商商商角商 商商商

5 5 5 5 4 4 2 | 2 2 2 2 | 2 2 2 4 2 | 2 2 2 0 ‖

幸福的大道 上。 哎 巴扎嗨。

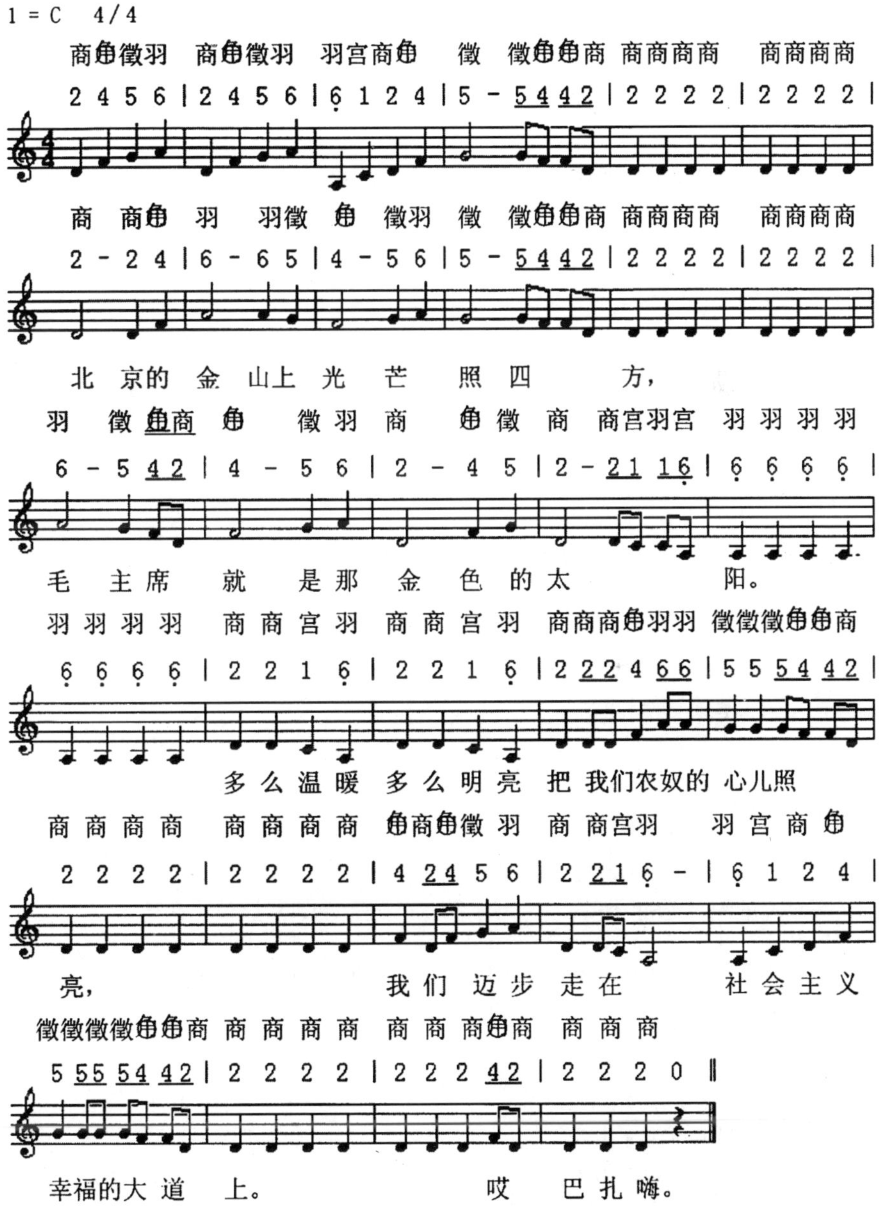

图书在版编目（CIP）数据

乐府学．第9辑／吴相洲主编．—北京：社会科学文献出版社，2014.4
ISBN 978－7－5097－5843－4

Ⅰ.①乐… Ⅱ.①吴… Ⅲ.①乐府诗－诗歌研究－中国－古代
Ⅳ.①I207.22

中国版本图书馆CIP数据核字（2014）第063262号

乐府学（第九辑）

主　　编／吴相洲

出 版 人／谢寿光
出 版 者／社会科学文献出版社
地　　址／北京市西城区北三环中路甲29号院3号楼华龙大厦
邮政编码／100029

责任部门／人文分社（010）59367215
电子信箱／renwen@ssap.cn
项目统筹／宋月华　许　力
经　　销／社会科学文献出版社市场营销中心（010）59367081　59367089
读者服务／读者服务中心（010）59367028

责任编辑／周志宽
责任校对／李高明
责任印制／岳　阳

印　　装／三河市尚艺印装有限公司
开　　本／787mm×1092mm　1/16
版　　次／2014年4月第1版
印　　次／2014年4月第1次印刷
书　　号／ISBN 978－7－5097－5843－4
定　　价／79.00元

印　　张／21.5
彩插印张／0.5
字　　数／363千字